LA CASTE DES TÉNÈBRES

34-36, rue La Pérouse
75116 Paris

Collection dirigée par Arthur de Saint Vincent
Ouvrage dirigé par Sophie Le Flour

Graphisme de couverture : © Rémi Pépin
Visuel de couverture : © Marco Bottigelli / Getty images

ISBN : 9782755664744
Dépôt légal : mai 2023
Imprimé en Espagne par Liberdúplex

LUDOVIC LANCIEN

LA CASTE DES TÉNÈBRES

Hugo Poche

SUSPENSE

À Axel et Lila

Le Mal est présent partout,
exactement comme un agent pathogène.

C. Fred Alford, *What Evil Means to Us*

Le fait que nous vivions près de supermarchés
et que nous soyons autorisés à vivre
une vie luxueuse nous fait voir le cannibalisme
comme quelque chose d'horrible.
Mais il suffit de peu – une pénurie
de nourriture ou une crise grave – pour voir
l'instinct de survie refaire surface.

Timothy Taylor, *The Buried Soul :*
How Human Invented Death

PROLOGUE

1995
Faubourg de Kombakkam (Sud-Est de l'Inde)

– Sale enculé !

La matraque s'écrasa sur ses flancs et l'homme à terre hurla en se tordant de douleur. Les coups pleuvaient sur son corps meurtri, suivis de craquements là où les côtes se brisaient net.

Le policier continua d'abattre son arme sous l'indifférence générale de la foule qui s'écartait de la scène en détournant les yeux. Piégé au cœur de cette marée humaine, le malheureux voulut ouvrir la bouche, mais le sang commençait à refluer et à l'étouffer. Un autre coup, plus puissant encore, fit éclater sa pommette dans une gerbe écarlate, et il se ramassa sur lui-même en gémissant.

Le sang se mêla bientôt à la poussière et s'écoula lentement entre les pavés.

– Regarde ce qui se passe à cause de toi ! meugla le policier. Tu es en train de salir cette rue, espèce de merde !

Il martela ensuite les reins du mendiant à coups de rangers puis, gagné par la fatigue et ahanant tel un demeuré, cracha un énorme glaviot sur son visage avant de passer son chemin.

Le spectacle était terminé.

L'homme agonisait sur le sol brûlant, ses vêtements sales déchirés et maculés de sang. Tout juste pouvait-on entendre une respiration rauque et sifflante s'échapper de sa poitrine. Une de ses côtes avait perforé un poumon, le condamnant à une mort certaine.

Personne ne viendrait à son secours.

Posté plus loin derrière un muret en compagnie de son meilleur ami, Viresh s'écorchait la pulpe des doigts contre la pierre, des larmes de haine ruisselant sur ses joues. Le jeune garçon n'avait rien loupé du massacre.

– C'est injuste. Ces salauds l'ont laissé faire. Ils auraient pu…

– Intervenir ? Pour prendre à leur tour une dérouillée ?

– Il avait volé une mangue pour se nourrir ! s'exclama Viresh.

Deepak se redressa et se frotta les mains pour en enlever la poussière.

– Il connaissait les risques. Allez, il faut qu'on y retourne.

– Non, répondit Viresh d'un ton buté.

Deepak dévisagea son ami.

Tout comme lui, le jeune garçon appartenait à une famille de Adi Dravida, la caste répertoriée Intouchable la plus peuplée du Tamil Nadu. Aînés de leurs fratries, ils occupaient leurs journées à mendier, sébile à la main. Parqués dans des bidonvilles en périphérie de la ville, ils devaient remonter les ruelles en direction des quartiers des Brahmanes, membres des plus hautes castes de la tradition hindoue.

Parvenus en ville, ils marchaient jusqu'au coucher du soleil pour espérer grappiller quelques roupies. La plupart du temps, ils ne récoltaient que brimades et regards noirs. Surtout ne jamais répondre, ne jamais relever le menton, sous peine de graves représailles.

Comme eux, des centaines de millions d'Intouchables foulaient chaque jour le sol indien.

Les impurs. Relégués au plus bas de l'échelle des castes du système hindou, le sort de ces individus était scellé avant même leur venue au monde.

Ici comme ailleurs, leur vie ne signifiait rien.

– On doit retourner au travail, Viresh.

– J'ai un autre plan, répliqua ce dernier en se relevant. Suis-moi.

***

Le soleil brûlait les masures de terre et de paille, affolant les mouches qui tournaient autour d'étrons fraîchement posés aux abords des caniveaux.

Une vache osseuse traversa la rue, entourée par deux chiens galeux qui jappèrent dans son sillage.

Viresh et Deepak étaient revenus à leur village et se poursuivaient comme deux enfants jouant au loup.

L'odeur ne les gênait pas. Ils étaient nés avec, au milieu des immondices et des relents poisseux d'urine. Leurs pagnes usés tombaient en lambeaux, les fibres bouffées par les puces. Viresh leva les yeux au ciel. Un ciel d'un bleu pur, électrique, indifférent à la misère ambiante.

Ils contournèrent un immeuble délabré et Deepak s'arrêta en s'adossant au mur, le souffle coupé.

– Où tu nous emmènes comme ça ? demanda-t-il courbé en deux, mains calées sur ses genoux.

Viresh le gratifia d'un large sourire. Ses dents de lait étaient pour certaines de travers, toutes prêtes à tomber.

– Je voulais te le montrer plus tard, mais tant pis. J'ai découvert un endroit dans la jungle, il faut que tu voies ça.

– On doit aller travailler, s'obstina Deepak.

– Pourquoi tu m'as écouté, dans ce cas ? Viens je te dis, tu ne le regretteras pas.

Deepak céda rapidement et suivit son ami. Ils longèrent une cabane en bois et coupèrent à travers champs jusqu'à l'immensité des arbres. Ils empruntèrent ensuite un chemin jonché d'ordures puis s'enfoncèrent sous la canopée. Une mince langue de terre ocre serpenta encore sur une dizaine de mètres entre les hautes herbes avant que Viresh ne s'exclame en ouvrant ses bras :

– On y est ! Tu as vu, je ne t'avais pas menti. C'est géant, non ?

Un étang bordé d'imposants margousiers se tenait devant eux. Un havre de paix, loin du tumulte et de la crasse quotidienne. La végétation fournie ombrageait les lieux, atténuant les rayons assassins du soleil.

Deepak en resta sans voix, impressionné par la beauté enchanteresse des lieux.

– Mon père m'a foutu une raclée hier soir et je suis sorti prendre l'air, expliqua Viresh. Et là, sur quoi je tombe ? Incroyable, hein ? On pourra revenir ici autant de fois qu'on veut.

– T'es sûr que ce terrain n'est pas privé ?

– Tu t'inquiètes pour rien. On emmerde nos parents, on emmerde les Brahmanes. On a nous aussi le droit de respirer.

Deepak se détendit légèrement.

– Bon, et qu'est-ce qu'on est venus faire ici ?

– Profiter, répondit son comparse en haussant les épaules. On n'aura qu'à dire que personne n'a voulu nous faire l'aumône. Et, tiens… Regarde un peu ce que j'ai rapporté.

Le jeune garçon sortit de sa poche un paquet rose pas plus gros qu'une barquette de jus de fruits.

– Des *biri*[1] ?

---

1. Cigarettes bon marché prisées par les Indiens des castes inférieures.

– Ouais, je les ai piquées à mon père. Il croira les avoir perdues, t'en fais pas.

Deepak enviait son assurance. Pour Viresh, se soucier des conséquences était une perte d'énergie aussi futile que grotesque. Leur intouchabilité les condamnait de toute manière à une existence vide de sens.

Que pouvaient-ils craindre de plus ?

Même la mort s'envisageait comme une bénédiction. Une délivrance.

Viresh tendit une tige grossièrement roulée à son ami et craqua une allumette. La première bouffée lui arracha la gorge et il toussa à s'en crever les poumons.

– Pas trop fort idiot ! Tu vas t'étouffer.

Il coinça à son tour une cigarette au coin des lèvres et pointa son menton vers l'étang. Du haut de ses huit ans, Viresh aspirait déjà à quitter l'enfance. Mais pour aller où ? Devenir adulte ne changerait rien à sa condition.

Il vivrait et mourrait en Intouchable. Son impureté résultait de ses fautes commises dans une vie antérieure. C'était écrit. Les textes sacrés ne mentaient jamais.

– Je sais pas pour toi, mais un bon bain ne me ferait pas de mal. Si tu veux mon avis, l'eau doit être bonne. Et propre.

Viresh voyait que son ami hésitait.

– Allez, je te répète qu'on ne risque rien. On fume une ou deux cigarettes, on se baigne un peu et on décampe. C'est pas sorcier.

Il lui administra une tape sur l'épaule pour l'encourager et se rua vers l'étang en hurlant de joie. Il enleva son *lungi* rapiécé et sa chemise sale et plongea ses jambes dans l'étendue paisible. Désinhibé, Deepak l'imita et fondit à son tour dans l'eau.

Les éclats de rire des enfants se perdirent sous le dôme végétal.

Ils jouèrent ainsi pendant plusieurs minutes, plusieurs heures, ils ne savaient plus. Ils entendirent bien trop tard le bruit du moteur et les claquements des portières.

Une voix tonna derrière eux, vibrante de haine.

– Sortez de là immédiatement !

Cinq hommes se tenaient plantés au bord de l'étang. Cinq chiens furieux prêts à les déchiqueter.

L'un d'eux tenait un bout de bois qu'il fit claquer à la surface de l'eau.

– Grouillez-vous, sales petits connards !

Leur offense allait se payer très cher. Les deux garçons se mirent à paniquer. Ils étaient piégés. Ils se regardèrent dans le blanc des yeux et, à la grande surprise de Viresh, son ami hocha la tête.

– Tout va s'arranger.

Ses yeux exprimaient le contraire, ses traits étaient déformés par la peur.

Lentement, ils rejoignirent la rive et sortirent de l'eau. L'homme au bâton, probablement le chef de meute, se précipita et frappa Deepak de toutes ses forces.

Le bois lacéra la joue de l'enfant, qui tomba à la renverse.

– Comment des chiens de votre espèce ont-ils osé ? Maintenant, l'eau est souillée à cause de vous.

Le bâton heurta cette fois sa poitrine. Deepak se plia en deux en crachant du sang. Viresh ouvrit la bouche pour protester, mais l'un des sbires plaqua sa main dessus pour l'en empêcher. Le chef continuait de molester le garçon, qui se cambrait sous les coups de boutoir.

– Salaud ! Bâtard ! Enculé !

La correction tournait au carnage, et l'homme jeta son bâton pour empoigner Deepak. Ce dernier ne bougeait presque plus. Le sang recouvrait sa peau d'ébène et la chair s'échappait par endroits de son corps tailladé.

– Tu voulais te baigner, c'est ça ?

Sous l'œil impavide de ses compagnons, il traîna le corps disloqué du garçon jusqu'à la rive et lui enfonça la tête sous l'eau. Il appuya son genou derrière les omoplates afin de l'immobiliser. Les jambes maigres de l'enfant tressautèrent mollement durant quelques secondes.

Un râle d'impuissance s'étouffa dans la gorge de Viresh. Ses yeux s'emplirent de larmes et embuèrent sa vue. Son ami se faisait assassiner et il ne pouvait rien faire.

Absolument rien.

Deepak cessa enfin de gigoter et le tueur se redressa, le front en sueur.

– Va me chercher la bouteille de décapant dans le pick-up, ordonna-t-il à l’un de ses hommes. Vous trois, allongez le gamin au sol. Et tenez-le bien.

Les molosses s’exécutèrent aussitôt. Ils n’eurent aucun mal à maîtriser Viresh, qui se débattait pourtant avec hargne. Une puissante gifle réfréna ses ardeurs.

– Estime-toi chanceux, petit insolent. Tu vas survivre. Mais avant cela, je vais te montrer ce qu’il en coûte de défier notre autorité.

L’homme de main revint avec la bouteille et la tendit à son chef. Viresh comprit ce qui allait se passer, tous les muscles tétanisés par la peur et la douleur.

– Non, pitié. Non… Je vous en prie.

– Je peux t’assurer que tu ne referas plus la même erreur.

Il déboucha le flacon d’acide et versa son contenu sur le visage du garçon.

Ses hurlements stridents déchirèrent le silence de la jungle.

PREMIÈRE PARTIE
Qu'ils me haïssent

CHAPITRE 1

Samedi 9 novembre 2019

Le bout incandescent de sa cigarette brasillait entre les épais bancs de brume prisonniers du sous-bois.

Le silence envoûtant de la forêt l'aidait à réfléchir, à se persuader qu'il n'y avait pas d'autre issue. Le froid mordant du petit matin lui glaçait les os et figeait les traits de son visage en un rictus mauvais.

Il savait que ce qu'il s'apprêtait à faire changerait à jamais le cours de son existence et que personne ne le lui pardonnerait.

Mais la faim le tenaillait si fort qu'elle altérait sa lucidité. Ça et l'herbe mélangée au tabac de sa clope. Son esprit gravitait entre deux eaux, tout proche de se noyer dans le marasme de sa conscience.

Il n'aspirait qu'à une chose : se venger de l'humiliation infligée une semaine plus tôt par cette petite pute.

La fille habitait la maison en face de chez lui depuis une dizaine d'années. Il était rapidement tombé sous le charme de sa longue chevelure noire qui tombait en cascade et de son grain de peau laiteux, comme poli par le plus délicat des orfèvres.

Ses yeux bleus, sa bouche pulpeuse…

Il tira sur son joint en creusant les joues, un sourire stupide en travers du visage. Son entrejambe commençait à tendre le tissu de son jean et il en éprouva une grande satisfaction.

Il était prêt. Prêt à laver l'affront et à évacuer toute sa frustration.

Lors de la soirée d'Halloween organisée chez un de leurs amis en commun, il avait enfin trouvé le courage de se lancer. Bien aidé par le mélange vodka-pomme et ganja qu'il s'était enfilé avec ses potes, il avait attendu minuit pour déclarer sa flamme.

Il s'était avancé vers elle d'une démarche fébrile, le front trempé de sueur, avec l'impression que son cœur allait exploser. Le sang avait pulsé dans ses veines enfumées, cogné contre ses tempes.

Une peur incroyable teintée d'euphorie.

Il ne se rappelait pas avoir déjà connu une telle sensation. Comme un saut dans le vide. Avec la certitude mortifère de s'écraser au fond du gouffre. Pourtant, le besoin irrépressible de savoir avait guidé ses pas à mesure que son cerveau s'éteignait.

Oui, ou non.

Plus rien d'autre ne comptait. L'haleine puante et la pupille dilatée, il avait attendu que ses amies s'éloignent pour tenter une approche. Il avait trébuché sur ses propres mots, la voix embrouillée par le mélange vaseux d'alcool fort et de drogue.

Il avait si longtemps attendu ce moment. Il s'était lancé, ignorant la peur qui comprimait chaque cellule de son corps. Et la fille avait éclaté d'un rire moqueur. Sans aucune retenue.

Les regards s'étaient tournés vers eux et la musique s'était tue, il l'aurait juré.

Et alors même que cette garce lui plantait un poignard dans le cœur, il n'avait pu s'empêcher d'étudier la parfaite blancheur de ses dents.

Cette pétasse avait ri à gorge déployée et il s'était écrasé comme une merde. Blessé dans son orgueil et rongé par la honte, il s'était excusé avant de s'enfuir de la maison.

De rage, le garçon jeta son mégot à terre et l'écrasa du talon.

La colère bouillonnait en lui telle une tornade venant se fracasser contre les parois de son crâne. Il ne dormait plus, avait perdu l'appétit. S'il n'agissait pas tout de suite, il craignait d'être incapable de remonter la pente.

Il enfonça les mains dans ses poches et recula contre un tronc d'arbre. Sa silhouette se fondit dans l'épaisse couche de brume. Le piège se refermerait sur la fille aussi sûrement qu'une main sur un misérable insecte.

Ses muscles se tendirent sous l'action combinée du froid et de l'attente.

Plusieurs minutes défilèrent avant que des bruits de pas ne résonnent sur le chemin de terre. C'était elle.

Le garçon en frémit de tout son être et se ramassa un peu plus dans les hautes herbes. L'adolescente courait d'un pas rythmé, ses cheveux ramenés en une longue queue de cheval qui se balançait en cadence de gauche à droite.

Il admira la courbe fuselée de ses jambes et sa taille de guêpe que moulait à merveille son legging. Une véritable taille mannequin. Il serra son poing et contracta la mâchoire. Elle allait payer son insolence.

La fille se rapprochait, il pouvait à présent clairement distinguer son souffle. Régulier et tout en maîtrise, digne d'une athlète. Elle parvint à sa hauteur et l'avait à peine dépassé qu'il bondit hors de sa tanière.

– Salut, ma belle.

Surprise, l'adolescente poussa un cri en s'écartant d'un bond. Ses yeux s'agrandirent de stupeur.

– Je ne voulais pas t'effrayer.

– Brian ? Qu'est-ce que tu fais là ?

Son ton craintif était comme du miel à ses oreilles.

– J'aimerais simplement qu'on discute un peu. Tu sais, de l'autre soir.

– Tu m'as suivie ?

– Tu empruntes ce chemin tous les samedis pour ton jogging matinal, ce n'était pas très difficile.

Je t'admire : courir par ce temps n'est vraiment pas mon truc. Chaque fois que je te regarde…

La jeune fille explosa.

– Parce que tu m'espionnes ?! T'es vraiment un taré. Tu veux qu'on parle de quoi ? De ta demande pathétique ? Je préférerais mourir cent fois plutôt qu'être au bras d'un minable dans ton genre.

Quelque chose se brisa chez Brian. Son âme, son cœur, sa patience. Pulvérisés par le fracas des mots. Son visage se décomposa et vira au pourpre.

L'adolescente recula d'un pas.

Elle était allée trop loin. Elle devait partir. Tout de suite. Détaler avant qu'il ne soit trop tard.

Mais la peur la clouait sur place.

– Je ne suis pas un minable, s'indigna le garçon en relevant les yeux. Je me suis ouvert à toi et tu m'as rejeté !

Nouveau pas en arrière. Brian combla aussitôt la distance.

– Si je ne fais rien, je vais devenir fou. J'ai besoin de toi, tu comprends ?

Le signal fusa dans la tête de la jeune fille et déverrouilla ses mollets.

Elle pivota en manquant de perdre l'équilibre et se propulsa en avant de toutes ses forces, mais Brian s'élançait déjà à sa poursuite.

– Espèce de salope, reviens !

Les larmes embuaient les yeux de la jeune fille. Il n'y avait aucune échappatoire.

Le chemin se réduisait à une piste cahoteuse sous la frondaison des arbres et continuait en ligne droite. Brian était beaucoup plus fort qu'elle, et aussi plus rapide.

Elle ne parviendrait pas à le semer.

Il lui fallait trouver une solution, et vite. Sans réfléchir, elle s'écarta du sentier et fonça tête baissée dans l'obscur manteau de la forêt.

La voix du garçon résonna derrière elle. Un avertissement qui sonnait comme la promesse des pires tourments.

– Tu crois pouvoir m'échapper ? Si tu savais depuis combien de temps je rêve de toi ! Je vais te faire du mal, ma grande, et je prendrai mon pied !

Les menaces se transformèrent très vite en une véritable chasse à l'homme.

La jeune fille bifurquait au hasard entre les immenses troncs, s'enlisant dans un labyrinthe végétal qui se resserrait peu à peu sur elle.

Le ciel n'était plus qu'un lacis de branches et de feuillage dense.

Sa respiration lui brûlait la gorge, mais elle ne pouvait pas s'arrêter. Brian était toujours derrière elle et beuglait dans le vide, comme pour maintenir le gibier sous tension.

Un, deux, trois virages supplémentaires.

Elle enjamba un tronc pourri par l'humidité.

Au bord de l'épuisement, elle ralentit la cadence, la poitrine en feu. Sa vision se troublait.

Une branche craqua sur sa droite et elle crut défaillir. Brian était là, à quelques mètres d'elle, un masque de haine pure en guise de visage.

– Tu n'aurais pas dû m'énerver, ma chérie.

La jeune fille poussa un cri bref et tenta de s'éloigner. Son pied rencontra un obstacle mou, organique, et elle s'effondra tête la première sur le tapis de feuilles mortes.

Elle était perdue. Brian sauta sur elle à la vitesse d'un prédateur et la retourna sur le dos.

Ils ne sentirent pas tout de suite l'odeur.

Il gifla plusieurs fois l'adolescente pour l'obliger à se tenir tranquille et empoigna sa queue de cheval.

– Toi et moi, on va passer un bon moment. Je te le garantis.

Tout à coup, le garçon se figea. Les remugles pestilentiels venaient de frapper ses narines. Une remontée acide plia son estomac en deux et il se mit à tousser à s'en rompre les poumons.

– Putain, c'est quoi ça ?!

La puanteur de chair en putréfaction lui coupa toute envie. Il prit subitement conscience du silence envoûtant des lieux. Un vent mauvais charriait des miasmes d'humus et de pourriture, qui s'infiltraient jusque sous leurs couches de vêtements.

Cela n'émanait pas d'un animal, mais de quelque chose… d'autre. De bien plus gros.

Brian observa la jeune fille avec une lueur de panique au fond des yeux.

– Où est-ce que tu m'as emmené ?

Celle-ci ne répondit pas et se redressa lentement, le poing serré sur une pierre qu'elle venait de ramasser.

– Oh, je te cause !

Il ne vit pas le coup arriver. Une des arêtes de la pierre vint entailler son cuir chevelu et il s'écroula en hurlant.

Son visage vint s'écraser dans un paquet d'entrailles grouillantes de vers. Le goût du sang, le sien, mêlé à celui, plus sombre, des viscères, lui arracha un cri d'horreur.

La jeune fille se sauva sans se retourner une seule fois.

CHAPITRE 2

Mardi 14 janvier 2020

Lucas Dorinel regardait le paysage défiler à travers la vitre du train. L'hiver s'était froidement abattu sur les campagnes, déposant son immense voile gris sur les champs détrempés. Les arbres avaient perdu leurs couleurs chatoyantes et ressemblaient à des silhouettes dénudées, les branches tordues par quelque malformation.

Cette situation lui semblait irréelle.

Il y a encore quelques jours, il s'apprêtait à réserver son billet d'avion pour l'île de Malte. Besoin urgent de chaleur, de s'évader. Passer le jour de l'An en Méditerranée, à des milliers de kilomètres de la grisaille bretonne.

Tout était bouclé. L'hôtel, les randonnées, les restaurants…

Il avait passé des nuits entières sur le Net à programmer son voyage, à s'imaginer nager dans les eaux turquoise. Seul au monde. Puis il y avait eu ce coup de téléphone de Paris, lui rappelant le temps où il occupait le poste de commandant à la brigade criminelle.

Une éternité.

Il avait fermé les yeux et écouté en silence. L'homme au bout du fil était Gabriel Darui, son ancien lieutenant. Un mec doté d'une belle sensibilité et particulièrement efficace. Lucas l'avait toujours apprécié. Promu au grade de capitaine à la suite de son départ, Gabriel n'avait pas simplement appelé pour bavarder.

La voix étranglée par l'émotion, il lui avait annoncé le décès de son épouse après six ans d'une lutte acharnée contre le cancer. Lucas avait bien connu Pauline. Une femme séduisante et discrète. Il l'avait rencontrée pour la première fois lors d'un dîner à la maison. Alice, sa petite amie, avait préparé un délicieux bœuf bourguignon, tandis que Gabriel avait apporté deux de ses meilleures bouteilles de la cave pour l'occasion.

Les deux femmes avaient vite sympathisé et l'alcool aidant, peu après le dessert, Pauline avait fini par demander à Lucas comment un bourru tel que lui avait pu brancher une fille aussi gentille qu'Alice.

Gabriel était devenu rouge de honte tandis qu'Alice avait recraché son verre en s'esclaffant. Les hommes s'étaient dévisagés, mal à l'aise, mais l'atmosphère s'était rapidement détendue au profit de l'hilarité générale.

Désormais, Pauline n'était plus là. Alice non plus.

Et Lucas quittait la Bretagne, deux ans après y avoir posé ses valises. On attendait de lui qu'il reprenne du service. Gabriel s'était déplacé en personne afin de le convaincre. Essayer, du moins.

Le deal était le suivant : un entretien au préalable avec le boss de la crim, Olivier Pantin. Déjà un sacré obstacle. Le but étant de passer le contrôle technique pour une revue en règle, comme une vieille bagnole. Même s'il avait été l'un des meilleurs éléments de la brigade, sa grande carcasse rouillée demandait certainement une remise à niveau.

Voilà pour l'aspect théorique.

Ensuite, intégrer l'équipe du Bélier. En était-il capable ?

Lucas tapa nerveusement le plancher avec son talon et interrogea sa montre. Le train arriverait gare Montparnasse dans moins d'un quart d'heure. Il sortit une photo d'Alice de son portefeuille et fit tendrement glisser son pouce dessus.

Pas un seul jour ne passait sans qu'il pense à elle. La douleur avait diminué, s'effaçant au même titre que ce terrible sentiment de culpabilité. Pourtant, son cœur, lui, ne guérirait jamais vraiment. La blessure se rouvrait parfois, sans prévenir, comme un rappel du passé. Et les larmes tombaient, si grosses qu'elles obstruaient sa gorge et noyaient son regard.

En réalité, il appréhendait ce retour.

Comment tourner la page et avancer ? Comment reconstruire ce vide qu'avait laissé Alice ?

Revenir à Paris s'apparentait à un bond en avant, mais aussi à un retour en arrière.

Drôle de paradoxe.

Il replia la photo pour la remettre dans son portefeuille, avant de se lever et de préparer ses affaires. Ses effets personnels se réduisaient au strict minimum et l'ensemble tenait dans un sac de sport. Gabriel avait proposé de le loger chez lui le temps qu'il s'acclimate, mais il avait préféré décliner l'invitation.

Bien que cette offre soit pétrie de bonnes intentions, il ne voyait pas d'un bon œil le fait de cohabiter avec un homme dont l'épouse venait de décéder.

Le train ralentit à l'approche de la gare et Lucas s'avança vers l'avant de la cabine, la tête remplie de doutes. Les portes de la voiture s'ouvrirent dans un chuintement mécanique et il sauta sur le quai avant que le flot de voyageurs ne se déverse en un bloc compact.

Il était convenu avec le commandant Éric Blasco qu'ils se retrouvent sur le parvis de la gare. Harnaché sous une épaisse doudoune, ce dernier faisait le pied de grue près d'un panneau publicitaire. Leurs regards se croisèrent au moment où Lucas sortait du hall principal.

– Un revenant, fit sobrement le Bélier en venant à sa rencontre.

Avec son physique trapu et ses méthodes rudes, c'était au sein de la crim que Blasco avait acquis son surnom de Bélier. Ce qui, il l'admettait volontiers, n'était pas pour lui déplaire. Il partageait avec Lucas le goût du contact avec les suspects, même s'il savait se montrer plus mesuré que son collègue.

Peu enclin aux marques d'affection, il garda les mains dans ses poches et désigna le sac de sport en bandoulière.

– Tu n'as que ça ?

– Je préfère voyager léger.

Un infime sourire retroussa les lèvres du commandant.

– T'as peur de regretter ?

– Je redoute plutôt de m'habituer.

Hochement de tête. Silence gêné. Les conditions de son départ, deux ans plus tôt, étaient restées opaques, donnant du grain à moudre aux officiers du 36. Le Bélier avait pris le pouvoir, Gabriel du galon, mais ce brusque exil en terres brestoises en avait étonné plus d'un.

Aucun commentaire, aucun adieu, comme s'il avait été sèchement préférable de couper les ponts. L'eau avait coulé et fini par arrondir les angles, emportant au passage toute la colère initiale et cette sale impression qu'on leur avait caché une part de vérité.

– Je suis stationné en double file, on ferait mieux de ne pas traîner.

Il tourna les talons et Lucas lui emboîta le pas. Il jeta son sac dans le coffre de la Megane banalisée et s'installa sur le siège passager.

– Je suis heureux que tu sois de retour parmi nous, lâcha le Bélier en mettant le contact. Je n'aurais pas cru ça possible.

Le ton était froid, distant, mais sincère.

– Moi non plus. Je pensais qu'on avait fini par m'oublier.

Éric clipsa son smartphone sur son support, actionna son clignotant puis s'inséra dans le flot de véhicules circulant sur le boulevard.

– Tu plaisantes ? Personne ne t'a jeté dehors si c'est ce que tu penses.

La version officielle, du moins celle que l'on avait servie aux équipiers de Lucas, était que la mort accidentelle d'Alice l'avait anéanti. Incapable de reprendre son poste, il avait demandé sa mutation quelques jours plus tard.

Requête acceptée dans la foulée, ce qui n'avait pas manqué de faire réagir dans le microcosme du Bastion. C'était il y a deux ans, et Lucas se doutait que l'heure des explications viendrait.

Le commandant se contenta pour l'instant de l'observer du coin de l'œil.

– Je sais que ça doit te paraître bizarre de revenir sous mes ordres. Mais si cela peut te rassurer, je suis impatient que notre collaboration redémarre. Tu es quelqu'un de très apprécié.

Lucas ne répondit pas, le visage cadenassé.

– Merci pour la pommade.

– C'est ta manière de te protéger, la mauvaise humeur ? Imagine un peu la gueule sur le papier, l'équipe réunie comme au bon vieux temps. J'en ai envie, tout le monde en a envie. Et si t'as sauté dans ce train jusqu'à Paris, alors peut-être que c'est aussi ton cas.

– Même Pantin ?

– À ton avis ? S'il appuie ma demande et juge bon de te rappeler, alors fonce ! Je sais que... Je peux comprendre que ce soit délicat. Mais on sera tous derrière toi. Et si tu n'apprécies pas que je sois le nouveau chef de groupe, tu m'en vois navré.

Lucas secoua la tête.

– Mon supérieur à Brest s'appelait Éric, ça ne me changera pas.

– Et le courant passait bien entre vous ?

– Je n'irai pas jusque-là.

Puis le silence revint s'installer.

Visiblement embarrassé, Blasco mit l'autoradio en marche pour tromper l'ennui. Une voix masculine s'éleva dans l'habitacle et s'inséra entre les deux hommes, telle une barrière invisible.

Un deux-roues se faufila avec aisance entre les voitures, frôlant les carrosseries comme s'il cherchait à forcer le passage. Blasco klaxonna pour la forme à plusieurs reprises, excédé par la lenteur du trafic.

Son irritation ne l'empêcha pas d'être contraint de freiner aux abords d'un carrefour.

– Un trajet qui devrait mettre dix minutes en temps normal prend l'allure d'un marathon à cause de ces foutus feux rouges. Tu m'étonnes qu'on s'énerve au...

Lucas n'écoutait déjà plus la diatribe du Bélier, toute son attention focalisée sur le rétroviseur latéral. Une scène étrange se déroulait sous ses yeux : une femme visiblement perturbée arpentait d'un pas nerveux le rebord du trottoir.

Grande, cheveux en bataille et silhouette osseuse, elle surveillait la foule qui déambulait d'un air affolé, comme si elle guettait quelqu'un… ou quelque chose.

Tandis que les lamentations du commandant parasitaient toujours une partie de son esprit, son regard fut attiré par un bus surgissant pleins gaz sur sa voie. La jeune femme le vit aussi et s'avança lentement.

Le bus ne ralentit pas.

– Oh non, pas ça ! Pas ça ! s'époumona Lucas en détachant sa ceinture de sécurité.

Trop tard. Elle attendit le tout dernier moment pour bondir sur la chaussée, sous les cris horrifiés des passants.

CHAPITRE 3

Le choc fut terrible.

Le conducteur n'eut pas le temps de réagir et percuta la jeune femme de plein fouet. Le bas de caisse frappa ses jambes, les cassant au niveau des tibias, et presque au même instant sa poitrine fracassa le pare-brise en un effroyable craquement d'os et de verre.

Happée par le souffle du véhicule, sa tête éclata sous la pression des pneus et son corps désarticulé fut traîné sur plusieurs mètres, avant que le bus ne freine dans un interminable crissement de pneus.

Un silence de mort s'ensuivit, puis la réalité rattrapa les spectateurs du drame au galop. Lucas sauta hors de la Megane et se précipita vers l'endroit où gisait la victime.

Il écarta les bras et refoula *manu militari* un curieux qui s'approchait du cadavre.

– Poussez-vous de là ! Dégagez !

La jeune femme n'était plus qu'un amas de chairs tordues et brûlées par le feu du bitume. Le haut du crâne avait explosé contre le pare-brise et répandu sa matière grise en flocons spongieux sur la chaussée.

Un attroupement commençait à se former sur le trottoir. Personne ne bronchait, mais les expressions épouvantées suffisaient à exprimer toute l'horreur de la situation. Le Bélier arriva enfin à hauteur de son équipier, portable en main.

– Les renforts arrivent. Bon Dieu de merde… Tu as tout vu ?

Lucas acquiesça lentement, le regard rivé sur la morte.

– Dans le rétroviseur. Elle a sauté au dernier instant, le conducteur n'a rien à se reprocher. Elle… elle était là, à tourner telle une lionne en cage. Et puis…

Blasco posa sa main sur l'épaule de Lucas. Les sirènes des pompiers retentissaient déjà, quelque part au loin. Des pleurs hystériques montaient à présent de la foule, et Lucas nota avec écœurement que certains tenaient leur smartphone à bout de bras, tout heureux de pouvoir filmer la dépouille.

Furibond, il s'avança vers l'un d'eux et lui arracha le portable des mains. Le type n'eut pas le temps de protester que Lucas projetait le téléphone contre le sol de toutes ses forces.

– Mais putain, vous vous prenez pour…

La fin de sa phrase s'étrangla dans sa gorge et ses yeux s'écarquillèrent : Lucas venait de le soulever du sol pour cogner son front contre le sien.

– T'as aucun respect ! Si c'était ta femme qui venait de se suicider, tu serais là à filmer comme un con, hein ? Ça va t'apporter quoi ?

Le Bélier s'interposa et réussit à lui faire lâcher prise. L'homme retomba sur les fesses et se tailla un chemin en catimini entre la forêt de jambes. Le commandant revint vers son équipier en l'empoignant par l'avant-bras.

– Tu veux te faire remarquer ? Qu'est-ce que je vais raconter à Pantin si tu démolis un pauvre gars dès ton premier jour ?

– Qu'il l'avait bien mérité, répliqua Lucas sur un ton glacial.

– Tu retrouves le sens de l'humour, c'est bien. J'espère que t'as autant la gnaque pour reprendre du service.

Lucas l'ignora et regarda sa montre.

– Bon, qu'est-ce qu'ils foutent ? T'es certain d'avoir composé le bon numéro ?

Le Bélier soupira. Raisonner Lucas avait toujours été difficile et son exode en terres bretonnes ne semblait pas l'avoir assagi. Les pompiers déboulèrent soudain au coin de la rue, suivis de près par deux voitures banalisées.

– La cavalerie arrive, grommela Lucas.

– Laisse-moi gérer, ordonna le Bélier. Pour un peu, tu cognerais l'un des nôtres.

Le commandant se dirigea vers les officiers en uniforme qui se garaient en catastrophe le long de la voie de bus. Le plus urgent allait être de barrer la route et de maintenir à l'écart les fauves prêts à dégainer leur portable.

Les pompiers se ruèrent vers le cadavre ensanglanté de la jeune femme tandis que trois officiers s'organisaient pour faire reculer les badauds, agglutinés comme des mouches sur le trottoir. De grosses mouches à viande.

Le Bélier revint vers Lucas en raccrochant de nouveau son téléphone, l'air contrarié.

– Pantin nous attend. On décolle.

CHAPITRE 4

– Putain, Éric ! Je t'envoie chercher Lucas à la gare et tu me refourgues en prime un cadavre sur les bras.

Olivier Pantin fulminait.

Le directeur central de la PJ était assis sur le coin de son somptueux bureau, dans les locaux situés rue des Saussaies, à deux pas du ministère de l'Intérieur. Son regard noir et profond alternait entre Éric et Lucas. L'aura qui se dégageait de lui était si forte qu'aucun des deux ne bronchait.

Grand, sec, arborant une moustache blanche finement ciselée sur un visage taillé à la serpe, Olivier Pantin se tenait le dos bien droit. Habillé d'un complet anthracite cintré à la taille, il incarnait l'ancienne génération, adepte d'une discipline de fer.

L'homme respirait l'intransigeance, mais il se dégageait de lui une certaine forme de lassitude. Ses épaules s'abaissèrent dans un soupir agacé et il s'adressa à Lucas d'un ton plus modéré :

– On peut pas dire que ton retour se fasse dans les meilleures conditions.

Piqué au vif, le Bélier réagit au quart de tour :

– Ce n'est quand même pas ma faute, Monsieur, si…

Le chef de la PJ le coupa d'un revers de main.

– Je ne t'accuse de rien, je sais que ce n'est pas toi qui as renversé cette pauvre femme.

Le Bélier serra les dents. Si ce n'était pas une accusation, cela en avait tout l'air. Son téléphone sonna et il s'excusa en sortant de la pièce. Pantin attendit que la porte soit refermée pour décocher un sourire sincère à Lucas.

Il se leva et retourna à son fauteuil.

– Installe-toi, veux-tu !

Lucas s'avança et tira une lourde chaise au tissage vert et usé. Une fois assis, le directeur se pencha en avant et détailla son vis-à-vis : ses joues étaient creusées, ses pommettes plus saillantes, mais ses prunelles grises, telles deux ombres hypnotisantes, ne trompaient pas : l'ancien commandant de police était aussi affamé qu'auparavant.

Les rides du lion étaient si marquées qu'il émanait de lui quelque chose d'inquiétant, prompt à déstabiliser ceux qu'il avait en face de lui.

Quoi de plus normal, après tout ce qu'il avait vécu…

Pantin lorgna sa barbe taillée de près dont la pilosité commençait à blanchir.

– Tu vieillis, plaisanta le directeur.

– Emmanuel Bacquet m’a un peu aidé, rétorqua Lucas.

Olivier Pantin se raidit à l’évocation de cet homme, mais ne laissa rien transparaître. Seul un léger grincement de dents marqua son approbation. Son timbre se fit néanmoins plus âpre :

– Ce fils de pute a eu ce qu’il méritait. Son corps n’a jamais été retrouvé et nous ne risquons rien tant que nous parvenons à tenir nos langues. Si tu es inquiet, sache que, depuis ton départ, personne n’est venu m’emmerder à ce sujet.

– Moi non plus.

Lucas détourna les yeux une fraction de seconde. Un journaliste brestois avait bien essayé de déterrer cette histoire, mais ses investigations s’étaient rapidement heurtées à un mur.

Un mur nommé Olivier Pantin.

Le directeur s’adossa à son fauteuil, satisfait.

– Alors, ne te tracasse pas. Tu as fait ce qui était juste.

Une étincelle sarcastique enflamma le regard du lieutenant.

– J’ai tué un homme de sang-froid, je me suis acharné sur son cadavre pour venger la mort d’Alice. Tu comprends le calvaire que j’ai enduré ? Tu as idée des cauchemars qui hantent mes nuits depuis deux ans ?

Olivier Pantin leva une main pour l’inviter à se calmer.

– Et te maintenir dans tes fonctions aurait fini par me péter entre les doigts. Il n'y avait pas d'autre issue possible, tu le sais.

– Je ne t'en veux pas. Tu as sauvé ta peau, et la mienne par la même occasion. Mais ne dit pas que c'était… juste.

Le directeur inclina son menton en signe d'apaisement.

– Excuse-moi, c'était malavisé de ma part.

Constatant que le Bélier ne revenait pas, le patron de la PJ se leva et tapota le bureau du bout des doigts :

– Passons aux choses sérieuses. Tu es au courant, Éric désire te voir réintégrer la brigade. Ton départ est resté incompris pour beaucoup et on manque constamment de forces vives, c'est la raison pour laquelle je ne m'oppose pas à cette idée.

– Qu'est-ce que j'y gagne ?

– Une occasion en or de te remettre sur de bons rails. Plutôt intéressant, non ?

Lucas posa son coude sur la chaise et se frotta le menton, pensif.

– T'es certain que l'affaire s'est tassée ?

– Tu crois que je te tends un piège ? J'ai des comptes à rendre au ministère. Mais rappelle-toi une chose : c'est moi qui dirige les unités. Et si tu te tiens tranquille, l'IGS viendra pas nous casser les couilles en remuant le passé.

– Merci, répondit Lucas après quelques secondes.

– C'est un oui ?

La porte du bureau s'ouvrit brusquement sur le commandant Blasco, coupant court à la discussion. Son air renfrogné alerta le directeur, qui plissa le front.

– Un souci ?

– Un baptême du feu pour toi, Lucas. Un type retrouvé mort à son domicile, sur la commune de Bondy. J'ai pas tout compris, mais c'est sa voisine de palier qui aurait lancé l'alerte. Il semblerait qu'un homme soit venu sonner chez elle pour l'avertir avant de s'enfuir à toutes jambes.

– Cet homme, elle le connaissait ?

– A priori de vue, mais ce n'était pas un habitant du quartier. Le mieux serait de se rendre sur place. Gabriel et Noémie t'y attendront.

Olivier Pantin ouvrit alors un tiroir de son bureau au moment où Lucas se levait.

– Ne pars pas sans ton sésame, dit-il en glissant devant lui un badge frappé du drapeau tricolore sur l'angle supérieur. Bienvenue en enfer, mon ami.

CHAPITRE 5

L'enfer sur terre. Pantin ne lui avait pas menti.

Pour son retour aux affaires courantes, Lucas se retrouvait parachuté au pied de La Sablière, cité HLM la plus importante de Bondy avec ses 376 logements sociaux. Un paysage de béton, symbole délabré d'une crise du logement colmatée à la hâte au sortir de la Seconde Guerre mondiale.

Construits à l'origine pour désengorger les logements surpeuplés des grandes villes et offrir le confort moderne aux citoyens, ces quartiers étaient devenus au fil du temps des lieux de ségrégation sociale. Ils polarisaient désormais les dysfonctionnements de notre société : explosion du chômage, insécurité, échec scolaire, tensions interculturelles…

Les zones dites « sensibles » étaient ainsi devenues le défouloir d'une France déchirée, prompte à désigner le coupable de ses malheurs.

– Saloperie, grogna Lucas en claquant la portière de la Megane.

Son pied droit venait de s'enfoncer dans une large crevasse saturée d'eau croupie. Il leva son mocassin en cuir en soupirant.

– C'est bien ma veine, ces conneries.

– On ne dit pas que ça porte chance ? sourit le Bélier.

– Vu le décor, je m'abstiendrai de répondre.

Éric Blasco se contenta de hocher la tête et se dirigea vers l'endroit où convergeaient plusieurs véhicules. Police, pompes funèbres, Identité judiciaire : le cortège de la mort était au complet, ses occupants déjà sur le pont.

Peu à peu, une connexion s'établit chez Lucas, et tout devint subitement plus concret. L'odeur de la mort ne l'avait jamais vraiment quitté, et ce n'était qu'une question de temps avant que les automatismes ne se remettent en place.

Une poignée de journalistes négociait avec deux officiers pour leur soutirer des informations, mais ces derniers restaient de marbre face aux charognards.

Le voisinage, lui, s'attroupait calmement autour du cordon de sécurité.

Alimenter l'horreur quotidienne, encore et toujours. Jusqu'à satiété.

Au Moyen Âge, les exécutions se déroulaient sur la place publique, comme un divertissement familial accordé de bonne grâce à la foule. On brûlait, pendait, démembrait, écartelait aux yeux de tous.

Ce désir de voir le sang couler imprégnait déjà nos ancêtres.

Le Bélier désigna l'immeuble vétuste.

– Je me charge des vautours. Toi tu files au neuvième étage.

Lucas obéit et traversa l'allée sous les regards brûlant d'interrogations. Le hall d'accueil, froid et austère, débouchait sur un escalier recouvert de lino patiné. Il opta pour le vieil ascenseur dont les portes métalliques grincèrent en s'écartant.

Neuvième étage…

Il détestait ces scènes de meurtres inaccessibles. Installer le matériel tenait parfois du parcours du combattant pour les gars de la Scientifique, et l'endroit se transformait très vite en fourmilière où chaque intervenant se bousculait.

Rien de tel pour corrompre les indices.

La montée dura environ deux minutes, au cours desquelles Lucas s'appuya contre la glace piquetée de rouille en fermant les yeux. Il n'était à Paris que depuis trois heures. Bilan : un suicide et un meurtre. Et pour lui, un envoi au charbon.

À ce rythme, il finirait la journée avec un ulcère.

La cabine se stabilisa dans un dernier soubresaut avant de recracher le lieutenant.

Couloirs étriqués, auréoles de salpêtre aux murs et peinture sclérosée. À quoi bon entretenir ce que le gouvernement ne voulait plus voir ?

– Lucas !

Celui-ci tourna la tête en reconnaissant la voix de l'homme qui venait de l'interpeller.

Gabriel.

Les deux policiers échangèrent une franche accolade, sans se préoccuper des circonstances.

– Je compte les mouches depuis vingt minutes, plaisanta le capitaine en s'écartant un peu. Comment te sens-tu ?

– Secoué. J'ai l'impression d'être pris à la gorge depuis mon arrivée.

– Blasco m'a expliqué pour la jeune femme qui s'est jetée sous un bus. C'est terrible. Désolé de ne pas être en mesure de te remonter le moral, mais ce qui t'attend n'est franchement pas une partie de plaisir.

– On en est où ?

– C'est du costaud. Le légiste s'arrache les cheveux à essayer de comprendre comment extraire le corps pour l'examiner.

Lucas haussa un sourcil interrogateur.

– « Extraire » ?

– Je vois pas d'autre mot. Allez, fais-moi confiance et suis le guide.

CHAPITRE 6

La porte de l'appartement était grande ouverte, comme pour aérer la scène viciée par les relents de chairs mortes. Une dizaine de personnes s'activaient à l'intérieur, dans une chorégraphie silencieuse où chacun réglait ses pas sur ceux des autres.

Sur le palier, une vieille dame conversait à grand renfort de gestes amples avec une très belle femme aux traits asiatiques. Lorsque Lucas parvint à sa hauteur, celle-ci leva sur lui ses yeux en amande et le gratifia d'un magnifique sourire.

Noémie Egawa était la seconde lieutenante du groupe Blasco. À l'époque, Lucas était allé la convaincre en personne de rejoindre les rangs de la brigade criminelle. Un lien puissant s'était alors développé entre eux, comme un trait d'union coulé dans le marbre.

Et là, tout de suite, son sourire lui noua l'estomac. Son départ pour Brest avait été un désaveu, une manière simple et rapide de fuir ses responsabilités. Il avait agi comme un lâche en tournant le dos à ses équipiers, et pourtant ceux-ci lui réservaient aujourd'hui un accueil des plus chaleureux.

Gabriel le ramena au présent, alors qu'ils pénétraient dans le logement.

– Notre victime s'appelait Julien Baron. Sans emploi, il avait quarante-sept ans et vivait seul.

Un premier détail frappa Lucas : l'appartement était entièrement plongé dans le noir.

– L'électricité est coupée ?

– Non, c'est normal. Toutes les ampoules sont rangées sous l'évier de la cuisine.

– Je pige pas. C'est vous qui les avez enlevées ?

Gabriel secoua la tête en allumant sa Maglite. Le halo projeta un cercle blafard sur les murs et accrocha une multitude de bougies fondues, posées sur un mobilier maculé de cire.

L'air empestait la paraffine.

– C'est le gardien des *Contes de la crypte* qui vivait ici ?

– Pas loin. Tu as des bougies dans chaque recoin. On a même retrouvé deux énormes cierges pascals dans la cuisine. Le mec s'éclairait à la dure et n'ouvrait jamais ses volets. Je te raconte pas le budget allumettes.

Le faisceau lumineux éclaira une succession de tableaux de différentes tailles, et le lieutenant réprima une grimace : chaque toile représentait une carcasse animale éventrée. La perspective était étrange, légèrement ondulée et brouillonne, conférant une aura malsaine aux peintures.

Sur l'une d'elles, le fond bleu jurait avec le cadavre d'un bœuf éviscéré au premier plan. Sur une autre, figurait une immense raie dépecée, dont les boyaux dégueulaient sur une table recouverte d'une nappe blanche.

La mort animale sous toutes ses coutures. Chacune des œuvres macabres était signée du même nom d'artiste : Desmodus.

– Tu connais ? demanda Lucas à son collègue.

Haussement d'épaules désabusé.

– Depuis environ une demi-heure. C'est croustillant.

Gabriel passa devant et brandit sa lampe de manière à montrer le chemin à suivre.

– J'arrête de te faire languir. Il est temps de passer aux choses sérieuses.

CHAPITRE 7

Le cadavre se trouvait dans le salon.

Les techniciens de la police scientifique déambulaient tels des fantômes à travers la pièce, traquant les indices susceptibles d'ouvrir une piste. Un officier donnait ses instructions au photographe de l'Identité judiciaire qui ne semblait plus savoir où donner de la tête.

Deux projecteurs montés sur trépied éclaboussaient d'une lumière crue une malle disposée au centre de la pièce. Le légiste, le dos courbé au-dessus, grommelait des mots incompréhensibles.

En voyant les deux silhouettes s'approcher, il se redressa et salua sèchement Lucas.

– Putain, j'en ai ma claque de ces tarés. C'est de pire en pire.

Le lieutenant ne répondit pas et se pencha à son tour. La chair de poule fit frémir sa peau. Un homme gisait au fond de la malle, son corps nu et brisé, compressé dans une posture grotesque. Ses jambes repliées de force contre le bassin étaient pulvérisées au niveau des rotules, la chair molle de ses membres tailladée jusqu'à l'os.

– Son agresseur lui a écrasé les articulations au moyen d'un objet lourd et perforant, genre marteau. Cela a provoqué une rupture complète des tendons et de multiples fractures.

– De son vivant ? interrogea le lieutenant.

Le légiste secoua la tête.

– Il n'y a pas eu d'effusion de sang, ce qui signifie que le cœur avait cessé de battre. Les dilacérations que vous voyez ont également été infligées *post mortem*. L'immeuble entier l'aurait entendu hurler, sinon.

– À moins qu'on ne l'ait drogué ?

– La barrière chimique aurait volé en éclats face au supplice, et ce, dès le premier coup porté. Non, le pauvre gars était déjà mort.

Lucas jeta un rapide coup d'œil autour de la malle. Son contenu avait été vidé à la hâte sur le sol avant d'accueillir la dépouille, point culminant d'une cérémonie macabre.

– On a retrouvé le marteau ?

– Pas pour l'instant. Le tueur l'a sûrement emporté avec lui.

Lucas avança le menton au-dessus de la « sépulture » et fronça les yeux. Une étoffe brodée entravait le cou du cadavre. Le légiste le devança :

– Sans conteste l'arme du crime. Présence d'ecchymoses faciales, spume rose aux commissures des lèvres, on retrouve ensuite le classique sillon cervical ainsi que des zones d'écorchures superficielles autour du cou. Étrangler un homme adulte à l'aide d'un lien demande une force colossale.

Lucas se redressa, le nez pincé.

Il se prenait en pleine face le retour à la réalité. Nerveuse, lugubre, sans espoir de retour. Quel instinct le poussait à revenir patauger dans le marécage de l'âme humaine ?

– Le tableau ne colle pas, souffla-t-il après quelques secondes.

– Quoi donc ? demanda Gabriel en croisant les bras.

– La mort par strangulation. Puis ce simulacre de démembrement, comme si le tueur cherchait à se débarrasser du corps. C'est théâtral, tout est planifié, organisé. Il prend le temps de le déshabiller, de lui fracturer les articulations de manière à le fourrer à l'intérieur de cette malle, et pour finir il le mutile. Pourquoi reprendre le marteau si c'est pour nous laisser le foulard ? Ce geste est intentionnel. Ce n'est pourtant qu'un bout de tissu, mais l'assassin lui accorde suffisamment d'importance pour compléter son œuvre.

Lucas observait d'un air dubitatif la victime pilonnée au fond de son cercueil, la pointe de ses pieds venant effleurer sa poitrine de manière absurde.

Pourquoi le meurtrier avait-il choisi d'intégrer l'arme du crime dans sa mise en scène ? Quelle valeur revêtait-elle à ses yeux ?

Le légiste profita de ce silence pour reprendre la parole :

– Je vous ai réservé le meilleur pour la fin.

Il se plia en deux et releva la lèvre supérieure du cadavre avec son index ganté.

– À vérifier si ce sont bien des vraies, mais ça m'en a tout l'air.

Les canines étaient taillées en pointe et anormalement longues.

– C'est quoi ces conneries ?

– Les détails trompent rarement. Ce type vivait dans le noir complet et se chauffait à la bougie. Sans oublier ces foutus tableaux.

Lucas visualisait les toiles accrochées dans le couloir. Ces carcasses animales écorchées, vidées de leurs organes. Et cette signature, *Desmodus*. Du croustillant, à en croire Gabriel.

– Qui est Desmodus ?

– Personne, sauf pour un esprit tordu. Les tableaux sont des reproductions personnelles d'un célèbre peintre biélorusse du début du XXe siècle : Chaïm Soutine. Un artiste introverti, hyper émotif, violent envers lui-même et son œuvre. On le disait maudit. Le prototype de l'écorché vif.

– Vous êtes calé en art ? s'étonna Lucas.

– J'aime me rendre à des vernissages, quand ce ne sont pas de simples visites au musée. À Paris, ce n'est pas ce qui manque. Cela me transporte ailleurs, et Dieu sait que j'en ai parfois besoin.

Lucas approuva d'un léger signe de tête.

– Soutine est né dans une famille juive orthodoxe. Persécuté par un régime nazi condamnant toute forme d'expression, il a fui très tôt son pays pour la France. L'un de ses thèmes de prédilection était la nature morte. C'est ce que vous avez eu sous le nez tout à l'heure. Des carcasses à l'esthétisme dérangeant, puisées directement dans une enfance traumatisée par la vue de bêtes découpées.

– Et le rapport avec la victime ?

Gabriel intervint :

– Une des pièces de son appartement lui servait d'atelier. D'ailleurs, c'est la seule, avec la salle de bains, où il a conservé les ampoules. Plusieurs de ses toiles prennent la poussière dans un coin, on n'a touché à rien pour l'instant.

Lucas fit le rapprochement.

– Cela veut dire que…

– Que Desmodus est l'homme qui git dans cette malle.

– OK, et qu'est-ce que cela signifie ?

Le légiste pointa du doigt les canines aiguisées du mort.

– Desmodus est le nom scientifique pour désigner les chauves-souris vampires.

CHAPITRE 8

– Ce type se prenait pour un vampire ?

– Je pense surtout que c'était un homme en proie à ses démons, poursuivit le légiste. Soutine éprouvait une fascination particulière pour le sang, quasi charnelle. Il peignait les chairs avec fureur et saccageait ses toiles une par une tant qu'il ne s'estimait pas satisfait. Son acharnement l'isolait toujours un peu plus de ses contemporains. Je ne vais pas vous faire un cours, mais si vous cernez la personnalité du peintre, alors vous obtiendrez probablement celle de la victime.

Le lieutenant soupira, peu enclin à s'amuser au jeu des comparaisons. Tout ce qu'il avait pour l'instant, c'était un homme affublé de dents de vampire, ses membres brisés et labourés en profondeur.

Les ombres des techniciens dansaient toujours sur les murs, le frottement de leur combinaison semblable à des murmures échappés des ténèbres. L'un d'eux s'approcha de Gabriel, la voix étouffée par un masque à usage unique.

– On a mis la main sur du lourd, vous devriez venir voir.

Son regard glissa un bref instant sur la malle, avant de revenir vers le chef de groupe.

– De vous à moi, ce type était un grand malade. Pas étonnant que sa mort ait été aussi violente.

La réplique déconcerta les deux policiers, qui s'observèrent sans comprendre.

– C'est dans la cuisine que ça se passe, déclara le technicien.

Gabriel et Lucas remercièrent le légiste avant de suivre l'agent engoncé dans sa blouse blanche.

– Julien Baron possédait deux frigos. On n'a pas tilté tout de suite, mais c'est plutôt inhabituel pour une personne seule. Cet homme vivait à l'évidence sous le seuil de pauvreté, que pouvait-il y stocker d'autre que de la nourriture ?

Lucas ignorait la réponse, mais une vague de terreur coula soudain le long de son échine. Dans la cuisine, un spot lumineux braqué sur un réfrigérateur de taille moyenne éclairait son contenu.

Suspendues à une tringle, cinq poches médicales gonflées de sang remplissaient l'espace.

– On en a récupéré deux autres vides dans la poubelle. Je vous laisse libres de la conclusion.

Gabriel demanda une paire de gants en latex à l'un des agents présents, puis attrapa une des poches chargées d'un sang presque noir. Elle était assez lourde, ce qui ne manqua pas de le surprendre.

– Ne me dites pas qu'il se nourrissait de sang ?

– Et pourquoi pas ? répliqua Lucas à voix basse. S'il prétendait être une créature de la nuit, cela n'aurait rien d'étonnant.

– C'est du délire. Où se le procurait-il ? Tu le vois se présenter à une banque de sang comme à un supermarché ?

– Inutile de s'énerver. Il n'y a aucune étiquette dessus, c'est normal ?

Le technicien s'empara de la poche de sang.

– Justement, non. Les transfusions sanguines font l'objet d'une réglementation stricte. Chaque poche possède un numéro d'identification, ainsi que le nom du donneur et l'endroit où s'est déroulé le don. Tout est soigneusement tracé afin d'éviter les pertes.

– Les pertes ?

– Le sang est un produit périssable. Comptez environ une trentaine de jours pour une poche comme celle-ci. C'est pourquoi elles doivent toutes être datées, et surtout respecter la chaîne du froid. Un simple réfrigérateur s'avère suffisant, à condition de régler la température aux alentours des quatre degrés Celsius.

Gabriel fut le premier à réagir :

– Il aurait pu détourner les poches de sang ?

Le technicien secoua la tête, peu convaincu.

– Ça supposerait qu'il travaillait dans un centre de don agréé. Je vois mal comment il aurait pu s'y prendre pour court-circuiter une procédure extrêmement codifiée.

Tandis que Gabriel raccrochait la poche sur sa tringle, Lucas demanda d'une voix pensive :

– En supposant que ce dingue ingurgitait tout ce sang à une fréquence régulière, cela pouvait-il être néfaste pour sa santé ?

– Une poche contient l'équivalent d'un litre. Si l'on prend en compte sa durée de conservation, une trentaine de jours donc, et en admettant que sa consommation soit régulière, alors votre vampire en buvait pratiquement douze litres par an. Je suis pas médecin, mais ce régime devait affaiblir ses défenses immunitaires. Et causer de sacrés dégâts au foie.

Un claquement de talons retentit derrière eux. Noémie se tenait dans l'encadrement de la porte de la cuisine, visiblement préoccupée. Elle ne prêta pas attention aux poches de sang et s'adressa directement à Gabriel.

– J'ai quelque chose qui devrait t'intéresser.

– Dis-moi.

– La voisine assure avoir vu le tueur quitter cet appartement pas plus tard que la nuit dernière.

Gabriel se tourna vers Lucas.

– Tu peux gérer ? Je vais rester un peu ici pour faire le point.

CHAPITRE 9

Lucas retrouva, près de la porte d'entrée, la voisine retraitée qui s'était entretenue avec le lieutenant Egawa. Celle-ci patientait, les bras croisés sur un lourd chandail de laine, ses mains tavelées frictionnant nerveusement le creux de ses coudes.

Le lieutenant se présenta en arborant un sourire franc, de manière à la rassurer.

– Ma collègue m'a rapporté que vous seriez en mesure de décrire le meurtrier.

– J'ai eu tout le loisir de l'observer par le judas, vous voulez dire. J'en tremble encore rien que d'y penser.

Elle ne mentait pas. La peur dansait sur ses traits ridés et allait se nicher jusque dans ses pupilles dilatées. Il éprouva de la compassion pour cette vieille femme qui n'avait rien demandé à personne.

– Nous y reviendrons plus tard, si vous voulez bien. Parlez-moi tout d'abord de l'homme qui est venu sonner à votre porte. Quelle heure était-il ?

– C'était juste après le déjeuner, je venais de finir de débarrasser la table. Le gamin m'a fait si peur que j'en ai lâché mon assiette sur le carrelage. Il tambourinait comme si la mort était à ses trousses.

Il y avait de quoi, songea le policier.

– Quel âge lui donneriez-vous ?

– Environ la trentaine, peut-être moins. Grand et mince, apprêté comme un gentilhomme.

– C'est-à-dire ?

– Vous savez, ces nobles sous la Renaissance. Il portait une élégante veste à jabot assortie à un pantalon de smoking noir. Son teint était très pâle et ses cheveux ramenés en une longue queue de cheval. Plutôt beau garçon, même s'il m'a fichu une peur bleue.

Lucas prit soin de tout noter en haussant les sourcils ; à croire que l'homme qu'elle décrivait sortait tout droit d'un carnaval.

Ou d'une soirée à thème sur Halloween.

Comme toute grande métropole, Paris drainait son lot d'excentriques en tout genre, et les modes vestimentaires ne connaissaient aucune limite, temporelle ou fantaisiste.

Mais ce n'était clairement pas le style du quartier.

– Que vous a-t-il dit ?

– Il répétait à perdre haleine que l'on avait assassiné son ami et que je devais prévenir la police.

– Pourquoi ne l'a-t-il pas fait lui-même ?

La vieille femme haussa ses frêles épaules.

– Je n'ai pas eu le temps de lui demander qu'il était déjà parti.

– Que s'est-il passé ensuite ?

– J'ai composé le numéro du commissariat, avant de remettre le verrou sur ma porte. Vu l'état de panique du gamin, il était hors de question d'aller faire ma curieuse.

– Sage décision. Et ce… gamin, ce n'était pas la première fois que vous le rencontriez ?

– Nous nous sommes croisés à quelques reprises dans le couloir, lorsqu'il rendait visite à son ami. Nous échangions les amabilités d'usage, ça s'arrêtait là. Un jeune homme poli mais, je ne sais pas… Mon instinct me dictait d'être prudente.

Tout portait à croire que Julien Baron se repaissait de sang frais, sa folie le poussant à arborer des crocs de prédateur. Une décision potentiellement irréversible, comme pour s'affranchir d'une société toujours plus conformiste. Ses fréquentations devaient être de la même trempe, des marginaux déconnectés du système.

Et dangereux.

Pas étonnant que la vieille femme soit restée méfiante.

– Et votre voisin, quelle vie menait-il selon vous ?

Elle retroussa ses lèvres sur ses gencives et tapota avec un ongle l'émail de ses canines, mimant par ce geste les crocs acérés ornant la dentition de la victime.

– Une vie peu recommandable. Il ne m'ennuyait pas ; de toute façon, il se calfeutrait la plupart du temps chez lui et ne recevait pratiquement jamais. Je ne sais vraiment pas de quoi étaient faites ses journées.

– Pas de petite amie ?

– Alors là… Je suis pas non plus tout le temps collée à ma porte dans l'espoir d'alimenter les ragots entre copines.

Lucas sourit pour la forme. En réalité, ces miettes d'informations l'agaçaient. Il choisit de revenir au sujet principal.

– Et cet individu aperçu à travers le judas ? Vous parliez de frissons. Vous craignez qu'il ait remarqué votre présence ?

– J'ai pris soin de ne pas faire de bruit, donc je ne pense pas. J'ai entendu des plaintes au milieu de la nuit, venant de l'appartement. Cela m'a réveillée à plusieurs reprises, j'ai donc fini par aller voir. Non, c'est surtout le physique de cet homme qui m'a effrayée.

Le lieutenant attendit patiemment la suite.

– Il devait atteindre les deux mètres. (Elle toisa Lucas de haut en bas, comme pour évaluer la comparaison.) Oui, un peu plus grand que vous. Et costaud avec ça, le visage dissimulé sous une capuche.

– Autre chose ? C'est plutôt vague comme description.

La vieille femme hocha la tête et effleura sa joue du bout des doigts, le regard hanté par ce souvenir.

– Oui, il… il portait un masque translucide. Une sorte de plastique dur, avec des trous pour les yeux et les narines.

CHAPITRE 10

Lucas se passa une main sur le menton, pensif.

Le tueur se serait-il grimé en un Jason Voorhees des temps modernes pour exécuter sa cible ? Craignait-il d'être reconnu ?

Il griffonna son numéro de téléphone sur un bout de papier et le tendit à la vieille femme, au cas où autre chose lui reviendrait en mémoire. Il la remercia pour sa coopération et retourna à l'intérieur de l'appartement.

Son regard s'attarda quelques instants sur les tableaux accrochés au mur, fresque malsaine issue d'un esprit perturbé. Plutôt deux, réflexion faite : celui de Julien Baron, simple humain aux fantasmes de sang, avait cohabité avec celui de Chaïm Soutine, le peintre maudit.

La malle où pourrissait son corps martyrisé était toujours éclairée par les puissants halogènes, comme une invitation à effleurer la perversion de l'âme humaine. Les lampes, montées sur des supports rétractables, projetaient des ombres inquiétantes sur les forêts de bougies, donnant à la cire une étrange impression de dureté osseuse.

Il laissa de côté cette monstruosité et longea le salon en direction de la cuisine.

Gabriel et Noémie discutaient toujours avec l'un des techniciens à côté du réfrigérateur rempli de poches de sang, et le lieutenant bifurqua dans le coude menant aux autres pièces.

Un couloir, plongé dans les ténèbres, distribuait trois portes.

Il ouvrit la première sur sa droite. Une odeur de peinture fraîche assaillit aussitôt ses narines. Il appuya sur l'interrupteur et une ampoule pendue à son fil éclaira l'atelier du défunt.

Une table d'architecte en bois patiné croulait sous les croquis et les tubes de peinture encore ouverts, tordus ou écrasés, un petit radiateur portatif à ses pieds pour aider à se réchauffer lors des longues soirées d'hiver.

Des étagères en bois supportaient plusieurs livres dédiés à la peinture et divers ustensiles, ainsi que les enceintes d'une vieille chaîne HI-FI. Le sol était constellé de taches de couleur et des toiles s'alignaient sur le mur de gauche. Certaines vierges, d'autres à peine crayonnées. Les effluves chimiques flanquaient le tournis et Lucas s'avança pour ouvrir la fenêtre.

L'air frais desserra l'étau dans sa poitrine et il put enfin respirer. Lorsqu'il se retourna, le flic aperçut le chevalet. Puis la dernière toile de Baron, inachevée.

Une énième carcasse de bœuf, écartelée, les pattes arrière suspendues à des crochets de boucher.

Un frisson d'horreur lui remonta l'estomac lorsqu'il remarqua qu'une tête humaine avait été peinte dans les entrailles de l'animal.

Celle de Baron lui-même.

Habité par la folie, l'extase, la douleur. Tout cela à la fois.

Que cherchait-il à extérioriser à travers son art ?

Un épais classeur blanc attira son attention, posé sur un guéridon tel un grimoire sacré. Il le feuilleta et constata qu'il s'agissait de son book d'artiste.

Toutes ses œuvres imprimées sur papier glacé. S'y trouvaient les reproductions de Chaïm Soutine, mais aussi d'autres, plus angoissantes encore que ses carcasses déchirées.

Le lieutenant s'arrêta quelques instants sur l'une d'elles : couleurs à dominance sombre, mélanges noirâtres et rougeoyants, une fenêtre directement ouverte sur l'enfer.

Des êtres ailés festoyaient sur un champ de cadavres au premier plan, sourires féroces accrochés aux lèvres. Des flammes s'élevaient derrière eux, léchant les parois tranchantes de falaises d'une hauteur vertigineuse.

Les démons étaient curieusement affublés de têtes d'animaux. Des porcs, des chevaux, des chiens. Tous riaient, dansaient, piétinaient cet amas de corps disloqués, tout en contemplant d'un seul et même regard le sommet du piton rocheux. Tapie dans la pénombre, une silhouette massive semblait les observer. Une chimère mi-homme mi-loup.

« *Das Tierdrama* », murmura Lucas en effleurant du doigt le titre de l'œuvre.

De l'allemand. Qu'est-ce que cela pouvait bien vouloir dire ?

Il sortit son portable et lança une rapide recherche sur le Net, mais les résultats ne renvoyaient sur rien de probant.

Il tourna encore quelques pages. Les travaux de Baron étaient saisissants, on sentait qu'il mettait toute son âme et toute sa noirceur dans ses peintures. Un miroir reflétant ses convictions morbides.

Lucas prit plusieurs photos à l'aide de son portable et reposa le classeur à sa place. Il quitta l'atelier en refermant doucement la porte derrière lui.

***

Il abaissa la poignée juste de l'autre côté du couloir et se retrouva dans la chambre à coucher. Le sanctuaire.

Ici, l'ampoule du plafonnier avait été enlevée, il écarta donc complètement le battant pour laisser entrer la faible lumière émanant des projecteurs du salon.

Des cadavres de bouteilles et des cendriers pleins jonchaient le sol, et ce jusque sur le lit défait.

Une odeur musquée, bestiale, mêlée de relents de bière et de tabac froid, saturait l'air. Lucas s'avança dans cet immonde tas d'ordures et repoussa du bout du pied quelques DVD et magazines écornés.

Il ouvrit les tiroirs d'une commode et fouilla les effets personnels de Baron. Sa main s'immobilisa sur une guêpière en dentelle rouge, qu'il sortit d'un air goguenard.

– Bah mon salaud…

Il remisa le bout de tissu là où il l'avait trouvé, puis referma le tiroir, quand son regard fut attiré par un point coloré au-dessus de la tête de lit.

Un tableau, encore.

Celui d'un clown vêtu tout de rouge et de blanc, dormant paisiblement, les mains croisées sur le ventre, entouré des nains du dessin animé de Walt Disney.

Les expressions consternées des nains semblaient indiquer que le clown était, non pas endormi, mais bel et bien mort. Des ballons de fête foraine flottaient aux pieds du cadavre, alors que les cimes de plusieurs arbres se découpaient en arrière-plan.

Lucas s'approcha et plissa les paupières, gêné par la pénombre. Le clown serrait entre ses mains un ballon de baudruche, rouge lui aussi, sur lequel était inscrit en lettres bleues : *I'm Pogo.*

Lucas tomba presque aussitôt sur la signature du peintre, en bas à droite.

J.W. Gacy, pour John Wayne Gacy. L'un des plus célèbres tueurs en série de l'histoire.

Reconnu coupable d'une trentaine de meurtres d'adolescents au cours des années 1970, l'homme prenait également part à des œuvres de charité et se déguisait en clown pour distraire les enfants malades des services hospitaliers de Chicago.

Une dualité qui avait alimenté les journaux de l'époque, propulsant le croquemitaine au rang d'icône du Mal.

Julien Baron avait-il réalisé ce tableau, ou se trouvait-il devant un original peint par Gacy en personne ? Cette hypothèse lui fila la nausée.

Il se détourna, dégoûté, et attrapa un livre épais sur la table de chevet. Il considéra la couverture noire et murmura le titre du bout des lèvres : « *L'Évangile de la putréfaction.* »

Il jeta le bouquin sur l'oreiller et se dirigeait vers la sortie, lorsque Gabriel entra à son tour dans la chambre.

– Tu y vois clair, là-dedans ?

Sur ces mots, le capitaine de police s'arma de sa lampe torche et balaya le faisceau sur les murs.

– Je sais pas comment c'est possible de s'infliger ces conditions de vie, souffla Lucas.

– Il faut remettre les choses dans leur contexte, ce type n'était pas coulé dans le même moule que nous. Ce n'est pas à toi que je vais l'apprendre.

Lucas haussa les épaules.

Le round d'observation était terminé, il lui fallait désormais recouvrer sa carapace de flic.

– Vous avez trouvé autre chose ? demanda-t-il.

– Jérémy est resté au Bastion pour bûcher sur le passé de la victime. Tu peux te joindre à lui si tu veux. De mon côté, je reste ici avec les gars de l'IJ et pour coordonner l'enquête de proximité.

– Et l'autopsie ?

Gabriel contracta les sourcils.

– Normalement, c'est Noémie qui s'en charge. La levée du corps a lieu au moment où je te parle.

– Laisse-moi gérer ça.

– T'es sûr de vouloir remettre à ce point les mains dans la vase ?

– C'est le meilleur moyen de savoir si je suis encore à l'épreuve des balles.

Gabriel laissa poindre un mince sourire.

– Je pense pas que Noémie sera mécontente de céder sa place.

CHAPITRE 11

L'envie de se replonger aussitôt dans l'horreur du quotidien était trop forte, une pulsion éclatant comme un feu d'artifice dans ses entrailles.

Il le savait, ce n'était pas en simple spectateur qu'il retrouverait ses marques. Lucas était un chien fou, un indomptable. Aucune muselière ne parviendrait à réprimer ses instincts.

Jamais il n'aurait cru cela possible, mais il prit un réel plaisir à emprunter de nouveau le périphérique parisien.

La cohorte de moteurs en ébullition aiguisait ses sens et électrifiait ses muscles fatigués. C'était comme si son organisme se réveillait après une très longue sieste. Blasco avait raison : il était temps pour lui de se remettre en selle. Le discours d'Olivier Pantin avait ôté toute pression. Seules les sensations comptaient.

Et l'Institut médico-légal du quai de la Râpée était loin d'être avare en la matière. Avec ses deux mille autopsies annuelles, le bâtiment accueillait tout ce que la capitale comptait de morts violentes ou suspectes.

Un défilé de noirceur pour une expérience unique, dérangeante.

Les investigations amenaient fatalement à côtoyer ces spécialistes de la mort. Ils entraînaient les policiers avec eux jusqu'aux abîmes glacials du comportement humain, décortiquant les petits secrets des cadavres anonymes.

Et parfois, au détour d'une affaire sordide, les affinités se créaient entre flics et légistes. Un lien particulier, presque tabou, mais d'une solidité sans faille.

Lucas trouva rapidement une place boulevard Diderot et consulta sa montre. L'autopsie de Julien Baron était programmée pour 17 heures. Il avait un peu de temps devant lui et décida de le mettre à profit pour vérifier une chose.

Un élément lui trottait dans la tête depuis que le légiste avait évoqué la prétendue passion que vouait Julien Baron au travail de Chaïm Soutine. Pourquoi privilégiait-t-il son œuvre au détriment de ses propres créations ?

Ce n'était peut-être rien de particulier, juste une admiration sans bornes pour ce peintre au destin maudit.

Lucas ouvrit son portable sur une page Google et tapa le nom de l'artiste biélorusse. Les tableaux s'affichèrent en une fraction de seconde dans la galerie d'images.

À l'instar de Baron, le rapport au sang et à la brutalité de la mort était évident. Ventres ouverts bâillant leurs viscères encore chauds, chairs retournées raclées jusqu'à l'os ; la beauté noire qui s'en dégageait le sidérait. Le légiste avait cru déceler dans cette symbolique malsaine un trait commun entre l'artiste tourmenté et Julien Baron.

Lequel ? Il n'avait su le dire.

Mais pour Lucas, cette déclaration avait ouvert une brèche.

Sa lecture d'une rapide biographie rejoignit les commentaires rapportés par le médecin, à savoir que le peintre était un homme irascible, introverti. Talentueux et sinistre. Son meilleur et seul véritable ami, le peintre italien Amedeo Modigliani, était mort en 1920 d'une tuberculose.

Soutine avait vécu comme un misérable, il dormait dans une étable, peignait jusqu'à l'épuisement physique. Il s'était enfermé dans une vie d'errance et de solitude, et avait fini par succomber à un ulcère gastrique en 1943, point final d'une existence forgée dans la douleur.

Plus loin, par effet de ricochet, Lucas exhuma la page poussiéreuse d'un blog qui n'était plus en activité depuis la fin des années 2010.

Un passage intéressant capta son attention. Un extrait tiré d'un vieil entretien avec Emil Szittya, critique d'art hongrois :

Autrefois, j'ai vu le boucher du village trancher le cou d'un oiseau et le vider de son sang. Je voulais crier, mais il avait l'air si joyeux que le cri m'est resté dans la gorge. Ce cri, je le sens toujours là. Quand, enfant, je faisais un portrait grossier de mon professeur, j'essayais de faire sortir ce cri, mais en vain. Quand je peignis la carcasse de bœuf, c'était encore ce cri que je voulais libérer. Je n'ai pas réussi.

Lucas se rencogna sur son siège et se massa les joues d'un air soucieux.

En s'appropriant l'art torturé du peintre biélorusse, quel était ce cri que Julien Baron avait cherché à libérer ?

CHAPITRE 12

Sous un ciel de cendres, l'Institut médico-légal, roc de briques rouges et hautes fenêtres, appuyait son impressionnante stature sur les bords de Seine.

Lucas emprunta l'accès en contrebas réservé aux employés et aux services de police. L'accueil des familles s'effectuait, lui, par l'entrée principale, place Mazas, loin des regards. Comme un mur érigé entre la vie et la mort.

Contrairement à la croyance populaire, les salles d'autopsie ne se situaient pas au sous-sol, mais bien à l'étage, avec vue sur la cour intérieure pour certaines d'entre elles.

Un luxe qui n'en était pas vraiment un.

Lucas se souvenait des « chapelles », ces salons funéraires où venaient se recueillir les familles, aux murs d'un blanc cassé et ornés de vitraux placés derrière les catafalques. Ce sobriquet avait été attribué par l'ancienne directrice de l'Institut, partie à la retraite en 2013. Le surnom était resté en souvenir de son passage.

Comme s'il n'avait jamais vraiment quitté les lieux, Lucas grimpa les marches des escaliers et poussa la porte du sas pour pénétrer dans la salle d'autopsie.

Le légiste préparait ses outils avec l'aide de son assistant. Couteau à cartilage ou à cerveau, burin, maillet à double tête, écarteur ou scie d'amputation, la liste avait de quoi refiler des sueurs froides.

Le corps de Julien Baron était là, étendu sur une table en inox, l'œil géant du Scialytique rivé sur sa nudité sanguinolente.

Lucas constata avec soulagement que ses jambes avaient été dépliées, les deux rotules n'étant plus qu'une bouillie d'os mêlés de chairs et de ligaments broyés.

Il cadenassa son esprit puis se rapprocha du légiste, qui terminait de transmettre ses instructions à son collègue.

L'homme réajusta son masque en papier et leva des yeux cernés de fatigue sur le lieutenant.

– Mettez un peu de baume sur votre lèvre supérieure, cela vous évitera quelques désagréments.

– Je vais me contenter du masque.

– Comme vous voudrez.

Il s'empara du dictaphone posé sur la tablette et s'avança vers le cadavre.

– Je ne vous avais jamais vu auparavant. Vous êtes nouveau à la brigade ?

La remarque aurait pu prêter à sourire, mais cela ne l'étonnait pas : l'IML était une fourmilière si dense qu'on ne croisait pas forcément les mêmes têtes d'une enquête à l'autre.

– On peut dire ça, se contenta de répondre le lieutenant.

CHAPITRE 13

L'examen externe débuta.

Méthodique. Froid. Indifférent aux tortures infligées à la victime de son vivant.

Commencer par le sommet du crâne, puis descendre progressivement jusqu'aux membres inférieurs.

Un mécanisme huilé à la perfection, que Lucas se devait de réapprivoiser.

Le légiste inspira longuement et appuya sur le bouton de son dictaphone. Voix claire, monocorde, comme si la mort aspirait toute trace de vie autour d'elle.

Lucas écoutait d'une oreille distraite, son regard fixant un point invisible, perdu quelque part sur le visage de Baron. Qui était cet homme ? Quel était son passé, son histoire ? Pourquoi était-il à présent allongé sur l'inox glacé d'une salle d'autopsie, les jambes éclatées et les chairs labourées ?

Qu'avait-il fait pour mériter un tel châtiment ?

Lucas fronça les sourcils, s'enfonçant peu à peu dans un trou noir dont il savait qu'il lui serait difficile de s'extraire. Il observa les paupières fermées du cadavre, s'attendant presque à les voir se rouvrir sur des yeux injectés de sang, ses crocs luisants de bave prêts à s'enfoncer dans la gorge tendre du légiste.

La voix de ce dernier lui parvenait, lointaine, presque lassée de toute cette barbarie :

« … sont bien des vraies. L'extraction des canines naturelles est ici justifiée par un but esthétique et non médical. Les crocs sont imposants, taillés en silex, probablement du polymère acrylique. Un travail orthodontique réalisé sur mesure. »

Déclic.

– Vous pensez qu'elles ont été fabriquées il y a longtemps ? demanda Lucas.

– Il faudrait voir avec un spécialiste, mais ça ne m'a pas l'air récent.

Nouveau déclic avant l'immersion en eaux troubles.

« On peut distinguer, outre les profondes dilacérations sur les bras, le ventre et les cuisses, d'importantes scarifications recouvrant l'ensemble du buste. La majeure partie des coupures sont cicatrisées et ne laissent apparaître que de minces bourrelets blanchâtres. Elles ne sont pas profondes et n'ont fait qu'entailler la partie supérieure de l'épiderme, néanmoins suffisantes pour qu'un filet de sang puisse s'écouler. »

La suite de l'examen se déroula au ralenti pour Lucas, qui attendait les bras croisés, incapable de prendre des notes. Chaque blessure faisait l'objet d'une description précise : type, aspect, taille. Cela prenait du temps et requérait une patience en béton.

Le pire viendrait au moment d'ouvrir le cadavre.

L'intonation insipide du légiste menaçait de l'endormir mais Lucas restait debout, son regard vide posé sur le cadavre mutilé.

L'homme en blouse blanche s'attarda pendant plusieurs minutes sur les rotules, qui n'étaient plus que deux trous béants rattachés aux tibias par quelques tendons et des filaments de chair. De son index ganté, il intima à son assistant de photographier les lésions sous différents angles avant de poursuivre.

– Bien, dit-il en revenant à son point de départ, la position dans laquelle votre homme a été retrouvé, et surtout son état, faussent l'étude des phénomènes cadavériques, comme celui des lividités. Difficile, dans ces conditions, d'estimer l'heure exacte de la mort. L'autopsie à proprement parler sera plus significative.

– Une idée, à chaud ?

Le légiste émit un sifflement.

– À la louche je dirais tard hier soir, entre minuit et une heure.

Cela confirmait les propos de sa voisine, qui attestait avoir vu s'enfuir le tueur au milieu de la nuit. Ce dernier s'était épuisé à parfaire sa mise en scène longtemps après la mort de Baron. Un vrai malade.

Le légiste reposa son dictaphone sur la paillasse en inox et s'empara d'un scalpel. Les premières incisions allaient démarrer.

Le calvaire se poursuivit encore deux bonnes heures.

Deux heures au cours desquelles le corps fut ouvert, exploré, disséqué, vidé de sa substance. Les organes furent prélevés en quelques gestes habiles, pour être pesés, puis tranchés en lamelles en vue de futures expertises. Les bruits de déchirures soulevaient le cœur du flic, dont le visage n'exprimait pourtant aucune émotion.

Les prélèvements furent tous placés sous scellés numérotés. Le sang suintait dans les rigoles, les remugles de matières organiques devenaient si épouvantables que même le système d'extraction d'air arrivait à saturation.

Le soleil était définitivement passé de l'autre côté de l'hémisphère, cédant sa place à une froide et longue nuit d'hiver. Lucas n'avait qu'une hâte : rentrer à l'hôtel, se décaper la peau sous une douche brûlante et hiberner plusieurs jours dans son lit.

Ses gants en latex rouges de sang, le légiste s'apprêta à porter le coup de grâce avec l'ouverture du crâne. Il commença à scalper, d'une oreille à l'autre, la calotte crânienne, mais arrêta soudain son geste. Il inclina le buste au-dessus des cheveux du mort et fronça les sourcils.

– Tiens, j'ai l'impression que… (Il leva les yeux vers son assistant.) Approche la lampe, veux-tu !

Le technicien s'exécuta en manipulant le bras articulé du Scialytique. La lumière crue éclaboussa le cuir chevelu de Baron.

– Il y a quelque chose d'inscrit sur la peau du crâne.

Il se retourna et échangea le scalpel contre une tondeuse. Lucas s'était placé derrière lui sans un mot.

– Nous allons en avoir le cœur net.

Le légiste entreprit de raser le crâne du défunt et les yeux s'écarquillèrent à mesure qu'un tatouage à l'encre noire se découvrait.

Un chiffre, inscrit sur la pointe de l'os frontal, comme pour mieux le soustraire aux regards des autres : *38*.

CHAPITRE 14

– Très intéressant, concéda le légiste en reposant la tondeuse. Ce tatouage ressemble à un message codé.

– Comment ça ?

– Connaissez-vous l'art de la stéganographie ?

Lucas secoua la tête, bras toujours croisés. Un platane enraciné au milieu de la salle.

– C'est un ensemble de techniques visant à dissimuler des informations sur un support, par exemple une image, un film, parfois un son. Ainsi cryptés, les messages sont rendus indétectables pour une personne étrangère. Ce procédé remarquable s'est révélé particulièrement utile au cours de la Seconde Guerre mondiale, durant laquelle les services secrets ont rivalisé d'imagination pour faire passer leurs messages entre les lignes ennemies.

Nouvelle salve de photographies de l'assistant qui immortalisa la dépouille sous toutes les coutures.

– Et ce chiffre vous évoque quelque chose en particulier ? demanda le lieutenant d'un geste du menton.

– Malheureusement, non. Mais cela me rappelle un récit sur l'empire perse. Selon la légende, Histiée, alors tyran d'une ville nommée Milet, dans l'actuelle Turquie, aurait utilisé son plus fidèle esclave afin de communiquer avec son gouverneur, dans l'espoir de mener à bien une guerre contre les Grecs. Pour cela, il aurait rasé le crâne de son serviteur pour y faire tatouer un message secret, avant d'attendre que ses cheveux repoussent et de le dépêcher auprès de son commandant.

Lucas siffla d'admiration.

– La peinture, maintenant l'Histoire. Vous êtes incollable sur tout.

– Je n'ai pas la télévision et consacre l'essentiel de mon temps libre à nourrir ma curiosité. Et ce, depuis mon enfance. Puis, il ajouta d'un œil goguenard : Vous comprendrez que j'ai eu le temps d'amasser quelques connaissances.

– Vous pensez donc que ce numéro est une sorte de clé ?

– Aucune idée. L'histoire que je viens de vous raconter est probablement fausse, mais le fond détient une part de vérité. Les messages codés sont utilisés depuis que l'homme existe, il suffit d'ouvrir une bible et de la parcourir pour s'en rendre compte.

38...

Quelle signification accordait Julien Baron à ce chiffre ? Fallait-il y voir un rapport avec ses crocs de vampire et toute cette folie ?

Sans transition, le légiste s'empara de la scie circulaire.

– Bon, et si on terminait le boulot ?

***

Lucas finit par co-signer le certificat de décès et remercia les deux hommes, avant de tourner les talons et de quitter cet endroit aux allures de géhenne.

Un vent charrié par les eaux glacées de la Seine s'engouffra sous ses vêtements au moment de l'ouverture des portes automatiques.

Transi de froid, debout sur le perron, il se surprit à vouloir allumer une cigarette pour en savourer le miel toxique. Pour lui qui ne buvait pas d'alcool, le tabac avait été pendant longtemps l'unique moyen de ligoter ses angoisses. Avant qu'Alice n'apparaisse, comme la plus douce des addictions.

Il n'avait eu de cesse de penser à elle depuis ce matin.

À son odeur, son sourire. Et son absence, que rien ne viendrait jamais combler.

Toute cette confusion dans sa tête lui filait le vertige, comme s'il déambulait au bord d'un précipice.

Alice. Puis Pauline, l'épouse de Gabriel.

Était-il de taille à affronter les spectres du passé ?

Dans un soupir, il consulta un message laissé sur son téléphone. Il provenait de Gabriel, qui demandait comment il se sentait après ce passage au purgatoire.

Merci, mon Gabi.

La phosphorescence de l'écran creusa ses joues et éclaira son visage de reflets verdâtres, mais son sourire chassa les ténèbres pour quelques secondes.

Il s'apprêtait à répondre à son ami et collègue quand la sonnerie de son smartphone retentit.

Il décrocha sans réfléchir. Une voix ténue souffla dans l'appareil :

– Monsieur Dorinel ? Bonsoir, ici Monique Marzin. Excusez-moi de vous déranger à cette heure tardive, mais vous m'aviez dit de ne surtout pas hésiter.

– Qui ?

– Monique Marzin, la voisine de monsieur Baron !

Lucas eut besoin de deux secondes pour resituer la vieille dame qui avait contacté le central le matin même.

– Vous m'avez donné votre numéro de téléphone, vous vous rappelez ?

– Oui, oui, je m'en souviens. Que se passe-t-il ?

Sa voix baissa encore d'un ton, réduite à un babil quasi inaudible.

– Je crois qu'il y a quelqu'un dans son appartement. J'entends des bruits de pas, et je… enfin, je ne suis pas tranquille. Vous pourriez venir jeter un œil ?

Lucas consulta rapidement sa montre. Pas loin de 21 heures. Il n'avait qu'une envie, oublier cette journée de merde. Bondy était à l'autre bout de Paris. Même en roulant pied au plancher, il en avait pour plus de vingt minutes de trajet.

Le lieutenant se massa les yeux et soupira intérieurement.

– Restez chez vous et rappelez-moi s'il y a du mouvement. J'arrive.

CHAPITRE 15

Lucas s'engagea sur le quai de la Rapée et longea la Seine, serpent noir aux reflets de craie. La lune gibbeuse étincelait au milieu d'un ciel sans étoiles. La route était dégagée, le trafic inexistant, et le lieutenant profita du boulevard pour enfoncer la pédale d'accélérateur.

L'aiguille frôla les cent trente à l'heure et chassa la fatigue qui engourdissait ses membres. Il était rincé par cette journée interminable et commençait à puiser dans ses réserves. Bondy, enfin. La cité de La Sablière, avec ses trois blocs de ciment jouxtant plusieurs terrains de sport où les jeunes du quartier venaient évacuer leur frustration du quotidien sur le bitume craquelé.

Lucas coupa le moteur sur le parking et consulta une nouvelle fois l'heure.

Le moins que l'on pouvait dire c'était qu'il avait fait brûler la gomme.

L'appel remontait maintenant à moins de quinze minutes, il présumait donc que le cambrioleur était encore chez Julien Baron. Si tant est que la voisine n'eût pas inventé cette histoire.

Il s'avança au milieu de la cour et leva les yeux vers l'enclave de béton, sinistre et verrouillée de l'intérieur. La chape de froid et d'humidité avait chassé les plus téméraires et la cité s'endormait lentement, bercée par les puissantes rafales.

Il entra dans le hall de l'immeuble et se rappela soudain que l'appartement se trouvait au neuvième étage.

Son pouce s'écrasa de dépit sur le bouton de l'ascenseur et les portes s'ouvrirent dans un fracas métallique. Odeur de tabac froid. Glace piquetée de rouille. Lucas contempla son reflet, livide. Il espérait ne pas s'être déplacé pour rien.

Couloir désert, figé dans l'attente.

Lucas tourna d'instinct la tête vers la porte derrière laquelle devait se tenir Monique Marzin. Il hocha le menton, sans trop savoir si cela avait un intérêt, et s'arrêta un bref instant devant celle du logement voisin. Colla l'oreille au battant.

Les martèlements sourds de son cœur pulsaient contre ses tympans. Il marmonna une grossièreté à l'égard de la vieille dame et piocha un mouchoir dans l'une des poches de son manteau. Tourna la poignée. Et bascula en avant, emporté par un seul et même mouvement, provenant cette fois de l'intérieur.

Il tomba nez à nez avec un jeune homme affublé d'un haut-de-forme ridicule et d'une veste à jabot.

La surprise peinte sur ses traits poudrés, sa bouche s'ouvrit en un O parfait.

– Qui êtes-vous ? s'exclama ce dernier.

– On va la refaire, mon garçon.

La minuterie du couloir s'éteignit brusquement et plongea le lieutenant dans le noir complet. Décharge d'adrénaline. Son avant-bras se déplia d'un coup sec et percuta le cambrioleur, qui vacilla sous l'impact.

– Lâchez-moi, merde !

– Je crois pas. T'as une lampe avec toi ?

– Hein… Quoi ?

– T'es sourd ou tu le fais exprès ? Julien Baron a enlevé toutes les ampoules qui traînaient chez lui.

Lucas n'aimait pas cette situation. Il suffisait que le type possède un couteau pour le planter et mettre un terme à la confrontation. Sa prise se raffermit un peu plus et il sentit ses doigts s'enfoncer dans la chair molle.

– Plus vite ! rugit Lucas.

– Ça vient, vous énervez pas !

Une lampe torche s'alluma dans l'une de ses mains et Lucas put enfin respirer. Il la lui confisqua aussitôt et braqua le rayon lumineux sur son visage. L'homme semblait inoffensif, tétanisé par l'apparition du flic.

– Montre tes dents.

– Hein ?

– Tes dents, montre-les !

Ce dernier obéit et retroussa ses lèvres sur ses gencives. Sa dentition était normale, dépourvue de canines allongées. Lucas le fouilla ensuite sommairement et recula d'un pas, rassuré, le halo toujours pointé sur lui.

Il devait avoir une vingtaine d'années, portait des mitaines noires et des chaussures en vinyle noir et blanc, comme un gangster du grand Chicago. Le bord ourlé de son chapeau reposait sur de longs cheveux ramenés en catogan.

– OK, mon gars. C'est le moment de passer à table.

– J'ai rien fait de mal, je vous assure !

– T'es qui ? Qu'est-ce que tu fous là ? Et enlève-moi ce haut-de-forme, t'as vraiment l'air d'un con.

Il ôta son couvre-chef tout en se protégeant les yeux du faisceau éblouissant.

– Vous pouvez la baisser, s'il vous plaît ?

– Ton nom, d'abord.

– Joachim… Joachim Corbin.

– Tu connaissais l'homme qui habitait là ?

– Oui, c'était… un ami. Écoutez, je…

– Laisse-moi deviner, c'est toi qui t'es empressé d'aller signaler la découverte du corps à la voisine avant de déguerpir.

Le jeune homme approuva d'un hochement de tête fébrile. Lucas inclina la lampe vers le sol et referma la porte d'entrée sans le quitter des yeux.

– Qu'est-ce que vous allez me faire ?

– Si t'es sage, rien. Toi et moi, on va discuter. T'as un briquet sur toi ?

– Oui, pourquoi ?

– On va rendre l'endroit plus chaleureux, tu vas voir.

CHAPITRE 16

Julien Baron était un fabuleux excentrique.

Il avait banni l'éclairage électrique de son appartement pour revenir à un confort plus spartiate : celui de la bougie.

Forêts de cire blanche ou noire, certaines épaisses et longues comme des barreaux de chaises, d'autres pas plus hautes qu'un rouleau de pièces, elles encombraient chaque recoin, là où l'obscurité venait se glisser avec un appétit vorace. Les meubles étaient maculés d'épaisses coulures, comme prisonniers du gel arctique.

Désormais allumées dans la minuscule cuisine, les bougies diffusaient une inquiétante lumière tamisée. Joachim Corbin était assis sur une chaise au milieu de ce tribunal des enfers et triturait son chapeau entre ses mains fluettes.

Lucas actionna une dernière fois la molette et enflamma la mèche des deux grands cierges pascals. Il éteignit ensuite la lampe torche et rendit son briquet au jeune homme. Son visage exsangue se parait de reflets dorés là où venaient danser les flammes, tandis que les lueurs orangées dessinaient des arabesques ondoyantes sur les murs.

– Détends-toi, je ne vais pas te faire de mal. Je suis flic à la brigade criminelle.

– Et vous avez le droit de me séquestrer ? Vos collègues sont au courant ?

– Ne joue pas au plus malin.

Lucas risquait gros, il le savait. L'interrogatoire se déroulait en dehors des clous, qui plus est sur une scène de crime. L'addition serait particulièrement salée si cela remontait aux oreilles du Bélier.

Chose qui ne saurait tarder, même si, pour l'heure, ce n'était pas le cœur du problème.

Il empoigna une chaise et s'assit face à Corbin, tout en maintenant une distance de sécurité.

– Pourquoi t'es venu ici, ce matin ? attaqua-t-il sans préambule.

– Je… Je devais le voir.

– Ça va pas me suffire.

– Il ne se sentait pas très bien ces derniers temps, à cause de problèmes personnels qu'il n'arrivait pas à régler.

– De quel genre ?

Le regard du jeune homme s'obscurcit d'un coup.

– Des emmerdes avec sa fille.

– Tiens donc… Et qu'est-ce que tu as appris ?

– Il refusait de m'en dire plus, mais je voyais bien que ça le rongeait. Julien était mon mentor, je n'ai aucune honte à l'avouer. C'est grâce à lui que je peux être fier de l'homme que je suis devenu.

– Et ce matin, que s'est-il passé ?

– Je n'en sais rien, je vous le jure. Son état se dégradait à vue d'œil, je me faisais beaucoup de souci. J'ai fini par tenter de le joindre à plusieurs reprises hier soir, mais il ne répondait pas.

– Je pense qu'il était très occupé. T'en as eu marre, et t'as décidé de te pointer chez lui ce matin. J'ai tout bon ?

– Vous êtes perspicace, répondit Corbin sarcastique.

Lucas dévisagea ce guignol déguisé en aristocrate avec une furieuse envie de lui coller une mandale.

– T'as ressenti quoi en voyant ton pote concassé au fond de sa malle ?

Corbin détourna la tête, un rictus de dégoût déformant ses lèvres.

– Il ne méritait pas ça.

– Ce n'est pas forcément ce que j'aurais dit.

– Un policier a le droit de parler comme ça ?

– Moi, oui. On a retrouvé des poches de sang frais dans son frigo. Il semblerait que c'était son plat favori. Les canines pointues, le sang, une existence plongée dans le noir, à s'éclairer comme au Moyen Âge… Tu visualises où je veux en venir ?

Le jeune homme acquiesça, la mine défaite.

– OK, alors sois franc : tu t'amuses également à boire du sang ?

– Pas autant que lui. C'est juste… une philosophie de vie. Pour Julien, ce n'était pas pareil. Il était incapable de contrôler ses pulsions.

– Développe. En quoi est-ce différent ?

Corbin posa la main sur son cou et tira sur la chaîne d'un pendentif caché sous sa veste à jabot. Le médaillon représentait une grande croix ansée, la pointe taillée en une lame incurvée et crénelée, tel un croc de métal.

– *Legacy Ankh*. La croix de l'Héritage, si vous préférez. C'est notre emblème. Chacun possède la sienne. Elle montre que nous constituons une entité. J'étais venu récupérer celle de Julien, mais elle reste introuvable.

– La police a embarqué ses effets personnels. À l'heure qu'il est, cette croix doit être sous scellés et classée dans un entrepôt. C'est qui, « nous » ?

– Les communautés de *strigoi vii*, les vampires vivants, en roumain. Nous sommes une trentaine de familles en France, des milliers dans le monde. Cette croix est devenue notre symbole de ralliement au cours des années 1990.

Lucas posa ses coudes sur ses cuisses, ignorant s'il devait en rire ou en pleurer. Il s'efforça de garder son calme et inspira un bon coup.

– Tu m'as l'air bien inoffensif pour un vampire. Mis à part ton accoutrement et ta peau d'albâtre, les comparaisons s'arrêtent là. Elles sont rangées où tes canines ?

– Dans ma poche. La plupart d'entre nous possèdent des crocs amovibles pour ne pas dévoiler à n'importe qui notre seconde nature. Il faut savoir rester discret.

– J'imagine, sinon vous vous retrouveriez tous avec un pieu enfoncé dans le cœur.

Joachim Corbin releva le menton d'un air dédaigneux. Il semblait prendre très au sérieux son appartenance aux créatures de la nuit.

– Moquez-vous, mais nous ne sommes pas ces monstres que l'on dépeint au cinéma. Le mot vampire a longtemps été galvaudé par les médias. Ils vous serinent que l'obscurité est mauvaise, mais c'est faux : elle est apaisante. Elle m'a aidé à trouver mes repères, à exploiter mes capacités, chose que je n'aurais jamais osé faire à la lumière du jour. J'ai trouvé ma véritable famille, des hommes et femmes qui me ressemblent. Et notre consommation de sang est strictement encadrée.

– On dirait que Julien Baron s'est émancipé de vos principes.

– C'était mon mentor, répéta-t-il avec un pincement au cœur. Un être à part chez les *strigoi vii*, mais que j'appréciais. Il m'a pris sous son aile dès le départ.

– Comment tu l'as connu ?

– Au cours d'une soirée parisienne organisée par Father Sebastiaan, le fondateur de la scène vampirique moderne. Le clan originel est, quant à lui, né à New York dans les années 1970, et son succès a été tel que le phénomène s'est rapidement propagé jusqu'aux plus hautes sphères des États-Unis. Avant de conquérir peu à peu l'Europe, une décennie plus tard. J'ai intégré ma famille il y a quatre ans. La meilleure décision de ma vie.

Les senteurs de cire chaude envahissaient progressivement la cuisine, alors que le scintillement des bougies se reflétait sur les visages crispés. Lucas ne savait pas sous quel angle poser ses questions.

Les vampires existaient.

Des individus écrasés par le spectre de la conformité, incapables de se plier aux dogmes sociétaux. Cette réflexion le renvoyait à ses cours de sociologie et au cas complexe des subcultures. Pour son professeur de fac, chaque être humain faisait partie intégrante d'une sous-culture. Qu'elle soit musicale, cinématographique, sportive, voire sexuelle, nous aspirions tous à développer un sentiment d'appartenance.

Il estimait que l'homme possédait deux identités distinctes : la première, due au lien familial, était innée. Une filiation immuable et définitive, gravée dans notre ADN.

Venait la seconde identité, ou l'empreinte de l'âme. Plus ou moins marquée, celle-ci variait en fonction des croyances et des sensibilités, si bien que les subcultures étaient en évolution permanente. Ce besoin d'adhérer à un clan devenait si prégnant pour certains que le rejet de la norme était synonyme de liberté.

Si la société était une pieuvre, alors les subcultures étaient ses bras. Dotés d'un système nerveux indépendant, ils se mouvaient en parfaite autonomie.

Tranchez-en un et il repousserait.

Les sous-cultures étaient ainsi faites : appendices rattachés à un monde violent, sans repères, assortis de leurs propres règles de jeu.

Comment s'étonner des déviances, de cette folie insidieuse qui s'emparait peu à peu de nos civilisations ?

Les vampires sortaient du cadre du mythe culturel et devenaient une réalité souterraine, une secte guidée par un chef spirituel. Combien de communautés, de « familles », erraient dans la capitale à attendre le crépuscule pour exister ?

Corbin remisa son pendentif sous sa veste et poursuivit :

– Julien était ce que l'on appelle un *Rônin*, un solitaire. La plupart sont des êtres dangereux qui ne s'encombrent d'aucune morale et qui se tiennent à l'écart des vampires traditionnels, trop superficiels à leur goût.

– Combien sont-ils ?

– Une poignée résident à Paris, environ une cinquantaine dans tout l'Hexagone. Ils se réunissent plusieurs fois par an dans un lieu tenu secret, à l'occasion de fêtes sataniques.

Lucas leva un sourcil inquiet. Ce basculement ésotérique ne lui plaisait pas du tout.

– Ce sang, d'où provient-il ? demanda-t-il d'un ton rugueux.

– Des abattoirs. Ils ont leur réseau, tout se pilote en sous-main. Les poches retrouvées dans le frigo, c'est du sang de porc. Avant de rejeter la faute sur Julien, il faut savoir que les deux tiers des abattoirs français ne recyclent pas le sang animal, car derrière, le coût logistique est énorme.

Lucas grinça des dents et s'adossa à sa chaise.

– T'as déjà participé à ces fêtes ?

– Jamais. Selon Julien, les vampires étaient censés régner au sommet de la chaîne alimentaire, se comporter comme des prédateurs et non pas danser et boire des cocktails à de vulgaires soirées gothiques. En France, les *Rônin* sont minoritaires et restent discrets, mais aux États-Unis, ces types sont pris au sérieux. On leur attribue bon nombre de disparitions inexpliquées, dont celle d'une journaliste d'investigation qui avait infiltré un gang de vampires new-yorkais.

Le lieutenant contempla d'un air absent le scintillement des deux grands cierges pascals. Julien Baron s'était approprié avec cynisme certains symboles du christianisme, tel un ultime affront à ce dieu qu'il avait choisi de renier.

– Ces *Rônin*, tu les connais ?

– Non. Je vous l'ai dit, ils évoluent en marge de nos communautés.

– Dans ce cas, explique-moi comment t'es devenu ami avec Baron ?

– C'est lui qui m'a ouvert les portes de ma communauté. Julien se considérait avant tout comme *Rônin* car les foules l'ennuyaient, mais il n'en restait pas moins attachant. C'était quelqu'un d'extrêmement seul, qui se sentait incompris des autres.

Le jeune homme s'interrompit, le contour de ses paupières rougi par l'afflux de larmes. Sa compassion envers son ami était sincère.

Lucas se leva de sa chaise, dominant son vis-à-vis de toute sa hauteur.

– Tu comprendras qu'il me faut un nom. Tu me parles de vampires, de fêtes sataniques… Je suis un pragmatique, je ne crois que ce que je vois.

– Je ne sais pas quoi vous répondre. J'ai dit tout ce que je savais.

– Cette soirée où tu as fait la rencontre de Baron, tu t'en souviens ?

Corbin acquiesça de mauvaise grâce.

– Elle a eu lieu dans un bar du 11e arrondissement, Le Suspiria.

– C'est tout ?

– Le patron s'appelle Nestor Arcia. C'est le chef d'une des plus importantes familles de la région. Méfiez-vous, ce n'est pas un tendre.

Le lieutenant ne put réprimer un sourire.

– Et moi donc.

Soudain, son téléphone se mit à sonner. La voisine s'inquiétait.

Il avait à peine décroché que sa voix apeurée ruisselait du combiné.

– Oh mon Dieu, le tueur… Il vient de sortir de l'ascenseur, il arrive sur vous !

CHAPITRE 17

Lucas empoigna Corbin avec rudesse. Sa chaise tomba à la renverse et il manqua de trébucher, les yeux agrandis de stupeur. Le lieutenant n'était plus qu'un bloc de nerfs, muscles et mâchoire tendus vers le danger imminent.

– Faut dégager. Maintenant.

– Qu'est-ce qui se passe ?!

– Le mec qui a buté Baron est ici.

Le jeune homme céda à la panique et se mit à gesticuler dans tous les sens.

– Merde ! Putain, je veux pas mourir ! Qu'est-ce qu'il veut… ?

Une gifle le ramena sur terre.

– Tu vas faire exactement ce que je te dis. On va attendre qu'il entre.

– Quoi ?! Vous êtes dingue ?

– Ferme-la. On est piégés de toute manière, alors le mieux c'est d'attendre qu'il vienne à nous. Toi, tu vas te cacher à l'entrée du salon.

Lucas lui fourra la lampe torche dans la main.

– À mon signal, tu inondes ce fils de pute de lumière. Compris ? Et dès que t'as une ouverture, tu te casses.

– Une ouverture ? Mais…

– T'en fais pas, tu pourras pas la louper. Allez, dégage !

Le jeune homme disparut dans l'obscurité. Au même moment, la poignée de la porte d'entrée s'abaissa dans un léger grincement. Lucas souffla à la hâte les flammes des bougies. Des corolles de fumée s'enroulèrent autour de lui et il serra les poings, furieux.

Il n'avait pas d'arme sur lui.

***

La porte s'ouvrit brièvement sur un cône de lumière avant de se refermer.

Cet enfoiré savait qu'il y avait quelqu'un dans l'appartement. Accroupi, dos plaqué contre le mur de la cuisine, Lucas se concentra sur sa respiration. L'étau se resserrait dangereusement.

Il ne lui restait plus qu'à sauver la peau de Joachim Corbin. Et la sienne. En priant pour que la cavalerie ne tarde pas à assiéger l'immeuble.

Il étira le cou et discerna les contours d'une silhouette sur le palier, éclairée par un rai de lumière filtrant sous la porte.

Grande, massive, la tête dissimulée sous un sweat à capuche. Immobile tel un chasseur à l'affût de sa proie.

Lucas ne lâchait pas le tueur des yeux. S'il était aussi redoutable que la mise à mort de Baron le suggérait, alors il allait devoir agir vite et ne pas se louper.

Pourquoi ne bouge-t-il pas ?

L'homme avait le visage recouvert d'un masque en plastique transparent, et pour l'une des premières fois de sa vie, Lucas se sentit oppressé par une présence adverse. *Pourvu que Corbin ne se foire pas...*

– Je suis officier de la brigade criminelle ! Je vous laisse une chance de partir. Une seule. Ne m'obligez pas à employer la manière forte.

Ses paroles ne provoquèrent aucune réaction. Mais il fallait l'attirer à lui, coûte que coûte. L'homme fit deux pas en avant. Se figea.

Qu'est-ce qu'il fout, putain ?

La réponse se fraya un chemin jusqu'à son cerveau et s'imposa comme une évidence : il ne voyait rien.

Comme pour lui donner raison, le faisceau d'une lampe fendit le noir dans un déclic. Lucas se leva aussitôt et sortit de la cuisine en levant les bras.

– Je suis là ! s'écria-t-il. Regarde, je ne suis pas armé.

Le halo lumineux s'orienta vers son visage. Ébloui, il plissa les yeux en se protégeant avec sa main.

– Cela ne t'a pas suffi de tuer quelqu'un ? Tu reviens te jeter dans la gueule du loup ?

– Je t'ai vu cet après-midi, tu étais avec ton ami policier. Pourquoi es-tu là ?

L'homme lui répondit d'une voix éraillée, rocailleuse, comme abrasée par du papier de verre.

Mais ce qui interpella surtout le flic fut un autre détail, plus subtil, dans sa manière de s'exprimer, de rouler les mots dans sa bouche. Un accent étranger.

Lucas recula d'un pas pour le forcer à avancer.

– Parce que je suis flic, justement. Je cherche à savoir pourquoi Julien Baron est mort.

– Tu ne sais donc rien ?

– Je devrais ? s'étonna le lieutenant.

– Non, cela vaut mieux pour toi. Je protégerai les intérêts de mon père au péril de ma vie.

– Et qui est-ce, pour mériter la mort d'un être humain ?

Nouveau pas en avant. L'homme venait de dépasser l'entrée du salon.

Lucas banda ses muscles, prêt à s'élancer.

– Monsieur Baron n'était qu'une conséquence, souffla la voix écorchée.

– Joachim, maintenant !

D'un seul bond, le jeune homme jaillit du salon et braqua l'éclat puissant de sa lampe à quelques centimètres de son visage. Aveuglé, le colosse grogna et s'écarta sur le côté.

Puis, sans prévenir, Lucas hurla à l'adresse de Corbin :

– Dégage ! Vas-y !

L'injonction agit sur lui comme une piqûre de rappel, et il se précipita sur la porte d'entrée pour détaler de ce guêpier. Le battant vint claquer contre le mur et la lumière du couloir éclaboussa le vestibule.

Pris au dépourvu, le tueur pivota et esquissa un geste vers la sortie.

– Ne bouge pas ! ordonna Lucas en se cramponnant à son épaule.

Le tueur se dégagea avec aisance et lui décocha une droite en pleine tempe. Sonné, le lieutenant manqua de s'effondrer au sol. Mû par une colère noire, il replia les doigts de sa main gauche à la manière d'une serre de rapace. En une fraction de seconde, ses ongles griffèrent la joue de son adversaire pour faire diversion tandis que son coude droit percutait de toutes ses forces la pointe de son menton.

La coque plastique se fendilla en un craquement sec et la tête du géant partit en arrière. Sa capuche glissa sur ses épaules et Lucas recula, horrifié.

Le tueur venait d'enlever son masque, la bouche en sang.

Le visage qu'il avait face à lui avait été emporté par un jet d'acide. Ses traits indiens, que l'on devinait beaux sur les zones indemnes, s'affaissaient telle une coulée de lave brune. Une épaisse chevelure noir corbeau retombait en mèches récalcitrantes sur son front couvert de cicatrices, comme une tentative avortée de dissimuler l'horreur.

Lucas ouvrit la bouche, paralysé, tandis que son adversaire se redressait en essuyant le sang sur ses lèvres.

– Là d'où je viens, la justice n'existe pas. Je ne fais qu'appliquer ma propre loi.

Un puissant coup de poing atteignit le policier sur la glotte.

Il sombra dans le noir.

CHAPITRE 18

Un claquement de doigts, juste au-dessus de sa tête.

Ses paupières s'ouvrirent dans un râle de douleur, et Lucas se redressa péniblement contre le mur en massant sa pomme d'Adam.

– C'est bon, il revient à lui. Tout va bien, Lieutenant ?

Le front plissé d'inquiétude, un brigadier le dévisageait, accroupi à ses côtés. Le Bélier, visage congestionné par une colère sourde, surplombait l'officier. Il lui tapa sur l'épaule d'un revers de main.

– C'est bon, vous pouvez nous laisser.

L'homme salua Lucas et rejoignit ses collègues. Le commandant attendit qu'il soit hors de portée pour claquer un ordre.

– Debout.

– Je crois que j'ai merdé…

– C'est rien de le dire. Allez, lève-toi avant d'aggraver la situation.

Lucas se releva, la gorge en feu. Il avait baissé sa garde au plus mauvais moment et le tueur s'était enfui. Une montagne de glaise. Une gueule cassée, rongée par l'acide sulfurique.

– L'officier de garde m'a immédiatement averti quand il a su qu'un de mes hommes se trouvait sur une putain de scène de crime. Tu m'expliques ?

– La voisine de palier de Baron m'a contacté…

– Je sais, coupa durement le Bélier. À ton avis, qui d'autre aurait pu savoir que t'étais là ?

Lucas laissa l'orage passer, mais le commandant n'en démordait pas :

– Deux suspects s'introduisent sur les lieux d'un homicide et parviennent à se faire la malle ? Sérieusement ? Que s'est-il passé, nom d'un chien ?

Blasco fulminait. Son regard s'enfonça dans les iris gris de Lucas, qui ne broncha pas.

La fureur du Bélier ravivait la sienne, celle de s'être laissé surprendre. Il relata à son supérieur sa conversation surréaliste avec le jeune gothique. Les origines du mouvement vampirique et l'existence des *strigoi vii*, les vampires vivants, qui infestaient les bas-fonds des grandes capitales.

– Corbin ne boxait pas dans la même catégorie que Baron, mais cela ne les empêchait pas d'être amis. Leur rapport au sang était différent. Pour lui, c'était l'occasion de s'affranchir d'un mal-être global. Il était simplement venu récupérer un médaillon appartenant à la victime. Une sorte de souvenir.

– T'as pris un coup sur le casque, ma parole.

– Peut-être, mais je n'ai pas pu faire autrement que le laisser filer. Le tueur devait surveiller les allées et venues, je n'ai rien vu venir. Il n'est pas monté pour Corbin.

– Pour qui, dans ce cas ?

– Moi, bon sang ! Il m'a vu débarquer tout à l'heure et quelque chose l'a poussé à monter jusqu'ici.

– Ah oui, et qu'est-ce que c'est ?

– Il voulait s'assurer que je n'avais rien trouvé au sujet de Baron.

Blasco balaya l'air d'un geste d'agacement.

– Parce que ce timbré fantasmait sur les vampires ? Même un aveugle aurait pu le deviner.

– Il ne s'agit pas de ça. Je pense à un chapitre de sa vie n'ayant rien à voir avec ce penchant morbide. Son meurtrier est d'origine indienne, j'en suis pratiquement certain. Il s'est exprimé dans un français impeccable et son visage était… brûlé, entièrement ravagé. C'est pour ça qu'il portait un masque. Pour cacher ses cicatrices.

Le Bélier gonfla les joues et soupira ostensiblement.

– Ta théorie repose sur que dalle. Il t'a dit quoi, deux ou trois mots dans notre langue, et ça te suffit à bâtir un scénario ? Ce dont je suis sûr, c'est que t'as joué au con et qu'il t'a filé entre les doigts. Comment je vais expliquer ça à Pantin, moi ? Ta petite virée nocturne va lui revenir aux oreilles, t'en es conscient ?

Doucement, la pression affluait dans les veines du lieutenant, qui sentait l'exaspération poindre en lui. L'aveu de son échec était difficile à encaisser.

Le ton monta d'un cran, alors que les trois brigadiers appelés en renfort rasaient les murs en silence, gênés.

– Comment aurais-tu agi à ma place ? Je n'avais pas le temps, la voisine m'a appelé…

– Quelle idée t'as eue de filer ton numéro perso à un témoin ? Putain, tes réflexes se sont émoussés depuis ta retraite brestoise. T'aurais pu y laisser ta peau !

– Je n'avais pas le temps de réfléchir.

– C'est bien ça le problème. Écoute, rentre à l'hôtel pour te reposer. La journée a été longue et éprouvante.

Lucas refusait de courber l'échine :

– Je dois encore terminer quelque chose.

– Tu crois pas que t'as fait assez de conneries ?

– Nestor Arcia. C'est le nom que m'a refilé Corbin. Il tient un bar dans le 11e et serait susceptible de nous rencarder.

– Tu plaisantes ?

La manière dont Lucas le fixait, cette flamme qui brûlait au fond de ses yeux, contraignit le commandant à céder. Il approcha néanmoins son visage de celui de son lieutenant, dans le but d'affirmer sa position.

– Rappelle-toi que, maintenant, c'est moi le chef. Ne t'imagine pas une seule seconde revenir avec ton costume de super-héros, parce que ça ne marchera pas.

CHAPITRE 19

De retour à son hôtel, Lucas emprunta la bouche de métro la plus proche, direction le boulevard Voltaire, dans le 11e arrondissement.

À cette heure tardive, il trouva facilement une place assise dans la rame et détailla son reflet dans la vitre crasseuse. Ses yeux d'un gris insondable exprimaient une fatigue qu'il n'avait pas éprouvée depuis longtemps.

Des sentiments contraires lui tordaient le bide.

D'un côté, l'excitation brute, prémices d'une traque qui s'annonçait comme l'une des plus étranges de sa carrière, lui fournissait le carburant nécessaire pour se tenir éveillé.

De l'autre, la sale impression de manquer de respect à ses équipiers ravivaient les souvenirs, plus intenses que jamais.

Il se sentait con. Parviendrait-il un jour à leur expliquer la vraie raison de son départ pour Brest ? Plus encore, avaient-ils réellement envie de l'entendre ?

En tout cas, le Bélier faisait fausse route : il n'était pas revenu à Paris pour jouer les premiers rôles. À la fois trop serré et trop grand, il avait remisé ce costume informe au placard et ne comptait jamais le remettre.

Chacun ses emmerdes.

Éric avait signé pour prendre la tête du groupe, et ce n'était certainement pas lui qui tenterait de l'en déloger.

Le lieutenant étouffa un bâillement et se laissa bercer par le roulis du métro. Il repensa à Joachim Corbin et à son look extravagant.

Sous ses airs de dandy orgueilleux, le jeune homme cachait des fêlures profondes. Rupture sociale, souffrance psychique, les maux étaient comme les réminiscences de traumatismes anciens, fossilisés dans les strates de son cerveau.

La mort brutale de son ami n'était qu'une entaille de plus dans un organisme endommagé, probablement habitué à encaisser la douleur.

Une voix dématérialisée cracha dans les haut-parleurs, annonçant l'entrée imminente en station.

Il sortit prestement pour retrouver l'air libre et le froid s'engouffra dans sa gorge avec la violence d'un pic à glace.

Il marcha le long d'une artère bordée d'arbres, immenses silhouettes squelettiques pointant leurs doigts crochus vers le ciel noir.

Lucas avait ce curieux sentiment de profiter de retrouvailles émouvantes après une trop longue absence.

Le pouls nocturne de la capitale pulsait au rythme des rumeurs lointaines, de ce frémissement de vie qui durerait jusqu'aux heures les plus reculées. Les phares des voitures éblouissaient les visages des passants avant de s'évanouir dans la nuit.

Les talons claquaient sur le pavé, les néons des enseignes ruisselaient de lumières bigarrées. Tout ce bruit, cette clameur feutrée…

Il l'écoutait d'une oreille attentive, presque empreint de tendresse.

Dans cette ville, la nuit ne voulait pas mourir. Ou si peu. Tel un fragment d'espoir auquel se rattacher.

Il tourna à l'angle d'une rue et tomba devant la façade noir charbon du Suspiria. Encadré rouge, lettres de sang, vitres teintées. L'endroit cultivait son anticonformisme. Des chaises s'empilaient sur un coin de la terrasse, délaissée par la clientèle partie se réfugier au chaud, à l'intérieur.

Seuls quelques courageux bravaient le froid pour venir fumer leur cigarette près de l'entrée. Lucas traversa ce premier rideau et poussa la porte. Un cri d'une férocité bestiale se rua sur lui avant même qu'il n'ait posé un pied à l'intérieur.

Foule compacte. Relents infects de bière, de sueur aigre.

La musique metal se déversait des enceintes en une litanie furieuse, si puissante qu'elle en devenait presque inaudible. Les grondements sourds du chanteur vibraient d'une aura malfaisante et Lucas joua des coudes pour se frayer une place jusqu'au comptoir.

Il réussit enfin à l'atteindre et héla une grande tige au crâne rasé et au bouc tressé de plusieurs nattes.

Le Viking se pencha vers lui afin de lui faire comprendre qu'il devait parler plus fort.

– Je voudrais voir Nestor Arcia !

– Qu'est-ce que tu lui veux ?

Le lieutenant laissa courir le tutoiement. Son badge, qu'il plaqua près de la tireuse à bière, suffit à couper court aux questions.

– Parler, c'est tout. Il est ici ?

L'homme haussa un sourcil et demanda à sa collègue de prendre le relais au service.

– Suivez-moi. Et reprenez votre carte avant que quelqu'un la voie.

Lucas emboîta le pas du serveur qui se dirigea vers l'arrière-salle, où le niveau sonore devint tout de suite plus supportable. L'homme se pencha à l'oreille d'un golgoth plongé en grande discussion avec trois convives autour d'une table.

Le géant leva un regard interrogateur vers son employé, avant de le laisser glisser sur Lucas d'un air désinvolte.

– T'es flic ? demanda-t-il en pointant le menton vers lui.

– T'es bien Nestor Arcia ?

Le colosse éclata d'un rire gras et s'excusa auprès de ses invités. Une fois debout face à lui, Lucas comprit ce qu'avait voulu dire Corbin à son sujet : Arcia était une véritable montagne. Il dépassait Lucas de plusieurs centimètres, son cou de taureau disparaissant entre des épaules de catcheur et une tête menaçante, à la fois ronde et carrée, il ne savait pas très bien.

Ses pupilles pleines de suffisance détaillèrent le lieutenant pendant quelques secondes et un sourire narquois s'afficha au coin de ses lèvres.

Lucas n'appréciait pas l'accueil qu'on lui réservait. Il se savait à cran, sur les nerfs. Un rien pouvait le faire sortir de ses gonds.

– Alors, t'es qui exactement ? demanda le gérant en soupirant de manière ostentatoire. Et qu'est-ce que tu veux ?

– Brigade criminelle. Un vampire a été retrouvé mort chez lui, littéralement déchiqueté. Un pote à toi. Ça cogite ou pas ?

– Je sais pas de quoi tu causes. Tu vois ces mecs, près de moi ? Ce sont les membres d'un groupe de death metal qui débarque tout juste d'Essen, en Allemagne. Ils sont là pour négocier un concert au Suspiria et il est hors de question qu'il me passe sous le nez. Alors si tu permets, prends-toi une bière et dégage. C'est moi qui régale.

Il s'apprêtait à se rasseoir lorsque Lucas, excédé, plaqua son insigne sur la table en invectivant les membres du groupe :

– *Raus*[2] !

---

2. « Dehors ! », en allemand.

– Putain, tu sais à quoi tu joues là ? s'écria Arcia d'une voix à faire trembler les murs.

– Toi, ferme-là. Tu vas attentivement m'écouter et m'expliquer toutes ces conneries autour de ta communauté.

– Sinon quoi, mon gars ? J'en ai rien à branler que tu sois flic.

– Sinon, c'est moi qui m'énerve. Et ton bar, je veillerai personnellement à le démonter pierre par pierre si tu continues à me casser les couilles. C'est clair ?

La colère flambait au fond de ses yeux, une rage contenue qui fit plier le gérant. Les musiciens se levèrent à l'unisson et quittèrent la pièce dans l'incompréhension la plus totale.

Nestor Arcia serra les mâchoires et envoya un regard assassin au lieutenant.

– J'espère pour toi que c'est vraiment important, grogna-t-il en se rasseyant.

CHAPITRE 20

Le barman revint dans l'arrière-salle, encadré de deux malabars prêts à en découdre, mais Arcia les congédia d'un revers de main.

Lucas n'attendit pas qu'ils soient partis pour démarrer l'interrogatoire :

– Julien Baron, tu connais ?

– C'est lui, le mort ?

– Genoux fracassés au marteau, le corps mutilé, étranglé par un dingue. C'est bien lui.

Arcia accusa le coup.

– On ne tue pas les enfants du diable.

– C'est pourtant ce qu'il s'est passé. Vous étiez proches tous les deux ?

– Pas vraiment, non. Ce type était une pourriture gangrénée par le mal.

– Il n'était pas l'un des vôtres ?

Le colosse s'esclaffa. Puis, comme Joachim Corbin deux heures plus tôt, il dévoila sous son pull-over une chaîne en argent à laquelle pendait une anse en forme de croc.

– Je vois, les vampires, hein… C'est ça qui vous intéresse ?

– Il y a de quoi, non ?

– Les communautés vampiriques sont divisées en deux groupes. Deux castes, devrais-je dire. En parallèle de ce bar, je dirige depuis vingt ans la plus grande confrérie de la capitale. J'y ai accueilli Julien comme un frère.

– Il y a longtemps ?

– Début des années 2010, je dirais. Mais nos visions d'avenir divergeaient et devenaient source d'engueulades quotidiennes. Il ne supportait plus de jouer un rôle, de participer à des soirées trop conventionnelles à son goût. Il a fini par rejeter nos principes pour suivre sa propre voie.

– Et devenir un *Rônin* ?

Le géant plissa les paupières, méfiant.

– La plupart des vampires qui viennent grossir nos rangs s'émancipent d'une réalité qui n'a plus de sens à leurs yeux. Oui, nous buvons du sang. Une ou deux gouttes, parfois plus, que nous diluons ensuite à de l'alcool. Les ponctions se font entre adultes consentants, de simples entailles superficielles. Nos fêtes se déroulent dans le calme et le respect mutuel, même si nous n'apprécions pas les curieux. Les *Rônin* ne sont que des animaux, des sociopathes qui maquillent leurs penchants malsains derrière le voile de notre culture, et Julien était un des leurs.

Lucas se rappela la multitude de coupures relevées par le légiste sur le cadavre de Baron. Si l'on suivait sa logique, alors Baron se serait mutilé pour partager son sang. Et la guêpière en dentelle retrouvée dans l'un de ses placards indiquait qu'il avait l'habitude de recevoir.

– Avait-il quelqu'un dans sa vie ?

– Je n'en sais rien. Cela fait maintenant plusieurs années que je ne lui parle plus.

– Il fait tout de même encore partie de ta clientèle, non ?

– Je n'empêche personne de venir dans mon bar. Tout le monde est le bienvenu. Vous en êtes la preuve, ajouta-t-il d'un ton grinçant.

Ce salaud ne lui disait pas tout.

Même si la fracture entre vampires et *Rônin* semblait réelle, jamais il ne dévoilerait quoi que ce soit à un étranger.

Le linge sale se lavait toujours en famille.

Arcia tapota la table de ses doigts boudinés, comme s'il pressait le lieutenant de passer à la suite.

– OK, dit-il en sortant son téléphone. Baron était peintre, tu le savais ? Un sacré coup de pinceau, quoiqu'un peu glauque.

– Ouais, j'en ai vaguement entendu causer.

Il posa le mobile sur la table, l'écran tourné vers le gérant, et fit glisser les photos prises dans le book de l'artiste. Les carcasses éventrées de Chaïm Soutine s'enchaînèrent, suivies du tableau où des démons à têtes d'animaux dansaient sur les cadavres ensanglantés de centaines de martyrs.

Das Tierdrama.

– Pourquoi peignait-il ces œuvres ?

– Comment voulez-vous que je le sache ?

– Fais un effort.

Le géant se pencha sur la galerie d'images, peu enclin à coopérer.

– Il faut savoir que pour les *Rônin*, puisque c'est ainsi que vous les appelez, les fêtes chrétiennes n'existent pas. Ils préfèrent glorifier des divinités infernales au cours d'importantes messes noires qui rassemblent le gratin parmi ces salopards. Halloween en est l'exemple le plus frappant. Les médias en ont fait un phénomène commercial, mais c'est avant tout la plus grande fête luciférienne de l'année.

Le colosse fit défiler les photos d'un air morne, quand tout à coup son index se figea.

– Que se passe-t-il ? demanda Lucas.

– Rien, rien…

Le lieutenant allongea son bras et se saisit du téléphone. Le tableau représentait une immense bâtisse en U, plongée sous un voile de brume. L'œuvre s'intitulait *Soleil noir* et présentait un motif inconnu sur l'angle gauche supérieur.

Une sorte de *F* stylisé.

– Cet endroit existe réellement ?

– Je n'en sais rien.

Lucas fulminait.

L'homme ne tentait même pas de se lancer dans des explications foireuses, se contentant de tuer dans l'œuf toute tentative de discussion.

Sentant qu'il perdait le fil, Lucas jeta ses dernières billes dans la bataille :

– Le nombre 38, ça t'évoque quoi ?

– Rien. Je suis désolé.

– Julien Baron le portait tatoué sur son crâne, comme une référence à son passé.

– Je n'étais pas son ami, je ne l'ai jamais été. Si vous pensez que son assassin est l'un des nôtres, vous vous fourvoyez complètement. Je pense qu'on s'est tout dit.

Il croisa les bras, muraille de muscles érigée entre lui et le flic.

Lucas attrapa son portable d'un geste rageur et se leva.

– J'espère pour toi que je n'aurai pas à remettre les pieds ici.

CHAPITRE 21

Un léger bourdonnement se glissa dans son rêve.

Un rêve dépourvu d'images, où seuls les sons parvenaient à l'atteindre avec une acuité terrifiante.

Il entendait les pleurs d'Alice, échos lointains et distordus, inatteignables. Son cœur saignait de ne pas pouvoir la rejoindre. Le bourdonnement enflait, dévorait l'espace de ses souvenirs, jusqu'à submerger les sanglots qui finirent par s'éteindre.

Lucas réussit à articuler un cri famélique avant d'ouvrir brutalement les yeux.

Son portable vibrait à tout rompre, écran retourné sur la table de nuit. Empêtré dans sa couverture, il roula sur le dos et laissa son correspondant se casser le nez sur son répondeur.

La lumière matinale déposait un voile de cendres sur les murs. Il fixa le plafond de sa chambre d'hôtel, observa les jeux d'ombres se former au gré des nuages dans le ciel.

Il avait mal partout, se sentait exténué.

Chaque réveil qui suivait ses cauchemars le vidait de ses forces, injectait en lui la même idée folle, sournoise, comme un poison inoculé jusque dans sa moelle : en finir avec cette nécrose qui grignotait son cœur depuis la mort d'Alice.

Partir, lui aussi.

Et la rejoindre sur l'autre rive.

Il leva son bras et contempla sa main quelques instants, cette même main responsable du cataclysme qui avait déchiré à jamais son existence.

Il se souvenait de tout.

De son corps encore chaud qu'il refusait de lâcher.

De ses collègues arrivés sur place en catastrophe. Des pleurs de Gabi, de Noémie. De la compassion du Bélier. Des secours et de leurs gestes délicats.

Il ferma les yeux. Il se souvenait de tout.

Des feux bleu et blanc de l'ambulance qui s'éloignait dans la nuit, emportant avec elle les derniers fragments de son âme.

De cette boule de haine qui grandissait en lui. Monstrueuse, insatiable.

L'envie de tuer, de verser le sang. Ce soir-là, il s'était transformé en une chose qu'il espérait ne plus jamais devoir ramener à la surface.

On ne tue pas les enfants du diable, avait dit Nestor Arcia.

Ce n'était pas complètement faux. Le fait d'être toujours en vie en était la preuve.

Il ouvrit les yeux. Il n'oublierait jamais.

Pour Alice.

***

Il finit par sortir du lit et accéda à la salle de bains. Il se déshabilla, alluma le poste de radio, augmenta le volume, puis entra dans la cabine de douche, le corps tout engourdi. Régla la température au maximum et laissa le jet brûlant décaper sa peau.

Il s'appuya des deux mains sur le mur carrelé, grisé par la brume chaude qui l'enveloppait peu à peu.

Sa journée d'hier avait été d'une intensité hors norme, démentielle.

Ce macchabée dont il ignorait encore tout, si ce n'était qu'il appartenait à une fange encore plus obscure que celle des vampires. Ce mot sonnait faux, même dans son esprit. Un accent fantastique presque ridicule pour un esprit prosaïque comme le sien.

Il revit, l'espace d'un flash, la gueule atrocement fondue du meurtrier, sorte de Freddie Krueger à la sauce Bollywood. Plus étrange encore, son français légèrement teinté d'un accent étranger et ce timbre rocailleux, comme si ses cordes vocales avaient été élimées par du papier de verre.

Je protégerai les intérêts de mon père au péril de ma vie.

Lucas releva la tête et ferma les yeux, savourant une dernière minute l'eau qui ruisselait sur sa peau.

Pourquoi avait-il pris le risque insensé de revenir sur la scène du meurtre ? Que craignait-il que l'on découvre au sujet de Baron ?

Il ferma le robinet d'un coup sec et s'arracha au rideau de vapeur. Il se saisit ensuite d'une serviette posée sur le rebord du lavabo. Éteignit la radio.

Son portable vibrait toujours de l'autre côté.

Lucas accéléra le pas avant de décrocher, la serviette jetée par-dessus l'épaule.

– T'en as mis du temps.

C'était Blasco. Sa voix claqua tel un coup de fouet sur la joue du lieutenant.

– J'étais sous la douche, je n'ai pas entendu.

– Ta descente au Suspiria, ça a donné quoi ?

– Le type ne dira rien. Par contre, il a tilté sur l'une des peintures de Baron. Une grande bâtisse à l'abandon, style abbaye. J'ignore ce qu'elle représente et où elle se trouve, mais tomber dessus l'a déstabilisé. Tu as réussi à loger Joachim Corbin ?

Le Bélier marqua un long silence.

– Des officiers vont s'en occuper à la première heure. De leur côté, Noémie et Jérémy ont eu le temps de déterrer quelques dossiers sur Julien Baron. Figure-toi qu'il était bien connu de nos services.

– Du genre ?

– Du genre saignant. J'ai commencé à lire leurs rapports, le type en tenait une sacrée couche. Je t'attends dans nos bureaux, tu connais l'adresse.

Le commandant allait raccrocher quand Lucas ajouta :

– Je suis désolé pour hier. Je ne voulais pas causer d'ennuis.

– C'est trop tard, mais tu vas bien, c'est le principal. Je savais à quoi m'attendre en donnant mon feu vert à ta réintégration. T'es trop vieux pour changer, et pourtant personne ne le fera à ta place.

CHAPITRE 22

Le Bastion, paquebot moderne tout de verre et d'acier.

L'émotion était palpable pour Lucas qui, pour la première fois depuis son départ, retrouvait les locaux de *sa* brigade.

Il est des trajets qui ne s'oubliaient pas.

Qui, par leur puissance évocatrice, rameutaient les souvenirs pour les plaquer de force sur les rétines. Accéléraient le pouls jusqu'à en avoir mal au cœur et provoquaient une explosion au creux de l'estomac, une cascade d'émotions qui dégringolaient, fourmillaient sous la peau.

Après un rapide détour par l'armurerie, où il récupéra enfin son Sig-Sauer et un gilet pare-balles, suivi d'un passage aux vestiaires, il grimpa le reste des escaliers au ralenti, le souffle lourd, encombré de doutes.

Inutile de se précipiter.

Les souvenirs affluaient, s'entrechoquaient comme des boules de billard. Il inspira profondément par le nez. Il lui fallait se calmer, chasser la tension nerveuse qui vibrait sous sa peau.

Il aurait pu s'orienter les yeux fermés dans ce labyrinthe aux murs blancs. Septième étage. Deuxième couloir sur la droite après l'ascenseur. Progresser sur quelques mètres jusqu'à parvenir devant une porte bleue, sur laquelle était fixée une plaque en laiton : *Groupe Dorinel*.

Un jeu d'enfant.

Sauf que le groupe ne lui appartenait plus, et que la plaque portait désormais le nom de Blasco.

Il entra dans la pièce, salua ses équipiers, accrocha son manteau sur la patère. Des gestes répétés mille fois dans une autre vie.

Le Bélier et lui échangèrent un bref regard. Sans joie ni animosité, mais plus éloquent qu'un long discours.

– Je crois que les présentations sont inutiles, fit le commandant. Même s'il y a une tête que tu ne connais pas.

Il n'eut pas le temps de poursuivre ; le lieutenant Perrin se levait déjà pour lui serrer la main.

– Ravi de faire votre connaissance. J'ai beaucoup entendu parler de vous.

Le jeune homme tenait de la gravure de mode, avec ses cheveux mi-longs d'une blondeur de blés et ses yeux d'un bleu iceberg.

La séquence émotion terminée, chacun prit place autour d'une table, thermos de café et croissants placés au centre pour remettre les turbines en route.

Noémie et Jérémy étaient assis l'un à côté de l'autre, une liasse de papiers aussi épaisse qu'une brique devant eux.

Le Bélier resta debout contre la fenêtre, bras croisés, et scruta attentivement Lucas.

– Les premiers résultats d'analyses sont tombés, tôt ce matin. Le sang contenu dans les poches stériles retrouvées chez Baron provient uniquement de porcs.

– Pas un seul échantillon humain ? s'étonna Noémie.

– Non, l'anapath est formel. Le sang de cochon est celui qui se rapproche le plus de l'être humain. Julien Baron trouvait là un parfait substitut à son penchant macabre.

– Où pouvait-il se le procurer ? En abattoir ?

Éric Blasco ne répondit pas tout de suite et Lucas sentit qu'il n'avait pas d'autre solution que de se lancer à l'eau, à l'aveugle.

– Je suis retourné chez Baron hier soir, confessa le lieutenant d'une voix sourde.

Tous les regards convergèrent vers lui, entre surprise et méfiance.

Lucas planta ses coudes sur la table, comme pour chercher à se stabiliser.

Il décida de n'omettre aucun détail. L'autopsie de Baron, le nombre *38* tatoué sur le haut du crâne. Puis l'appel paniqué de Monique Marzin, la voisine. Sa décision d'intervenir en dehors de toute procédure, suivi de sa rencontre lunaire avec le jeune gothique, ami proche de Baron.

Et enfin, son face-à-face perdu avec le tueur.

Évacuer la pression et transmettre les infos, comme pour s'absoudre de ses pêchés.

Ses collègues gardèrent le silence, qui s'étira comme un torchon brûlant par les deux bouts.

Gabriel reprit la parole en premier, d'un ton qui se voulait apaisant :

– Ce qui compte, c'est qu'il ne se soit rien passé de grave. Tu ne pouvais pas savoir que le tueur reviendrait sur les lieux.

Le capitaine tenta de trouver l'appui du Bélier d'un regard hésitant. Celui-ci se détacha de la fenêtre et fourra les mains dans ses poches.

– Tu es passé à deux doigts de perdre la vie, Lucas. Ton agresseur a eu tout le loisir de te tuer, mais il ne l'a pas fait. Estime-toi heureux.

Le lieutenant ne répondit pas. Sa défaite revêtait un goût amer, mais ce n'était rien comparé au désarroi manifeste de ses équipiers.

– Néanmoins, tempéra le Bélier, tu es sain et sauf et tu nous rapportes de précieux indices, ainsi que de nouvelles pistes. Le dossier est donc clos, mais je te demanderai à l'avenir d'être prudent.

Lucas acquiesça et le commandant, visiblement satisfait, prit enfin place autour de la table. La réunion pouvait démarrer et il invita Noémie à se lancer.

– Je vous préviens, attachez vos ceintures, parce que ça secoue. Julien Baron possédait un lourd casier judiciaire et l'objet des condamnations fait froid dans le dos. Notre homme est né à Ermont en 1972, dans le Val-d'Oise. Il obtient un bac scientifique avec mention mais abandonne finalement sa prépa quelques mois plus tard. Il a alors dix-neuf ans, la guerre de Bosnie ne va pas tarder à éclater, et le jeune homme reçoit sa convocation pour les fameux « trois jours », période où l'armée triait les candidats au service national. Réformé P4 par les psychiatres du centre de sélection, il est renvoyé chez lui et rumine son échec. Trois ans plus tard, en 1994, il dérape et se retrouve impliqué dans une ratonnade à Paris, en compagnie d'une dizaine d'individus cagoulés et armés de battes de base-ball.

Un frisson traversa le groupe.

Une ratonnade était le terme utilisé pour désigner les violences commises à l'encontre de personnes d'origine maghrébine. Ces actes étaient perpétrés par des groupuscules d'extrême droite, troupeaux de décérébrés organisant régulièrement des descentes en ville pour *casser du gnoule*.

Le petit déjeuner se terminait avec un arrière-goût de gerbe.

Gabriel croisa les bras et se recula sur sa chaise, maussade.

– C'était un néonazi ?

– Cela n'a jamais été prouvé. D'après les procès-verbaux, Baron fréquentait pas mal d'endroits malfamés de la capitale et il aurait eu vent de l'opération par une connaissance. Il aurait fait des pieds et des mains pour y participer, comme un gosse à l'approche de Noël. Du pain bénit pour ces enfoirés.

– Si c'est pas du putain de racisme, alors je vois pas ce que c'est.

Nouveau silence.

Les mines se fermaient, chacun semblait perdu dans ses pensées. Le Bélier fit signe de continuer :

– Baron prend cinq mois avec sursis. Le type en face d'eux, un Tunisien de trente-huit ans, a passé la nuit aux urgences avant d'obtenir sept jours d'ITT. Après ce fait d'armes, Baron s'installe définitivement à Paris et décroche un job pour le moins surprenant : celui d'agent mortuaire.

– Il ne faut pas un diplôme pour ça ? s'enquit Blasco.

– Maintenant oui, bien sûr. Mais il y a trente ans, la motivation suffisait encore pour ouvrir certaines portes. C'est dans ce nouveau cadre qu'il rencontre Éloïse Marval, infirmière en soins palliatifs.

– Il était marié ?

– Non, mais une fille est née de leur union : Laure Baron, aujourd'hui âgée de vingt-quatre ans. J'ai vérifié : elle habite à Vauhallan, à une demi-heure de Paris. Elle travaille au service comptabilité de la ville.

Sa fille…

La soirée de Lucas défila à toute vitesse devant ses yeux. L'appel de la voisine, son tête-à-tête aux chandelles avec Joachim Corbin.

– Baron rencontrait des problèmes avec sa fille depuis quelque temps. D'après son ami, cela le détruisait bien plus qu'il ne voulait l'admettre.

– Vous avez tenté de la joindre ? demanda Blasco.

Le lieutenant Perrin s'avança sur sa chaise et prit le relais en ouvrant ses mains devant lui :

– Pas encore. Le père est déjà un sacré morceau. Après cet épisode, il ne fait pourtant plus parler de lui et disparaît des radars, peut-être assagi depuis la naissance de Laure. Jusqu'en 1999, où Baron le vampire défraie pour la première fois la chronique.

CHAPITRE 23

Le lieutenant savoura son effet, même s'il fut de courte durée.

– Que s'est-il passé ? demanda le Bélier d'un ton brusque.

– Meurtre avec préméditation. Baron avait fixé un rendez-vous au domicile de sa victime, un homme de trente-quatre ans, rencontré une semaine plus tôt via le Minitel rose. Une fois sur le seuil, il a sorti un pistolet de sa poche et lui a aligné trois balles en pleine tête. Sans raison. Juste pour voir cet inconnu agoniser sous ses yeux.

– Quel malade… souffla Gabriel. Et pourquoi le Minitel rose ?

Lucas devança les explications du cadet.

– L'ancêtre des sites de rencontre. Sous couvert d'anonymat, on exprime nos pulsions les plus inavouables. L'Internet d'aujourd'hui et l'explosion des réseaux sociaux n'ont rien inventé.

Jérémy acquiesça.

– Cela ne signifie pas que Baron était bisexuel, mais plutôt qu'il n'accordait aucune importance au sexe de sa proie. Il voulait tuer quelqu'un, point. Cela aurait pu tomber sur n'importe qui. Suite à cet homicide, il est jugé en comparution immédiate et écope de douze ans ferme, direction la maison centrale de Poissy. Il en ressort en 2011 avec une obligation de suivi psychiatrique à la clinique d'Épinay.

– C'était il y a longtemps, remarqua le Bélier. Il consultait toujours ?

– Je n'ai pas cette information. Mais au vu de ce qu'il traîne, c'est fort probable. Lors de son procès, le tribunal a également retenu contre lui plusieurs chefs d'accusation, parmi lesquels profanation de tombe et… (le cadet s'éclaircit la gorge.) et nécrophagie.

Les flics se prirent l'information à la manière d'une poutre en pleine figure. Gabriel fut le premier à se reprendre :

– Cela va bien au-delà d'une condamnation pour homicide. Cette réforme P4, tu en connais les causes officielles ?

– Troubles de la personnalité, très certainement. Je n'ai pas creusé.

Le Bélier tapota ses doigts sur la table, pensif.

– Je crois bien qu'une visite auprès de ses anciens psychiatres s'impose, au même titre qu'une autre, de courtoisie, chez Laure Baron. D'ailleurs, qu'est-elle devenue suite à la condamnation de son père ? Elle avait quoi, quatre ans ?

– Exact. Baron a perdu sa garde au profit de Philippe Marval, qui n'est autre que le frère d'Éloïse. J'ai pu trouver son adresse, il réside près d'Orléans.

– Et la mère, justement, où est-elle dans cette histoire ?

L'hésitation du cadet lui mit la puce à l'oreille.

– Elle est décédée, c'est ça ?

– Le registre d'état civil ne le mentionne pas.

Le commandant se leva pour se dégourdir les jambes. Il s'approcha de la fenêtre et contempla les nuages qui s'étiraient lentement dans un ciel privé de soleil.

Il se retourna en s'appuyant sur le rebord.

– Bon, et le meurtrier. Que pouvez-vous me dire sur lui ?

Gabriel se passa la main à l'arrière du crâne et s'avança sur son siège.

– C'est un véritable animal, le témoignage de la voisine va dans ce sens. Il n'a pas seulement tué un homme, mais étranglé quelqu'un de dangereux et physiquement fort. Cela aurait pu tourner en sa défaveur, pourtant il est parvenu à le maîtriser avec une facilité déconcertante.

Tout le monde acquiesça d'un air grave.

La découverte de ce cadavre écrasé au fond d'une malle, les rotules brisées à coups de marteau et le corps atrocement mutilé, était bien ancrée dans les mémoires. Blasco ne l'avait pas vu de ses propres yeux, mais il avait eu tout le loisir de prendre connaissance des clichés transmis par les techniciens de l'IJ.

Surtout, c'était la folie qui émanait du lieu du crime qui poussait à s'interroger.

Julien Baron était un fou, un être déviant qui se nourrissait de sang animal et abhorrait la lumière du jour. Cloîtré au sommet de son immeuble, il cultivait sa névrose à l'abri des soupçons, jusqu'à ce qu'un prédateur encore plus redoutable surgisse pour le broyer.

Littéralement.

Blasco relança la machine d'une pièce :

– Qui était-il pour Julien Baron ? Ce dernier le laisse entrer sans se méfier, tourne le dos à son agresseur quand tout à coup, le foulard s'écrase sur sa trachée et se resserre jusqu'à ce que mort s'ensuive. Ça a dû se passer très vite. Il n'y a pas de traces de lutte, pas de sang versé hormis à l'intérieur de la malle. Autre chose, on a trouvé ni portable ni ordinateur. On peut supposer que le tueur les a emportés, comme s'il tenait à tout effacer.

– Baron vivait dans l'obscurité, ajouta Gabriel. Le tueur le savait, c'est certain, sans quoi ça n'aurait pas été aussi facile pour lui.

– Tu penses qu'il l'observait ?

Le capitaine lorgna sur Lucas.

– Le fait qu'il soit revenu hier soir sur le lieu du crime en est la preuve. Il n'a pas frappé au hasard. La liste des obstacles est longue : un appartement plongé dans le noir, une victime loin d'être un enfant de chœur, sans compter l'endroit même du crime, perché au neuvième étage d'une barre HLM. Tous ces paramètres nécessitaient d'être pris en compte à l'avance.

– Il a peut-être profité d'une absence pour s'introduire chez lui, avança Lucas. Une faible odeur de cire chaude flottait encore dans le logement, cela suggère qu'elles avaient été allumées récemment. Il devait l'attendre, prêt à bondir.

Noémie secoua la tête, sa queue de cheval d'un noir de jais oscillant légèrement de droite à gauche.

– Il n'y a aucun signe d'effraction. Comment serait-il entré ? En crochetant la serrure ? Avec la voisine qui veille au grain, la police lui serait tombé dessus en un rien de temps.

– Un double des clés en sa possession ? émit Jérémy en faisant tourner un stylo entre ses doigts. Il n'attire pas l'attention, et ça lui laisse le loisir de s'installer en attendant le retour de Baron.

Le Bélier observa les voitures qui défilaient sur l'avenue en contrebas, leurs feux de croisement griffant la brume persistante. Il enfonça ses mains dans ses poches et prit une profonde inspiration :

– Pourquoi pas, même si ça implique que Baron connaissait très bien son meurtrier. Je ne vois pas d'autre explication. *Un géant* : c'est comme ça que l'a décrit la voisine. Un géant au masque de fer. De plastique, plutôt, pour mieux cacher ses effroyables cicatrices. Il ne voulait pas être trahi. Le vol des effets personnels de Baron abonde dans ce sens.

Le commandant retourna à sa place mais resta debout, poings sur la table.

– Jérémy, Noémie, bravo pour le travail de sape. Vous partez tout de suite à la rencontre de Laure Baron, à Vauhallan. Quant à vous, Gabi et Lucas, ce sera comme au bon vieux temps si j'ose dire. Dès que vous aurez passé cette porte, je vous cale un rendez-vous auprès de la directrice du centre psychiatrique d'Épinay.

Les chaises raclèrent sur le linoléum, et Blasco prononça un dernier mot :

– Cette enquête s'annonce particulièrement salée. Lucas, ton retour à Paris vaut de l'or.

CHAPITRE 24

Les nuages avaient fini par éclater, incapables de retenir plus longtemps leur torrent de flotte.

Engagé sur le périphérique, Gabriel resta tout d'abord coincé dans sa file avant de se résoudre à enclencher le deux-tons, agacé par l'apathie générale. Les véhicules s'écartèrent lentement, escargots de métal dérangés sous une pluie diluvienne.

À ses côtés, cloîtré dans un silence de morgue, Lucas relisait la copie du rapport d'instruction glané par ses collègues.

Les liasses de procès-verbaux relataient les exploits de Julien Baron avec une précision froide.

Mars 1999. Une heure du matin. Cimetière de la Villette, Paris.

Baron, alors âgé de vingt-sept ans, entre par effraction en escaladant le mur de l'enceinte. Dans son sac à dos, un tournevis, ainsi qu'un couteau de boucher.

Il écume les allées, visite les tombeaux un par un, s'enivre du parfum de la mort rôdant tout autour.

Enfin, il repère sa cible. Un caveau recouvert d'une plaque de tôle, pour éviter que le cercueil ne soit submergé par la pluie. Il s'approche, soulève la plaque en prenant garde de ne pas faire de bruit.

Dévisse le couvercle en sapin.

Lucas releva la tête et inspira un grand coup, pris de vertige.

Il pouvait imaginer ses yeux déments et son sourire carnassier s'agrandir à mesure que les vis sautaient.

Il pouvait sentir le couteau s'enfoncer dans la chair faisandée et en arracher un morceau.

Julien Baron était un être d'une incroyable complexité, la définition même d'un monstre. Ses actes n'étaient qu'une déferlante de sévices ignobles, de violence gratuite. Cet homme était gangréné par le mal, un sociopathe animé par la souffrance d'autrui.

Il n'y avait qu'à feuilleter les dossiers pour s'en rendre compte.

Profaner la mémoire des morts ne lui suffit bientôt plus. Et comme une drogue dure détruisant l'organisme, Baron perd complètement les pédales.

Le goût du sang l'obsède, hante ses nuits, devient l'objet brûlant de son sadisme.

Jusqu'à ce que la pression finisse un jour par péter et le pousse à franchir la ligne rouge… si ce n'était pas déjà fait.

Il tombe sur l'annonce d'un certain Thomas, par le biais d'un réseau SM. Dialogue avec lui. Un bref flirt, explicite. Obtient son numéro de téléphone, son adresse.

L'homme habite au dernier étage d'un vieil immeuble.

Celui-ci lui ouvre sa porte, s'écarte pour le laisser entrer. Referme après son passage.

Baron empoigne son arme et vise la tête, attend que sa proie se retourne. Les yeux s'écarquillent, le canon crache une flamme de poudre. Ledit Thomas s'affale au sol dans une gerbe de sang. La balle de 22 Long Rifle vient de lui crever un œil, mais il n'est pas mort.

Pas encore.

Deux balles supplémentaires sont nécessaires pour lui ôter la vie.

Julien Baron reste plusieurs minutes sur place, à contempler le sang se répandre sur le parquet. À s'abreuver des spasmes secouant le corps de sa victime.

À la voir mourir.

Et se délecter du spectacle.

Lucas stoppa sa lecture, à bout de souffle.

Que Julien Baron ne soit plus de ce monde était peut-être une bonne chose. Pourtant une question s'amplifiait sous son crâne, au point de tout occulter : jusqu'à quel point son assassin pouvait-il être plus dangereux ?

CHAPITRE 25

Ils arrivèrent à Épinay sous des trombes d'eau.

Gabriel ralentit à un croisement et franchit la grille de la maison de santé. Construit en lisière d'un parc, le bâtiment jouissait d'un cadre exceptionnel. Depuis le parking, il suffisait d'emprunter l'une des nombreuses allées boisées pour se retrouver sur le chemin de halage et profiter d'une balade paisible au bord de la Seine.

Quand la météo le permettait.

Les policiers sautèrent hors de l'habitacle et relevèrent leur col en se précipitant vers l'accueil, dans une course perdue d'avance.

Passé les formalités d'usage auprès de la secrétaire, une femme d'apparence sévère se présenta à eux. Sa chevelure blonde et raide encadrait un visage sec, à peine adouci par un sourire pincé.

– Je suis Nathalie Roumieux, directrice des soins infirmiers de cet établissement. Votre supérieur m'a informée de votre visite.

Gabriel s'essuya les cheveux du plat de la main et hocha la tête.

– Merci d'avoir libéré un créneau dans votre emploi du temps.

– Il n'y a pas de quoi. Quand j'ai su ce qui vous amenait…

Ses fines rides se contractaient sous le poids d'une profonde inquiétude.

– Nos métiers nous préparent à l'éventualité de la mort d'un de nos patients, mais personne n'est vraiment prêt à l'affronter. L'aide que nous leur apportons se révèle parfois insuffisante, et une fois dehors, certains restent livrés à eux-mêmes.

– Vous n'avez pas à vous sentir coupable de ce qui est arrivé.

Elle haussa les épaules, désabusée.

L'environnement calme et bucolique n'atténuait en rien la portée d'un tel drame. La directrice s'attribuait inconsciemment une part de responsabilité, même si le meurtre de Julien Baron s'était produit à des kilomètres de la maison de santé.

– Nous serons plus tranquilles pour discuter dans mon bureau, souffla-t-elle en tournant les talons.

Gabriel et Lucas la suivirent et traversèrent des couloirs sans vie, parfois à peine éclairés par l'aura lugubre des panneaux indiquant les sorties de secours.

Nathalie Roumieux ouvrit une porte et les invita à s'asseoir. La pièce, de la taille d'un studio, était agréablement agencée. Sol stratifié imitation parquet, murs couleur taupe, mobilier blanc mis en valeur par une haute fenêtre offrant une vue imparable sur le parc.

La directrice contourna son bureau et s'installa sur un grand siège à roulettes, légèrement abattue.

– Vous savez, je mesure ma chance au quotidien. Celle d'avoir un présent et d'aspirer encore à un avenir. Je vais être grand-mère pour la première fois, et l'une de mes autres filles doit se marier cet été. À mon âge, la vie me réserve encore de formidables surprises. Julien Baron n'a, à mon sens, que très peu connu ces instants de joie.

– D'après nos informations, nous savons qu'il a été inculpé pour le meurtre d'un homme en 1999, et qu'un suivi psychiatrique a été ordonné à sa sortie de prison douze ans plus tard.

– Alors vous n'avez qu'une partie des éléments. Julien Baron était un patient connu de longue date, bien avant cette effroyable affaire. En réalité, son suivi entre nos murs remonte à son enfance. Avec le directeur de la maison centrale de Poissy, nous étions simplement convenus de continuer nos séances et de planifier un entretien hebdomadaire avec lui. Sans limite dans le temps.

– Ils ne disposent pas de leur propre unité de soins psychiatriques ? s'étonna Lucas.

Roumieux tourna les yeux vers lui.

– Si, mais Julien Baron était un cas très particulier. Comme tant d'autres, pourrais-je dire. Pour certains, la cohabitation forcée avec d'autres détenus achève de les détruire. Il était capital que nous puissions lui offrir ce point de repère, ce filet de sauvetage.

– Que craigniez-vous exactement ?

– Qu'il ne devienne hors de contrôle, répondit-elle d'un ton péremptoire. Si vous avez lu les rapports, vous savez de quel genre d'atrocités il était capable. Sans chercher à le disculper, il faut savoir que Julien Baron n'avait que douze ans lorsque ses parents sont décédés.

– Un accident de la circulation ?

– Pire encore. En seulement huit mois, il a perdu sa mère d'un cancer des ovaires et son père d'une crise cardiaque. Aucun enfant ne devrait avoir à affronter ce genre d'épreuve.

Elle posa ses coudes devant elle et se racla la gorge.

– Après le décès tragique de ses parents, Julien a été placé sous tutelle chez sa grand-mère, qui habitait alors à Margency, à même pas dix kilomètres du domicile familial. C'est là que les ennuis ont commencé.

Nathalie Roumieux allongea son bras et ramena vers elle un dossier épais, aux bords cornés. Elle en défit les élastiques et en tira une feuille afin de la relire.

– Les troubles sont apparus environ un an plus tard, à l'âge de treize ans. La réalité a fini par le rattraper, causant en lui des dégâts dont nous ne pouvions imaginer les répercussions.

Elle reposa la feuille sur le sous-main en cuir, la mine déconfite.

– Julien Baron a entrepris de se nourrir d'éléments non comestibles. De choses qui n'ont rien à faire dans une bouche, encore moins à l'intérieur d'un système digestif. Son aïeule était une grande fumeuse. Retenez bien ce point, il est primordial pour comprendre la suite. Certains enfants réclament une attention constante, négative et toxique pour l'entourage. Se sentir valorisé est un besoin fondamental, accru selon les cas de figure, comme ici le traumatisme lié à la perte des deux parents. Le jeune garçon a cherché le moyen d'attirer l'attention sur ce besoin et, d'une certaine manière, a réussi.

– Comment s'y est-il pris ? demanda Gabriel.

– De manière violente et pourtant indétectable, jusqu'au jour où il s'est plaint de fortes crampes d'estomac et de vomissements. Sa grand-mère, redoutant une intoxication alimentaire, l'a conduit à l'hôpital. Les examens cliniques ont finalement révélé la présence d'un bézoard obstruant les voies gastriques.

Désarçonné, Lucas se contenta de répéter :

– Un bézoard ? C'est quoi, une sorte de reptile ?

La directrice ne put réprimer un léger sourire.

– Pas vraiment, non. En termes techniques, c'est une concrétion d'aspect pierreux issue des organes digestifs des ruminants. Pour être plus clair, c'est une boule formée par l'accumulation de matières partiellement digérées au sein du tube digestif. Chez les vaches ou les chèvres, le bézoard est généralement un agglomérat de fibres végétales et de graines.

– Et pour l'homme ? s'étonna le lieutenant.

– Là, c'est plus complexe. Il y a les trichobézoards, provoqués par l'ingestion de cheveux, un cas parfois retrouvé en psychiatrie. Les pharmacobézoards, qui, comme leur nom l'indique, sont composés de blocs durcis de médicaments. Je ne vais pas tous vous les lister, mais cette masse de matières est souvent la cause d'une maladie peu fréquente chez l'homme : le pica.

CHAPITRE 26

Les deux policiers en restèrent pantois.

Ainsi, Julien Baron souffrait d'un mal invisible depuis son adolescence.

– Du nom latin de la pie, reprit la directrice, ce trouble du comportement consiste en l'absorption de substances non nutritives, en marge d'une alimentation traditionnelle. Pour commencer, il mangeait les mégots de cigarettes récupérés dans le cendrier de sa grand-mère.

Les origines du mal, ou comment une enfance perdue pouvait facilement dérailler. La faculté du cerveau humain à se noyer dans les ténèbres fascinait Lucas. Quelle autre espèce animale que l'homme était capable de s'autodétruire avec autant d'acharnement ?

Les syndromes et les pathologies germaient comme des graines putrides à travers nos civilisations, creusant une tombe qui n'en finissait plus de s'agrandir.

Jusqu'où cela irait-il avant que tout ne s'écroule ?

Nathalie Roumieux piocha une nouvelle feuille du dossier et la fit glisser du plat de sa main sur le bureau.

– Voici le contenu du bézoard retrouvé dans son estomac : une dizaine de mégots, deux élastiques et, aussi incroyable que cela puisse être, quatre pièces de monnaie. Il se trouve qu'il ingurgitait également de la terre, ce qui a servi de liant entre tous ces corps étrangers. La gastro-entérologue était sidérée.

Gabriel se saisit du cliché et écarquilla les yeux. Les différents éléments étaient sales et humides, acidifiés par les sucs gastriques. La chirurgienne les avait étalés distinctement sur une table métallique, comme pour mieux se rendre compte du degré de folie de l'adolescent.

– C'est incroyable. Et vous dites que cela s'est déclaré par un simple besoin d'attention ?

– Le pica est un trouble assez méconnu. Il arrive que les symptômes disparaissent et que le malade retrouve un régime alimentaire adapté. Malheureusement, une psychothérapie s'avère bien souvent indispensable.

– C'est là que vous entrez en jeu.

– N'allez pas trop vite en besogne. Julien Baron a commencé par consulter une pédopsychiatre libérale. Mais très vite, avec l'autorisation de sa grand-mère, la psychiatre nous a contactés pour une demande d'admission.

– Il y a eu un problème ?

– Le pica est en réalité la manifestation d'un dérèglement de l'humeur appelé cyclothymie.

– Un trouble bipolaire, vous voulez dire ?

La directrice dodelina de la tête.

– Les deux pathologies sont proches. Tandis que la bipolarité alterne phase maniaque et phase dépressive de manière prolongée et paroxystique, la cyclothymie est une instabilité de l'humeur plus « légère ». Le cerveau gère mal le stress et les émotions, mais si son environnement est serein et amical, le patient peut tout à fait construire une vie normale.

Gabriel s'enfonça dans son siège afin de mettre de l'ordre dans ses idées.

– Cela signifie qu'il lui arrivait de disjoncter ?

– Les fluctuations d'humeur exacerbent les symptômes, tant sur le plan euphorique que dépressif. C'était une personne hypersensible, qui ressentait les événements de manière amplifiée. Les réactions étaient inadaptées, passionnelles. Avec un risque suicidaire plus accru. Mais tout cela ne durait pas plus de quelques jours et chaque cycle recommençait à l'infini, à la manière d'un hamster qui sprinte sur sa roue.

– A-t-il tenté de mettre fin à ses jours ?

Nathalie Roumieux se cala à son tour dans son fauteuil et posa sa main sur la pile de feuilles, comme un avocat sur le point de prêter serment.

– À ma connaissance, monsieur Baron n'a fait aucune tentative de suicide, mais son comportement a pris une tournure critique à la fin des années 1980. Les crises de pica s'espaçaient dans le temps, les séances et les médicaments apportaient un certain apaisement. Mais un incident est venu bouleverser le peu de certitudes que nous avions. L'été de ses seize ans, il s'est blessé à l'épaule en s'écorchant sur une vieille clôture, près d'un terrain vague. Il était seul, la plaie s'est mise à saigner abondamment, et quelque chose a dérapé en lui. Fasciné par la vue de son propre sang, il s'est mis à le lécher. À s'en repaître.

– Et cela est devenu une addiction, marmonna Lucas, effaré.

– Nous remuons ici la matière noire de l'humanité, messieurs. Le versant le plus sombre de la maladie de pica : l'hématophagie, la consommation régulière de sang, humain ou non. Un phénomène rarissime qui, s'il n'est pas traité, peut dévier en syndrome de Renfield.

Les policiers n'en revenaient pas. Les affections s'accumulaient, se superposaient comme autant de couches vénéneuses.

– Renfield est le nom du serviteur du comte Dracula. Dans l'œuvre de Bram Stoker, il ne cesse de psalmodier *le sang, c'est la vie !* et consomme des animaux vivants dans l'espoir de se remplir de leur énergie vitale. Il est communément admis que ce syndrome évolue en quatre phases. La première rejoint l'expérience qu'a vécu Baron alors adolescent. Suite à une blessure, le patient goûte son sang et y trouve là une grande excitation. La deuxième…

Gabriel s'empressa d'écourter ses explications.

– Passez directement à la quatrième phase. S'il vous plaît.

– Si vous insistez. La quatrième et dernière étape est une voie de non-retour pour le malade. Il ne maîtrise plus ses pulsions, boire du sang se transforme en une envie irrépressible. On parle alors de vampirisme clinique, de la trempe de tueurs en série du calibre de Richard Chase. Ce meurtrier est un cas presque unique en son genre, la maladie a fait de lui un monstre, mais les personnes qui se prennent pour des vampires existent bel et bien.

Baron n'était qu'un électron libre, un fauve exclu de la meute. Violent, esclave d'un rôle qu'il ne maîtrisait plus, il avait fini par laisser l'hématophagie le détruire.

Un enfant du Diable, dixit Nestor Arcia.

– Julien Baron était l'un d'eux.

– En quelque sorte. Ce basculement est intervenu après le décès de sa petite amie de l'époque.

– Éloïse Marval ? demanda Gabriel, surpris. Elle est… Mais, que s'est-il passé ? Pourquoi cela n'apparaît-il nulle part ?

– Parce qu'elle a été assassinée en 1998 au cours d'un voyage touristique à New Dehli, en Inde.

CHAPITRE 27

Nouvel uppercut pour les policiers.

Éloïse Marval perdait la vie en Inde quelques mois à peine avant que Baron n'entame sa descente aux enfers.

Que s'était-il passé ? Leur fille Laure était-elle présente au moment du drame ? Ce meurtre, survenu il y a vingt- deux ans, pouvait-il être lié à la mort de Julien Baron ?

La possible origine indienne du tueur prenait soudain une tout autre dimension.

Gabriel tritura son alliance d'un air absent.

L'Inde… Une sacrée piste à explorer.

Finalement, l'absence d'acte de décès sur le registre d'état civil n'avait rien de surprenant : il suffisait que le service consulaire indien ait oublié de retranscrire le décès auprès de l'État français pour le voir purement et simplement disparaître.

– Les cycles de la maladie se stabilisaient grâce aux thymorégulateurs, poursuivit Roumieux. Il ne manquait aucun rendez-vous chez le psychiatre, nous avions réellement espoir que son état s'améliore. En parallèle, sa vie privée se déroulait à merveille, il était papa d'une petite fille. Nous pensions que l'hématophagie resterait à l'état larvaire, qu'elle ne se développerait pas. Il n'y avait pas vraiment d'inquiétude à avoir.

L'apparition d'Éloïse dans sa vie avait réellement tout chamboulé. Sa condamnation pour la ratonnade de Paris n'était plus qu'un lointain souvenir et ses tourments avaient fini par le laisser en paix.

Mais la bête sommeillait en lui, une tumeur ancrée au plus profond de son être. La mort de sa petite amie l'a fait exploser en plein vol, brisant au passage les chaînes de ses pires démons.

– C'est comme si le barrage que l'on s'efforçait de construire depuis des années venait de se fissurer. Il a peu à peu lâché son traitement, perdu le sens des priorités et oublié qu'il n'était pas seul, qu'il avait un rôle à assumer. Très vite, les choses se sont dégradées. Il s'absentait régulièrement la nuit, abandonnant ainsi sa fille durant plusieurs heures. Je vous laisse aisément deviner pourquoi.

Psychologiquement à la dérive, submergé par les ravages causés par sa maladie, Julien Baron arpentait les cimetières à la nuit tombée.

Combien de cadavres avait-il déterrés pour mordre dans leurs chairs ? Les rapports en mentionnaient deux. Où se situait la vérité ?

Combien de temps errait-il ainsi, seul au milieu des morts six pieds sous terre, avant de rentrer auprès de sa fille ?

Lucas sentait la directrice hésiter, rongée par les remords. L'expression du lieutenant se ferma et Gabriel l'aida à poursuivre :

– Nous sommes au courant pour le retrait de la garde de sa fille.

Nathalie Roumieux hocha la tête. Un mouvement bref, imperceptible.

– Ses antécédents psychiatriques ont pesé très lourd dans la balance et le juge en charge du dossier n'a fait preuve d'aucune clémence. À ma connaissance, monsieur Baron n'a jamais revu sa fille. Cette spirale négative n'a fait qu'accroître un peu plus les symptômes de la maladie, jusqu'à ce qu'il découvre, en prison, un moyen de canaliser sa colère, de contenir ses vagues de noirceur.

– Comment ?

– À travers la peinture. J'ai eu l'occasion de voir quelques-unes de ses œuvres. C'était… (Elle réfléchit à la meilleure manière de le formuler.) C'était à son image : violent, cru, excessif. Il aimait les émotions puissantes que cet art était capable de véhiculer. C'était sa manière de partager ses angoisses, de canaliser son sadisme. Pour lui, peindre était une invitation à s'interroger sur le message exprimé à travers ses toiles.

– Justement, savez-vous si le nombre 38 signifiait quelque chose pour lui ? demanda Lucas.

– Je ne vois pas, désolée. Pourquoi cette question ?

– Il avait ces chiffres tatoués au sommet du crâne, dissimulés sous ses cheveux. Vous parlez de message dans ses peintures, et le légiste a fait le même parallèle au sujet du tatouage.

La directrice parut sincèrement étonnée.

– Je ne sais pas quoi dire. J'ignorais tout de ce tatouage jusqu'à maintenant. Je me demande comment j'ai pu le rater.

Elle prit un air soudain concentré.

– Je me rappelle à présent qu'il s'était rasé le crâne, peu de temps après sa libération. Ses cheveux avaient néanmoins repoussé au moment du rendez-vous, si bien que je n'y ai pas prêté plus d'attention.

Julien Baron avait-il fait preuve de vigilance en faisant réaliser son tatouage bien en amont de sa future convocation ? Pourquoi une telle précaution ?

– Pour en revenir à la peinture, c'était une véritable porte de secours pour lui, une bouée de sauvetage inespérée. Mais la prudence était de mise, le passé nous l'avait démontré.

– Et maintenant, neuf ans plus tard ?

Nathalie Roumieux replaça délicatement une mèche derrière son oreille et se pinça les lèvres.

– Et maintenant ? répéta Gabriel en fronçant les sourcils.

– Les soins ont été stoppés il y a deux ans.

Coup de massue. Le capitaine secoua son index, passablement irrité.

– Vous ne comprenez pas… ou alors il y a des choses que vous ignorez. Mes collègues et moi avons trouvé des poches de sang frais dans son réfrigérateur. Il était toujours malade !

Roumieux se leva soudain de son siège, sonnée. Elle s'écarta du bureau et réajusta une nouvelle fois sa coiffure d'un geste malhabile.

Lucas décida de la secouer.

– J'ai du mal à comprendre que vous ayez validé l'arrêt des soins. Vous avez renvoyé un individu mentalement dérangé chez lui, sans aucune assistance. Vous en êtes consciente ?

– Ne me faites pas la morale. La logique des chiffres…

– Cela ne justifie en rien une telle décision.

Ulcérée, la directrice marcha quelques instants pour se détendre.

– Parce que les décisions absurdes et contraires à l'éthique n'existent pas dans la police ? Ce service public serait-il exempt de dysfonctionnements ? Nous sommes tous embarqués sur un radeau en feu. Et plutôt que de nous unir pour éteindre l'incendie, nous crachons sur nos compagnons d'infortune en les pointant du doigt. La vérité, c'est que *j'ai* demandé à ce que Julien Baron continue à bénéficier d'un suivi à sa sortie de prison, avec obligation de se présenter une fois par trimestre pour un entretien individuel. C'est peu, je vous le concède, mais c'est tout ce que j'ai pu arracher. Estimez-vous heureux qu'il n'ait pas été relâché dans la nature beaucoup plus tôt.

Elle finit par se calmer avant d'aller se rasseoir.

– Je vous l'ai dit, les cas d'hématophagie recensés sont rarissimes, il n'y a pas assez de recul pour comprendre ce mécanisme dans son ensemble.

– Mais il a tué un homme, profané des sépultures. Et, merde, il se prenait pour un vampire ! Il portait des crocs, des putains de vraies dents de sabre !

– Ce n'est pas une excuse pour jurer comme un charretier. Il y a deux ans, ses crocs n'étaient pas permanents. Il pouvait les enlever à sa guise et conserver une allure convenable, ou du moins respectable. Cette lubie est donc récente. Quant aux poches de sang, je suis comme vous : sous le choc.

– Comment a-t-il réussi à vous convaincre ?

La directrice se pinça l'arête du nez, en proie à une fatigue intense.

– Il n'y avait pas que moi. Rendez-vous compte : Julien Baron avait passé les deux tiers de son existence entre les mains d'experts psychiatriques, quand ce n'était pas celles de la justice. Alors le préfet a ordonné un état des lieux. Moi, les psychiatres de ce service, ainsi qu'un juge des libertés, nous avons dû statuer sur son sort. Au cours de l'audience, monsieur Baron était assisté par une jeune femme qui, ma foi, nous a tous agréablement surpris.

– Une petite amie ?

Elle fouilla dans ses papiers.

– Attendez que je la retrouve… Ah, voilà. Sonia Valentin. Un bien joli patronyme. Brune, mignonne, un peu maigre. Ils étaient ensemble depuis peu et semblaient filer le parfait amour. Elle nous a assuré le surveiller afin d'être sûre qu'il prenait son traitement. Pourtant oui, monsieur Baron souffrait toujours. C'était indéniable. La cyclothymie, si on y rajoute le pica et le syndrome de Renfield, l'a tué à petit feu. Mais cela a suffi à persuader le juge d'ordonner la mainlevée des mesures de soins.

La directrice accusa le coup, anéantie.

– Comment avons-nous pu être aussi stupides ? Je vous parle d'hématophagie, de syndrome de Renfield, de pathologies aux conséquences désastreuses. Et pourtant, j'ai laissé faire. J'ai cru à une possible guérison. Vous pensez qu'il aurait pu assassiner quelqu'un d'autre ?

– Nous n'en savons rien, répondit Gabriel. Je crois que nous ne faisons qu'effleurer la surface du problème.

CHAPITRE 28

La mairie de Vauhallan était un haut bloc couleur crème, surmonté d'une toiture en tuiles noircies par les intempéries.

La pluie frappait l'asphalte en lames obliques et diluait le paysage derrière les vitres du véhicule. Les gouttes s'écrasaient sans relâche sur la carrosserie, martelant les tympans jusqu'à en étouffer le bruit du moteur.

Penché sur son volant, le lieutenant Perrin tourna à une intersection et accéda au petit parking situé derrière le bâtiment administratif.

Niché au creux d'un vallon traversé par la Bièvre, ce patelin d'environ deux mille âmes avait su préserver son charme bucolique et ses nombreuses propriétés rurales.

Un cadre idyllique, bien desservi, à quelques kilomètres de Paris à vol d'oiseau.

Pour Jérémy et sa fiancée, s'installer à la campagne était le rêve d'une vie, la promesse d'un futur confortable. Seulement voilà, leurs faibles salaires, combinés aux prix qui n'en terminaient plus de flamber, rendaient ce fol espoir utopique.

Il observa le ciel gris qui pleurait ses larmes d'hiver puis se tourna vers sa collègue, qui avait rabattu le pare-soleil afin de ramener ses cheveux en un chignon impeccable.

– Je peux te poser une question ?

– Bien sûr.

– Tu as bien connu le lieutenant Dorinel ?

Noémie haussa un sourcil interrogateur, les yeux rivés sur le miroir de courtoisie.

– Euh… oui. Pourquoi ?

– J'aimerais en savoir un peu plus sur lui.

– Là, tout de suite ? Quelque chose te tracasse ?

– Besoin de savoir, c'est tout. Pour comprendre avec qui je vais travailler.

Noémie délaissa ses cheveux et fixa son regard en amande sur le cadet, troublé par la beauté pâle et mystérieuse de son équipière.

– Lucas est l'un des meilleurs flics que je connaisse, dit-elle d'un ton sans réplique. Il en faut bien un, tu me diras. Mais avec lui, c'est différent. C'est une brute, un bloc de marbre capable de t'écraser d'un coup, et pourtant il a cette empathie, cette présence… appelle ça comme tu veux… qui fait que je serais prête à m'arracher les tripes pour lui venir en aide.

– Et les autres, Gabriel, le Bélier ? Auparavant, c'étaient eux les subalternes.

– C’est une composante difficile à gérer pour Éric, qui doit désormais affirmer sa position de mâle alpha sans mettre à mal la cohésion de l’équipe. Il croit en toi, si c’est ce qui te préoccupe. Lucas a bien plus d’expérience que nous, mais cela ne signifie pas qu’il vient pour remplacer quelqu’un. Ce serait stupide de croire une telle chose.

Le cadet esquissa un mince sourire.

– Et Gabriel ?

– Gabi et Lucas étaient très proches, et leurs compagnes s’entendaient à merveille, dit-elle le cœur lourd. Tu la sens, l’ironie cruelle du destin ?

Jérémy hocha lentement le menton, gêné d’avoir ravivé certains souvenirs. Noémie lui administra une tape amicale sur l’épaule.

– Fais pas cette tête d’enterrement, tu veux ! On dirait que ça se calme un peu dehors. Je sais pas pour toi, mais moi je meurs d’envie de savoir à quoi ressemble la fille de Julien Baron.

CHAPITRE 29

Cinq minutes plus tard, ils étaient à l'intérieur.

Carrelage froid, murs austères, hauts plafonds. L'endroit bénéficiait d'un charme désuet.

Le hall était encore vide à cette heure et ils s'avancèrent d'un pas décidé vers le comptoir de réception. Un homme rasé de frais leva les yeux vers eux et leur adressa un sourire de bienvenue.

Noémie prit tout de suite les devants :

– Nous souhaiterions parler à Laure Baron.

Le sourire du réceptionniste fondit comme neige au soleil.

– Elle est… absente. Qui êtes-vous ?

– Absente ?

Le pouls de la jeune femme s'accéléra.

– Oui, depuis… Cela fait plus d'une semaine. Que se passe-t-il ? Vous êtes de la famille ?

– Non, de la brigade criminelle. Nous enquêtons sur le meurtre de son père.

– Son… ? Attendez, ne bougez pas.

Il se leva d'un bond, abasourdi, et se précipita dans le couloir.

Noémie et Jérémy l'entendirent frapper à une porte et s'adresser à quelqu'un d'une voix qui transpirait l'anxiété.

Il revint en se frottant nerveusement la tempe, accompagné d'un homme en jean et pull à col roulé. Les regards se croisèrent, l'incompréhension flottait au-dessus des têtes à la manière d'un voile rance.

Ils échangèrent une solide poignée de main.

– Je suis Didier Brumont, adjoint au maire. Celui-ci est actuellement en rendez-vous au service urbanisme, je serai donc votre interlocuteur. Si je comprends bien, il y a un souci avec l'une de nos collaboratrices.

– Nous en sommes les premiers surpris, avoua Noémie. Nous venions rencontrer Laure Baron dans le cadre d'une enquête. Pourriez-vous nous expliquer ce qu'il se passe ?

– Justement, nous n'en savons rien. Ce qui rend d'autant plus inquiétante votre visite. Laure est une jeune femme discrète, qui travaille ici depuis deux ans. Nous n'avons eu aucun problème à déplorer jusqu'à ce jour, si ce n'est, comme vous pouvez vous en douter, cette absence inexpliquée.

– Quand a-t-elle quitté son poste ?

– Cela fera deux semaines vendredi prochain. (Il se tourna vers le réceptionniste.) Tu as observé chez elle un changement particulier ?

L'intéressé secoua la tête.

– Elle ne parle pas beaucoup de sa vie privée, mais cela ne l'empêche pas d'être bien appréciée de l'équipe. Si quelque chose n'allait pas, elle a pris soin de le garder pour elle.

– Le dernier jour où vous l'avez vue, à quelle heure est-elle partie ?

– 17 heures, comme toujours. C'était un vendredi.

– Elle n'a rien dit sur d'éventuels projets ?

– Non, désolé. Elle était plutôt du genre à séparer vies professionnelle et privée.

Pourquoi Laure n'était-elle pas revenue le lundi suivant ? La mort de son père, survenue une semaine plus tard, n'augurait rien de bon.

– Vous avez tenté de la joindre ? demanda Jérémy.

– Bien évidemment, répondit l'adjoint au maire. Mais elle est restée sourde à toutes nos tentatives, et nous tombons à chaque fois sur son répondeur. Une de ses collègues est allée sonner chez elle la semaine dernière, il me semble. Sa voiture n'était pas là, ses volets fermés.

– À votre avis, où aurait-elle pu aller ?

– Je l'ignore.

Puis il ajouta d'une voix tendue :

– Vous pensez qu'il lui est arrivé quelque chose de grave ?

– Je vous retourne la question.

– J'aimerais vous répondre, mais étant dans l'incapacité de la contacter, nous ne pouvons que croiser les bras et attendre.

– Cela ne vous a pas effleuré l'esprit de signaler sa disparition ? demanda Noémie, exaspérée par un tel laxisme.

L'élu sembla extrêmement gêné, et il les entraîna à l'écart comme pour leur confier un secret.

– Écoutez, Vauhallan ce n'est pas Paris. C'est un village calme, où les problèmes se règlent généralement assez vite. Le nouvel an n'est encore pas bien loin et nous pensions qu'elle était partie chez des amis, ou autre chose dans ce genre. C'est tout.

– C'est tout ?! répéta Noémie, interloquée. Une de vos employés se fait la malle sans prévenir et vous trouvez ça normal ?

– Ne vous énervez pas.

– Alors jouez franc-jeu, parce que je ne crois pas une seule seconde à vos explications.

Brumont semblait hésiter, cherchant un moyen de se lancer. Il se passa la langue sur les lèvres et s'assura que le réceptionniste était retourné à sa place. Il posa sa main sur l'épaule de Noémie et la força à se décaler encore un peu.

– OK, dit-il en coulant son regard d'un flic à l'autre. Voilà la vérité : il y a peu, Laure est venue me trouver pour une demande de congé. C'était juste après Noël, et elle souhaitait obtenir deux semaines début janvier. Les plannings sont calés des mois à l'avance, le délai était impossible à tenir.

– Pourquoi cette soudaine démarche ?

– Elle a refusé de me le dire. Je n'ai pas donné suite à sa requête et elle n'a pas protesté. Je pensais la discussion close, mais…

Noémie acquiesça, les lèvres serrées.

– Mais elle a tout de même décidé de mettre les voiles, sans vous avertir.

CHAPITRE 30

Comme un mauvais présage, des éclairs se mirent à fissurer les cieux.

Un craquement puissant gronda dans l'immensité grise des nuages, suivi de milliards de gouttes fines et glacées qui frappèrent les toitures en trombe.

Laure Baron avait disparu sans crier gare, peu avant que son père ne devienne la proie d'un prédateur terrifiant. Les pièces s'imbriquaient, le puzzle prenait doucement forme. Noémie et Jérémy abandonnèrent l'adjoint au maire à ses interrogations et se rendirent au domicile de la jeune femme.

Les balais des essuie-glaces s'épuisaient à un rythme effréné contre cette pluie furieuse, tandis que Noémie contactait le procureur pour obtenir une commission rogatoire en urgence. Jérémy parqua leur véhicule le long d'une ruelle à sens unique. La maison de Laure Baron était coquette, un cube en pierres apparentes avec une toiture en ardoise qui rappelait les magnifiques demeures bretonnes.

Les fenêtres disparaissaient derrière des volets fermés peints en bleu.

– Et maintenant ? demanda Jérémy.

– On joue le jeu dans les règles, pas le choix. Un serrurier ne devrait pas tarder.

Quelques minutes plus tard, les phares d'une camionnette perçaient le rideau de pluie et venait se garer en face de la maison.

– Allez, en piste.

Ils se lancèrent à l'assaut des éléments jusqu'au porche où ils se redressèrent, trempés de la tête aux pieds. Le serrurier se précipita hors de son fourgon et les salua avant de se mettre au travail. Noémie essuya son visage d'un geste rapide. Sa peau laiteuse rosissait légèrement sous la morsure du froid et elle se frotta les mains en jetant un œil aux alentours.

Clac.

Il n'avait pas fallu deux minutes pour ouvrir la porte.

L'artisan rangea ses outils et se redressa.

– Je vous laisse l'honneur, dit-il en s'écartant.

***

Le vent mugissait contre les vitres, s'engouffrait dans la cheminée en un hululement lugubre.

La pluie continuait à marteler le toit et à gifler les murs dans un crépitement assourdissant. Noémie trouva l'interrupteur et alluma le rez-de-chaussée, une grande et unique pièce comprenant une cuisine ouverte sur un salon.

Sur leur gauche, un escalier en angle menait à l'étage.

Ils s'avancèrent lentement, leurs sens électrisés par le vacarme de la tempête. L'intérieur avait été rénové avec goût : sol stratifié imitation parquet, cuisine tout équipée avec îlot central, canapé design couleur anthracite. Des lettres dépliées formaient un monticule sur la table basse carrée, au pied de laquelle était ouvert un grand carton.

– Il semblerait que Laure ait rouvert la boîte à souvenirs, dit Jérémy en attrapant l'une d'elles.

Il la parcourut quelques instants, ses lèvres remuant en silence au rythme de sa lecture.

– Qu'est-ce que c'est ? demanda Noémie, qui continuait à détailler la pièce de vie.

– Des correspondances avec son père, à l'époque où celui-ci était incarcéré à Poissy. Celle-ci date de novembre 2003.

Il la reposa avant d'en saisir une autre. L'écriture était différente, plus mature.

– C'est incroyable…

– Quoi donc ?

– Elle a tout gardé. Je veux dire, elle a également récupéré les lettres qu'elle avait écrites à son père. Comme si elle avait voulu reconstituer l'intégralité de leurs conversations.

– Et que se racontaient-ils ?

Le cadet haussa les épaules.

– Julien Baron relate ici son quotidien à la maison carcérale. Ses balades dans la cour en compagnie des autres détenus, sa passion naissante pour la peinture. Le plat du jour également, qu'il juge meilleur qu'il ne l'espérait. C'est lisse, presque mignon. Il faudrait voir comment ça évolue.

Sa collègue considéra le tas de papier, perplexe.

– Pourquoi a-t-elle voulu toutes les relire ? C'est bizarre, non ?

– Surtout au vu des événements. Les réponses se cachent peut-être dedans.

Un tapotement sourd dévala soudain les escaliers, suivi d'un miaulement rauque au pied des marches. Noémie s'approcha lentement du chat pour le laisser renifler sa main.

– Eh non mon gros, ce n'est pas ta maîtresse qui est rentrée.

Le félin recula sa tête et administra un coup de patte à la lieutenante avant de filer vers la cuisine.

– Sale bête, marmonna-t-elle.

– On dirait qu'il a faim.

Jérémy se rendit dans la cuisine et ouvrit les placards. Il finit par trouver un paquet de croquettes qu'il versa dans la gamelle vide, pour le plus grand plaisir du chat qui se frotta à lui.

Puis il caressa son poil doux avant de rejoindre Noémie.

– Tu veux monter à l'étage ? demanda-t-il.

La jeune femme acquiesça.

– On aura ensuite tout notre temps pour éplucher les lettres.

Ils grimpèrent lentement les marches jusqu'au palier supérieur qui desservait une porte devant eux et une autre sur leur droite.

Jérémy ouvrit grand les yeux et désigna un tableau accroché au mur.

– C'est… Bon sang, ce ne serait pas le clown de Stephen King ?

Noémie resta scotchée sur place.

Pennywise, le clown maléfique de l'œuvre culte de l'auteur américain, fixait le plafond en ouvrant une bouche d'où jaillissaient deux crocs de vampire. Son visage blafard, surmonté de sa célèbre perruque rouge, était nimbé d'une auréole évoquant un disque solaire, tel un personnage sacré.

La palette de couleurs était vive, le trait épais, comparable à celui d'un *cartoon*.

Pourtant, un sentiment de malaise envahit les deux policiers.

– Regarde la signature, souffla Noémie.

J.W. Gacy, pour John Wayne Gacy.

– Julien Baron avait une toile similaire au-dessus de son lit.

– Tel père, telle fille. Je me demande jusqu'où…

Le cadet se mordilla l'intérieur des joues, en proie à une intense réflexion.

– Ça va ?

– Hein ? Euh oui, pardon. C'est juste que… les lettres, les tableaux, ce lien qui unit Laure à son père semble vraiment particulier.

– Comment voudrais-tu qu'il en soit autrement ?

Jérémy ne répondit pas, égaré dans ses pensées.

Noémie pénétra ensuite dans la chambre à coucher. Le lit était tiré à quatre épingles, et l'on devinait la place occupée par le chat en raison de la légère dépression formée près de l'oreiller. Un vieux poste de télévision trônait sur un meuble en face du lit, relique d'une époque révolue.

– Il y a même une platine, nota Jérémy.

Noémie fouilla la pièce du regard. Un détail la chiffonnait.

– Je n'ai pas vu d'ordinateur portable, ni même de téléphone.

– Tu penses qu'elle a tout embarqué ?

– Si elle a vraiment décidé de partir, ce ne serait pas étonnant. L'ère digitale a fini par tous nous zombifier. Se déconnecter complètement ressemble de nos jours à un véritable défi, digne des travaux d'Hercule.

Jérémy avisa la pile de vinyles posée à côté de la platine, un rictus aux lèvres. Ce qu'il venait de trouver dissipait ses derniers doutes.

– C'est vraiment une givrée…

Il brandit une des pochettes sous les yeux de sa collègue : celle-ci était ornée du portrait d'un homme aux cheveux mi-longs, bouc mal rasé, habité d'un regard dément.

– C'est Charles Manson, affirma le jeune lieutenant.

– Je ne savais pas qu'il avait été chanteur.

– J'en avais vaguement entendu parler. Cet album s'arrache à prix d'or au marché noir. Manson l'a enregistré quelque temps après son incarcération pour le meurtre de Shanon Tate. Tu savais qu'il avait composé une chanson pour les Beach Boys ?

Il n'attendit pas la réponse et sortit la galette de son étui, avant de soulever le bras de lecture.

– Tu comptes l'écouter ? s'étonna Noémie.

– Juste deux minutes. C'est assez incroyable de tomber sur un tel objet.

La pointe de diamant vibra sur le sillon et un accord de guitare acoustique s'éleva dans la chambre.

– Je comprends mieux maintenant, dit-il en hochant la tête à la manière d'un mélomane. Cette obsession pour les objets en lien avec des tueurs. John Gacy, Manson… Je suis certain que si on retourne la maison, on tombera sur d'autres pépites.

– Je suis larguée.

– Les tableaux, je suis prêt à parier que ce sont des originaux, peints de la main de Gacy en personne. Ce business autour des tueurs en série a un nom : la *murderabilia*.

– Qu'est-ce que c'est ?

– Une subculture qui consiste à acheter et collectionner des artefacts ayant appartenu à des criminels. Cette pratique s'est popularisée grâce au milieu du *showbiz*, Johnny Depp ou encore Iggy Pop en tête, qui n'hésitaient pas à balancer des milliers de dollars dans les années 1990 pour posséder leurs propres tableaux peints par des tueurs en série. Ça peut aller des tableaux aux simples correspondances avec le tueur emprisonné derrière les barreaux, parfois même leurs rognures d'ongles. Peu importe la qualité artistique de ceux qui créent les toiles, ce qui compte, c'est le sang que ces mains ont versé avant de se mettre au pinceau.

– Comment est-ce possible ?

– Internet, tout simplement. Le site eBay est rapidement devenu le principal marché de la *murderabilia*, avant d'interdire leur vente. Une loi a ensuite été votée aux États-Unis pour empêcher les prisonniers de tirer des profits de leurs crimes.

Noémie pouvait presque sentir le cliquetis des mécanismes se mettre en mouvement dans sa tête.

– Julien Baron était lui aussi un meurtrier, doublé d'un esprit particulièrement tordu.

– La *murderabilia* regroupe un réseau de fanatiques qui s'étend aux quatre coins de la planète, et sa fille connaît visiblement quelques bonnes adresses.

La jeune femme comprit instantanément.

– Ces lettres qu'elle a récupérées…

– Si tu veux mon avis, Laure Baron devait fantasmer sur le passé criminel de son propre père.

CHAPITRE 31

Noémie cherchait ses mots, médusée.

– Ce ne sont que des lettres, ça ne prouve rien !

– C'est pourtant logique. Tu n'achètes pas un tableau signé Gacy par hasard, il te faut des contacts dans le milieu. Et ce vinyle de Charles Manson, c'est pareil. Une œuvre très prisée qui aurait sa place dans un musée de l'horreur. La fascination qu'exerçait son père sur Laure devait être très forte. Rends-toi compte, le sang d'un authentique meurtrier coule dans ses veines.

La jeune femme resta interdite, écœurée par ce qu'était capable de recéler la nature humaine. La musique folk de Charles Manson tournait toujours sur la platine, ajoutant un degré supplémentaire à son dégoût.

– Arrête-moi ça, tu veux ! Ça me casse les oreilles.

Jérémy souleva le bras de lecture et rangea le vinyle dans sa pochette. L'averse s'était transformée en une pluie éparse, fatiguée, et le silence retomba lourdement sur le sol.

– Il faut qu'on prévienne Gabi, dit Noémie en piochant son téléphone dans sa poche.

Elle fit glisser son index sur l'écran et chercha le numéro dans son répertoire.

Le temps qu'il décroche, les deux policiers avaient quitté et la pièce et étaient retournés au rez-de-chaussée.

– On a du nouveau, annonça la jeune femme d'entrée de jeu.

– Pareil de notre côté. Notre petit tour à la clinique psy d'Épinay a été très instructive, on repart tout juste. Vous êtes où ?

– Chez Laure Baron, mais la suite ne va pas te plaire.

– Explique.

Noémie fit un rapide topo de la matinée. Laure n'avait plus donné signe de vie depuis plus d'une semaine. Face à cette situation inquiétante, les policiers avaient réussi à glaner une information capitale : la jeune femme avait formulé une demande de congés en catastrophe pour début janvier, finalement rejetée par son employeur.

Gabriel se tut plusieurs secondes, offrant comme unique réponse le ronflement du moteur en sourdine.

– Tu m'entends ?

– Je pense avoir une idée de sa destination.

– Quoi, t'es sérieux ?!

– Attends, j'active le haut-parleur pour Lucas. Voilà, il s'est passé un événement dans la vie de

Laure, et par conséquent celle de son père, que vous ignorez encore.

Noémie claqua dans ses doigts pour capter l'attention de son collègue et actionna à son tour le haut-parleur.

– Qu'est-ce que c'est ?

– Éloïse Marval, la mère de Laure, est décédée à New Delhi en 1998. A priori assassinée, mais on n'en sait pas davantage pour le moment.

– Putain, jura Noémie en se passant la main sur le front.

– Je pense qu'on tient là les racines de toute cette affaire. Ce meurtre survenu à des milliers de kilomètres de Paris est notre porte d'entrée ; à nous de la défoncer comme il se doit. Il faut contacter tous les aéroports de la région, obtenir les listings des vols en partance pour l'Inde sur la semaine écoulée. On placera plusieurs brigadiers sur le coup, si besoin.

Noémie nota mentalement les consignes. Elle arpenta une nouvelle fois le salon de Laure Baron, mal à l'aise. Tout ce design moderne, ce fric dépensé pour créer un endroit chaleureux, comme pour mieux dissimuler la folie qui exsudait des murs.

– Et vous ? Vous en avez appris plus sur Julien Baron ?

– J'aurais préféré m'abstenir, si tu veux tout savoir.

Le capitaine brossa le portrait de la victime à l'intention de Noémie, qui se décomposa à mesure que les détails cinglaient son cortex cérébral.

– Et sa petite amie ? demanda-t-elle du bout des lèvres.

– J'ai branché quelqu'un là-dessus. C'est en grande partie grâce à elle si l'arrêt des soins a été prononcé. J'espère juste qu'il ne lui est rien arrivé.

En formulant ces mots, Gabriel se rendit compte à quel point ils sonnaient creux.

La jeune femme écoutait toujours, le haut-parleur activé pour que son collègue puisse entendre. La rapidité avec laquelle pouvait dérailler une vie humaine était d'une formidable incongruité. Cette impression latente de n'être qu'une poussière…

Elle allait raccrocher lorsque son regard se posa sur un voyant rouge qui clignotait sur le téléphone fixe.

– Il y a un message sur son répondeur !

La jeune femme appuya sur le bouton d'un geste fébrile.

Message reçu le lundi 6 janvier, à 11 h 45.

« Bonjour Laure, c'est Philippe à l'appareil.

Écoute, je viens d'apprendre ce que tu t'apprêtes à faire. Laisse-moi te dire que c'est une erreur, que tu devrais laisser le passé là où il est. Ce n'est jamais la bonne solution. S'il te plaît, rappelle-moi dès que tu as ce message. »

CHAPITRE 32

Gabriel et Lucas n'en avaient pas perdu une miette.

La voix grave de Philippe Marval s'était glissée dans l'habitacle, tel un serpent se faufilant hors de sa crevasse.

Le capitaine de police étreignit le cuir du volant et reprit la parole, le regard sombre :

– Changement de plan. Vous partez immédiatement pour Orléans, chez l'oncle de Laure Baron. Embarquez toutes ces lettres dont vous nous avez parlé, ça nous sera certainement utile pour plus tard.

– Très bien, répondit Noémie. Et vous ?

– Ça va pas être facile, mais si le meurtre d'Éloïse Marval est vraiment à la source de notre enquête, alors on a tout intérêt à déterrer cette vieille histoire.

– En Inde, tu veux dire ?

– Au moins contacter les autorités de New Delhi. Je ne sais même pas si c'est dans nos cordes. Rouvrir une affaire criminelle peut très vite tourner au foutoir, mais là on monte d'un cran. Le procureur va exiger un dossier béton, avec toutes les conséquences diplomatiques que ça peut comporter.

Gabriel s'arrêta à un feu rouge et mordilla nerveusement la pulpe de l'un de ses pouces.

– On a du pain sur la planche. Rappelle-moi dès que tu as du neuf.

Il raccrocha et orienta son regard vers Lucas, statufié sur son siège.

– T'es pas très loquace. Ça va ?

– Pourquoi vingt-deux ans après ? La mort d'Éloïse a été élucidée, l'affaire est close et son dossier moisit dans les archives d'un commissariat situé sur un autre continent. Alors pourquoi maintenant ? Julien Baron avait fini par se faire oublier, et voilà qu'il se fait massacrer quelques jours après le « possible » envol de sa fille pour l'Inde. Que serait-elle partie faire là-bas ? Si l'on en croit Noémie, son départ était non négociable, quitte à perdre son emploi. Pourquoi, nom d'un chien ?

Le voyant du feu repassa au vert, Gabriel enclencha la première.

– L'oncle de Laure pourra sûrement nous éclairer, dit-il en s'engageant dans une rue déserte.

– Elle a ouvert la boîte de Pandore et libéré une créature cauchemardesque, comme le gardien d'un secret aussi vieux que le monde. Et on ne s'est pas encore penchés sur Éloïse Marval. Qui était vraiment cette femme ? Connaissait-elle les antécédents de son petit ami ? Le type était bancal de nature, ça devait se flairer à des kilomètres à la ronde.

– On fera le nécessaire, ne t'en fais pas.

Le portable de Gabriel se remit à sonner, et il laissa Lucas ronger son frein seul dans son coin.

– Capitaine Darui, j'écoute.

– C'est Éric à l'appareil. J'ai trois infos à vous communiquer.

– Tu es généreux.

– J'aurais préféré éviter. Cela concerne les poches de sang en premier lieu. J'ai épluché les renseignements disponibles sur le Net. Il ne reste qu'un seul abattoir porcin sur toute la région Île-de-France, à Maule, dans les Yvelines. Les données sur la valorisation du sang au sein de l'établissement restent inaccessibles, j'ai donc voulu les contacter pour en avoir le cœur net.

– Tu penses que Baron se fournissait directement là-bas ?

– C'est la première chose qui m'est venue à l'esprit, mais ce n'est pas aussi simple, et à vous dégoûter de manger de la viande. Ce qu'il faut savoir, c'est que la traçabilité du sang est complexe et nécessite des installations coûteuses pour les entreprises. Pourtant, les acteurs qui gravitent autour de ce marché juteux sont nombreux. Des équarrisseurs aux industries pharmaceutiques, le sang animal est une richesse convoitée, mais trop souvent mal exploitée.

– L'abattoir revend une partie de son stock ?

– Exactement. Le type que j'ai eu au téléphone était franchement réticent à s'étendre sur le sujet.

Mais sachant que sa société avait été condamnée pour maltraitance il y a deux ans, il s'est souvenu que coopérer était dans ses intérêts.

Gabriel attendait la suite.

– J'essaie de me relire, c'est un peu long, s'excusa le Bélier. Bref… Un peu à l'image de nos sociétés, tout chez eux est question de rentabilité. L'abattoir est équipé de cuves réfrigérées reliées aux auges de saignée, ce qui permet de stocker le sang dans des conditions optimales. Pour simplifier, le sang de porc est classé en deux catégories : industriel et alimentaire. Le premier est à destination des établissements pharmaceutiques et des agriculteurs, qui produiront par la suite leurs engrais organiques. Le second entre dans les compositions des produits de charcuteries et des farines animales destinées à l'alimentation du bétail. La clientèle est très variée et répartie sur un rayon d'une centaine de kilomètres autour de Paris. En clair, Julien Baron se procurait le sang de porc auprès d'un intermédiaire, qui plus est en toute légalité. Le principe du ruissellement dans toute sa splendeur.

– Et les fermes d'élevage, tu y as pensé ?

– J'ai placé trois officiers supplémentaires sur le coup, mais je doute que ce soit utile. Le recyclage du sang animal est une problématique environnementale prise très au sérieux. Avant, les deux-tiers partaient dans les eaux de lavage avant d'être rejetés dans les canalisations d'égout. Maintenant, même le quidam moyen peut s'acheter plusieurs litres de sang s'il le souhaite. À condition de savoir où chercher.

Gabriel mit son clignotant et tourna à une intersection.

– Si je comprends bien, cette piste est un cul-de-sac. Tu avais quoi d'autre à nous dire ?

– Lucas nous entend ?

– Il t'écoute, répondit Gabriel tandis que lieutenant se redressait sur son siège.

– OK… On a logé Joachim Corbin. Il est en GAV depuis une heure, prêt à être cuisiné.

Lucas laissa échapper un soupir de soulagement.

– Vous l'avez logé où ?

– Une résidence universitaire dans le 5e arrondissement.

– Il est étudiant ? s'étonna le lieutenant.

– En deuxième année de sciences sociales, à Boulogne-Billancourt. On peut pas dire que ça colle au profil de Baron, mais passons. Je vous ai gardé le meilleur pour la fin. Tu as fait une demande de recherche au nom de Sonia Valentin, n'est-ce-pas ?

Gabriel retint son souffle, les doigts crispés sur le volant.

– Oui, pourquoi ?

– Ne cherche plus. Ça m'emmerde d'avoir à le dire, mais je sais qui c'est. Sonia Valentin avait trente-deux ans, domiciliée à Aubervilliers.

Lucas bloqua sur l'utilisation de l'imparfait.

– *Avait ?*

– Ouais, mon gars. Elle est décédée hier, vers midi. Toi et moi étions aux premières loges.

Le lieutenant comprit aussitôt.

– T'es pas sérieux…

– Malheureusement, si. La jeune femme qui s'est suicidée en se jetant sous les roues d'un bus. C'était elle.

CHAPITRE 33

Orléans, enfin, après cent trente kilomètres avalés pleine balle sur l'A10.

Le ciel s'était dégagé en cours de route, diffusant par endroits quelques timides rayons de soleil. Pas de quoi cependant réchauffer les cœurs, glacés par les dernières révélations sur Julien Baron.

Noémie avait laissé le volant aux mains de son équipier.

Une rapide vérification auprès des impôts avait permis de confirmer l'adresse de Philippe Marval. L'homme touchait le RSA depuis une quinzaine d'années et rien n'indiquait une quelconque amélioration de sa situation.

Calée au fond du siège passager et pour la seconde fois en quarante-huit heures, Noémie s'était imprégnée du dossier d'instruction. Elle avait à peine décroché un mot du trajet, au grand dam du cadet qui n'eut plus que la radio comme seule compagne.

Dévasté par le meurtre d'Éloïse en Inde, Baron s'était éteint à petit feu, consumé par la détresse et le poids d'une souffrance psychologique intolérable. Ses tourments lui mordaient les entrailles et, tel un poison mortel, s'étaient répandus en lui. Une véritable bombe à retardement.

Julien Baron était atteint d'un mal incurable, infiniment dangereux. Et pourtant, c'était lui la victime. Victime d'un hasard génétique, de la loterie irrationnelle de l'existence. Victime de ses pulsions, de la mort de sa petite amie.

Victime d'un prédateur encore plus fou.

Noémie noircissait le tableau, le cœur empli d'amertume.

Jérémy quitta l'autoroute et, guidé par le GPS, bifurqua vers le nord de la ville en roulant plusieurs minutes sur des petites routes encore brillantes de pluie.

Philippe Marval résidait dans la banlieue d'Orléans, une zone anonyme composée de maisons identiques, serrées au coude-à-coude.

Ils quittèrent la tiédeur rassurante de l'habitacle et se dirigèrent vers la maison en évitant les flaques noires et sales.

– J'espère qu'il est bien chez lui, grommela Noémie en jetant un coup d'œil circulaire par-dessus son épaule. Je n'ai vraiment pas envie de jouer au chat et à la souris à travers la ville.

Le cadet frappa du plat de la main sur la porte. Un verrou coulissa à l'intérieur et un homme apparut sur le seuil. Approchant la cinquantaine, il avait les cheveux gras et le blanc des yeux injecté de sang.

Ses joues flasques et couperosées trahissaient son penchant pour l'alcool.

– Vous êtes qui ?

Noémie ignora la question.

– Philippe Marval ?

– C'est bien moi.

– Lieutenant Egawa, brigade criminelle, annonça Noémie en avançant d'un pas, sa plaque tricolore bien en évidence. Voici le lieutenant Perrin. Pouvons-nous entrer un moment ?

L'homme s'effaça en grognant et ouvrit entièrement la porte.

– Faites pas attention à l'odeur. Il faudrait que je pense à aérer un jour.

Noémie se pinça les narines. Les effluves rances d'alcool et ceux, plus acides, de moisissure, formaient un bouquet écœurant. La jeune femme capta brièvement le regard de son équipier, qui hocha le menton.

Marval frotta son épaisse tignasse grise et se traîna en chaussettes jusqu'au salon, tenant du bout des doigts un verre rempli d'un liquide ambré.

– Vous m'excuserez pour la présentation. J'ai un peu de mal en ce moment.

Il claqua son verre sur la table de la salle à manger et se dirigea vers une des fenêtres pour remonter le volet roulant. Une lumière terne se projeta à l'intérieur tel un loup affamé, puis il rebroussa chemin pour siffler le fond de son verre.

– Qu'est-ce que vous voulez ?

Noémie resta bouche bée quelques secondes avant de se ressaisir.

– Nous sommes actuellement à la recherche de Laure Baron.

– Elle n'est pas là.

– Elle n'est pas chez elle non plus, répliqua-t-elle sèchement.

Philippe Marval lui jeta un regard mauvais et partit s'écraser dans un canapé en cuir élimé.

Sur la table basse trônait une bouteille de whisky entamée, qu'il attrapa pour remplir une fois de plus son verre.

Ses maxillaires roulaient comme des pierres sous sa peau et il s'adossa au canapé. La présence de la police ne semblait pas le préoccuper.

– Je n'ai plus aucun contact avec elle. C'est sûrement mieux ainsi.

– Vous mentez, répondit Jérémy, qui ne détachait pas ses yeux de l'ivrogne. Savez-vous pourquoi nous sommes ici ?

L'homme haussa les épaules et porta le verre à ses lèvres.

– J'imagine que vous allez me le dire.

– Lundi 6 janvier, vous avez tenté de joindre votre nièce à son domicile. La mémoire vous revient ?

Philippe Marval pointa un index sur sa tempe, le visage traversé d'un étrange rictus.

– Ça dépend des matins. L'alcool finira par forer pour de bon ma putain de cervelle. Et quand ce jour arrivera, je serai le plus heureux des hommes.

Fier de sa répartie, il se pencha pour dévisser le bouchon de sa bouteille de whisky, mais Noémie se précipita, furieuse.

– Où est-elle partie ? insista-t-elle.

– J'en sais rien. Elle s'est barrée sans prévenir. Je suis pas son père, putain !

Noémie tenta d'agripper son poignet, mais Marval dégagea son bras d'un geste sec, renversant au passage plusieurs gouttes sur le canapé.

– Qu'est-ce qui vous prend, bordel ? Pourquoi vous venez me faire chier, hein ? Je m'en branle de Laure. Je l'ai peut-être appelée, mais elle et moi on se parle plus depuis des années.

– Reprenez-vous, bon sang. Nous devons la retrouver, c'est très important.

– Personne ne l'arrêtera, de toute manière…

– Qui ça, Laure ? C'est elle qui… Eh merde, écoutez-moi bien : votre beau-frère a été assassiné hier matin à son domicile. Assassiné, vous pigez ? Sa fille court peut-être un grave danger.

La mâchoire de Marval se décrocha, et il resta interdit quelques secondes.

– Julien ?

– Mort, oui ! Arrêtez de vous morfondre et expliquez-nous !

Leur hôte reposa son verre, mais retomba très vite dans sa léthargie. Il s'enfonça dans son canapé, les yeux hagards.

– Laure a voulu remuer des événements sur lesquels elle n'avait aucune emprise. Vous savez, j'ai su dès le début que Julien n'était pas un type bien pour ma sœur. Ils se sont rencontrés trop jeunes, ont fait la connerie de pondre un gosse alors qu'eux-mêmes n'étaient encore que des enfants. Dans ces conditions, comment voulez-vous offrir à votre progéniture le futur qu'elle mérite ?

– Vous saviez pour la maladie de votre beau-frère ?

– Julien n'a jamais fait partie de la famille, répliqua-t-il du tac-au-tac.

– Oui ou non ?

– Je l'ai appris lors du procès, comme tout le monde. Ce fils de pute cachait bien son jeu. Et ma sœur… Comment a-t-elle pu tomber amoureuse d'un monstre ? Sa mort est uniquement la faute de Julien. Si vous voulez connaître le fond de ma pensée, je suis heureux d'apprendre que lui non plus n'est plus de ce monde. Bon débarras.

Puis il avala son whisky cul sec, sous le regard réprobateur de Noémie.

– N'allez pas me faire croire que vous vous moquez de savoir ce qui lui est arrivé.

– C'est pourtant le cas.

– Même si cela peut induire le fait que Laure soit morte elle aussi ?

Marval serra les dents et reposa son verre sur la table basse.

L'alcool entravait peu à peu sa motricité. Ses gestes étaient plus lents, emprunts de lourdeur.

– Le meurtre de sa mère est une chose qui la hante depuis son enfance, dit-il, la bouche pâteuse. Le lien qu'elle entretenait avec son père était d'un genre particulier. Elle n'a jamais abandonné l'idée de comprendre pourquoi sa mère avait perdu la vie à New Delhi. Sauf qu'il n'y a rien à comprendre. Rien !

Noémie lorgna la bouteille de whisky et se demanda depuis quand l'homme avait fini par renoncer.

– Nous avons retrouvé des lettres au domicile de Laure. Des correspondances qu'elle échangeait avec son père lorsque celui-ci purgeait sa peine.

Il se redressa en se massant le front, comme s'il tentait de raviver sa mémoire écornée par l'alcool.

– Vous ne m'apprenez rien. La gamine a été marquée au fer rouge par cette épreuve. Elle n'en comprenait pas forcément tous les enjeux, mais l'idée qu'elle ne reverrait peut-être jamais son père a fini par faire son chemin. J'avais perdu ma sœur, et voilà que je devais m'occuper de sa fille unique.

Noémie et Jérémy restaient debout face à cet homme aux abois, attendant qu'il ressasse tous ses mauvais souvenirs.

– Laure a vécu ici, dans cette baraque merdique. J'étais marié à l'époque, mais ma femme et moi avons fini par divorcer.

– Vous avez des enfants ?

– Nous n'en voulions pas, confia-t-il d'un sourire triste. Le destin s'est bien foutu de nous, mais cela ne nous a pas empêchés de l'élever comme s'il s'agissait de notre propre fille. La distance géographique avec son père a permis à la petite de grandir dans un environnement stable, jusqu'à ce que l'adolescence et son cortège de questions finissent par surgir. C'était inéluctable.

Marval se massa les tempes, incapable de se concentrer davantage. Son débit s'étiolait et ses paupières s'alourdissaient, anesthésiées par l'alcool.

– Laure s'est accrochée à son père, mais je ne peux pas lui en vouloir.

Puis son comportement changea brusquement. Il se mit à écumer de rage, postillonnant sur la table basse, le regard voilé par les larmes.

– Mon divorce a tout réveillé en elle. Laure s'est mise alors à me mitrailler de questions sur son père. Et moi, comme un connard, j'ai ouvert ma gueule. J'ai dit… Ma sœur… C'est elle qui s'est éprise de cet enculé !

Ils étaient en train de le perdre.

Noémie s'assit à ses côtés, prête à le gifler pour le ramener à la raison. Au lieu de quoi elle adopta une voix ferme :

– Vous l'avez amenée à la maison centrale de Poissy ?

– Elle avait le droit de savoir, je suis pas un monstre. C'était elle qui s'était imprimé ça dans le crâne !

– Quoi donc ?

– Que son père était victime de malchance ! Elle estimait que les ravages causés par la cyclothymie n'étaient pas sa faute. J'ai pourtant voulu m'assurer qu'elle était prête, qu'elle savait à quoi s'attendre en rencontrant son père. Je n'ai fait l'impasse sur rien, je lui ai tout raconté. Mais ça ne l'a pas rebutée, bien au contraire. Elle était… fascinée par ce monstre. Fascinée…

Cela confirmait les propos de Jérémy. L'attrait de Laure pour la *murderabilia*, sa collection de lettres, gardée précieusement au fond d'un carton : la jeune femme s'était embrasée pour la nature noire de son paternel.

– Tout à l'heure, vous avez évoqué des événements qui la dépassaient. Pensez-vous qu'ils soient directement impliqués dans la mort de son père ?

Marval tourna son buste vers la jeune lieutenante et prit un air offusqué, le regard délité par l'alcool.

– Vous n'avez rien écouté ? Je vous dis qu'elle était fascinée par cette ordure, qu'elle l'aimait en dépit de toutes les horreurs dont il s'était rendu coupable. Jamais elle n'aurait souhaité sa mort. Jamais.

Noémie sentait l'exaspération lui monter au nez.

– À quoi faisiez-vous référence, dans ce cas ?

– Mais à Éloïse ! Laure… Elle n'adhère pas à la thèse du meurtre. J'ignore pourquoi, personne ne sait.

– Qui vous a prévenu de ce qu'elle s'apprêtait à faire ?

Plus Philippe Marval bégayait ses réponses, plus Noémie l'acculait dans ses derniers retranchements. Étaient-ce les effets de l'alcool ou les preuves directes de sa culpabilité ?

– Son père. C'est… son père. Il était inquiet pour elle.

– Nous savons que Laure a demandé des congés au lendemain de Noël. Son père aurait-il pu lui révéler quelque chose, un secret si énorme que la seule décision possible était de partir en Inde ?

Philippe Marval secoua la tête, déboussolé. Ses ultimes défenses s'effritaient tel du sable au contact de l'eau.

– Mais… Où allez-vous chercher de telles idioties ?

Jérémy, discret jusqu'alors, ne lui laissa pas le temps de reprendre son souffle :

– Et vous, quelle est votre opinion sur le voyage de votre sœur à New Delhi ?

– Comment voulez-vous que je le sache ? Je n'y étais pas.

– Et Laure ?

Soudain, l'homme hésita. Son visage s'allongea, une lueur étrange brasillait dans ses grandes pupilles couleur noisette : celle du désespoir.

– Oui, elle était avec eux. Elle… elle tenait la main de son père quand Éloïse s'est fait poignarder. Le meurtrier était un mendiant refoulé par ma sœur, qui n'avait pas apprécié l'humiliation, et qui l'a lardée de coups de couteau…

Des larmes brûlantes se mirent à déchirer ses joues et il enfouit son visage entre ses mains.

– Où est-elle ? le pressa Noémie. Où est Laure ? Pourquoi affirmez-vous que personne ne l'arrêtera ? Qu'a-t-elle découvert ? Philippe, répondez-moi !

Il s'entêta à répéter le même refrain :

– Elle ne vit plus sous mon toit. Allez-vous-en, je vous en supplie.

Noémie s'apprêtait à exploser lorsque son collègue la tira doucement en arrière.

– On n'en obtiendra rien de plus, il est complètement ivre.

La jeune femme toisa le beau-frère de Julien Baron avec mépris. Il pleurait maintenant sans retenue, une main plaquée sur sa bouche déformée, piégé dans les limbes d'un secret inavouable.

CHAPITRE 34

Gabriel freina brusquement et se déporta en mordant le trottoir.

– C'est une blague ?

Il jeta un œil à Lucas qui serrait les poings sur ses cuisses, le visage défait.

– Je suis aussi désemparé que vous, admit le Bélier. Quoi qu'il en soit, le suicide de Sonia Valentin a certainement un rapport avec le meurtre de Baron. J'espère qu'on aura plus de chance avec sa fille.

Le silence du capitaine passa pour un aveu.

– Ne me dites pas…

– On n'en sait rien, se hâta de répondre Gabriel. Noémie nous a dit qu'elle n'était plus chez elle depuis une semaine. C'est… c'est une longue histoire. On pense que Laure a pris un vol pour New Delhi.

– Pourquoi là-bas ?

– Sa mère y a été assassinée en 1998. Soit un an avant que Baron ne soit condamné pour meurtre.

Le Bélier émit un long soupir à l'autre bout du fil.

– OK, je m'occupe de lancer les recherches.

– Il nous faut également le dossier d'instruction sur Éloïse Marval, il doit bien exister quelque part.

– Tu veux pas prendre ma place tant que tu y es ? Putain, comment veux-tu que je parvienne à obtenir un tel document ? C'est déjà assez la merde comme ça dans l'administration française, et toi tu veux que j'aille titiller celle d'un autre pays ?

– Je te demande d'essayer.

– Ouais, ouais… En attendant, je veux vos rapports détaillés sur mon bureau. Je vous refile l'adresse de Sonia Valentin, la police d'Aubervilliers est déjà au parfum et commence la visite sans vous.

***

Gabriel affolait le compteur de vitesse, l'aiguille avoisinait les cent cinquante kilomètres par heure sur un périphérique désengorgé. Le jour n'existait plus, éclipsé par les nuages, et le capitaine de police remâchait ses idées.

Une intuition, plantée en lui comme une lumière scintillant dans les ténèbres, l'empêchait de parler. Il s'appliqua à ne pas la laisser s'enfuir et à la nourrir de tout ce qu'ils venaient d'apprendre.

Une pensée folle, boiteuse, et pourtant loin d'être loufoque à la lecture des événements.

Lucas avait raison : Laure avait ouvert la boîte de Pandore et libéré une force dévastatrice inouïe.

Son intuition se mua en appréhension, celle de n'avoir pas su interpréter les propos de Monique Marzin, la voisine de palier de Baron.

Ce masque… porté par le meurtrier, pour mieux dissimuler sa gueule déchirée par l'acide.

Un masque médical.

Il pouvait sentir l'électricité dans l'air, les picotements au bout de ses doigts.

Il n'avait qu'une hâte : vérifier ce qu'il avait en tête.

Bientôt, le panneau Aubervilliers se dessina dans l'éclat de ses phares. Il s'engagea au cœur d'un lotissement composé de maisons aux murs défraîchis, avec la sensation de pénétrer dans un village évacué depuis si longtemps que la nature avait fini par reprendre ses droits.

Chaussée fissurée, façades envahies par des traces de moisissure, fenêtres sales ; l'endroit était triste à mourir.

Il se rangea sur le bas-côté et coupa le moteur.

Les deux flics échangèrent un regard, étonnés par le manège qui se déroulait sous leurs yeux. L'Identité judiciaire venait d'arriver à bord d'une fourgonnette blanche, ses hommes prêts à installer leur matériel et à sécuriser la zone.

Un planton, casquette vissée sur le crâne, verrouillait l'accès à la rue avec de la rubalise. Un Berlingo rouge était garé devant une ancienne bâtisse à la peinture décatie, les stores à moitié fermés.

– Les pompiers sont de la partie, souffla Lucas.

– Allez, on traîne pas.

Les portières étaient à peine ouvertes qu'une violente bourrasque faillit les rabattre sur leurs doigts. Comme si le vent leur intimait de partir.

Ils saluèrent l'officier qui terminait de quadriller le périmètre et franchirent le portillon en fer forgé. L'accès à la maison s'effectuait par un escalier menant directement au rez-de-chaussée, juste au-dessus d'une porte de garage en bois.

– J'ai assisté au suicide de Sonia Valentin, rumina Lucas en montant les marches. Comme si cette enquête m'était destinée. Elle s'est donnée la mort sous nos yeux, juste devant ce putain d'arrêt de bus. Ça n'a pas de sens.

– Il n'y en a jamais, tu le sais.

Lucas approuva d'un air songeur. Une fois à l'intérieur, ils eurent l'impression de faire un bond en arrière dans le temps. Tapisserie fanée aux couleurs criardes, parquet en chêne patiné. Il flottait dans l'air le parfum délicat des vieilles boiseries.

Lucas inclina la tête pour éviter de se cogner contre un lustre en laiton surmonté de fausses bougies.

Sonia Valentin cultivait le même goût que son petit ami pour l'originalité.

Un jeune homme déboucha du salon et se dirigea vers eux.

Visage anguleux et corps aussi sec qu'une branche morte, il se contenta de les saluer d'un bref signe du menton.

– Lieutenant Naud, police d'Aubervilliers. Vous devez être de la crim ?

– Tout juste, répondit Gabriel. Vous êtes seul ?

– Mes collègues sont en bas, dans la cave. Il y en aura pour tout le monde, rassurez-vous. On va commencer par le salon, si vous voulez bien.

Le lieutenant les invita à le suivre puis s'écarta sur le seuil afin de les laisser profiter du spectacle.

De longues balafres écarlates dessinaient sur la tapisserie des sillons tourmentés, rageurs. Les gerbes de sang avaient coulé sur le sol en filets poisseux et coagulés.

Les flashs d'un photographe éclaboussaient les murs et illuminaient la scène par saccades, à la manière d'un négatif de photographie.

Une image traversa subitement l'esprit de Lucas : *la maison se mourait de l'intérieur.*

Une main glacée lui étreignit les poumons : sur les murs se succédaient quelques toiles lacérées qu'il reconnut au premier coup d'œil.

La plus proche représentait une carcasse de bœuf suspendue, écartelée et éventrée. La signature, tracée en lettres capitales dans l'angle inférieur droit du tableau, confirmait ses doutes : *Desmodus*.

Les natures mortes de Chaïm Soutine, reproduites par la patte névrosée de Julien Baron.

– Sa première admiratrice, commenta amèrement Gabriel. Ils se complétaient à merveille.

– Il y en a d'autres dans la cage d'escalier, annonça le lieutenant Naud. Toutes tailladées à l'arme blanche. Plutôt glauque comme ambiance. Quant à ce sang…

– Du sang de porc, confia Lucas. Il y en a de quoi remplir une baignoire…

– C'est amusant que vous disiez ça.

Le lieutenant braqua ses pupilles ourlées de gris sur le jeune officier, qui se pétrifia sur place.

– De quoi parlez-vous ?

– En bas. Je veux dire, dans la cave. Enfin… C'est là que les choses se gâtent.

Les deux policiers ressortirent du salon sans lui laisser le temps de terminer et filèrent au bout du couloir, là où une porte ouverte dévoilait les premières marches d'un escalier en béton. Une odeur chaude et pestilentielle s'exhalait des entrailles de la maison.

– Je préfère vous prévenir…

– Vous en faites pas, coupa Lucas avec autorité. On en a vu d'autres.

Le lieutenant Naud haussa les épaules avant de faire demi-tour.

– Si vous le dites.

CHAPITRE 35

Les relents acides de matières organiques en décomposition leur piquèrent les yeux. Des voix chuchotaient au bas des marches. L'image d'un tombeau que l'on profanait après un sommeil de plusieurs millénaires s'imposa à l'esprit de Lucas.

Le sous-sol était une décharge infecte où s'entassaient des sacs-poubelle dégueulant d'ordures ménagères. Certains avaient été ouverts en deux et fouillés par les rats, leur contenu dispersé sur le sol comme des viscères noircis par la moisissure.

Une vieille Ford Ka craquelée de rouille sommeillait dans son coin, près d'une machine à laver et d'un sèche-linge. Des conduits emmitouflés dans une gangue de laine de verre serpentaient au plafond et dispensait une chaleur moite, étouffante.

Un homme vêtu d'un long manteau se détacha d'un petit groupe pour les rejoindre, la démarche ferme.

– Capitaine Daniel Mauffat, Aubervilliers. C'est vous les gars de Paris ? D'après nos premiers éléments, Sonia Valentin vivait seule dans ce taudis, mais cela ne l'empêchait pas d'y accomplir des choses terrifiantes.

Les remontées d'odeurs de chair putréfiée étaient insoutenables et l'homme transpirait à grosses gouttes sous son pull-over à col roulé.

– Un de mes hommes s'est rendu à son domicile hier, peu après qu'elle a mis fin à ses jours. Mais il n'y avait personne. Ce n'est qu'avec l'appel de votre supérieur ce matin que j'ai tilté. C'était la petite amie d'un homme retrouvé mort chez lui, c'est ça ?

Les deux policiers se contentèrent d'acquiescer.

– Quand nous sommes revenus tout à l'heure et avons vu l'état du salon, vous pensez bien qu'on a démarré une fouille de fond en comble. C'est au moment d'ouvrir la porte de la cave qu'on a commencé à s'affoler. L'isolation de la chape ne suffisait pas à masquer les odeurs.

– *L'isolation de la chape ?* répéta Gabriel d'une voix tendue.

– La maison de Sonia Valentin dispose d'un vide sanitaire afin d'éviter les risques de remontées d'humidité. Parfois, la trappe d'accès se situe à l'intérieur. Dans ce cas précis, elle a été creusée sur la dalle de béton. Venez.

Les trois hommes contournèrent le véhicule et se dirigèrent vers l'avant du garage. Les remugles s'épaissirent au point qu'ils durent se protéger les narines dans le creux du coude.

Les émanations s'échappaient de la trappe du vide sanitaire, un rectangle tout juste assez large pour permettre le passage à un homme. Gabriel allongea le cou pour examiner l'intérieur du trou béant. Un souffle chaud de matière en décomposition piqua ses paupières et l'obligea à reculer.

– Il y a quelqu'un là-dessous ?

– Deux sapeurs-pompiers venus en renfort, répondit Mauffat. Le terrain est en pente, ce qui influe sur la forme du vide sanitaire. La hauteur est d'un bon mètre sur quasi toute la surface de l'habitation, mais le fond est rencaissé et forme une cuve atteignant un mètre cinquante de profondeur. L'eau y stagne sur une vingtaine de centimètres, et c'est dans cette boue infâme que séjournent les corps.

– Combien il y en a ?

Le capitaine Mauffat se passa la main sur le menton en réfléchissant.

– Bonne question. A priori ce seraient des cadavres d'animaux. Une dizaine, peut-être plus. Chats, chiens, lapins, on ne sait pas trop. Tout ça macère dans un jus putréfié, mais il faut vérifier.

Gabriel se frotta le crâne, perplexe.

Un mot clignota dans un recoin de sa conscience : *sacrifice*.

– On nous a parlé d'une baignoire.

– Ah ouais… ça.

Il les accompagna vers une remise en parpaings bruts, près d'une chaudière hors d'âge.

De taille moyenne, la pièce avait été aménagée de manière à pouvoir accueillir du monde. les chaises pliantes rangées dans un coin en attestaient.

Une baignoire en fonte trônait au centre de la dalle de ciment, comme perdue au milieu d'un océan gris.

Tracé à la peinture rouge sur un des murs, un immense *F* s'érigeait à la manière d'un symbole païen. *Un éclair de sang.*

Deux ombres de la police scientifique traquaient le moindre indice susceptible d'être analysé par la suite, leurs surchaussures frottant contre la chape humide et froide.

– Le siphon est placé juste au-dessus d'une grille d'évacuation. Installation rudimentaire, suffisante pour…

Il laissa la fin de sa phrase en suspens et haussa les épaules, incapable de la terminer.

Le fond de la baignoire était recouvert d'une couche de crasse brunâtre.

– C'est du sang ? demanda Lucas en fronçant les sourcils.

– Probablement. Il suffit de gratter un peu la surface pour que ça vire au rouge. Et puis, il y a ce seau, là-bas.

Gabriel et Lucas tournèrent la tête dans la direction indiquée ; une brosse en bois flottait dans une bassine en inox remplie d'eau, près d'une chaise pliante sur laquelle séchait un vieux torchon couvert de sang.

– On peut penser que Sonia Valentin nettoyait sa baignoire après… j'en sais foutre rien, en fait. Elle prenait des bains de sang, ou un truc du genre.

– Un truc du genre, marmonna Gabriel.

Pas de doute, Sonia était aussi fêlée que son petit ami.

Lucas remarqua que des taches plus sombres constellaient le sol tout autour de la baignoire, là où les fluides corporels venaient s'égoutter des rebords en rouleaux saignants.

– Ils s'accouplaient comme des bêtes devant un public aussi tordu qu'eux. Un vrai bain de sang, au sens littéral du terme.

Le lieutenant se tourna vers Mauffat.

– Vous avez commencé à fouiller l'étage ?

– Pas encore. Il nous faudrait plus de bras.

– Avec nous, vous les avez. Je remonte, Gabi. On étouffe, ici.

Puis il quitta la pièce transformée en théâtre des horreurs et retourna au rez-de-chaussée. Le capitaine Mauffat fourra les mains dans les poches de son imper et fit face à son homologue.

– J'ai eu quelques échos concernant votre affaire, dit-il sur le ton de la confidence. Comme quoi la victime se prenait pour un vampire. C'est glauque, mais quand on voit ce qui se tramait dans cette cave… Vous avez des pistes ?

Gabriel ouvrit la bouche : il avait failli oublier…

Le masque du tueur. Ce foutu masque qui lui retournait l'esprit.

Il s'excusa, laissant le flic en plan avec ses questions, puis sortit son téléphone et ouvrit une page Web. La connexion Internet était mauvaise mais il devrait s'en contenter.

Il pianota sur le clavier numérique, le regard concentré. Les mots qu'il allait devoir prononcer gravitaient en désordre sous son crâne, comme s'il n'était pas sûr de la viabilité de sa demande.

Et pourtant…

Un numéro s'afficha. Parfait.

Il pressa l'écran d'un geste fébrile et porta le téléphone à son oreille.

Après plusieurs sonneries, une voix féminine et étonnamment pétillante décrocha :

– Centre de traitement des brûlés de l'hôpital Saint-Louis, bonjour !

CHAPITRE 36

Lucas remonta les marches deux par deux, avec la désagréable impression que l'odeur de la mort s'était infiltrée dans les fibres de ses vêtements.

Une boule d'angoisse lui barrait la gorge.

Les craintes de la directrice de la maison de santé d'Épinay se confirmaient : les fêlures mentales de Julien Baron n'avaient jamais guéri. En soi, cela n'avait rien d'étonnant. Juste une continuité des abjections entrevues depuis la veille.

Ce qu'il ne saisissait pas, c'était la place prépondérante occupée par Sonia Valentin au cœur de cette démence. Petite amie d'un homme rendu fou à cause d'une pathologie rare et dangereuse, il était évident qu'elle avait menti aux infirmiers.

Plutôt que de réguler les humeurs noires de Baron, elle les avait encouragées.

Le monstre condamné il y a vingt et un ans pour nécrophagie et homicide avait toujours été là, tapi sous un vernis de façade. Son intégration à une communauté vampirique avait peut-être cloisonné ses ardeurs, il n'en demeurait pas moins que son désir frénétique de sang restait une terrible réalité.

Et naturellement, une autre question jaillit de ce marasme : Sonia Valentin était-elle aussi atteinte du syndrome de Renfield ?

Cela n'aurait quand même pas pu échapper à la directrice du centre hospitalier…

Le lieutenant longea le salon et bondit dans la cage d'escalier, non sans aviser la myriade de toiles déchirées.

Les tableaux avaient été lacérés avec tant de hargne que la lame avait entaillé le plâtre juste derrière. Fallait-il voir dans ce geste la réaction à une déception amoureuse ?

Le couple avait-il rompu récemment ?

Alors qu'au sous-sol régnait une ambiance tendue, le silence figeait l'étage sous une cloche poussiéreuse. Le plancher craquait sous ses pas et il se décida à entrer dans la chambre à coucher, dont l'ombre du lit se découpait derrière la porte entrouverte.

Il appuya sur l'interrupteur et resta bouche bée.

Une bande LED fixée au plafond nimbait la pièce d'un éclairage pourpre, chargé d'un érotisme du plus mauvais goût.

L'épaisse moquette n'était plus qu'un trou noir cosmique aspirant toute source de lumière. Le lieutenant esquissa un sourire devant cette entrée en matière improbable.

Il irradiait des draps froissés du lit une pâle luminescence, et son regard fut attiré par une somptueuse robe noire mise en valeur sur un mannequin de couture. Les épaules bouffantes encadraient un bustier serti d'une pluie de diamants. Les cristaux réfléchissaient la lumière et brillaient de mille feux, plongeant jusqu'au creux des reins composé de plumes arquées, noires elles aussi.

Un bijou d'art gothique.

Quel genre d'occasion pouvait bien l'amener à s'accoutrer de la sorte ? Une soirée baroque infestée de vampires ?

Lucas se représenta la jeune femme, évoluant tel un cygne noir au cœur d'un château perdu dans les Carpates. Qui donc était convié à ces réceptions guindées, vestiges d'une époque révolue où les nobles se réunissaient autour du roi ?

Un flash, hypnotique : la peinture de Julien Baron. Celle d'une forteresse en ruine plongée sous une nappe de brouillard.

Le Soleil noir.

L'ébauche de son profil l'intriguait, comme s'il effleurait du bout des doigts un univers nébuleux, fantasmagorique. Une élégance pimentée d'une mystérieuse sensualité. Il chassa l'image de sa tête, gêné.

En détaillant cette robe noire digne d'un travail d'orfèvre, cela lui rappela une histoire qu'il avait lu : celle, sordide, de *La Bête de Csejthe*, la comtesse Erzsébet Báthory, une Hongroise qui s'enduisait du sang de jeunes vierges, convaincue qu'elle obtiendrait ainsi la jeunesse éternelle.

Reconnue coupable de sorcellerie et d'assassinats, on lui avait attribué, selon des sources plus ou moins fiables, une centaine de meurtres. Le record dépassant allègrement les six cents pucelles trucidées pour leur jouvence. Une soif inextinguible qui n'avait pas empêché « l'ogresse des Carpates » de mourir seule dans sa geôle, au début du XVIIe siècle.

Lucas se rapprocha de la robe et plissa les yeux vers le bustier. Une amulette égyptienne, accrochée à une chaîne en argent, pendait autour du cou du mannequin. La branche principale avait sa pointe recourbée en une lame tranchante, tandis que la garde formait deux crocs acérés de part et d'autre de l'anse.

La *Legacy Ankh*, symbole d'adhésion aux communautés vampiriques.

La jeune femme s'était bien foutue de la gueule des médecins.

Le lieutenant avait de plus en plus le sentiment de pénétrer dans un monde peuplé de créatures cauchemardesques. Une réalité terrifiante où l'homme serait réduit à du bétail, un simple morceau de viande sans conscience ni avenir. Que Baron ait justement pu ingurgiter du sang de porc en était une puissante métaphore.

Un frisson électrisa ses terminaisons nerveuses et Lucas reprit son inspection. L'éclairage lui tapait sur le système mais il se refusa à ouvrir les volets, comme pour mieux s'imprégner de cette étrange atmosphère. Face à lui, calé sur une console blanc laqué, un grand miroir renvoyait son reflet. À ses côtés, un appareil photo juché sur trépied le fixait de son œil éteint.

La taille conséquente de l'objectif laissait supposer que Sonia vouait une grande passion à la photographie. Piqué par la curiosité, Lucas se plaça derrière l'appareil et alluma l'écran.

Un premier cliché apparut. Sonia avait déambulé en pleine forêt, a priori seule. Le lieutenant devina la morsure d'une nuit glaciale. Il pouvait déceler les ombres menaçantes d'arbres couverts de mousse, leurs ramures crochues pétrifiées par le flash.

La balade nocturne s'étirait ainsi sur plusieurs photos. La jeune femme mitraillait la nature endormie, comme émerveillée par tout ce qui l'entourait.

Nouvelle série. Autre décor. Un mausolée s'élevait sur plusieurs mètres de hauteur, au milieu d'autres nécropoles plus modestes. La pleine lune scintillait et dévoilait son incroyable architecture : érigée au sommet d'un immense socle en pierre, une sépulture à colonnades dominait fièrement le cimetière. En zoomant sur le monument funéraire, Lucas pouvait apercevoir un sarcophage piégé entre les colonnes.

Il ignorait à qui appartenait ce tombeau, mais il était certain de l'avoir déjà vu. Au cimetière du Père-Lachaise.

La jeune femme n'apparaissait à aucun moment devant l'objectif. La carte mémoire était truffée de photos prises de nuit ; campagne, villes, zones désaffectées, Sonia cumulait les virées solitaires, capturant une nature assoupie. Privée d'activité humaine.

Elle vagabondait, errait à l'intérieur d'une bulle de répit pour glaner quelques heures de silence. Lucas éprouvait une attirance pour cette femme. Pas physique, mais psychique. Comme elle, Lucas s'était souvent réfugié dans l'ombre d'un monde auquel il se sentait de plus en plus étranger.

Il s'essuya le front avec la manche de son manteau. Il suait abondamment. Son souffle lourd calquait le rythme d'un cœur pris d'une subite accélération.

Soudain, un sifflement retentit et le flic releva les yeux.

Gabriel se tenait dans l'encadrement de la porte et observait autour de lui, ébahi.

Hypnotisé par l'étonnante personnalité de Sonia Valentin, Lucas avait détaché l'appareil photo de son socle pour s'asseoir sur une chaise.

– C'est quoi ce délire ? L'entrée d'un sex-shop ?

– Plutôt le royaume d'une gosse en perdition, souffla le lieutenant.

Gabriel se dirigea vers les volets.

– Tu veux pas ouvrir un peu ? J'ai l'impression de griller à l'intérieur d'une cabine de bronzage.

Il n'attendit pas de réponse et tourna la manivelle des stores. La clarté grise du ciel atténua légèrement la luminosité des LED.

Le capitaine de police repéra alors la longue robe noire, dressée dans son coin tel un corps sans tête.

– Elle s'adonnait au libertinage ?

– Je n'en sais rien. Elle cultivait une part d'ombre, littéralement. Sonia vivait la nuit, s'habillait comme une veuve noire et…

– Se nourrissait de sang, compléta Gabriel.

Lucas se perdit dans ses pensées.

– Peut-être… Vous avez terminé en bas ?

– J'ignore si on doit s'en réjouir, mais les pompiers n'ont remonté qu'une vingtaine de cadavres d'animaux. Certains datent tellement que ce n'est plus que de la soupe d'organes et de poils. Tous égorgés et vidés de leur sang, sans exception.

– Pas de corps humain ?

– C'est la bonne nouvelle. Mais apparemment, le sang porcin ne suffisait pas à ces dégénérés. Ils devaient déambuler dans les bois environnants à la nuit tombée, à la manière de prédateurs nocturnes, puis rapporter leurs trophées ici pour les ouvrir dans la baignoire.

Gabriel tira un mouchoir de sa poche d'un geste rageur et se courba pour essuyer une goutte de sang sur son bas de pantalon.

– Eh merde… Si je rentre comme ça chez moi, ma femme va…

Son poing se contracta, la fin de sa phrase s'étrangla dans sa gorge. Le décès de Pauline remontait à deux mois. Terrifié à l'idée de rester cloîtrer dans son appartement et de ressasser une colère qui n'en finissait plus de le détruire, Gabriel avait refusé de prendre des congés.

On ne pouvait guérir ce qui était déjà mort, disait-il.

Et Pauline, en cette nuit qui l'avait vue doucement se retirer de ce monde, avait arraché en lui toute raison de vivre.

Il se redressa et esquiva le regard de son collègue, puis demanda d'une voix qui se voulait ferme.

– L'appareil photo, ça donne quoi ?

– Elle était adepte des excursions nocturnes, en apparence seule et dans des endroits isolés.

Il attendit que Gabriel le rejoigne pour reprendre son défilé numérique.

Au fur et à mesure que les clichés glissaient sur l'écran, une image se façonna dans l'esprit du lieutenant : Sonia n'était qu'un fantôme, une coquille vide.

Tout à coup, son index se figea.

L'horreur venait de monter d'un cran.

CHAPITRE 37

Un entrelacs de corps écarlates.

Postures animales, gueules rugissant de plaisir. Une orgie de sang, immortalisée par l'œil puissant et impassible de l'objectif. La résolution était si nette qu'elle en donnait le vertige.

Les photos se succédaient, authentique *gonzo* découpé en plusieurs séquences.

Sur l'une d'elles, un homme et une femme s'étreignaient violemment dans une baignoire en fonte remplie de sang. Leurs râles silencieux s'accordaient au rythme des hanches, faisant tanguer le liquide poisseux à la manière d'une mer démontée. Les remous s'éclataient en vagues sur l'émail de la baignoire, ruisselaient sur le sol en flaques épaisses et mouchetaient leurs peaux nacrées.

Ils reconnurent immédiatement le couple.

Julien Baron et Sonia Valentin semblaient au comble de l'extase, leurs lèvres grandes ouvertes retroussées sur des canines taillées en pointe.

– J'avais raison, putain. Ils photographiaient leurs ébats dans la remise. Dis-toi que derrière l'objectif, une quinzaine de personnes devaient les mater en se pignolant. Je ne serais pas surpris qu'ils se soient également filmés.

– Ce sera sans moi. T'imagines la quantité de sang qu'il faut pour remplir cette baignoire ? Il y a quoi… une centaine de litres ?

Lucas ne répondit pas et poursuivit sa descente jusqu'au Tartare, le dernier cercle des Enfers.

Changement de décor et d'acteurs, bien qu'ils soient toujours immergés dans une baignoire. Les prises de vue étaient cette fois-ci en plongée, comme si le photographe était perché sur un escabeau. Les visages, eux, étaient dissimulés derrière des loups noirs à bec de corbeau.

– Quels putains de timbrés ! s'emporta le capitaine.

De son côté, Lucas s'efforça au calme pour analyser les éléments présents sur chaque photo, mais rien ne lui permit d'en apprendre davantage. Un rideau de velours pourpre avait été tiré en arrière-plan, et des cierges montés sur des candélabres projetaient une lueur mordorée sur les corps nus.

– Ces plans ont été photographiés ailleurs, c'est sûr. Mais où ?

Une petite voix lui souffla la réponse : *au Soleil noir…*

Le sang contaminait chaque pixel et rabaissait l'humain à son instinct primaire, animal. Qui étaient ces gens, ces fous ?

Les flics s'enfonçaient dans une décadence inouïe. Nouvelle séquence. Même violence obscène. Un homme vêtu d'un pagne était attaché sur une croix, dans une parodie grotesque de la Crucifixion.

La peau diaphane de ses bras faméliques était salement entaillée à coups de scalpel. Le sang s'écoulait des blessures en sillons carmin, mais ce n'était pas ce qui déstabilisait le lieutenant. Le « Christ » ensanglanté souriait béatement, les yeux levés au ciel. Ignorant la douleur, ou plutôt l'accueillant avec une joie infinie.

Une procession religieuse était agenouillée en cercle autour de lui, les silhouettes dissimulées sous des toges noires, capuches relevées sur leurs crânes.

Gabriel s'écroula sur le bord du matelas, ébranlé.

– C'est quoi ce cauchemar ? marmonna-t-il d'une voix blanche.

Lucas releva les yeux, consterné par cette aliénation collective.

– Une foire aux monstres. Ces malades éprouvent un plaisir pervers à la simple vue du sang. Et nous nous trouvons chez leur photographe officielle, elle-même corrompue par ce mal. Comment peut-on dissimuler une telle déviance ?

– Si tu veux mon avis, ces tarés vivent en autarcie. Tu vois l'un d'eux effectuer un travail normal ? Se lever le matin, préparer le petit déjeuner des gosses, puis partir au boulot sans oublier d'embrasser sa femme ?

– Tu sais aussi bien que moi qu'il ne faut jamais se fier aux apparences.

Lucas reprit son souffle, hésita, et pressa de nouveau le bouton.

Les orgies sexuelles dégénérèrent en séances de tortures, et bientôt il n'y eut plus que des grimaces de douleur et des larmes de sang. Les poings attachés à une corde, elle-même reliée à une poulie, un homme cambrait violemment le dos sous les coups de fouet de son assaillant.

Les lanières de cuir claquaient sur la chair nue et déchiraient la peau du martyr.

Soudain, un fichier vidéo s'afficha.

Lucas cliqua sur la vignette. Et l'innommable transperça les rétines des flics.

Dans une alcôve éclairée par de simples bougies, le cadavre d'un homme nu était allongé sur un cercueil. Courbé au-dessus de lui, une silhouette parée d'une toge rouge entaillait sa cuisse à l'aide d'un gros couteau de chasse.

La Chose décolla le lambeau sanguinolent dans un horrible bruit de succion et le huma à la manière d'un prédateur. Un sourire froid courba ses lèvres.

Puis, sans prévenir, elle inclina la tête et porta le morceau à sa bouche. Ses dents cisaillèrent les tissus sanguinolents et un râle de plaisir s'éleva de sa gorge. Presque un rire. Cruel. Inhumain.

La caméra naviguait de gauche à droite, du cadavre au vampire, zoomant sur les filets écarlates qui ruisselaient sur les joues du monstre.

Lucas bouillonnait de rage.

Envie de vomir, de tout casser. De tuer ces salopards à mains nues.

Un nom jaillit de sa conscience comme un coup de poignard.

Les *Rônin*.

Cette caste vampirique et satanique reniée par les autres communautés.

Tout à coup, l'enceinte d'un château se matérialisa sur l'écran.

Puis une salle, d'une hauteur de cathédrale. Le sol n'était, par endroits, plus que de la terre noire et dure, compactée par l'emprise du temps. Des arbres avaient poussé dans ce terreau fertile et jaillissaient de la toiture éventrée, comme une victoire éclatante de la nature sur l'homme.

Le temps s'arrêta au moment où la masse sinistre du château se découpa à travers la brume.

– Le Soleil noir, marmonna Lucas.

– Tu connais cet endroit ?

– Non, mais… Attends, regarde.

Le lieutenant fouilla dans sa poche et attrapa son portable.

– Le book d'artiste de Julien Baron. Une de ses œuvres porte ce nom. Et regarde ce symbole, en haut à gauche. On retrouve le même dans la cave de Sonia Valentin.

Gabriel lui prit le téléphone des mains et examina le tableau. La façade en ruine du château était représentée dans ses moindres détails, et il devait admettre que Baron disposait d'un talent certain pour la peinture.

– Tu sais où il est situé ?

– Il n'y a rien d'indiqué. Juste cette appellation : *Soleil noir.*

– T'as pensé à regarder si ça signifiait quelque chose ?

Lucas secoua la tête et lança immédiatement une recherche.

Soleil noir était une marque de produits cosmétiques, mais aussi celui d'une friperie située à Rennes. Il ajouta *château* dans les mots-clés pour obtenir des résultats plus ciblés.

Le verdict tomba tel un couperet.

CHAPITRE 38

Le Soleil noir est un symbole du mysticisme nazi, créé par Karl Maria Wiligut. Surnommé le Raspoutine d'Himmler, cet ésotériste autrichien rejoint l'occulte Ahnenerbe dès sa création en 1935. Référent mythologique du Reichsführer suprême, il conçoit de nombreux symboles de la SS dont le fameux Soleil noir, qui se trouve au château de Wewelsburg, en Allemagne.

Quelques dessins accompagnaient l'article, dont le fameux emblème du Soleil noir d'Himmler.

Gabriel et Lucas encaissaient chaque mot comme autant de coups de poing dans la gueule.

Les atrocités nazies surgissaient du néant, en apothéose d'une enquête hors normes.

Histoire de les achever, Lucas cliqua sur un nom qui attirait son attention : *Ahnenerbe*.

Un silence sépulcral accompagna leur lecture. Le lieutenant percevait la respiration lourde de son équipier par-dessus son épaule.

Fondée par Heinrich Himmler, l'organisation finançait des recherches archéologiques sur tous les continents, avec pour objectif de fournir des preuves scientifiques quant à une supposée race supérieure.

Un peu plus loin, un article de presse revenait à charge sur les délires indo-germaniques d'Himmler, qui pensait réellement être en mesure de retrouver le marteau de Thor et rêvait de bâtir le *centre du monde nouveau* près du château de Wewelsburg. Une supercherie à l'échelle planétaire, digne d'un scénario à la *Indiana Jones*.

Gabriel se leva et se mit à tourner comme un lion en cage.

– Il n'y avait plus rien à sauver chez Baron. Ce type était pourri de l'intérieur depuis son adolescence. Que vient faire une organisation datant de la Seconde Guerre mondiale dans l'histoire ? Et puis cette peinture, qu'est-ce que ça signifie ? Qu'hormis l'Allemagne, il existe réellement quelque part ce… ce *centre du monde nouveau* ? Que Sonia et lui s'y rendaient pour organiser leurs sauteries démoniaques ?

– Calme-toi, l'exhorta Lucas.

– Impossible. C'est impossible…

Lucas serra les mâchoires, incapable de détourner les yeux des photographies accompagnant l'article. Sur l'une d'elles, un immense soleil noir, composé de svastikas, ornait le sol de marbre du château de Wewelsburg.

Les paroles de Joachim Corbin firent écho à celles de Nestor Arcia, le gérant du Suspiria : Baron était un être à part chez les *strigoi vii*, un carnassier estimant que sa place se trouvait au sommet de la chaîne alimentaire.

À l'image d'Himmler qui croyait fermement à la supériorité de la race aryenne, il devait être persuadé que l'hématophagie était un cadeau de Dieu, une révélation mystique.

Le lieutenant observa son collègue et ami. Son visage était fermé, ses traits aussi durs que du bois.

– Tu penses sérieusement que cette légion de psychopathes essaie de créer un ordre nouveau ?

– Eh merde, tu le vois bien, on observe une recrudescence des mouvements néonazis depuis quelques années. Ces putains de skinheads auront toujours du grain à moudre. Le parti Aube dorée, ça te parle ?

– Vaguement…

– Ces extrémistes de droite sont entrés au Parlement grec en 2012. À l'époque, leurs dirigeants avaient ouvertement fait l'éloge d'Adolf Hitler, allant jusqu'à nier l'Holocauste en toute impunité.

Tu comprends le danger ? En Grèce ou ailleurs, à ne pas vouloir sévir et laisser ces abominations se propager, les politiques attisent le feu et ouvrent des brèches qu'il sera bientôt impossible de combler. Parce que, si les plus hautes instances contribuent à véhiculer ce message de haine, cela donnera des ailes à tous ceux qui, auparavant, se contentaient de ruminer leur fanatisme dans l'ombre.

Gabriel se passa la main sur le visage, ébranlé.

– Mais ces *Rônin*, que cherchent-ils exactement ? demanda Lucas.

– Asseoir leur statut d'espèce dominante. Cela ne veut pas nécessairement dire régner sur le monde, mais je pense que les préceptes de l'Ahnenerbe font écho à l'image qu'ils se font d'eux-mêmes. Cette certitude d'être les descendants d'une civilisation disparue. En l'occurrence, celle d'un… d'un peuple vampire. Du *bullshit* pour attardés.

– Sauf qu'eux y adhèrent.

Lucas se leva de sa chaise. Le sol tanguait sous ses pieds, comme s'il lui fallait retrouver l'équilibre après avoir été secoué, balloté en tous sens.

– Ça te dérange pas si je retourne au Bastion avec ça ? demanda-t-il en désignant l'appareil photo.

– Qu'est-ce qui se passe ?

– Ce Soleil noir existe. Joachim Corbin m'a affirmé que les *Rônin* se réunissaient régulièrement dans un lieu tenu secret pour exercer leurs activités sataniques.

– Tu penses que Baron a pu le mettre dans la confidence ?

– Une chose est sûre, il sera plus enclin à coopérer que le patron du Suspiria. Je pensais l'emmener faire une petite promenade mais… (Il consulta l'heure sur sa montre.) mais la nuit va bientôt tomber et il ne me reste plus beaucoup de temps.

Gabriel hocha la tête, sans chercher à en savoir plus.

– C'est bon, je me débrouillerai pour qu'un des gars de l'IJ me ramène.

CHAPITRE 39

Retour au Bastion.

Muni de l'appareil photo de Sonia, Lucas se pressa jusqu'à son bureau afin d'extraire le contenu de la carte SD sur son ordinateur. Il brancha ensuite son smartphone sur l'unité centrale pour en copier une partie.

Ses mains tremblaient.

Le froid, la peur ou l'adrénaline. Un peu des trois.

Il devait se dépêcher. Le jour déclinait à vue d'œil et la baisse des températures crispait lentement ses muscles. Il éteignit ensuite son poste avant de descendre au quatrième étage, le secteur réservé aux gardes à vue.

Il s'avança d'un pas rapide vers le local de surveillance, situé au centre du plateau. Les écrans de contrôle affichaient en temps réel les vidéos des caméras de surveillance et Lucas frappa à la porte entrouverte pour annoncer sa présence.

Après s'être justifié en détail sur l'objet de sa visite, le lieutenant signa le registre tendu par l'un des agents et attendit que ce dernier s'empare de son trousseau de clés.

De part et d'autre de la guérite, s'étiraient deux longs corridors identiques.

Le gardien ouvrit une porte à l'aide d'un badge magnétique et demanda à Lucas de le suivre. Sur leur gauche, une enfilade de cellules vitrées et blindées, au bout desquelles un couloir attenant desservait plusieurs bureaux d'audition et une salle de fouille.

Sans un mot, le gardien déverrouilla la serrure du dernier box et laissa entrer le lieutenant.

Joachim Corbin était allongé sur la banquette, les genoux repliés contre sa poitrine. Il portait la même veste à jabot ridicule que la veille, mais son haut-de-forme avait dû lui être retiré au cours de la fouille.

– Qu'est-ce que vous voulez ? grogna-t-il, la joue collée contre son matelas.

– J'ai besoin de tes services.

– Vos collègues m'ont déjà interrogé. Je suis entré par effraction chez Julien parce que je souhaitais simplement récupérer son amulette, et je sais pas qui est ce putain de tueur. J'ai répété la vérité en boucle durant plusieurs heures, mais faut croire que certains sont bas du front et ne pigent rien.

– Ce n'est pas pour ça que je viens te voir.

– Ah ouais ?

– Les *Rônin*. Je dois les trouver.

– Bon courage, répliqua le jeune homme.

Lucas ignora le sarcasme et vint s'asseoir à côté de lui.

– Tu sais qui ils sont. En tout cas, ton pote les connaissait. Au fait, Sonia Valentin est décédée.

Corbin daigna enfin tourner la tête.

– Je vois que ça ne te laisse pas indifférent.

– Que s'est-il passé ?

– Ce n'est pas l'assassin de Baron qui a fait le coup. Elle s'est jetée sous un bus, toute seule comme une grande.

Le jeune homme se redressa brusquement, effaré.

– C'est une blague ?

– J'ai l'air de plaisanter ? Comment t'arrives à expliquer ça ? Baron se fait liquider en pleine nuit à son domicile et, quelques heures plus tard, c'est au tour de sa petite amie d'écourter son passage sur terre. Il est où le rapport ?

Corbin se mit à bégayer, pris de court :

– Co… comment pourrais-je… ?

– Tu disais que Julien Baron était ton mentor, non ?

– Cela ne signifie pas qu'il me racontait toute sa vie.

– Ils avaient rompu ? demanda Lucas à brûle-pourpoint.

– Qu'est-ce que…

Lucas saisit le jeune goth par le col, passablement énervé. Resté près de la porte de la cellule, le maton se racla la gorge pour lui enjoindre de se calmer.

Le flic relâcha sa pression et sermonna l'étudiant :

– Arrête de me répondre par d'autres questions. Alors, oui ou non ?

– Julien l'a envoyé bouler il y a deux semaines, c'est tout ce que je sais.

– Ils étaient ensemble depuis quelques années, pourtant.

– Et alors ? Des couples se brisent chaque jour pour des broutilles. Julien ne parlait pas de sa vie privée, en tout cas pas avec moi.

– Tu m'as pourtant certifié qu'il avait des soucis avec sa fille, non ?

– Ça ne prouve pas grand-chose. On discutait pas mal au Suspiria, lui et moi. Quand j'y repense, j'ai l'impression de m'être fait avoir comme un bleu.

Le gothique haussa les épaules avant de se refermer.

Échaudé, Lucas s'empara de son smartphone et fit défiler les photographies à l'aide de son index. Le coït bestial entre Sonia et Julien, les baignoires remplies de sang, le « Christ » crucifié. Il lui épargna cependant le fichier vidéo où l'une des goules tailladait la cuisse d'un cadavre.

Corbin demeurait stoïque tandis que les images s'imprimaient sur ses rétines.

– Tu savais pour tout ça ?

– Les *Rônin* sont de véritables animaux. Leurs rêves sont peuplés de meurtres abominables que même votre esprit serait incapable d'imaginer. Ces hommes et femmes ont prêté allégeance à Bélial, à Pazuzu, à Ahriman et au seigneur des

Enfers, Satan. Les approcher viendrait à corrompre votre âme, à souiller votre part d'humanité.

Lucas vit avec stupeur une larme rouler sur sa joue.

– Si tu persistes à ne rien dire, je ne pourrai pas t'aider.

Le jeune homme inclina l'arrière de son crâne sur le mur et déglutit péniblement.

– J'ai tenté d'intégrer la caste des *Rônin* par l'entremise de Julien. Même si cette organisation demeure dans l'ombre, il n'en reste pas moins facile de les approcher. Il suffit juste de savoir vers qui se tourner.

– Qui était-il pour eux ? Une sorte de recruteur ?

– Oui. C'était un membre puissant et respecté des communautés *strigoi*. Même s'il n'était pas l'un d'eux à proprement parler, cela ne l'empêchait pas d'écumer les soirées privées à sa guise, notamment au Suspiria.

Ouvertement hostile envers la « métamorphose » de Baron en *Rônin*, le gérant du bar métalleux était cependant bien plus permissif qu'il ne le laissait entendre.

L'hypocrisie de cette situation prêtait presque à sourire.

– Pourquoi tu n'as pas été retenu ?

– Les *Rônin* sont considérés comme l'élite du mouvement vampirique. Des bêtes, au sens littéral. Le nom de Julien m'est parvenu aux oreilles sur les conseils d'un ami, qui lui-même l'avait reçu d'un ami.

– Le bouche-à-oreille, une méthode infaillible.

– Il y a environ un mois, je l'ai accosté et lui ai proposé un verre dans l'espoir de discuter. C'est ainsi que ça marche et non l'inverse. En vérité, les *Rônin* n'ont besoin de personne. Julien s'est montré très affable, courtois. Il dégageait un tel magnétisme que j'avais l'impression d'être un gosse devant le Père Noël. On a parlé de tout et de rien, de nos vies, surtout de la mienne. De fil en aiguille, j'ai senti que quelque chose clochait.

– Pourquoi ?

– Il déconnectait souvent, du genre micro-absences. Au début, j'ai cru que je l'ennuyais, mais il a tenu à me rassurer en m'expliquant qu'il avait des problèmes personnels très compliqués à gérer.

– Sa fille ?

Corbin hocha le menton.

– Je n'ai pas cherché à en savoir plus, mais cette soudaine confidence m'a surpris. J'y ai vu là un signe de confiance et ça m'a galvanisé. Julien a tout de suite réfréné mes ardeurs et s'est levé de sa chaise. Il m'a demandé de le retrouver de nouveau au Suspiria dans sept jours. Le contact était établi. C'était aussi simple que ça.

– Il n'est pas revenu, je me trompe ?

– Je… je n'ai pas compris. S'était-il moqué de moi ? M'avait-il oublié ? J'ai demandé à Nestor Arcia s'il l'avait aperçu, mais non, il ne savait rien.

J'étais désemparé, au fond du trou. Je n'avais aucun moyen de le contacter et je souffrais déjà de son absence. Je me suis assis à la même table tous les jours suivants, en vain. Il me fallait une explication. Elle n'est survenue que fin décembre, deux jours avant le réveillon. Julien était là, accoudé au bar. Mon cœur a fait un bond et je me suis approché. Il n'a pas semblé me reconnaître. J'ai tenté de lui rafraîchir la mémoire et il m'a envoyé paître. Purement et simplement. Vous n'imaginez pas la douleur que j'ai ressenti à ce moment-là.

Lucas assembla ces infos à celles récoltées dans l'après-midi.

Julien Baron était donc en froid avec sa fille depuis début décembre. Sa fille, qui pourtant lui vouait presque un culte morbide. Et depuis Noël, tout s'était accéléré : Laure avait demandé des congés exceptionnels à son employeur et son père avait semblé s'énerver de cette décision.

Il paraissait évident que Julien avait annoncé quelque chose à sa fille au cours du réveillon, ce qui avait provoqué un véritable tremblement de terre. Quelque chose qu'il ruminait en silence depuis plusieurs jours, peut-être plusieurs semaines, et qui avait fini par éclater telle une bulle emplie de poison.

Pour le découvrir, il fallait continuer à creuser la piste de la secte satanique.

– Je vais te demander d'être franc avec moi. C'est important.

– Dites-moi, répondit Corbin en essuyant son nez avec la manche de sa veste.

– Le Soleil noir, qu'est-ce que c'est ?

Le jeune gothique ouvrit de grands yeux.

– Comment…

– Je sais que cette appellation le rattache à une organisation nazie créée lors de la Seconde Guerre mondiale. C'est quoi pour les *Rônin* ? Une sorte de jeu macabre ?

– Non, c'est… c'est une histoire de symboles.

Lucas interrogea sa montre : 17 h 54.

Le cimetière du Père-Lachaise fermait ses portes dans six minutes. Il composa le numéro du standard et se mit debout.

– OK, lève-toi. On va aller marcher un peu.

CHAPITRE 40

Avec ses quarante-quatre hectares de superficie, le cimetière du Père-Lachaise était le plus grand espace vert de Paris intra-muros.

Un musée à ciel ouvert, prisé par une faune en mal de sensations fortes. Pour une majorité, cela restait un lieu de pèlerinage associé au seul intérêt de se recueillir devant la tombe de Jim Morrison.

Pour d'autres, passer les portes de la nécropole était une occasion d'assouvir certains fantasmes. Avec ses innombrables caveaux éventrés par le temps et autres monuments gigantesques abritant les restes oubliés d'industriels mégalomanes, le badaud moyen avait de quoi s'amuser des heures durant.

Lucas n'aimait pas particulièrement cet endroit, même s'il recelait d'insoupçonnables trésors. Il y planait une aura mystérieuse, et on avait vite fait de se retrouver happé par les allées étroites de ce jardin aux allures chaotiques.

Le ciel se couvrait de nuages gonflés de pluie et la porte Gambetta, l'entrée principale du cimetière, avait rabattu ses lourds vantaux sur la rue.

Dépourvu de lampadaires, le cimetière devenait ainsi, à la nuit tombée, un immense cratère noir.

Un des gardiens vint leur ouvrir une porte dérobée sur leur gauche et ils longèrent une avenue bordée d'arbres, dont les branches frissonnaient sous les puissantes bourrasques. Le cône vaporeux de la Maglite troua l'épaisse couche de ténèbres. Des feuilles mortes crissaient sur les pavés avant de s'envoler avec grâce, parfois pour aller s'échouer sur les tombes tels des amants dévastés par le chagrin.

Joachim Corbin marchait d'un pas nonchalant aux côtés du lieutenant, sans se plaindre. Pour l'instant, le jeune gothique était leur seul véritable recours pour débusquer les *Rônin*.

C'était du moins ce que Lucas espérait.

– Pourquoi as-tu décidé de devenir un vampire ? Tu as quel âge, vingt ans ?

– Vingt-trois. Cela n'a rien à voir avec l'âge. Si tout se déroule comme prévu, je terminerai ma licence en sciences sociales l'année prochaine pour enchaîner ensuite sur un master en anthropologie.

– Alors pourquoi ?

Le jeune homme s'arrêta brusquement et ôta son haut-de-forme. Puis il écarta une mèche de cheveux qui dévoila une vilaine balafre sur son os pariétal.

– Accident de moto, il y a quatre ans. J'étais cliniquement mort, les médecins avaient abandonné tout espoir de me réanimer. Je suis resté onze jours dans le coma. Six mois de rééducation ont suivi avant que je ne retrouve mes facultés. C'est quand je suis sorti de l'hôpital que j'ai compris : je suis mort sur ce lit d'hôpital et j'ai ressuscité.

Les yeux du lieutenant s'agrandirent. Ce délire ésotérique aurait pu lui ouvrir grand les portes de n'importe quel asile psychiatrique, mais il voyait à quel point Corbin était sérieux.

– Tu crois au paranormal ?

L'étudiant remit son chapeau et haussa les épaules.

– Vous prenez des raccourcis. De nombreuses personnes s'intéressent à l'astrologie, aux tarots. Les bouquins traitant de l'au-delà cartonnent auprès du grand public, parce que ces choses trouvent un écho dans la culture populaire. Pourtant le sang reste un sujet tabou, alors qu'en fin de compte il n'y a pas meilleure définition de ce que nous sommes réellement. Il représente la vie et la mort, un cycle inévitable aussi naturel que le jour et la nuit. Pourquoi en avons-nous peur ? C'est ça la véritable question.

– Ta condition te libère de cette peur ?

Le jeune homme parut sincèrement réfléchir à la question.

– Cela m'apaise, oui. Je suis revenu à la vie grâce au sang des autres, et mon second passage sur terre est une bénédiction.

Lucas ne répondit pas, mais Corbin devina son arrière-pensée.

– Je ne suis pas fou. J'ai simplement conscience d'une autre réalité.

Le lieutenant de police n'estima pas nécessaire de le contredire.

Le crématorium apparut sur leur gauche, avec sa chapelle de style néo-byzantin entourée des quatre ailes du columbarium.

Avec ses dédales souterrains et son éclairage épars, cette crypte aux cinquante mille morts devait attirer pas mal d'énergumènes venus satisfaire leur curiosité morbide.

– Parle-moi un peu de Julien Baron. Quelle différence y a-t-il entre toi et lui ?

– Julien était un sataniste. Il se passionnait pour les histoires de serial-killers, collectionnait des VHS de films au contenu frôlant l'illégalité. Les pires horreurs nourrissaient son imaginaire. Pour vous faire une idée, son graal était la recherche constante de *snuff movies*. J'ignore s'il a réussi, et je ne veux même pas le savoir.

Les *snuff*, ou l'aboutissement du porno SM.

L'acte sexuel se terminait par la mise à mort de l'actrice, et seuls de riches pervers avaient accès au réseau criminel tapi derrière ces productions issues de pays du tiers-monde. Une légende urbaine qui en faisait frémir plus d'un.

– Parle-moi un peu de ce Soleil noir. Que sais-tu à son sujet ?

– Pour schématiser, le Soleil noir est le symbole des doctrines ésotériques et des recherches magiques d'un département de la SS.

– L'Ahnenerbe d'Heinrich Himmler, c'est ça ?

– Oui. Cela signifie « L'héritage des ancêtres » en allemand. Himmler croyait réellement que le peuple allemand était un peuple élu, la descendance d'hommes-dieux. Vous savez, le dogme mystique du nazisme était influencé par une vaste culture pseudo-scientifique, à coups de théories fumeuses et non fondées. Himmler lui-même se considérait comme la réincarnation d'un roi germain, et ce, en partie à cause d'idéologues racistes dont les textes avaient forgé son enfance.

– À t'écouter, on pourrait croire que tu tentes d'excuser l'innommable.

– J'essaie simplement de vous faire appréhender jusqu'où peut conduire l'extrême malléabilité de l'esprit humain.

Les nuages s'amoncelaient en grappes menaçantes et la nuit tombait en dessinant des ombres sinistres sur les sépultures. Un chat traversa subitement l'allée pour se réfugier derrière une stèle brisée.

Corbin pataugeait dans ses réflexions.

– Les théories raciales remontent à des textes très anciens. On en retrouve des traces jusqu'en Grèce antique, où des auteurs décrivaient une région nommée Hyperborée, peuplée par une race puissante. Plus récemment, le britannique Houston Chamberlain et surtout l'autrichien Guido von List étaient convaincus que les races étaient inégales. Concernant ce dernier, ses théories sur la race aryenne parlaient de dieux et de surhommes.

Le cercle lumineux de la Maglite fendait les ténèbres du cimetière, et Lucas eut la sensation désagréable qu'une main immense se refermait sur lui.

– Himmler s'était nourri de cet idéal, puisant dans ses textes de quoi conforter sa théorie d'une race invincible. Il a passé la première partie de sa vie à rêver d'une époque peuplée de héros, de chevaliers, et a créé l'Ahnenerbe dans ce but : rechercher les preuves de cette prétendue supériorité à travers le monde.

– Ouais, j'ai entendu parler de ces conneries. Comme quoi l'empire d'Hitler durerait mille ans…

– Les conséquences de tout ce brassage ésotérique ont été dévastatrices, mais elles démontrent à quel point il est facile d'endoctriner les masses. Pour peu que suffisamment de fous soient prêts à entendre le message.

CHAPITRE 41

Absorbé par les explications du jeune homme, Lucas ne s'était pas rendu compte qu'ils s'étaient enfoncés dans les dédales sinueux du cimetière.

Il s'arrêta, le halo de sa lampe dirigé sur Corbin et son haut-de-forme.

– Je suis censé comprendre quoi ? Que le Soleil noir de Baron s'inspire de ce délire racial ? Que les *Rônin* se considèrent comme une espèce à part, une putain d'aristocratie ?

– L'idée d'une race supérieure n'est pas l'apanage des nazis, mais les abominations perpétrées par leur parti politique ont durement impacté l'inconscient collectif. Et Julien, comme les autres *Rônin*, s'est intéressé de près aux travaux de l'Ahnenerbe. Du moins à leur finalité. Existait-il un peuple primitif, une caste des ténèbres à l'origine de l'humanité ?

Lucas montra les dents et reprit sa marche.

– T'as l'air intelligent et d'avoir la tête sur les épaules. T'es capable de me réciter tranquillement ces élucubrations, tu me causes sans sourciller de la malléabilité de l'esprit, et pourtant tu vois rien d'anormal à vouloir rejoindre ces tarés. Qu'est-ce qui tourne pas rond chez toi ?

– Je me lasse de ma communauté et de leurs soirées insipides. J'ai besoin de voir plus loin, de raviver la flamme.

– Et tu pensais que Baron serait en mesure de le faire ?

– Peut-être, répliqua le gothique d'un mouvement d'épaules. Personne ne le saura. J'avais fini par récupérer son adresse sur Internet. C'est pour ça que…

Sa voix mourut dans un profond soupir.

– Et pourquoi t'es retourné chez lui ?

– Son amulette, je ne vous ai pas menti. Je voulais la récupérer pour la donner au gérant du Suspiria. Je voulais me montrer digne d'être un *Rônin*.

– Parce qu'il est des leurs ?

– Non, mais il est proche d'eux. Lui seul était désormais en mesure de me laisser une chance.

Lucas résista à l'envie de le secouer et continua à avancer.

Ils se trouvaient à présent dans les hauteurs du cimetière, qui offraient un panorama exceptionnel sur le parc funéraire. Le vent s'engouffrait entre les arbres, hululait à travers les vitraux brisés des concessions. Un corbeau perché au sommet d'une chapelle croassa comme pour annoncer aux morts l'arrivée d'intrus, avant de s'envoler pour gagner une branche biscornue.

– Qui dirige cette secte ? s'enquit le lieutenant de but en blanc.

– Aucune idée. Je sais juste qu'il vit entouré de ses cygnes noirs.

Cygne noir...

Lucas se souvenait avoir usé de cette métaphore en admirant la somptueuse robe noire de Sonia Valentin.

– Qui sont ces gens ?

– La plupart sont des fétichistes cherchant à éprouver des sensations extrêmes. Ils sont reconnus au sein de nos communautés pour être des « donateurs ».

– Tu veux dire que les vampires se nourrissent d'eux ?

– Oui. Il y a ceux qui font ça simplement pour s'amuser, pour tester leurs limites le temps d'une soirée… et d'autres pour qui ce n'est pas un jeu.

– Explique-toi.

– Certains n'hésitent pas à s'écorcher les veines pour pousser les vampires à boire à même leur peau, quitte à ne jamais cicatriser. L'état de jouissance sexuelle est si intense, si absolu, qu'il est capable d'éclipser n'importe quelle douleur. Pour eux, les ponctions s'effectuent parfois avec des cathéters, mais la plupart préfèrent les méthodes brutales, dévastatrices. Les *Rônin* n'échappent pas à la tradition, et bon nombre d'adeptes disposent de leurs cygnes noirs.

– Des putains de réservoirs… et Sonia Valentin était celui de Baron.

Un bloc puissant se détacha soudain des ténèbres, sa dureté ivoire pétrifiée par le cône de lumière. Il surplombait les sépultures en contrebas, à la manière d'un château planté sur une motte féodale. Au sommet d'un immense socle orné de motifs taillés dans la pierre, se trouvait un sarcophage piégé derrière des colonnes.

Celui-là même que Sonia avait photographié sous plusieurs angles.

– Ce monument a-t-il une valeur particulière aux yeux des *Rônin* ? demanda le lieutenant.

– Disons pour la communauté des *strigoi vii* en général. Vous vous trouvez devant le mausolée d'Élisabeth Stroganoff, épouse Demidoff, descendante de richissimes industriels russes de la fin du XVIIIe siècle. C'est une légende notoire dans le milieu underground.

Lucas remarqua que des bougies noires flambaient sur les marches menant à l'autel.

– Et qu'a-t-elle de si particulier à vos yeux ?

– Des rumeurs qui se propagent au sujet de son testament. Et puis il y a cette symbolique, comme ce nœud gravé dans le marbre au pied des marches : le nœud d'Héraclès, considéré comme un lien entre la vie et la mort. Vous verrez également une chauve-souris, flanquée sur la porte du caveau, et des têtes de loup figurant aux quatre points cardinaux. Autre détail intéressant, aucun symbole religieux n'est représenté sur le mausolée.

Corbin dodelina de la tête d'un air rêveur. Il n'était pas avare d'explications car il baignait dans son élément, dévoilant avec un plaisir coupable les coulisses d'un monde auquel le flic demeurait imperméable.

Le vent poussa une longue plainte et cerna les hommes comme un étau glacé, avant de bruisser dans les feuillages.

Lucas en avait sa claque d'écouter ce tissu de conneries. Il détailla les motifs du socle, qui vibraient sous l'éclat des flammes, et tira sur son col pour y enfoncer son menton.

Le lieutenant referma une main sur son épaule et planta ses pupilles grises dans celles du gothique.

– Le Soleil noir, où se trouve-t-il ?

– Je vous jure que je ne sais pas.

– Arrête de me faire perdre mon temps !

– Le lien entre les recherches archéologiques de l'Ahnenerbe et le Soleil noir des *Rônin* n'est pas difficile à comprendre. En revanche, pour le reste… Seul un disciple de la secte pourrait vous répondre.

Lucas relâcha l'étudiant d'un geste sec, dépité.

Il ravala sa colère et jeta un dernier coup d'œil aux bougies qui brûlaient dans la nuit. Son échec lui cuisait les entrailles.

Quelle option restait-il ? Retourner au Suspiria et forcer le gérant à cracher tout ce qu'il savait, commission rogatoire à l'appui ?

Tentant mais risqué.

Nestor Arcia était un poids lourd des nuits parisiennes doublé d'une vraie tête de con. L'homme se refermerait à coup sûr comme une huître et s'arrangerait pour cadenasser les entrées au monde souterrain des *strigoi vii*.

Autant tout de suite se tirer une balle dans le pied.

Il restait peut-être un moyen de défricher ce merdier. Pour cela, un retour en arrière s'imposait.

Du temps où Éloïse Marval était encore en vie.

CHAPITRE 42

Le lendemain matin, tout le monde se rassembla autour de la table de réunion.

Debout devant un grand tableau blanc, le Bélier récapitula à voix haute les informations glanées la veille par son équipe.

– Tout d'abord, il apparaît évident que cette affaire confine à l'extraordinaire, à l'irrationnel. Un vrai casse-tête, dans lequel des portes s'ouvrent pour se refermer presque aussitôt sur le coin de nos figures.

– Nous avons tout de même de quoi creuser, objecta Gabriel, qui tapotait de ses ongles l'émail de sa tasse fumante.

Le commandant ne semblait pas du même avis.

– Entre Laure Baron qui se volatilise sans laisser de traces et son oncle qui se mure derrière l'alcool, on ne peut pas dire que ce soit une franche réussite.

– On a placé ce dernier sous surveillance, intervint Noémie. C'est déjà une chance que le tueur ne s'en soit pas pris à lui.

– Mais il ne nous apprendra rien de plus, tu es d'accord ?

La jeune femme pinça les lèvres et acquiesça avec réticence. Le Bélier ôta le capuchon d'un marqueur noir et pointa la mine sur ses hommes.

– Bien, on commence par Laure. Ça donne quoi ?

– Plusieurs embryons de pistes. Il y a bien sûr ce carton de lettres manuscrites, dans lesquelles Laure a cru bon de se replonger avant de disparaître.

– Tu as commencé à les éplucher ?

– Il y en a plus d'une centaine, ce n'est pas facile de trier ce qui peut nous être utile du reste. Les échanges entre père et fille sont banals dans l'ensemble. Ils se racontent leur quotidien, leur tristesse de ne pas se connaître. La routine, quoi.

Le Bélier glissa un regard interrogateur sur son cadet. Les mains dissimulées sous la table, celui-ci pianotait sur son portable, tel un élève peu concerné par le cours.

– Tu nous dis si on te dérange ?

Jérémy releva la tête et son cou vira immédiatement au rouge pivoine.

– Pardon… Désolé, bafouilla-t-il. Ma copine a quelques problèmes et… enfin…

– Elle est malade ?

– Non, non. C'est… autre chose.

– Alors quoi ? s'agaça le chef de groupe.

– Fanny est enceinte.

La nouvelle fit l'effet d'un léger rayon de soleil dans la morosité ambiante, et quelques éclats de rire fusèrent autour de la table.

– Ça n'a pourtant pas l'air de te rendre heureux, constata le Bélier avec un sourire narquois.

– C'est juste que… ce n'était pas dans nos plans.

– Bienvenue dans le monde des adultes.

Il laissa l'effervescence retomber avant de reprendre d'un ton plus sérieux.

– C'est quoi cette histoire de vénération ?

– La *murderabilia*, fit le jeune lieutenant en rempochant son portable avant de se redresser. Une contre-culture où les dessins et les lettres de criminels, si ce n'est plus, deviennent des objets de collection pour une horde d'admirateurs sans scrupules. Le tableau signé John Wayne Gacy, retrouvé dans la chambre de Julien Baron, en est la preuve la plus frappante.

– C'est un original ?

– Je ne suis pas expert, mais j'en mettrais ma main à couper. Laure exposait également une toile du « maître » chez elle.

– Réjouissant… Et ces lettres, tu penses qu'elles pourront nous révéler quelque chose qu'on ignore ?

– Dans la mesure où Laure était en admiration devant son père, ça vaut le coup de les étudier, fit-il en posant ses coudes devant lui. Et puis, si elle les a relues, c'est qu'il y a forcément une raison. De mon côté, je sonde les forums spécialisés et les eaux profondes du Darknet, pour voir si son nom ne ressort pas quelque part.

Tandis que le marqueur claquait fiévreusement sur le tableau, le Bélier s'adressa à Lucas d'un ton faussement détaché :

– Au fait, j'ai appris que la garde à vue de Joachim Corbin avait pris fin hier soir. Tu m'expliques ?

– Je voulais en apprendre davantage sur la secte des *Rônin* et ce fameux Soleil noir. Corbin n'est qu'un pauvre gamin qui ne sait plus où il en est. Pas dangereux, naïf, il espérait intégrer l'élite des communautés *strigoi*. Ce qui ne s'est jamais produit.

– Votre escapade nocturne au Père-Lachaise m'est revenue aux oreilles. Ça a débouché sur du concret ?

Le lieutenant retranscrivit du mieux qu'il put les révélations ésotériques sur l'authentique Soleil noir d'Heinrich Himmler et le culte de la race supérieure primitive.

– Pour Julien et ses petits copains, cette race serait vampirique ?

– Cela ne m'étonnerait pas. La rareté de sa maladie devait le pousser à croire qu'il était un être unique, doté de pouvoirs magiques. C'est fou, complètement farfelu. Mais en raison de sa symbolique, cette caste emprunte clairement son idéologie raciale aux recherches de l'Ahnenerbe.

Le Bélier se frotta l'arrière du crâne, abasourdi. Gabriel formula à voix haute une idée qui lui traversa l'esprit.

– Je pense qu'on devrait se concentrer sur le passé de Julien Baron. Sur ses connexions avec le groupuscule d'extrême droite au début des années 1990. Reprendre le dossier de A à Z, interroger Fahd Alhani, si c'est dans l'ordre du possible.

– Je m'en charge, lança Noémie. Pour ma part, j'ai tâté le terrain du côté des aéroports de Paris et sa région. Les compagnies aériennes proposant des vols pour New Delhi au cours des deux dernières semaines doivent me transmettre leurs listings détaillés des embarquements. Je suis dispo en attendant.

Le Bélier hocha le menton en notant les informations.

– OK, vous vous partagerez le travail avec Jérémy si besoin. N'hésitez pas à vous adjoindre les services d'une autre équipe. Il faut qu'on accélère et qu'on ouvre une brèche dans ce réseau de… de vampires. Julien Baron avait une petite amie, elle aussi une adepte de la communauté. Elle est malheureusement décédée, mais nous laisse en souvenir des animaux morts dans son vide sanitaire et quelques photos et films de leurs rites sataniques. C'est là-dessus qu'il faudra capitaliser. Peut-être qu'un visage familier ressortira de l'une de ces horreurs, ou une simple voix déjà entendue quelque part. Qu'importe, si cela peut créer l'étincelle. Gabriel, Lucas, vous pouvez gérer ?

Le capitaine de police approuva d'un mouvement de tête, mais il distingua l'ombre d'une hésitation qui effleurait le visage de son collègue.

– Un souci, Lucas ?

– On a oublié de soulever le problème Éloïse Marval. Elle et Julien se sont connus sur leur lieu de travail, ça mérite qu'on s'y attarde.

– Interroger d'anciens collègues ? s'enquit Noémie.

– Je sais, ça remonte à loin. Mais le spectre de Julien Baron doit certainement encore rôder dans les couloirs de l'hôpital. Imaginez un peu le scandale qui a dû suivre sa condamnation pour homicide volontaire. Ne nous leurrons pas, l'établissement a certainement vécu un séisme d'une ampleur inégalée.

Ses paroles firent mouche auprès du Bélier.

– Dans ce cas, tu sais ce qu'il te reste à faire, déclara-t-il en rebouchant son feutre.

CHAPITRE 43

Lucas ne perdit pas plus de temps et trouva l'information qu'il recherchait dans le dossier d'instruction.

Éloïse Marval avait arpenté le service des soins palliatifs de l'hôpital des Diaconnesses durant six ans, jusqu'à son assassinat à New Delhi en 1998.

Deux minutes supplémentaires lui suffirent pour dégoter le numéro de l'établissement situé dans le 12e arrondissement.

Une rapide conversation avec l'une des infirmières lui livra la réponse tant attendue : oui, plusieurs de ses anciennes collègues se souvenaient bien de la jeune femme. Le lieutenant parvint à fixer un rendez-vous dans l'heure et bondit dans les escaliers de service, direction le parking souterrain.

Une fois installé au volant, un rapide coup d'œil au rétroviseur lui suffit à constater les dégâts. Traits tirés, cernes noirs et chevelure indisciplinée. Obnubilé par les ramifications de cette enquête qui leur filait entre les doigts comme du sable, il n'avait pas dormi de la nuit.

Le bricolage idéologique des *Rônin*, inspiré des recherches bien réelles menées par l'une des figures du nazisme hitlérien, avait de quoi sérieusement inquiéter.

Dehors, la situation n'était guère meilleure.

Météo dégueulasse, ciel coulé dans le marbre. Cerveau en surchauffe.

La mise en GAV de Joachim Corbin – au même titre que sa libération – sonnait pour la brigade comme un terrible désaveu. Le gamin n'était qu'un simple rouage de la communauté vampirique, un miraculé de la route qui avait voulu se raccrocher au fragile espoir que sa vie n'était pas foutue.

En parallèle, le dossier sur Laure Baron patinait.

Renseignements pris, la jeune femme possédait une Renault Clio 4 essence. Ils avaient le modèle, l'immatriculation, mais la piste tournait court et la voiture restait introuvable.

Le bide complet.

Lucas ralentit et se gara sur le parking de l'hôpital. La couche de brume déposa un baiser de glace sur sa peau et il accéléra le pas. Après la pluie, un froid polaire s'abattait sur la ville.

Il entra dans l'établissement de santé en se passant une main dans les cheveux, dont les mèches durcies par le givre picotèrent sa paume. Puis il se rendit dans l'unité de soins palliatifs. Le pavillon des condamnés…

Larges couloirs tapissés de linoléum bleu, murs crème. Une enfilade de chambres fermées. Lucas sentit ses poumons se tordre alors qu'il s'avançait jusqu'à l'espace d'accueil.

Il frappa doucement à la porte entrebâillée et se retrouva face à trois infirmières en chasuble blanche. Il s'était attendu à voir des visages laminés par la violence du quotidien, des épaules cassées par le spectre de la faucheuse. L'une d'elles, une quadra à lunettes rondes assise sur un fauteuil à roulettes, le gratifia pourtant d'un sourire d'une infinie douceur.

– Je peux vous aider ?

– Lucas Dorinel, brigade criminelle.

L'infirmière acquiesça aussitôt et croisa les bras sur sa poitrine. Son expression se durcit, soutenue par le bleu lagon de son regard.

– Je m'appelle Véronique Dubreuil, c'est moi que vous avez eue tout à l'heure au téléphone. Votre appel a eu le mérite de nous offrir un retour dans le passé, même si nous aurions préféré l'éviter.

– Ce n'était pas le but recherché.

Lucas lorgna les deux autres infirmières, dont l'âge ne devait pas dépasser la trentaine.

– Où sont vos autres collègues ?

– L'une d'elles est actuellement en soins auprès d'un patient et la seconde prépare une chambre pour une arrivée imminente. Je suis désolée, mais je pense qu'elles seront occupées pendant un petit moment.

Lucas digéra la mauvaise nouvelle en silence, mais l'infirmière se leva de son siège en lui décochant un large sourire.

– Ne vous en formalisez pas, ma mémoire suffira largement. Suivez-moi, nous serons plus tranquilles dans la salle de pause.

Puis elle s'éloigna dans le couloir, ses Crocs vert pâle agrippant le lino à chacun de ses pas. Ils pénétrèrent dans une pièce carrée, lumineuse.

Dubreuil referma la porte et proposa thé ou café au lieutenant.

– Café, s'il vous plaît.

L'infirmière enclencha le bouton de la machine et essuya deux tasses posées sur le bord de l'évier, tandis que Lucas observait à la dérobée les dessins d'enfants épinglés aux murs, les affiches de concerts, de films. Les cartes postales aux décors paradisiaques.

Un canapé avachi attendait la prochaine sieste entre deux urgences, et dans l'air flottait le parfum irrésistible de biscuits à peine sortis du four.

De précieux trésors venus rappeler que la vie était toujours présente, quoi qu'il en coûte.

Véronique Dubreuil posa les tasses fumantes sur la table et prit une chaise. Son sourire se fana légèrement.

– Éloïse Marval, dit-elle d'une voix pensive. Je crois bien que votre appel m'a fait louper un ou deux battements de cœur.

– J'en suis navré.

– C’est insensé, vraiment. Un jour, on pense réussir à tirer un trait sur le passé et à tourner la page avec sérénité. Vous connaissez le proverbe : *la vérité d’hier est morte...*

– ... *celle de demain est encore à bâtir,* oui.

– J’aime beaucoup cette citation. Elle m’apporte des réponses au quotidien et ne pourrait être plus appropriée à toutes les épreuves que nous vivons ici, dans ce secteur de l’hôpital.

Dubreuil retira ses lunettes et se massa les yeux. Les rides fissuraient son visage et accentuaient une soudaine tristesse.

– Savez-vous comment on nous appelle, nous, le personnel soignant de ce service ? Les « passeurs », car nous aidons les malades en phase terminale à atteindre l’autre rive. Nous faisons office de confident, d’ami, parfois nous sommes leur seule famille. Travailler ici, c’est comprendre qu’il faut renoncer à soigner pour mieux aider à vivre les derniers instants.

Son regard se perdit dans les volutes de fumée du café.

Dans cette salle aux murs de plâtre, les barricades cédaient autour d’un repas chaud, d’un café, d’une discussion entre collègues. Pour rester debout, il fallait savoir se préserver. Rire, pleurer, libérer les émotions, pour ne pas se laisser bouffer.

– Éloïse et moi sommes arrivées dans ce service à deux mois d’intervalle. Nous avions pratiquement le même âge, c’est donc tout naturellement que j’ai tenté de me rapprocher d'elle. Décider d'accompagner des patients en fin de vie demande énormément d'empathie et d'écoute. C'est un défi permanent et difficile qui nécessite de se serrer les coudes.

– Que cherchez-vous à me dire ?

– Qu'avec Éloïse, des dysfonctionnements sont assez rapidement apparus. Ce n'était pas bien méchant au début, mais à l'époque mes collègues ont pressenti qu'elle ne s'intégrerait pas.

– Pourquoi ?

– Avec le recul, je pense que sa personnalité n'était pas adaptée au travail dans cette unité. Son attitude était froide, distante avec tout le monde. Comme si elle barricadait ses émotions coûte que coûte pour ne pas se laisser déborder.

La femme haussa les épaules et s'adossa à sa chaise. Elle pinça les lèvres, chaussa ses lunettes et reprit :

– Les sentiments peuvent nous submerger malgré l'expérience, c'est inévitable. Et les mécanismes de défense sont là pour nous maintenir à flot. Il faut savoir trouver la juste distance, même si l'attachement envers un patient est présent, qu'on le souhaite ou non. Je parlais d'écoute permanente, elle concerne aussi le noyau dur de l'équipe. Il n'est pas rare de voir l'une des nôtres fondre en larmes. Dans ces cas-là, il faut savoir discuter, partager. S'ouvrir aux autres, en somme.

– Tout le contraire d'Éloïse, comprit le lieutenant.

L'infirmière se frotta le front, nerveuse.

– Je l'ai surprise une fois à insulter le fils d'un mourant dans son dos. Juste un murmure à peine audible. Quand elle s'est retournée et qu'elle m'a vue, elle s'est éloignée en me foudroyant du regard. Sur le moment, j'ai mis ça sur le compte d'une intense fatigue psychologique. Ce n'était pas grand-chose, des détails qui seraient passés inaperçus ailleurs…

– Mais pas dans cette unité.

– En France, l'ancienneté moyenne dans une unité de soins palliatifs est inférieure à sept ans. Œuvrer ici a été pour moi un choix de cœur, car ma mère venait de mourir d'un cancer. Mais nous pensions qu'Éloïse demanderait à être affectée ailleurs, ce qui n'est jamais arrivé. L'incident s'est rapidement tassé. Après tout, son travail n'était pas à remettre en cause. Elle était consciencieuse, fiable. Rien à redire là-dessus.

– Comment expliquez-vous alors ce mépris envers les autres ?

– En réalité, les mutations internes forcées sont courantes au sein des différents services. Il n'est pas rare qu'une personne débarque sur un poste par « nécessité ». Stagiaire ou titulaire, cela ne fait aucune différence aux yeux de la direction.

Lucas la considéra avec étonnement. Il n'avait toujours pas touché à son café.

– Elle ne pouvait pas refuser ?

– Elle était jeune et venait de terminer son stage en médecine infectieuse. Une infirmière aux soins palliatifs avait rompu son CDD au même moment et les chefs de service ont agi dans la précipitation. Contraindre les soignants plutôt que de les former, ou le jeu perpétuel des chaises musicales. Mais ça, je ne l'ai appris que bien plus tard.

– Son comportement peut donc se justifier.

– En partie. Son indifférence manifeste pour nos patients restait toutefois difficile à admettre. Puis un jour, l'ambiance s'est considérablement dégradée. Ici comme ailleurs, les commérages vont bon train, et la rumeur comme quoi Éloïse fréquentait un des agents mortuaires de l'hôpital s'est vite répandue.

Lucas se pencha en avant et plissa ses yeux.

– Écoutez, pour être franc avec vous, nous savons que Julien Baron a été condamné pour meurtre en 1999. Le problème, voyez-vous, c'est que lui-même est mort assassiné il y a deux jours. Vous devez m'aider à comprendre pourquoi.

La soignante bafouilla de stupeur et leva sa tasse à hauteur de ses lèvres tel un rempart.

– Comment voudriez-vous… ?

Puis elle se tut.

Les souvenirs devaient se percuter avec force contre les parois de son crâne. L'hésitation la clouait sur sa chaise, ses doigts tremblaient sur l'émail de sa tasse. Elle tourna la tête et fixa un point invisible, loin derrière la fenêtre, puis ses yeux revinrent se poser sur le policier.

– C'est à croire que, pour certains, les dés sont jetés d'avance. Une petite fille est née de leur relation, peut-être la connaissez-vous.

Pas de réponse. Lucas attendait la suite autant qu'il la redoutait.

– L'accouchement s'est très mal déroulé. Le bébé est venu au monde prématurément, à sept mois et demi. Cela a entraîné des complications et failli coûter la vie à Éloïse.

– Quel genre de complications ?

– La césarienne a provoqué une hémorragie massive résultant de la mauvaise extraction du placenta. La perte de sang a été si importante que les médecins n'ont pas eu le choix et ont dû l'opérer.

Le lieutenant blêmit, son rythme cardiaque grimpa en flèche.

– Les chirurgiens ont pratiqué une hystérectomie, autrement dit une ablation de l'utérus. C'était le seul moyen de la sauver.

– Elle ne pouvait plus avoir d'enfants… murmura-t-il d'une voix terreuse.

Le visage de l'infirmière évoquait un masque funèbre.

– Oui. Trois ans plus tard, comme pour achever une vie déjà bien cabossée, Éloïse trouvait la mort en Inde.

CHAPITRE 44

Gabriel s'était posé, seul, à l'écart, dans la salle de crise attenante au bureau du commissaire de la PJ.

Besoin de couper, de réfléchir. La décision prise par Lucas de se rendre au service des soins palliatifs de l'hôpital des Diaconesses avait ravivé ses blessures, comme si l'on venait de répandre du gros sel dessus.

Il avait emporté le dossier d'instruction sur Julien Baron et tous ses documents annexes, ainsi que la carte SD de l'appareil photo de Sonia Valentin. En clair, de quoi bien s'occuper. Entre le meurtre d'Éloïse Marval en Inde et la subite disparition de sa fille la semaine dernière, il y avait matière à se retourner le cerveau.

Pour le capitaine, l'objectif était simple : tout reprendre depuis le début.

Julien Baron était un être si complexe et imprévisible qu'il allait falloir gratter en profondeur pour en extraire toute la moelle.

Il jeta les chemises cartonnées sur la grande table en noyer et alluma son ordinateur portable, puis il prit le temps de se préparer un café.

Brûlant et amer, le breuvage colmata son chagrin à la hâte.

Les effluves corsés lui permirent de se détendre et il en oublia un instant ses tourments. Le manque de Pauline, et ses affaires, qu'il refusait de toucher, toujours dans l'appartement. Trop tôt, trop faible.

Debout, tasse en main, il ouvrit les premiers rapports d'enquête remontant au début des années 1990. Son regard naviguait d'un procès-verbal à l'autre, sans réellement se poser.

Il récapitula mentalement ce qu'il savait déjà.

La jeunesse volée de Baron formait le socle de toutes ces ignominies.

Gamin solitaire, anéanti par la perte, coup sur coup, de ses parents et souffrant d'exclusion à l'école, la maladie de pica avait été sa manière à lui de venir panser ses éraflures psychiques. L'hématophagie, stade « ultime » du pica, était venue entériner cette scission.

Rejetant ses semblables, trop lisses à son goût, il s'était enfoncé peu à peu dans son délire de supériorité. Lui, le gosse chétif et orphelin, s'était découvert une seconde nature. Unique, précieuse, et surtout terrifiante.

La fin de son adolescence avait été marquée par une cassure brutale et définitive.

Petites annonces, échanges sur le Minitel, Baron avait rapidement éprouvé le besoin d'exprimer ses idéologies nauséabondes. Il avait alors dix-neuf ans, venait d'être réformé pour la guerre de Bosnie et débordait de haine envers le genre humain.

Gabriel en était convaincu, les groupuscules néonazis n'avaient été qu'un moyen facile de libérer cette rage énorme.

Il y avait certainement trouvé quelques affinités. En attestait cette volonté effarante de s'inspirer des recherches de l'Ahnenerbe dans l'espoir de remonter les traces d'une antique civilisation.

Gabriel se frotta le menton, interloqué par tout ce brassage métaphysique.

Julien Baron était juste fou. Et infiniment dangereux.

Les nuages bas venaient d'engloutir le soleil et assombrissaient la grande salle. Le capitaine de police alluma une lampe avant d'aller se resservir en café.

Il revint s'asseoir, prêt à creuser sous la surface.

De sa main libre, il s'empara d'un nouveau dossier et en compulsa les pages du début. Première claque, avec les notes d'audience du procès pour antisémitisme. Déroulement à huis clos pour un verdict prononcé après six heures éprouvantes de débats.

Sur les bancs des accusés, onze molosses en Bombers et au crâne rasé.

L'avocat commis d'office était un jeune homme d'une trentaine d'années, bien trop tendre pour être lâché dans l'arène. La tension était palpable, une odeur de soufre planait dans le tribunal et les pleurs de la partie civile intensifiaient le malaise.

Murés dans un silence qui ne faisait qu'accroître l'indignation des jurés, les accusés ne daignèrent à aucun moment présenter leurs excuses à la victime.

Gabriel sauta certains passages.

Le résumé des plaidoiries était à gerber, tant il n'y avait absolument rien à défendre chez ces individus. La meute de skinheads n'éprouvait aucun remords et s'était comportée à la barre comme une bande d'ados attardés.

Bien entendu, Julien était de la partie.

De vieux clichés argentiques complétaient le dossier d'instruction. Les gueules tout en muscles et en nerfs des néonazis semblaient sur le point d'arracher la gorge du photographe.

Les rectangles de papier glacé défilèrent entre ses mains, jusqu'à ce qu'il tombe sur le portrait peu reluisant de Baron. Crâne rasé, piercing à l'arcade sourcilière et regard glaçant : en lui sommeillait le monstre nécrophage qui sévirait cinq ans plus tard dans les cimetières de Paris.

Pourtant, ce jour-là, il était apparu calme face aux questions du juge. Ses réponses dénuées d'empathie avaient été aussi tranchantes que du verre et son jeune âge avait retenu l'attention des juges.

L'avocat de Fahd Alhani, un Tunisien d'une quarantaine d'années et père de famille, avait énuméré les blessures infligées à son client. La liste était longue et évoquait l'attaque éclair d'une horde de squales.

Le récit de la ratonnade témoignait d'une violence inouïe, inimaginable.

L'homme avait été choisi au hasard dans la rue et s'était fait lyncher à cause de ses origines ethniques. Point final. Aucun mobile n'avait été avancé, rien qui puisse justifier un tel acharnement.

Rien d'autre qu'une pulsion froide, sans aucun état d'âme.

Les membres du groupuscule se faisaient appeler les Charlemagne Hammer, ou *Hammerskin Nation*. Gabriel brancha son ordinateur portable et ouvrit une page Web. Les résultats ne tardèrent pas à affluer.

Ce surnom aux accents royaux provenait d'une unité de volontaires français engagés sous l'uniforme SS durant la Seconde Guerre mondiale, la division Charlemagne.

La symbolique nazie, encore.

Hammerskin Nation était, quant à lui, un groupe de suprémacistes blancs américains implanté au Texas depuis la fin des années 1980. Ses pratiques d'un autre âge tiraient leur inspiration tout droit du Ku Klux Klan et plusieurs de ses membres avaient été reconnus coupables d'agression ou de harcèlement, voire d'assassinat.

Seulement, cette troupe d'élite avait atteint une telle portée qu'elle était devenue l'une des plus puissantes organisations néonazies au monde.

Charlemagne Hammer était son rejeton français, fondé officiellement en 1993, soit un an avant ce procès d'envergure, et dissout cinq ans plus tard sur décision judiciaire.

En vérité, le groupuscule continuait de prospérer dans les arcanes noirs de l'extrême droite. Gabriel ne se faisait aucune illusion : le fascisme était une aberration qui ne voulait pas mourir. Il observa attentivement chaque photo des prévenus. Dans leurs yeux brillait une lueur étrange, déplaisante, incitant à se tenir éloigner d'eux.

Certains arboraient des tatouages sur le cou, les mains. Des marteaux croisant le fer, des flammes rouges mordant des croix gammées. Chacun de ces salopards marquait le besoin de se créer une identité.

Ou d'appartenir à un clan.

L'un d'eux exhibait fièrement sur son avant-bras une cartouche de Zyklon B, le pesticide qui avait été utilisé comme gaz mortel dans les camps d'extermination.

Sans prévenir, un éclair zébra la conscience du flic. Il venait de comprendre la signification du nombre *38* tatoué sur le crâne de Baron.

CH, pour Charlemagne Hammer. Les initiales correspondaient à la troisième et à la huitième lettres de l'alphabet.

CHAPITRE 45

Simple comme bonjour.

Lucas lui avait rapporté les explications du légiste au sujet de la stéganographie, cet art de l'illusion employé depuis la nuit des temps.

Apparemment, Julien Baron en était friand et son corps était devenu un support à cette expression, un outil de création.

Le nombre *38* y figurait comme un message codé, une affiliation qu'il n'assumait pas.

Ou le jeu pervers d'un esprit détraqué, atrophié.

Cela venait également confirmer que les braises des Charlemagne Hammer palpitaient encore quelque part.

Désireux de préserver ce lien toxique avec ses premières amours, le vampire avait patienté jusqu'à sa sortie de prison pour faire graver ce nombre à l'insu des regards.

Pourquoi s'adonner à un tel acte après tant d'années ?

Gabriel continua de parcourir les feuillets en diagonale. Armé d'un surligneur, il se focalisait sur les passages mentionnant Julien Baron. Son dossier psychiatrique avait fini par éclater à la figure des jurés, qui avaient dû, au moment du verdict, prendre en considération ces dizaines de pages de diagnostic et de notes d'experts.

L'impensable s'était pourtant produit : après délibération, le jeune homme s'était vu infliger une peine de cinq mois avec sursis. Le manque de preuves quant à son appartenance au groupuscule nazi avait joué en sa faveur.

Ses problèmes psy, sa maladie ou même sa réforme P4 avaient été balayés d'un revers de main.

Les autres membres avaient écopé pour la plupart de sanctions plus fermes, allant de l'amende bien corsée à la prison ferme. Deux ans au maximum, dont un avec sursis.

Ridicule, affligeant.

Les adjectifs pour qualifier ces décisions se bousculaient dans sa tête.

Chacun était reparti de son côté, ou presque. Libre de reprendre ses activités. Libre de pouvoir tabasser au nom d'idéaux merdiques. Les doigts du capitaine de police se refermèrent sur les pièces du dossier.

Son rythme cardiaque dérailla brutalement.

En cause, la lecture des échanges entre le juge et un accusé. L'homme s'appelait Victor Castellini, vingt ans. Marseillais pure souche, nazillon jusqu'au bout des ongles, le type revendiquait haut et fort son dégoût pour les races inférieures.

La transcription de l'interrogatoire était lunaire :

– Nous ne sommes qu'à l'aube d'un nouveau monde, Monsieur le Juge.

– Et ce monde d'après, à quoi ressemble-t-il ?

– Cela dépendra de nos actes futurs. Des décisions de chacun. La mienne est prise depuis longtemps et je refuse d'attendre les bras croisés.

– Pensez-vous qu'une crise majeure se profile ?

– Pas une, mais plusieurs. Les catastrophes climatiques et économiques se multiplient et viennent peu à peu fissurer le visage de l'humanité. Bientôt, les terres fertiles seront une denrée tellement rare qu'il faudra tuer pour s'en emparer. C'est ainsi que se fera la sélection naturelle. Au prix de la violence.

– Si je comprends bien, monsieur Alhani empiétait sur vos intentions. Quelles sont-elles exactement ? Vous préparer à survivre à une simple prédiction sortie de votre chapeau ?

– Le confort et la sécurité ne sont que des vernis de façade camouflant l'immense fragilité de nos sociétés. Vous êtes aveuglés par cette dépendance, tous autant que vous êtes. Plus dure sera la chute.

– Surveillez vos paroles, Monsieur Castellini.

– Je ne fais qu'émettre une vérité, n'y voyez rien de personnel. La civilisation telle que nous la connaissons actuellement va s'effondrer dans les années à venir. C'est un fait, il faut s'y préparer,

et seuls les meilleurs resteront. Nous sommes les élus de l'Apocalypse.

– Vos propos sont dangereux et inappropriés. Je pense qu'il n'y aura pas besoin d'arriver à de tels extrêmes pour lutter contre d'éventuels bouleversements. L'espèce humaine est suffisamment forte et intelligente pour trouver des solutions.

– Vous niez l'évidence, ou peut-être est-ce la peur qui vous guide. Des êtres vivants vont inévitablement souffrir de ces changements à long terme et l'être humain, dans toute son arrogance, emportera jour après jour dans sa chute le vivant qui l'entoure.

– Votre pessimisme atteint des sommets.

– Et votre candeur écrase tout sens de la réflexion. L'avenir qui nous est promis paraît bien sombre si l'on ne change pas nos modes de vie. La crise frappe déjà à nos portes. Elle est là, prête à s'accaparer nos ressources et nous transformer en loups. Et quand viendra le déluge, le Soleil noir sera notre ultime bastion.

L'échange s'arrêtait ainsi.

Comment n'y avait-il pas songé avant ?

Les accointances entre l'extrême droite et la mouvance survivaliste ne dataient pas d'hier.

Prophètes convaincus du Grand Chaos, ces hommes et femmes comptaient dans leurs rangs d'anciens militaires et s'entraînaient au maniement des armes à feu en vue d'affrontements civils, inéluctables, selon eux.

Stages de survie, formations au *bushcraft* ; la peur de l'effondrement et de ses conséquences était une menace prise de plus en plus au sérieux. Guerre nucléaire ou ethnique, mort de la civilisation industrielle et catastrophes environnementales, les adeptes du survivalisme se préparaient au pire depuis des décennies.

Une bouée de sauvetage au milieu d'une mer de feu.

Pour les partisans de l'annihilation globale, la situation mondiale et l'effritement visible de nos sociétés justifiaient de légitimer toute forme de souffrance.

Une dystopie bien réelle qui se développait dans un relatif anonymat. Jusqu'à quand ?

Au sein d'abris atomiques ou en des lieux retirés du monde, les survivalistes accumulaient des vivres et parfois des armes en attendant l'imminence de l'effondrement.

Un schéma caricatural, mais qui suscitait un réel engouement. La peur de l'inconnu avait encore de beaux jours devant elle.

Pour les sympathisants d'extrême droite, ce phénomène, autrefois réservé à des spécialistes de la survie en terres hostiles, représentait l'opportunité de laisser libre cours à leurs plus bas instincts.

Et la prise de pouvoir inquiétante, partout à travers le monde, de personnalités politiques controversées encourageait ces déferlements de haine et d'intolérance.

La ratonnade exercée sur Fahd Alhani n'était pas un fait isolé.

Elle résultait de l'oubli du passé conjugué à la peur du futur. Et cet épisode datait pourtant de la fin du siècle dernier…

Avant de rejoindre sa place, Victor Castellini avait clamé haut et fort que le Soleil noir serait son dernier refuge en cas d'écroulement des civilisations.

Il ne parlait pas du fief d'Himmler durant la Seconde Guerre mondiale, mais bien de la tanière des *Rônin*.

Vampires, nazis et satanistes.

On aurait cru le titre d'un mauvais film de série *Z*. Un *très* mauvais film.

Après une rapide vérification sur le Net, Gabriel ne trouva aucune trace récente du skinhead. Pas d'adresse ni de téléphone. D'après ses calculs, l'homme devait avoir quarante-cinq ans.

L'enquête les obligeait à décortiquer le passé et à rouvrir des dossiers clos et archivés, ce qui rendait le contexte d'autant plus fragile. Comme si l'on se réveillait d'une longue amnésie.

Gabriel décrocha son portable pour appeler Noémie. Il ne restait plus qu'à interroger les fichiers spécialisés et à croiser les doigts. La durée de conservation des données relatives à une affaire judiciaire n'était pas illimitée et, selon les services, expirait généralement après vingt-cinq ans.

La seule solution pour rallonger ce temps était qu'une nouvelle infraction oblige à une mise à jour des données en question.

Le capitaine de police transmit les indications à la jeune femme et fit passer sa demande en priorité. L'aval du procureur attendrait, même s'il était certain de l'obtenir.

Il raccrocha, ferma les yeux et se frotta les tempes.

Le plus dur restait à venir : le visionnage de toutes les photos et, potentiellement, d'autres vidéos d'horreur présentes sur la carte SD de Sonia Valentin.

Il prit une grande inspiration et se leva pour faire le vide dans sa tête, quand son portable le rappela à l'ordre.

C'était Lucas.

– Je viens de partir de l'hôpital des Diaconesses. Éloïse était une jeune soignante qui avait atterri au service des soins palliatifs contre son gré. Les failles du système de santé français ne sont pas récentes et les places vacantes, dans certaines unités, étaient déjà comblées à la va-vite. Bref, elle n'y était pas heureuse mais n'a jamais demandé à être mutée. À mon avis, cela n'aurait fait qu'empirer sa situation. J'ai longuement discuté avec une de ses anciennes collègues, et… tiens-toi bien…

– Vas-y, je suis blindé.

– Laure Baron est née prématurée et sa mère a dû subir en urgence l'ablation de son utérus. Ça a même failli lui coûter la vie.

– Elle ne pouvait plus avoir d'enfants ?

– Bingo. La rencontre entre elle et Julien Baron était clairement placée sous le signe de la malédiction.

Gabriel ne dit rien et repensa à Laure, dont ils n'avaient toujours aucune nouvelle. Était-elle encore en vie ?

Le doute était permis.

– Et Baron, justement ?

– Leur relation a provoqué quelques remous au début, mais les choses se sont tassées après la naissance compliquée de Laure. Après le décès d'Éloïse en Inde, Julien a continué de travailler quelque temps à l'hôpital. Je te raconte pas l'ambiance. Comme prévu, la nouvelle de sa condamnation pour assassinat s'est propagée comme une traînée de poudre et a jeté un immense trouble sur l'établissement. Tout est ressorti comme par magie, de son dossier psychiatrique à sa participation à la ratonnade.

– Cela ne nous avance pas plus dans l'immédiat, conclut Gabriel d'une voix amère.

– C'est déjà pas mal, même si, à ce stade, on ignore si ça nous sera utile. De ton côté, tu en es où ?

Il s'apprêtait à répondre quand son portable bipa. Noémie venait au rapport.

– J'ai un double appel, ne quitte pas.

La voix de la jeune femme remplaça dans la seconde celle de Lucas.

– J'ai logé ton skinhead. Un vrai jeu d'enfant.

– Il est fiché ?

– Le FNAEG[3] ne ment jamais et le CV du type que tu recherches est impressionnant. Passé

3. Fichier national automatisé des empreintes génétiques.

l'épisode de la ratonnade, il ne s'est pas arrêté en si bon chemin et a été condamné plusieurs fois pour agression et trafic de stups. Le salaud s'en est toujours bien tiré et comptait seulement huit mois ferme sur son casier en 2015. Un sacré exploit. Jusqu'à ce qu'il tombe pour de bon il y a un an pour proxénétisme aggravé.

Gabriel serra les dents et posa son regard sur le cliché de Victor Castellini.

Crâne rasé, oreilles pointues et fines lèvres retroussées sur un sourire sadique, son faciès évoquait celui d'une murène. Un prédateur à sang froid, imprévisible, capable de foudroyer sa proie en un éclair.

– T'es en train de me dire qu'il prostituait des mineures ?

– Ce que je vais te dire est violent, mais Castellini a démarré son business avec sa petite amie en louant un appartement au mois sur un site d'annonces en ligne. Très vite, sa compagne a commencé à recevoir une dizaine d'hommes par jour, parfois plus. Un mois plus tard, ils changeaient de lieu de passe pour éviter de trop attirer l'attention, toujours via le site d'annonces. Ce stratagème a duré plusieurs mois et sur un large périmètre, puisqu'une location a aussi été effectuée sur Lens.

– Et les mineures ? répéta le capitaine de police d'un ton nerveux.

– J'y viens. Tu connais le réseau Snapchat ?

– De nom, maugréa-t-il.

– La plateforme, en plus d'être un véritable phénomène chez les jeunes, est devenue en quelques années le dépotoir d'Internet. Pornographie, drogue, on ne compte plus les réseaux qui sévissent sur l'application. Certains parviennent à être démantelés, d'autres non. Le problème, c'est pas tant les réseaux sociaux mais la banalisation de la violence…

– Noémie !

– Pardon, mais ça m'énerve. Bref. En accord avec sa compagne, Castellini a simplement contacté une ado de quinze ans en lui promettant une forte somme d'argent contre des photos *topless*. La gamine a mordu à l'hameçon mais n'a jamais vu la couleur des billets. Le proxénète lui a alors fixé un rendez-vous à Ivry, dans un appartement tout juste loué.

Gabriel sentit un frisson électriser sa colonne vertébrale.

– Il l'a prostituée de force ?

– Durant deux semaines. Putain de taré. Mais le mec s'est vu trop beau et un voisin a commencé à s'inquiéter du passage inhabituel. Il a alerté la police qui n'a pas tardé à débarquer. Sans ça, Dieu seul sait combien de temps le calvaire de la petite aurait duré.

– Dieu s'en contrefout.

– Merci pour la note d'espoir. Pour conclure, Castellini purge actuellement une peine de cinq ans à la maison centrale de Poissy.

– Là où Julien Baron a passé la sienne deux décennies plus tôt.

– Autant dire que ces deux hommes sont fabriqués dans le même moule répugnant.

Gabriel remercia la jeune femme et reprit Lucas en ligne.

– Tu seras là d'ici combien de temps ?

– Environ cinq minutes. Pourquoi ?

– OK, j'arrive. Je t'expliquerai en route.

CHAPITRE 46

Un doberman.

Installé sur une chaise, les mains menottées autour d'une barre vissée à la table, Victor Castellini fixait durement les flics qui venaient d'entrer dans la salle.

Avec ses pommettes hautes taillées dans la pierre, ses oreilles en pointe et son visage tout en arêtes, l'homme évoquait un de ces chiens racés et puissants.

Le proxénète était seul dans cette pièce, un sourire étrangement amusé plaqué sur ses lèvres. Le chef d'établissement leur avait annoncé que le détenu avait refusé son droit à solliciter l'assistance d'un avocat, comme pour signifier qu'il n'avait rien à craindre d'eux.

Lucas avala le fond de son café et écrasa le gobelet dans sa main d'un geste nerveux. Pendant le trajet, Gabriel lui avait fait un rapide topo sur le skinhead. Idéal pour faire monter la pression et émousser le peu de patience dont il disposait.

– Alors poulet, on partage pas le café ? lança le détenu d'un air dédaigneux.

Sans un mot, Lucas s'approcha de quelques pas et aplatit violemment le gobelet sur la table, juste sous son nez. L'homme n'esquissa aucun geste et leva au contraire un regard provocateur.

– T'espères m'impressionner ? Je suis déjà en taule, au cas où t'aurais pas remarqué.

– Tu penses être assez grand pour te débrouiller seul ? Est-ce que tu sais au moins pourquoi on est ici ?

– Une chose est sûre, tous les deux vous me cassez déjà bien les couilles.

Gabriel intervint pour ne pas laisser la situation s'envenimer et s'avança à son tour. Il agita une pochette à élastiques devant lui afin d'attirer son attention.

– T'es pas ce qu'on peut appeler une personne très recommandable. Qu'est-ce qui t'a pris de vouloir prostituer une môme ?

Le Marseillais se fendit d'un large sourire, immonde et cruel.

Comme celui d'une murène, songea Gabriel une fois de plus.

– Tu sais quel était son âge, poulet ? Quinze ans. Toutes les jeunes d'aujourd'hui se font déflorer avant même d'avoir leurs premières règles. Le monde va trop vite, moi j'essaie juste d'accrocher le bon wagon et de m'adapter.

Puis il adressa un clin d'œil graveleux au capitaine de police.

– Mais attention, hein. J'ai goûté la came avant de la proposer aux clients.

De rage, Gabriel jeta le dossier sur la table et pointa un index menaçant sur le criminel.

– Ferme bien ta gueule. Mon collègue a raison, tu n'as pas voulu faire appel à ton avocat alors que tu ignores tout de la raison qui nous pousse à venir te rencontrer. Va falloir assumer, maintenant. Tu parles uniquement pour répondre à nos questions, rien d'autre.

L'homme avança son visage dans un cliquetis métallique.

– Sinon, quoi ?

– Sinon je m'assurerai personnellement que le message passe comme quoi t'aimes bouffer des queues sous les douches. J'en connais un paquet qui seraient ravis de l'apprendre.

Castellini bouillait et il serra les poings sur la table. Son œil noir exprimait la haine pure. Il voulut riposter, mais finit par hocher le menton et reculer sur sa chaise.

– Allez, qu'on en finisse. J'ai ma balade d'ici une heure, je compte pas la louper.

Gabriel éprouva un vague soulagement et s'installa sur une chaise en face de lui.

– Et ton pote, il préfère rester debout ?

– Il a besoin de se détendre. Je pense que ça vaut mieux.

– Bon alors, qu'est-ce que vous voulez ?

– Julien Baron, ça te parle ?

Le capitaine de police s'était attendu à une certaine résistance de la part du skinhead et il ne fut pas déçu.

– Je vois pas de qui tu causes.

– Décidément. C'est à se demander si t'es sourd. OK, ça va peut-être te rafraîchir la mémoire.

Le policier ouvrit sa pochette et étala pêle-mêle différentes photographies extraites de l'appareil photo de Sonia Valentin.

Nullement décontenancé, Castellini en attrapa une entre ses doigts.

– Où les avez-vous trouvées ?

– Chez la petite amie de Julien Baron. Au même titre qu'une flopée d'animaux morts dans le vide sanitaire.

Le skinhead se crispa, un rictus nerveux contracta le coin de sa lèvre supérieure.

– Qu'est-ce que c'est censé prouver ?

– Rien dans l'immédiat, c'est vrai. Sache tout de même que ton pote est mort il y a deux jours. Sonia Valentin l'a suivi quelques heures plus tard en se jetant tête la première contre un bus.

– Vous bluffez.

Lucas lâcha un petit rire moqueur.

– Bluffer de quoi ? Tu veux qu'on t'apporte le rapport d'autopsie, c'est ça ? Je doute que t'apprécies. Baron s'est fait refroidir chez lui et le tueur lui a écrasé les rotules pour le faire tenir dans une putain de malle.

Castellini ressentit une soudaine tristesse, qu'il essaya d'enfouir au plus profond de lui.

D'ici quelques secondes, il serait à point. Gabriel piocha une feuille du dossier et la poussa sur la table.

– On va passer à du concret, si tu veux bien : je tiens là ton petit discours datant de la ratonnade de 1994 avec les Charlemagne Hammer. Digne d'un film catastrophe. Tu vas regretter de ne pas avoir ramené les fesses de ton avocat jusqu'ici. (Il poussa la feuille devant lui.) Lis la dernière phrase.

– Quoi ?

– Lis la dernière phrase !

Castellini se redressa tout en décochant au flic un regard assassin. Il se pencha sur la lettre et serra les dents.

– On t'écoute, vas-y.

– *Et quand viendra le déluge, le Soleil noir sera notre ultime bastion.* Satisfait ?

– Ce Soleil noir est votre citadelle, un rêve de grandeur et de pureté raciale pour la caste satanique des *Rônin*, persuadée de détenir un secret issu de peuples ancestraux.

Le criminel se lécha le pourtour des lèvres et s'adossa à sa chaise.

– Je dois bien avouer que vous m'impressionnez, même si je détecte le sarcasme dans vos paroles. Les vampires existent depuis bien plus longtemps que vous ne pouvez l'imaginer. Je me considère comme un *Rônin* et le serai jusqu'à mon dernier souffle.

– On est au courant pour votre narcissisme absolu. Vos délires sur l'Ahnenerbe et les recherches nazies.

– Ça va bien au-delà de l'énergie qu'auront consacrée ces hommes et ces femmes à percer à jour les mythes originels des civilisations européennes.

Gabriel et Lucas échangèrent un regard las.

Castellini se pencha vers eux avec un sourire mauvais.

– Je n'invente rien, tout est dans les Saintes Écritures.

CHAPITRE 47

Victor Castellini avait réussi à capter l'attention des policiers et il en éprouva une profonde satisfaction.

– Que vient faire la Bible dans ce merdier ? grogna Lucas.

– Le nom de Lilith vous parle ?

Les flics secouèrent la tête.

– Le livre de la Genèse est le récit des origines, des mythes fondateurs. Tout le monde connaît l'histoire d'Adam et Ève, mais beaucoup ignorent en réalité que cette dernière n'était pas la première femme.

– C'est censé nous avancer ? s'impatienta Lucas.

– Si vous ne m'interrompez pas, oui.

Le lieutenant décroisa les bras et tira une chaise pour s'asseoir. Il fit signe au détenu de poursuivre.

– Selon certains textes, la femme ne serait pas née de la côte d'Adam, mais en même temps que lui. Lilith était donc une création indépendante de l'homme, qui s'est immédiatement affirmée comme son égale. Un sacré coup de pied dans la fourmilière patriarcale, n'est-ce pas ? Malheureusement, l'ego bouffi de notre bon vieil Adam a provoqué le courroux de sa belle, qui s'est enfuie du paradis terrestre pour rejoindre Samaël et forniquer avec lui. Samaël, l'archange déchu, plus communément appelé Satan. Humilié par cet affront, Dieu a envoyé trois anges à sa recherche pour lui proposer un marché : si elle refusait de revenir au jardin d'Éden et de se soumettre à Adam, chaque jour que Dieu ferait, un des enfants-démons nés de sa liaison avec Samaël mourrait.

– Ce n'est pas plutôt du chantage ?

– Qu'importe, puisque Lilith a préféré sacrifier sa progéniture pour rester auprès du prince des démons. Sa descendance était ainsi marquée du sceau de la malédiction.

Lucas croisa ses mains sous le menton, dubitatif.

Ce type était complètement siphonné. Mais à l'image de Joachim Corbin, son appétit démesuré pour l'histoire, fondée ou non, semblait avoir grandement influencé ses croyances en plus d'alimenter sa folie.

– Le mythe de Lilith est présent dans de nombreuses civilisations anciennes, reprit-il avec une ferveur ardente. Les peuples mésopotamiens, ceux d'avant le Déluge, la craignait et fabriquaient des bols incantatoires visant à la repousser à la nuit tombée. Vous savez pourquoi ?

– J'ai hâte de l'apprendre, soupira Lucas.

– Parce que Lilith, avide de vengeance, avait sacrifié à son tour les enfants à naître en les enlevant dans leurs berceaux pour sucer leur sang. Lilith a été la première femme, mais surtout la première vampire.

Gabriel fixa les yeux incandescents du détenu.

– Si je comprends bien, vous pensiez trouver une trace tangible de son existence en étudiant en détail les travaux de l'Ahnenerbe ?

– Mais les preuves existent bel et bien, martela Castellini en écrasant son index sur la table. Lilith est la mère de tous les vampires. Julien, moi et bien d'autres sommes ses enfants.

Lucas contracta ses maxillaires. La phrase prononcée par le gérant du Suspiria lui revint en mémoire.

On ne tue pas les enfants du diable.

– Tu violes des gosses et tabasses des gens en raison de leur couleur de peau, assena le lieutenant. T'as pas vraiment le profil de Baron.

Le détenu sourit. Un sourire féroce, bouffi d'orgueil.

– Vos collègues ont mis la main sur des poches de sang de porc que je gardais précieusement chez moi. Je ne suis pas atteint du pica ou autre syndrome destructeur, je ne suis pas un cannibale, mais ingurgiter du sang me rend indéniablement plus fort. Julien était un fauve. Moi, je me nourris de l'énergie vitale des autres. Il y a une grande différence.

– Espèce de timbré, maugréa Lucas en se levant d'un bond avant s'éloigner.

Tandis que le lieutenant partait ruminer sa colère dans son coin, le visage de Castellini s'éclaira d'un rictus triomphal.

– Pour comprendre notre combat, il faut remonter au milieu des années 1980 et à l'émergence du black metal en Europe.

– Je ne comprends pas, lâcha Gabriel, totalement dépassé.

Castellini croisa ses mains menottées et récita d'un ton théâtral :

– *Nous buvons le vomi des prêtres, faisons l'amour avec des putes mourantes et suçons le sang de la Bête.* Ces paroles ne proviennent pas de moi, mais du leader de Venom, un groupe britannique appartenant à la première vague.

– Charmant…

– Ces quelques mots renferment l'essence même du mouvement. Le genre musical s'est fait remarquer dès ses débuts par des postures racistes et nationalistes. Misanthrope et résolument sataniste, il n'avait pour but que de démonter la religion chrétienne et d'affranchir l'esprit humain. Car le satanisme prêche la liberté, loin des troupeaux se rendant à la messe pour prier, bien encadrés par leurs prêtres. Mais la scène s'est essoufflée rapidement et a perdu en crédibilité. Courant transgressif et subversif en raison de ses origines et de sa nature, le black metal s'était reposé sur ses lauriers face au succès de certains de ses membres.

– J'imagine ne pas trop m'avancer en craignant l'apparition d'une seconde vague.

– Elle est venue de Norvège, au début des années 1990. Un raz-de-marée indescriptible, d'une violence étourdissante. Incendies d'églises, suicides, rituels sataniques, meurtres, le mouvement a essuyé une tempête médiatique d'une ampleur phénoménale. Mais là encore, tout ce petit monde n'a pas tardé à rentrer dans le rang. Rendez-vous compte : au travers de ses frasques sanglantes, le black metal était devenu le produit culturel norvégien le plus exporté au monde. Comment redevenir politiquement incorrect si même Satan commençait à faire vendre ? Il fallait aller plus loin, rendre le black metal de nouveau inacceptable et extrême. Une seule chose en était capable : remplacer la figure du diable par celle d'Hitler et du nazisme. Dès lors, la limite était franchie et une nouvelle branche du black metal voyait le jour : la NSBM, pour *national socialist black metal*. Un courant dissident, haineux et xénophobe, sur fond de discours de guerre totale.

L'homme s'interrompit pour reprendre son souffle, l'œil brillant d'excitation. Un silence médusé s'installa chez les policiers, qui restèrent pétrifiés.

Le skinhead se redressa sur sa chaise et le cliquetis métallique des menottes les sortirent du brouillard.

– C'est à ce moment-là que les groupuscules nazis ont sérieusement commencé à se greffer à la scène metal satanique. L'occultisme hitlérien trouvait un nouvel allié en mesure d'attirer une foule toujours plus nombreuse, même si la scène française restait confidentielle et disparate. La NSBM a finalement traversé nos frontières en 1993 grâce à Hervé Guttuso, le fondateur des Charlemagne Hammer, qui a posé ainsi la pierre angulaire du véritable et seul mouvement underground à venir de tout l'Hexagone : celui des *Rônin*.

– Ton groupe a été dissous cinq ans plus tard, objecta Lucas sans réelle conviction.

Castellini hocha la tête sans même lui adresser un regard.

– Plusieurs figures du parti ont été arrêtées pour profanations et actes de nécrophagie. Parmi eux, des musiciens de black metal et des types plus… lambda.

– Julien Baron, souffla le capitaine de police d'un air atterré.

– Julien gravitait autour de la scène NSBM, sans pour autant chercher à s'en rapprocher. C'était quelqu'un de solitaire, qui subissait les pulsions permanentes liées à sa maladie. La ratonnade n'a été qu'une soupape qui a permis à son agressivité de s'échapper et de calmer ses tensions. Hélas pour lui, la suite n'a été qu'une succession de montagnes russes.

Gabriel savait ce à quoi il faisait allusion.

Son poste d'agent mortuaire décroché aux Diaconesses quelques semaines plus tard, sa rencontre avec Éloïse Marval, la naissance de leur fille Laure. Une explosion de bonheur éphémère et l'horizon qui se dégage enfin pour le jeune homme, meurtri jusque dans sa chair par le pica.

– La mort de sa compagne l'a fait complètement dérailler. Son aversion pour le genre humain a atteint un point de non-retour et n'a eu de cesse de grossir…

Castellini secoua lentement la tête.

– Il voulait que l'humanité paie au centuple son lourd tribut et il s'est juré de se venger une fois dehors. Au nom de sa fille.

– Comment ?

– En intégrant ce que la NSBM produisait de pire. Officiellement, les Charlemagne Hammer n'existent plus. Son fondateur est actuellement en fuite et recherché par Interpol. Mais ce mouvement pionnier avait fait des émules dans le milieu du black metal et les communautés sataniques de la capitale, là où fourmille la fange la plus obscure du monde underground. C'est de ce terreau qu'est née la secte vampirique des *Rônin*. Un survivalisme brutal basé sur les croyances des Saintes Écritures et inspiré du *Schwarze sonne*, le Soleil noir de l'œuvre d'Himmler, l'Ahnenerbe.

– Une nouvelle arche de Noé…

– En 2011, les portes de la maison carcérale se refermaient pour de bon derrière Julien. Sa fille était présente ce jour-là. Il me parlait souvent de son obsession pour son passé criminel, pour sa maladie. Elle éprouvait une immense fierté là où la plupart des personnes ressentaient du dégoût. Il était clair que l'un n'allait plus sans l'autre.

– Qu'est-ce que vous insinuez ?

– Rien du tout. Je dis simplement que Laure Baron voulait accompagner son père dans ses nouveaux projets. Et qu'il n'a pas cherché à l'en dissuader.

– Elle appartenait à la secte ?

– Un membre à part entière, oui. Le combat de Julien devenait une affaire familiale, ajouta-t-il avec une pointe d'ironie.

L'admiration de la jeune femme envers son père dépassait l'entendement. Gabriel se pencha en avant dans un grincement de chaise.

– Maintenant, on va arrêter les conneries et prévenir ton avocat.

– Pourquoi feriez-vous ça ?

– Parce que tu vas nous dire où se trouve ce fameux Soleil noir et nous y conduire.

Le sourire du proxénète s'élargit en un masque hideux.

– Je ne crois pas, non. Je ne vous suis redevable de rien, alors je n'ai qu'une seule chose à dire : allez vous faire foutre, les cowboys.

CHAPITRE 48

Lucas écrasa son poing sur le tableau de bord.

– Putain de salaud ! On est piégés !

Gabriel jeta un regard en coin au lieutenant avant de quitter le parking de la maison carcérale.

Victor Castellini avait été ramené dans sa cellule, non sans insulter copieusement au passage les flics de la brigade. Ils se trouvaient dans une impasse.

Sans preuves à l'appui, ils ne pouvaient pas le contraindre à les renseigner sur l'emplacement du Soleil noir. Quitte à ce qu'il crève avec ce secret.

– On n'a rien contre lui, Lucas. Mis à part ses divagations sur le mythe d'une race supérieure, c'est le vide absolu. Il nous faut quelque chose pour l'acculer et l'obliger à nous dévoiler tout ce qu'il sait.

– Et si cette piste nous menait, quoiqu'il arrive, à un échec ?

– On n'a pas terminé de l'explorer. Garde confiance.

– Toutes les portes se referment une à une sous notre nez, ragea le lieutenant. Laure, Joachim, et maintenant ça. À moins d'attendre qu'un autre cadavre nous tombe sur les bras, on va rester à quai.

– Un cada…

Gabriel décrocha brusquement son téléphone.

– Qu'est-ce que tu fais ?

– On a déjà notre autre cadavre, Lucas. Sur l'une des vidéos de Sonia Valentin.

Un flash. La goule encapuchonnée, sa longue silhouette penchée au-dessus d'un corps. Le scalpel qu'elle tient du bout des doigts, puis la lame qui s'enfonce dans la chair flasque de la cuisse.

Vision d'horreur.

Le monstre sectionne un lambeau sanguinolent et le porte à ses lèvres. Les bruits de mastication humides se répercutent sous l'alcôve. La faible qualité de la vidéo ajoute un degré supplémentaire à l'épouvante.

– Jérémy, Gabriel à l'appareil. J'ai besoin que tu contactes Nanterre pour une recherche dans le SALVAC[4].

– Avec quels caractères ?

– Tout ce qui se rapporte à des crimes sataniques, à des rituels païens. Traces de morsures humaines, victimes vidées de leur sang, potentiellement retrouvées dans une forêt. Envoie la requête en priorité, je veux qu'un officier s'en charge dès que possible.

– C'est comme si c'était fait. Votre homme n'a pas parlé ?

4. Système d'analyse des liens de la violence associée aux crimes.

– Il nous a refait un pan entier de l'histoire. Intéressant, enrichissant, mais complètement allumé. Il nous en faudra plus pour le forcer à se dévoiler.

Il remercia le cadet et raccrocha.

– On fait quoi, maintenant ? demanda Lucas.

– Une chose à la fois. *Primo*, j'ai une fringale de dingue. On va s'arrêter à une boulangerie. *Deuzio*, toi et moi on va décortiquer la carte SD de Sonia Valentin. Avec un peu de chance, Castellini apparaît sur une des photos voire mieux, un autre microfilm.

***

Le lendemain matin, l'ambiance était morose.

Gabriel et Lucas avaient planché jusque tard dans la nuit sur les innombrables dossiers présents sur la carte SD.

Des centaines de photographies non triées, déroulées en une fresque sombre sur les écrans d'ordinateur. Les plus anciennes remontaient à 2015. La plupart prises de nuit, où elle figurait seule, entourée de végétation.

Pas de photos entre amis ni de sourires.

Sonia vivait son amour pour les ténèbres en solitaire. À l'époque, la jeune femme était employée dans une usine. Un travail usant, lassant, répétitif. Sans aucun avenir.

Ses relations professionnelles étaient réduites au strict minimum. Côté privé, le néant. Elle était néanmoins parvenue à se payer une maison sur

Aubervilliers. Une bicoque délabrée, trop grande pour une personne célibataire. Faisait-elle déjà partie de la secte ? Pratiquait-elle des sacrifices d'animaux dans sa cave depuis tout ce temps ?

Impossible à savoir.

Où et quand avait-elle rencontré Julien Baron ?

Les questions s'accumulaient, s'écrasaient contre le mur de leur ignorance. Une frustration qui en disait long sur leur impuissance.

Sonia Valentin immortalisait les soirées vampiriques avec un sens aigu du détail. Sur presque chacune, le sang coulait à flots, brillant de l'éclat d'un minerai rare.

Un or rouge.

Les seuls visages qui apparaissaient nettement étaient ceux des victimes. Ou des cygnes noirs, ces fameux donneurs consentants. D'où venaient-ils ? Comment avaient-ils atterri dans ce nid de vipères ?

Sonia avait également filmé la scène de la crucifixion.

Le « Christ » lacéré, les bras écartelés sur sa croix, avait été flagellé jusqu'à ce que ses chairs éclatent sous les coups des lanières de cuir. L'excitation divine virait au sado-masochisme et à la violence la plus abjecte. Les langues étaient venues lécher les sillons carmin qui zébraient le corps du malheureux, dont l'expression béate s'était peu à peu muée en un masque de terreur et de souffrance.

Comment avait-elle pu rester de marbre face à de telles tortures ?

Les flics s'étaient enlisés dans ce marécage de sang, frissonnant de dégoût à chaque nouveau clic. Plusieurs heures à assister à ce que l'homme pouvait produire de pire.

Pour rien.

Les visages restaient toujours dans l'ombre. Loups vénitiens à long bec, bures de moine et capuches relevées ou simples jeux de lumière, Sonia ne prenait aucun risque. Une mise en scène travaillée, où seules les sensations comptaient.

Dans l'espace de travail, la machine à café tournait à plein régime.

Les paupières étaient lourdes, les traits tirés, de ceux qui n'ont pas beaucoup dormi. Mais l'arrivée en fanfare de Jérémy agit subitement comme le plus puissant des remèdes.

– Le SALVAC a matché ! L'un des officiers de la DCPJ m'a appelé alors que je sortais du métro !

Le cadet referma la porte à toute vitesse, le souffle court. Les roulettes des chaises raclèrent le sol et les sourires traversèrent les visages comme des éclairs.

Le soulagement était palpable et Blasco, en chef de groupe, posa la question qui brûlait toutes les lèvres.

– Où ça ?

– Dans la forêt d'Eawy, en Normandie. Quatre cadavres retrouvés dans une fosse commune il y a deux mois. L'un d'eux avait été déterré par un charognard, les viscères dévorés.

CHAPITRE 49

Rouen.

Ses églises gothiques, son centre-ville historique et ses maisons à colombages. Une bruine persistante piquait le pavé et voilait la ville aux cent clochers, mais la circulation était fluide.

Gabriel et Lucas arrivèrent un peu avant midi dans les locaux du commissariat de police, un immense complexe tout en vitres et ciment. Ils avaient rendez-vous avec le capitaine Laurent Laigneau, en charge du dossier de la forêt d'Eawy.

L'homme, la cinquantaine clinquante, en imposait. Physique de demi de mêlée, coupe en brosse poivre et sel, mâchoire aussi carrée que ses épaules. Et une poignée de main à réduire les phalanges en miettes.

– Messieurs, enchanté de vous connaître. Votre appel a été un véritable coup de tonnerre. Ainsi, vous pensez qu'une série de meurtres commis dans la région pourrait être en lien avec l'une de vos affaires ?

– C'est ce que nous espérons, confirma Gabriel.

– Veuillez me suivre. Nous allons parcourir ce fichu dossier.

Une fois installé dans son bureau, le capitaine se saisit d'une pochette et l'ouvrit.

– C'est un coup de chance que ces corps aient été découverts. Un vrai coup de chance.

– Que voulez-vous dire ?

Le flic se gratta le sommet du crâne et avança son fauteuil.

– Parce qu'ils résultent d'une tentative de viol sur une jeune fille de dix-sept ans. Elle et son agresseur, Brian Gomez, dix-sept ans lui aussi, vivent depuis l'enfance dans le même village, situé à quelques minutes de la forêt d'Eawy. Le garçon était déjà connu des services pour vol à l'étalage et quelques effractions. En bref, un petit caïd.

– Et si vous nous expliquiez les faits en détail ?

Laigneau croisa ses bras sur son bureau et hocha le menton.

– Ça s'est passé le 9 novembre dernier, un samedi. Flora, c'est son nom, est une jeune fille sportive qui participe régulièrement à des compétitions de course à pied. Elle s'entraîne dur, et ce jour-là, comme chaque samedi matin, elle s'est levée à l'aube avant de quitter la maison familiale pour un petit décrassage dans les bois. Plus de 6000 hectares de verdure rien que pour s'évader. En amatrice éclairée, son trajet est réglé à la minute près. Ce matin-là, la brume était tenace et Flora est partie faire son footing, seule.

– Le garçon l'attendait quelque part ?

– Sur un chemin caillouteux qui traverse la forêt. Ce petit con était amoureux d'elle depuis des années et la suivait régulièrement en douce. Son parcours, il le connaissait aussi bien qu'elle.

– Il savait où et quand frapper sans attirer l'attention.

– Oui. Une semaine plus tôt, il s'était fait rembarrer sèchement par la jeune fille au cours d'une soirée d'Halloween. Une humiliation a priori difficile à digérer.

Halloween. La plus grande fête luciférienne de l'année, dixit le gérant du Suspiria. Les connexions s'établissaient enfin, grâce à un coup de poker.

La voix forte du capitaine de police résonna dans le bureau.

– Brian s'était mis la tête à l'envers avant de passer à l'action. On l'a retrouvé avec près de trois grammes dans le sang, sans compter les traces de THC. Pourtant, ça ne l'a pas empêché de prendre l'adolescente en chasse. Bien au contraire. Au lieu de rester sur la piste principale et de prendre le risque de se faire rattraper, Flora s'est enfoncée dans la forêt pour zigzaguer au hasard entre les arbres et tenter de le semer. Elle n'a pas su dire combien de temps avait duré la course-poursuite. Plusieurs minutes à un rythme effréné, c'est certain.

– Je ne comprends pas. Comment s'en est-elle sortie ?

– Les adolescents s'étaient introduits si loin sous la canopée que les faibles rayons de soleil ne filtraient même plus. La gamine a trébuché sur un obstacle et Brian s'est jeté sur elle. Problème, son pied ne s'était pas pris dans une racine, mais là-dessus.

Laigneau fit glisser plusieurs clichés devant lui.

Sur l'un d'eux, déroulé sur le tapis de feuilles mortes, un paquet de viscères noirci par la putréfaction. Des larves d'asticots bien dodues se tortillaient dans cet amas organique, déchiré par les crocs des charognards.

– Un renard a dû être attiré par l'odeur du charnier et s'est fait un festin royal. Quand je dis que la puanteur des lieux était ignoble, je ne plaisante pas. Le froid n'atténuait que dalle. Ça a coupé toute envie à Brian de commettre son crime et la fille en a profité pour lui asséner un coup avec une pierre en pleine tempe.

– Et elle s'est enfuie après ça ?

– Elle a mis environ trois heures à retrouver le chemin de sa maison. Quant à Brian, les gendarmes l'ont topé dans les bois, le visage couvert de sang et terrorisé. Il nous fallait comprendre sur quoi les gamins étaient vraiment tombés. Les képis ont procédé aux premières recherches en organisant une battue. Au milieu de l'après-midi, l'un d'eux retrouvait le propriétaire des boyaux. Je vous laisse juger par vous-même.

Le capitaine tendit une nouvelle série sur papier glacé.

Au pied d'un large tronc pourri par l'humidité, un cadavre était à moitié enseveli, la partie haute de son corps reposant sur le tapis de feuilles. L'angle pris par le photographe ne permettait pas de distinguer son visage, mais le trou béant qui lui déchirait l'abdomen était suffisamment éloquent.

– Quatre corps, empilés les uns sur les autres. Celui que vous voyez était le plus proche de la surface et n'était recouvert que d'une fine couche d'humus.

– Un banquet inespéré pour les carnivores.

Gabriel fit défiler les photos.

Cette fois, les corps étaient alignés sur une longue bâche.

Trois hommes et une femme, nus et salement amochés, l'épiderme boursouflé virant au rouge cramoisi par endroits. Il avait déjà observé ce phénomène sur un cadavre retrouvé à moitié momifié dans une cave, dix ans après sa mort.

L'adipocire – ou quand les graisses sous-cutanées se saponifient –, conséquence d'une dégradation organique en milieu humide et frais. Le processus était assez long et surtout aléatoire. L'inhumation dans cette terre noire et tourbeuse avait rempli à merveille son rôle de conservateur.

Gabriel leva les yeux vers son homologue.

– Pourquoi pensez-vous que ces crimes auraient été commis au cours de rituels sataniques ?

– Tous présentaient des traces de morsures. Sur le moment, difficile de ne pas exclure les attaques *post mortem* d'animaux, mais le légiste a réussi à en isoler une dizaine provenant de mâchoires humaines. Ces malades se sont acharnés sur des zones précises de l'anatomie : perforations des artères fémorales, carotides et sous-clavières. Ils ont été vidés de leur sang, essorés jusqu'à la dernière goutte. Mais ce n'est pas tout. Regardez le corps de la femme.

Les flics plissèrent les yeux et tentèrent de voir au-delà des chairs putréfiées, sans succès.

Le fauteuil du flic de Rouen grinça sous son poids. Ce qu'il s'apprêtait à dire le mettait mal à l'aise.

– Vous voyez cette entaille ? dit-il en pointant de l'index une effroyable lacération qui partait de la naissance des seins au pubis.

La peau flétrie, d'un jaune sombre infect, offrait une ouverture béante sur des entrailles baignant dans un jus putréfié.

– Les mecs ont utilisé un couteau de chasse.

– Elle a été éventrée ?

– Pire que ça. (Le visage du flic vira au blanc laiteux, son front se mit à perler.) Selon le rapport du légiste, les… les ligaments de la symphyse pubienne sont distendus. Cela arrive fréquemment chez les femmes enceintes et entraîne bien souvent des douleurs pelviennes au cours des six premiers mois de grossesse. À cause du poids du bébé et des hormones sécrétées par l'ovaire.

Des tueurs d'enfants…

Des fœtus arrachés au ventre de leur mère pour être sacrifiés sur l'autel de Satan.

Envie de vomir, de tout saccager… Mais Laurent Laigneau n'en avait pas terminé.

– Les investigations ne se sont pas arrêtées là. Quatre cadavres, quatre malheureux probablement victimes de rituels païens. Où ces massacres avaient-ils été commis ? D'autres nous attendaient-ils quelque part, enterrés six pieds sous terre ? Alors mes hommes et moi, épaulés par les effectifs de la gendarmerie, avons ratissé la forêt d'Eawy. Un travail titanesque, mais qui nous a conduits à déterrer neuf corps supplémentaires, à un stade de décomposition beaucoup plus avancé.

– Nom de Dieu…

– Votre collègue, que j'ai eu au téléphone, m'a également informé que vous recherchiez une sorte de… de tanière où auraient sévi ces malades.

– Vous l'avez trouvée ? demanda Gabriel, le souffle court.

– Nous sommes en effet tombés sur une grande bâtisse en ruine au cœur de la forêt, un vieux monastère oublié. L'endroit est envahi par les ronces et les herbes folles, mais reste accessible à qui souhaiterait s'y rendre.

Les policiers faillirent en tomber à la renverse. Il venait de leur servir sur un plateau l'emplacement exact du Soleil noir.

– Vous y êtes entrés ? questionna Lucas d'un ton fébrile.

– Malheureusement, oui. Je peux éventuellement vous y conduire, si vous y tenez. Le doute quant aux exactions monstrueuses commises dans ce lieu n'était plus permis lorsque nous avons découvert ceci, cloué sur un des murs de la crypte.

Le capitaine avait réservé le pire pour la fin.

Crucifié au centre d'un immense pentagramme, le squelette rabougri d'un fœtus leur adressa un sourire puisé directement dans les entrailles de l'enfer.

CHAPITRE 50

Vu du ciel, le véhicule était seul à des kilomètres à la ronde.

Il filait à vive allure dans la grisaille prisonnière des cimes, ses phares blancs trouant la fine brume qui s'étirait langoureusement entre les arbres.

Accompagnés du capitaine Laigneau au volant, les flics de la brigade roulaient désormais vers le nord en direction de la forêt d'Eawy, transformée en théâtre des horreurs par les agissements d'une secte démoniaque. La canopée refermait sa main géante sur la route, mince tracé de bitume fatigué par l'érosion.

Les traits étaient tendus, marqués par le stress. Les regards focalisés sur la départementale qui, peu à peu, les rapprochaient de la tanière des monstres.

Laigneau avait une conduite fluide, paisible, en opposition avec le malaise qui était monté au fil des minutes dans son bureau.

– Vous avez des pistes en cours ? demanda-t-il à Gabriel.

– On tient l’un des disciples de la secte. Il séjourne déjà en prison pour une autre affaire, mais il manque un bon coup de pression pour lui faire cracher le morceau.

– Vous cherchez quoi au juste ?

– C’est compliqué. Un homme a été retrouvé mort chez lui, il y a trois jours. Un membre puissant de cette meute d’assassins. Le mobile du tueur nous échappe.

– Un nettoyeur, donc. Quelqu’un qui a sa propre conception de la justice ?

– C’est ce qu’on essaie de déterminer.

Laigneau acquiesça et reporta son attention sur la route.

Autour d’eux, la campagne semblait ne pas vouloir se réveiller.

Une brume fantomatique enveloppait les sous-bois, réduisant les troncs d’arbres à de longues silhouettes rachitiques.

Le flic ralentit et s’engagea sur une piste cahoteuse, grêlée de nids-de-poule gavés d’eau boueuse. Le sentier était raide, une entaille au cœur de la forêt, et le dénivelé augmentait à mesure qu’ils s’enfonçaient dans la végétation.

Ils roulèrent au pas pendant encore plusieurs minutes, dans un silence assourdissant.

Le sol se stabilisa enfin et le chemin s’élargit, jusqu’à former un plateau envahi par les graminées.

Plus loin, cernée d’arbres à perte de vue, une imposante masse de pierre déchiquetée par les ronces s'érigeait derrière le brouillard, la pointe d'un clocher accrochant des lambeaux de brume.

Laurent Laigneau se pencha légèrement sur son siège, l'expression déformée par une angoisse sourde.

– Messieurs, voici le Soleil noir.

CHAPITRE 51

Les portières claquèrent comme des coups de fusil.

L'immensité silencieuse de ce coin de nature reculé, prisonnier de sa gangue brumeuse, était à la fois terrifiante et fascinante.

Des gouttelettes de condensation vinrent perler sur les manteaux, scintiller sur les cheveux.

Les lèvres exhalèrent des panaches de buée et les corps se raidirent sous l'effet du froid.

– Vous voulez commencer par quoi, exactement ? s'enquit Laigneau en fourrant ses mains dans les poches de son manteau.

– Faites-nous visiter. On s'occupe du reste.

– C'est vous qui décidez.

Il pivota et pointa son index vers la gueule noire de la forêt.

– Les premiers corps ont été exhumés à environ deux kilomètres à l'ouest de la bâtisse. Les neuf autres étaient dispersés dans un rayon de trois kilomètres à la ronde.

– Il y avait d'autres femmes ? se risqua Lucas. Je veux dire…

– Non. Enfin, aucune qui présentait les mêmes sévices.

Le lieutenant ignorait s'il fallait s'en réjouir.

Les hommes entreprirent la traversée du plateau et longèrent un étang aux berges encombrées de ronces et de taillis.

La lourde silhouette du monastère envahit peu à peu leur champ de vision. Un bâtiment d'un autre siècle, retourné à l'oubli. Une borne en granit s'élevait du sol, à quelques mètres d'un grand escalier.

– Regardez, la pierre a été gravée.

Selon l'angle par lequel on l'observait, le symbole ressemblait à un *S* barré ou un *F* stylisé. Une rune antique, comme un vestige des temps anciens.

Ils montèrent les grandes marches en pierre du perron, jusqu'à une immense porte en bois vermoulu.

Une épaisse chaîne en acier gisait sur le sol tel un serpent cuirassé.

Laigneau passa une main dans ses cheveux, contrarié.

– Merde…

– Que se passe-t-il ?

– La chaîne… On en avait remis une après le passage de l'IJ, histoire d'éviter les mauvaises surprises. Ce sont forcément eux.

Eux, les *Rônin*. Ils étaient revenus sur les lieux et s'étaient rendu compte que leur antre avait été percé à jour. Leurs secrets envolés, piétinés au passage des enquêteurs.

Ils n'avaient même pas pris la peine de refermer la porte du monastère, comme pour signifier qu'ils avaient flairé les intrus et qu'ils ne reviendraient jamais plus sur ce territoire profané.

Ce problème souleva une crainte chez les flics de la crim : et si les *Rônin* en avaient profité pour effacer toute trace de leur passage ?

– C'est la seule entrée, soupira Laigneau, parcouru des mêmes doutes. On a dû s'y prendre à la pince-monseigneur pour forcer l'ouverture.

Le capitaine poussa le lourd battant et les invita à le suivre.

L'accès débouchait sur une salle d'une hauteur vertigineuse. Il émanait du site une beauté figée époustouflante. La toiture, éventrée par endroits, laissait entrevoir une solide charpente.

Une volée de corbeaux quitta brusquement les hauteurs vertigineuses dans une salve de claquements d'ailes et fila au-dessus de leurs têtes.

Lucas se tourna vers le policier.

– C'est quoi, cet endroit ?

– On a vérifié auprès du cadastre et des archives de la mairie, c'est un ancien monastère datant du Xe siècle. Plus personne ne vient s'aventurer ici à moins d'y avoir été invité.

– C'est un domaine privé ?

– Hélas, non. Le bâtiment est tombé dans l'oubli au fil du temps et il n'attire plus que les animaux de la forêt. Quand ce ne sont pas des adorateurs de Satan.

Les cônes lumineux des lampes balayèrent les dalles irrégulières mouchetées de fientes d'oiseaux.

Ils débouchèrent sur un cloître et l'écho de leurs semelles partit se perdre sous les voûtes en ogive. Au centre de la cour, des statues effritées observaient ces curieux visiteurs en silence.

Gabriel s'imaginait parfaitement le déroulement de rites païens entre ces murs. Des réunions sanglantes et infâmes, parées de feux de bois brûlant très haut dans le ciel nocturne, jusqu'à faire scintiller les étoiles.

Les trois hommes arpentèrent lentement les pavés du cloître, inspectant chaque détail de l'impressionnante architecture.

Des statues sculptées et incrustées dans la roche jaillissaient parfois au détour d'un coude ou d'un pilier. Plus loin, une pluie de feuilles mortes s'était amoncelée au pied d'une grande porte entrebâillée.

Ils entrèrent dans ce qui devait constituer l'église de l'abbaye, avec sa nef étroite, jalonnée de colonnes jusqu'à l'espace du chœur et son autel. Ils notèrent avec stupéfaction la présence de plusieurs rangées de bancs envahis de toiles d'araignées, comme si des messes venaient encore à y être célébrées.

Des messes noires.

Gabriel se rappela ces formes humaines vêtues de bures et agenouillées auprès du « Christ » mutilé, ses bras et ses cuisses lacérés.

Le halo des torches se reflétait sur le sol luisant d'humidité. Les racines d'un arbre se frayaient un chemin à travers les pierres, tels de longs doigts crochus rampant dans l'obscurité.

– Je vous montre l'accès qui mène à la crypte ? proposa Laigneau en bon guide.

– Allons-y.

Ils s'approchèrent de l'autel, îlot massif sur lequel gisaient deux statuettes décapitées. Une brusque rafale balaya la place et souleva un tourbillon de poussière. Les feuilles mortes frissonnèrent dans un chuintement spectral et les flics courbèrent l'échine pour se protéger du froid. Une porte se matérialisa dans un renfoncement, derrière un siège en bois sculpté.

L'entrée de la sacristie.

La lourde porte en chêne s'ouvrit en grinçant sur ses gonds. Les hommes pénétrèrent dans une pièce de grande taille, plongée dans la pénombre. Il s'en dégageait une odeur de bois humide et de poussière. La faible lueur du jour projetée à travers les vitraux éclairait un mobilier en partie recouvert de draps blancs.

Lucas passa son index sur un prie-Dieu couvert de suie et grimaça lorsqu'une goutte glacée perla d'une poutre pour venir s'échouer sur sa nuque.

Un bruit soudain capta l'attention des flics.

Le sifflement aigu du vent semblait s'échapper des entrailles mêmes du monastère. Ils sentirent un souffle froid circuler entre leurs jambes et soulever lentement les draps.

Une ouverture, quelque part.

– La bibliothèque, indiqua Laigneau de son index. C'est par là que ça se passe.

Sur le mur du fond, une grande étagère garnie de livres reliés de cuir laissait apparaître une brèche, juste assez large pour permettre le passage à un homme de profil. Le meuble noir ébène avait pivoté sur la dalle mais le mécanisme, probablement détruit, bloquait tout retour en position initiale.

Gabriel s'approcha et braqua sa torche sur la cavité, mais les ténèbres étaient si denses que le faisceau peinait à l'éclairer.

Un escalier en colimaçon descendait dans l'obscurité, les invitant à s'y engouffrer.

CHAPITRE 52

Leurs pas les menèrent jusqu'à une vaste crypte.

Un dédale de salles souterraines. Les dimensions de la chambre principale étaient remarquables, à tel point que les pinceaux lumineux se heurtaient à un mur de ténèbres, plus profondes encore que la nuit.

L'air froid et humide brûlait les gorges, contractait les chairs.

Ils y étaient enfin. Dans les entrailles de la secte.

Les contours ciselés d'une alcôve se dessinèrent bientôt et un frisson d'horreur parcourut les hommes. Des crânes et des os humains étaient entassés sur le sol, de même que les planches pourries d'un cercueil.

Un flash. La goule nécrophage, sa longue silhouette pliée en deux sur le cadavre.

Ils continuèrent leur chemin et déambulèrent dans les boyaux obscurs.

– Si vous aviez vu les installations de l'Identité judiciaire… Avec tous leurs accessoires, leurs câbles qui fusaient au sol et leur éclairage puissant, on se serait cru sur le tournage d'un film d'épouvante.

– Qu'ont-ils trouvé ? demanda Gabriel.

– Des cuves vides aux parois encore suintantes de sang. Le labo n'a pas tardé à résoudre le mystère : du sang de porc, en énorme quantité. Ces dingues s'en faisaient livrer des cargaisons entières pour leurs banquets et reversaient le trop-plein dans les vieilles canalisations. Pour le fournisseur, il faudra repasser…

Comme eux, Laigneau et son équipe étaient tombés sur un os.

Protégés par le processus labyrinthique du circuit du sang en abattoir, les *Rônin* s'approvisionnaient avec une facilité déconcertante.

Ils contemplèrent le vide avec une peur enfantine nouée au creux du ventre. Le vent gémissait toujours, un feulement spectral venant lécher leurs chevilles.

Lucas capta brièvement l'éclat d'une couleur dans son angle de vision.

Il pivota aussitôt et découvrit une tenture de velours recouvrant la partie d'un mur.

La lourde étoffe se creusait langoureusement vers l'intérieur, comme si la brise pouvait passer à travers.

– Il y a quelque chose derrière, dit-il en allongeant le bras.

– On n'a touché à rien. Faites-vous plaisir.

Il écarta le rideau et pénétra dans une salle de dimensions plus petites. Une centaine de cierges à demi fondus encombraient l'espace, et un nouveau flash vint percuter ses rétines.

Les photographies de Sonia Valentin, les orgies bestiales.

Tout se déroulait dans cette partie du souterrain. Là encore, des draps blancs recouvraient le mobilier.

Les policiers progressèrent à travers ces formes figées et poussiéreuses, s'attendant presque à voir l'une d'elles se redresser.

Soudain, les faisceaux se réfléchirent en éclats brillants sur les parois.

Partout, des miroirs de différentes tailles couvraient la pierre sombre et humide. Gabriel braqua sa lampe torche sur le capitaine, en quête d'une explication.

– On peut penser que certaines cérémonies se déroulaient ici. Mais vu que je ne suis pas sataniste…

– Il nous faudra toutes les photos prises par l'IJ sur les scènes de crime ainsi que celles du monastère, extérieures et intérieures.

– Aujourd'hui ?

– On ne pourra pas attendre, désolé.

– Je comprends. Si vous en avez assez vu, alors on peut remonter.

Ils sortirent de la salle et empruntèrent le chemin du retour.

Ce n'est qu'une fois parvenu au pied de l'escalier en colimaçon que le capitaine se figea net, le cercle de sa lampe pointé sur le mur.

– C'est quoi cette chose ? murmura-t-il d'une voix blanche.

Clouée au centre d'un pentagramme peint à la main, la tête putréfiée d'un bouc leur envoya une profonde décharge électrique sous la peau.

– C'est… c'est ici qu'il se trouvait.

– De quoi parlez-vous ?

– Le fœtus. Il était là, en lieu et place de la tête. Les techniciens l'ont embarqué pour procéder aux analyses ADN.

Le faisceau des torches éclairait le pelage humide, souillé par les insectes nécrophages. Les orbites de l'animal grouillaient d'une masse luisante, jaunâtre. Des nids d'asticots, restés bien au chaud dans leur réserve de nourriture. Les *Rônin* étaient revenus.

Et ils étaient en colère.

CHAPITRE 53

Le capitaine Laigneau n'avait pas fait les choses à moitié.

Copies des rapports d'analyses toxicologiques et d'autopsies, procès-verbaux de Brian Gomez et de Flora Carchon, photos des scènes de crime et du monastère. Le flic avait agi en totale transparence et n'avait pas rechigné un seul instant à partager les informations.

Coopérer était pour lui l'assurance de clore définitivement le dossier de la forêt d'Eawy. Une poignée de main, un échange de numéros, et les flics de la brigade prirent congé.

Le retour à Paris s'annonçait houleux, mais ils avaient désormais les outils pour faire plier Victor Castellini. Sur la route du retour, Gabriel contacta l'administration du centre pénitentiaire et obtint le numéro de son avocat.

Ils devaient changer leur angle d'attaque, casser les repères du proxénète et l'acculer comme une bête qui sent qu'elle va bientôt mourir. Pour les policiers, il était hors de question de se rendre de nouveau à la maison carcérale de Poissy.

Cette fois-ci, l'interrogatoire aurait lieu dans les locaux du Bastion, au quatrième étage. Salle aux murs et sol blancs, impersonnelle. Une table, quatre chaises, audition filmée. Et une pression de tous les instants.

Castellini fut extrait de sa cellule tard le soir, vers 20 heures.

La chape de froid nocturne serait un allié précieux et cela se vérifia assez vite. À l'image de leur première rencontre, Lucas entra dans la pièce avec, non pas un, mais deux gobelets fumants à la main.

Il en posa un en face de l'avocat, un quarantenaire rondouillard qui avait l'air à côté de ses pompes.

Castellini suivit son geste d'un regard hargneux.

– Et moi, j'existe pas p'têt ?

– Pas pour l'instant, répliqua le lieutenant en gardant l'autre gobelet dans sa main. Tout dépend de ce que tu vas nous dire.

– C'est quoi ce cirque ? Le message n'est pas assez bien rentré, c'est ça ? Vous en voulez une autre couche ?

Gabriel prit une chaise et s'assit en premier, une pile de dossiers sous le bras.

– OK, reprenons tout depuis le début. Tu t'appelles Victor Castellini, quarante-cinq ans, né en 1974 à Marseille. Jusque-là, pas d'erreurs.

– Qu'est-ce que… ?

Le capitaine de police leva la main pour lui intimer de se taire.

– Enfance a priori normale, sans heurts apparents. Pourtant, à seulement dix-huit ans, tu intègres les milieux fachos de la Canebière. C'est là que t'entends parler de la montée en puissance d'un phénomène venu de Norvège. Un mouvement ultraviolent, qui prône un satanisme sur fond d'apologie du nazisme. Un an plus tard, un type de ta région fonde le courant des Charlemagne Hammer, rejeton français et difforme de cette branche issue du black metal. Est-ce que tu confirmes ?

– Tu vas me réciter toute ma vie ? s'énerva le skinhead.

Gabriel l'ignora et poursuivit :

– En 1994, première condamnation pour toi et tes potes. Une ratonnade sur un père de famille qui a eu le malheur de naître avec une couleur de peau différente de la vôtre. Tu évites la prison ferme et repars avec une amende et du sursis, mais surtout de nouveaux contacts.

– Vous parlez de Julien ? Écoutez, je ne savais pas qu'il était mort. C'était quelqu'un que j'appréciais, c'est vrai. Mais lui et moi n'étions pas proches.

– Appartenir à un nouvel ordre noir crée forcément des affinités.

– Et alors ? On ne faisait rien de mal.

– Tu m'excuseras, mais venant d'un type qui prostituait une gosse, j'ai dû mal à y croire.

– Vous m'emmerdez. Je crois que j'ai suffisamment été patient avec vous.

– Pourquoi tu refuses de nous donner l'emplacement du Soleil noir ?

La question claqua dans l'air avec la force d'une gifle.

– Vous êtes encore bloqués là-dessus ? Je vois pas en quoi ça vous aiderait à comprendre qui a tué Julien.

– Justement, nous savons de source sûre qu'il était un membre important de la secte des *Rônin*. Et toi, où est ta place ?

Le visage de Castellini se contracta en une grimace.

– Qui vous a dit ça ?

– Contente-toi de répondre.

– Il n'y a pas de hiérarchie chez nous. Mais aux yeux des *Rônin*, la maladie de Julien l'avait transformé en la réincarnation d'un des premiers enfants de Lilith. Nous avions en commun cette vision dérobée de l'histoire, la conviction que les races supérieures avaient bel et bien existé.

– Tout comme Heinrich Himmler, le bras droit d'Hitler, pensait que les Aryens descendaient d'une lignée de seigneurs.

– La symbolique du Soleil noir et l'aura qui entoure l'Ahnenerbe sont très puissantes dans le milieu underground. Himmler cherchait à retracer les origines de l'humanité dans sa globalité et s'était entouré pour cela des meilleurs anthropologues.

Et si, au cœur du chaos, subsistait une étincelle de vérité ? Et si les religions nous avaient menti ? Le Soleil noir n'est qu'un terreau fertile qui ne demande qu'à être ensemencé.

Castellini se tut, conscient que son avocat le dévisageait.

Profitant du malaise, Gabriel sortit d'une chemise en papier bleu la photo du paquet de viscères sur lequel était tombée Flora Carchon.

– Tu sais ce que c'est ?

Le criminel sentit son cœur s'affoler sous son pull-over.

– Je vais répondre à ta place, si tu permets. Ils étaient reliés à un corps à moitié déterré par une bête sauvage. Ce n'est pas tout, puisque trois autres macchabées avaient également été ensevelis au même endroit. Sur l'un d'eux, une femme en l'occurrence, le ventre avait été ouvert de haut en bas. Tu sais pourquoi ?

Castellini secoua la tête en serrant les lèvres.

Son avocat s'agita sur sa chaise et se racla la gorge, visiblement indisposé.

– Parce que des malades lui ont arraché son enfant pour le clouer au centre d'un pentagramme. Un putain de rituel satanique où sont commis des sacrifices humains.

– Et où… où ont été retrouvés ces cadavres ? demanda l'avocat pour faire bonne mesure.

– Excellente question. Dis-nous Victor : où ont été retrouvés ces cadavres vidés de leur sang ?

– Je vois vraiment pas…

Le capitaine de police frappa si fort du plat de sa main sur la table que le prévenu sursauta.

– Arrête de nous prendre pour des cons ! Ils étaient tous enterrés dans une zone profonde de la forêt d'Eawy, en Normandie. Et tu sais ce qu'il y a là-bas ? Les ruines d'un monastère, d'une saloperie de monastère devenu votre centre du monde nouveau. Votre Soleil noir.

– C'est tout ce que vous avez ? railla le détenu. Je n'ai rien à voir avec ces meurtres. Et puis quoi ? Vous tombez sur un vieux monument perdu en pleine forêt et ça vous suffit à établir des conclusions ?

De rage, Gabriel jeta une brassée de photos sur la table. Le frêle squelette du fœtus écartelé au centre du pentagramme, la salle aux miroirs, les cuves empilées dans un coin. Les cadavres allongés sur une bâche, nus, abîmés. Et la borne en granit, entaillée de ce *F* en éclair.

Castellini s'entêta :

– Ça ne prouve rien.

– On a comparé les clichés de Sonia Valentin à ceux de la police scientifique. Ce sont pratiquement les mêmes. Elle a arpenté cet endroit, tout comme Julien Baron. Tout comme toi et bien d'autres salopards de ton espèce.

– Ça fait un an que je suis au trou. Je n'ai reçu aucune visite depuis, vous pouvez vérifier.

– Et alors ? Si on veut, on peut te coller tous ces crimes sur le dos. C'est à toi de jouer, maintenant.

Soit tu la boucles et on te fera vivre un enfer bien plus intenable que vos putains de croyances débiles, soit tu te décides à allumer la chaudière qui te sert de cervelle et tu balances tout ce que tu sais.

Castellini consulta son avocat. Un bref signe du menton l'encouragea à coopérer.

– C'est bon, posez vos foutues questions, grogna-t-il en s'enfonçant sur sa chaise.

CHAPITRE 54

Lucas, qui n'avait toujours pas pris la parole, se tenait dos à la porte d'entrée, café à la main. Il s'approcha pour déposer son gobelet en face du détenu, en gage de bonne foi.

– Il est un peu tiède, faudra t'en contenter.

– Trop aimable, grommela Castellini.

Gabriel rangea toutes les photographies dans son dossier sauf une, celle de la marque en éclair barré, gravée sur la borne en granit.

– Bien, et si tu commençais par nous expliquer la signification de ce symbole ?

– C'est un runoglyphe…

– Sois plus précis.

– Un symbole idéographique, une rune qui, à l'origine, n'existe pas dans l'ancien futhark, le premier alphabet runique.

Les policiers échangèrent un regard circonspect. Castellini croisa les bras et planta ses coudes sur la table.

– Vous vouliez savoir, non ?

– Cette rune, qui l'a créée ?

– Un occultiste autrichien du nom de Guido von List, qui croyait fermement en cette notion de race primordiale. L'idée que l'humanité avait subi de multiples phénomènes d'évolution n'est pas nouvelle pour les scientifiques. Charles Darwin l'a parfaitement démontré dans un de ses livres.

Gabriel fixa le skinhead, fasciné.

Sous ces traits osseux et émaciés se cachait un homme d'une remarquable intelligence, hélas entièrement dévouée à une cause ignoble. À un passé qui ne voulait pas disparaître.

– Au début du XXe siècle, Guido von List a créé son propre système runique, copié à partir de ceux déjà existants. Plusieurs de ces symboles ont été repris plus tard par les différentes unités combattantes du Troisième Reich sous l'impulsion d'Heinrich Himmler, féru de sciences occultes et fasciné par les travaux de l'Autrichien.

– Comme celui du Soleil noir ?

– Exact. La rune que vous voyez sur cette borne est celle du loup. Elle peut avoir deux interprétations : à l'origine, elle matérialise l'esprit combatif de l'animal et sa capacité à s'organiser en meute. Personnellement, je préfère la seconde.

Le détenu fixa son interlocuteur, sourire aux lèvres.

– Arrête de nous faire languir, s'impatienta le capitaine.

– Son nom allemand est *Wolfsangel*, l'hameçon à loup. Le motif ressemble en réalité à l'un des innombrables pièges à loup utilisés dans les pays germaniques jusqu'au XIXe siècle. L'éternelle histoire de la relation compliquée entre l'homme et le loup. Sauf que, désormais, les rôles se sont inversés…

– C'est le loup qui gagne.

– Et l'espèce humaine qui court à sa perte.

***

Lucas passa une main sur son visage glacé par la ventilation de la salle d'interrogatoire avant d'aller s'asseoir. D'instinct, Castellini recula sur sa chaise pour garder une certaine distance de sécurité.

Le lieutenant secoua la tête d'un air désolé.

– J'ai beau essayer, je n'arrive pas à te comprendre. D'où tiens-tu cette haine viscérale envers le genre humain ?

– Il suffit d'ouvrir les yeux et d'observer à quelle vitesse nos sociétés se plient aux règles des empires industriels depuis le siècle dernier. Le productivisme et la sacro-sainte croissance chère à nos gouvernements assèchent toujours un peu plus la planète. Le plastique est partout, jusqu'aux microparticules qui s'infiltrent dans les placentas. Nous vivons dans un monde où nos gouvernements affirment que la question du climat est une menace existentielle tout en consacrant des subventions massives aux industries de combustibles fossiles.

Il ne nous reste qu'une poignée d'années avant que la forêt amazonienne et la grande calotte glaciaire ne franchissent des points de basculement irréversibles. Notre trajectoire n'a jamais été aussi claire, pourtant notre incroyable et pathétique dépendance à ces destructeurs du vivant nous pousse au déni, à ne rien changer pour garder l'illusion d'un confort si fragile et éphémère. Les marques nous définissent socialement, fissurent notre rapport au vivant. Elles nous rendent faibles, atones, et nous transforment en putains de coquilles vides. Nous vivons dans ce monde-là. Je suis dégoûté, révulsé, par toute cette bêtise. Qu'ils crèvent tous la gueule ouverte, j'en ai rien à foutre.

Castellini serrait les poings comme deux enclumes faites de chair et d'os, ivre de rage, son regard halluciné planté dans celui du lieutenant. Cette envie de déverser sa colère et de tuer tout le monde confinait à la démence.

– Et cela justifie de sacrifier des êtres humains ? s'emporta Lucas. De tuer des enfants ?!

– Et combien de bébés vivants et de jeunes enfants ont été massacrés au cours des guerres menées au nom du Christ ? Des milliers, des centaines de milliers ! Vous glorifiez une divinité bien plus meurtrière, dont la soif de sang à travers les âges se révèle intarissable. Je n'ai aucune leçon à recevoir de vous et de votre conformisme.

Gabriel intervint pour tenter de calmer le jeu.

– OK. Si tu veux bien, on va revenir aux *Rônin*. La dernière fois, tu affirmais qu'ils étaient nés de la dissolution des Charlemagne Hammer. Tu peux développer ?

– Vous avez entendu parler de l'Église de Satan ?

– C'est quoi ça encore ?

– Un ordre religieux fondé en 1966 par Anton LaVey, surnommé le Pape noir. Ses adeptes ont longtemps débattu sur l'existence des loups-garous et des vampires. LaVey lui-même n'y croyait pas. À ses yeux, Satan n'était pas une divinité mais un symbole, l'incarnation des instincts charnels de l'homme. Alors que LaVey représentait le pilier du satanisme moderne, plusieurs minorités ont fini par quitter le navire au fil des ans, déçues par la philosophie finalement trop neutre qu'il prônait. Plusieurs Églises sataniques menées par ces dissidents ont ainsi vu le jour, comme le Temple de Set, et surtout le Temple du Vampire, à la fin des années 1980.

Un frémissement. Les cellules qui s'agitent, réagissent. Le cœur qui s'emballe.

Le Temple du Vampire. Comme un hommage à une race antique, un fragment d'histoire païenne.

– Cette organisation, très répandue dans les pays anglo-saxons, a profité de l'essor du NSBM dans le monde pour s'installer durablement en Europe. Le début des années 1990 a été une période charnière pour la culture underground. Un nuage noir empli de ténèbres, porté par le souffle du mouvement norvégien, créait un élan sans précédent chez les sataniques du monde entier. De la même manière que les Charlemagne Hammer propageaient leur flamme sur le Vieux Continent, les disciples du Temple du Vampire infestaient les bas-fonds de nos sociétés. En France, ces deux mouvements ont régné en maîtres sur les arcanes du monde satanique durant près d'une décennie.

– Avant que l'un d'eux ne finisse par s'effondrer, commenta Gabriel d'un air effaré.

– Après la fuite d'Hervé Guttuso et l'incarcération de plusieurs de ses leaders, le groupuscule n'était plus qu'une bête à l'agonie. Sa disparition a laissé un gouffre immense dans le milieu néonazi. Les membres se sont peu à peu dispersés, se sont rattachés à d'autres groupes de moindre importance. Mais le Temple, fort de son importante renommée, a attiré à lui une grande partie des sympathisants des Charlemagne Hammer. Après tout, nous avions tous cet idéal de créer un monde nouveau débarrassé de sa vermine.

Du pur délire.

Les ramifications du monde souterrain étaient si vastes que la secte avait éclos en parallèle du mouvement vampirique, qui lui semblait bien inoffensif en comparaison. À l'image des religions qui différenciaient le clergé et les ordres laïcs, les *Rônin* – ou le Temple du Vampire pour les profanes – se considéraient désormais comme l'élite au sein d'une organisation déjà existante.

Des monstres buveurs de sang, animés par les théories raciales du Troisième Reich.

– Ce Temple, qui l'a créé ? demanda Gabriel.

– Un Canadien du nom de Lucas Martel, malheureusement décédé depuis.

– Je te parle de son antenne française. Qui en est le chef ?

Castellini se referma brutalement, comme un robot à qui on aurait retiré les piles.

– Je ne peux pas…

– QUI ?!

– Vous me promettez de ne pas me balancer ?

Il n'obtint qu'un regard assassin comme seule réponse. L'heure n'était pas aux négociations.

– Il… il s'appelle DaMarcus M'Belé, se résigna-t-il.

– Tu sais où il habite ?

– Oui. Ça lui arrive d'organiser des réunions privées chez lui, un corps de ferme entièrement rénové. Il s'entoure généralement de ses plus fidèles disciples.

– Ses cygnes noirs ?

Le détenu acquiesça mollement en baissant la tête, vaincu.

– C'est en campagne, à… à Orgeval.

– Quelle adresse ?

– Au 29, rue des Saules.

CHAPITRE 55

Dans les locaux du groupe Bélier, l'atmosphère vibrait d'un espoir soudain, confus. Ils détenaient l'identité du chef des *Rônin*, ce démiurge vampire qui régnait de toute son emprise sur la caste des ténèbres.

L'effervescence de cette découverte prit le pas sur tout le reste. L'excitation dominait, bien qu'un doute subsistât à la manière d'un caillou dans une chaussure : en remontant jusqu'à lui, parviendraient-ils à comprendre ce qui se tramait derrière la mort de Julien Baron ?

Victor Castellini avait été renvoyé dans sa cellule, la queue basse. Gabriel ignorait si sa participation aux meurtres de la forêt d'Eawy serait finalement retenue par un juge. Les preuves le reliant à ces crimes étaient inexistantes et reposaient uniquement sur ses déclarations et son affiliation à la secte satanique.

Mais l'essentiel était ailleurs.

Une nuit d'encre s'écrasait de tout son poids contre les vitres du Bastion, et les effluves de café flottaient dans l'air à mesure que l'existence de ce DaMarcus M'Belé émergeait peu à peu des entrailles du Web.

À la surprise générale, l'homme était facilement trouvable dans la base de données, car référencé sur les réseaux sociaux. Du moins son business, car le monstre tenait une boutique de crocs sur mesure ouverte 24 heures sur 24, dans le 1er arrondissement : Le Vamporium.

Au moins savaient-ils désormais où Baron s'était fait implanter ces horreurs…

En parcourant la page Facebook, Jérémy cliqua sur l'onglet photos : sur fond entièrement noir, des portraits d'hommes et de femmes offraient leur gueule béante à l'objectif, les canines biseautées et anormalement longues.

Une grille tarifaire aux noms évocateurs accompagnait les photographies : *Beast, Dracula, Sabre*…

Castellini ne s'était pas débiné au moment de balancer les infos.

Si on considérait que la création du Temple du Vampire remontait au début des années 1990 et que M'Belé en était le guide spirituel depuis, l'homme devait avoisiner les soixante-dix ans.

Pas de repos pour les immortels, songea Gabriel avec cynisme.

Jérémy leva les yeux de son écran et interrogea son supérieur :

– On s'offre une descente au Vamporium ?

Gabriel avisa le Bélier qui raccrochait tout juste, le visage grave.

– Il est trop tard pour détacher une équipe du RAID, soupira ce dernier en se plantant face à eux.

– Tu veux patienter jusqu'à demain ? demanda le capitaine, qui connaissait d'avance la réponse.

– Hors de question de briser la dynamique. (Il releva sa manche pour interroger sa montre.) Minuit approche et on possède l'adresse du gourou. C'est à moins d'une heure de route. Nous sommes déjà cinq, on prend avec nous cinq autres hommes et on décolle.

Le cadet l'eut mauvaise, lui qui rêvait de pouvoir souffler et rentrer retrouver sa petite amie. Noémie et Lucas approuvèrent, quant à eux, à l'unisson, quand le portable de ce dernier se mit soudain à sonner.

Tous les regards convergèrent vers lui.

– Bonsoir, ici le docteur Ronda, de l'Institut médico-légal. Navré de vous déranger à cette heure tardive, mais des faits, disons… nouveaux, viennent d'apparaître au sujet de l'autopsie de monsieur Baron.

Le Bélier voulut savoir qui était à l'autre bout du fil d'un coup sec du menton.

– Le légiste qui a pris en charge l'autopsie de Julien Baron, lui répondit Lucas laconiquement. Puis à l'intention de son interlocuteur : Attendez, j'active le haut-parleur pour que tout le monde puisse vous entendre.

– Vous faites des heures sup, doc ? demanda le chef de groupe, en proie à l'inquiétude.

– Je suis de garde et j'en profite pour régler quelques dossiers, vous allez très vite comprendre. Un de mes confrères était chargé de l'autopsie de madame Valentin avant-hier en début d'après-midi. Comme vous le savez, cette jeune femme s'est suicidée sur la voie publique.

– C'était également la compagne de Julien Baron.

– Je sais, oui. L'acte pratiqué sur madame Valentin a révélé des lésions pourpres sur sa cuisse gauche et certains tissus mous, ainsi que sur les parois du tube digestif. Ce sont bien souvent les signes d'une tumeur appelée sarcome de Kaposi.

– Elle avait un cancer ?

– Oui, mais ce n'est pas tout. Mon collègue avait par ailleurs noté plusieurs marques de piqûres au pli des coudes, indiquant des injections intraveineuses régulières. Certaines plaies étaient purulentes et mal cicatrisées. Une véritable porte ouverte aux bactéries et aux maladies infectieuses. Des analyses plus poussées ont permis de lever les doutes.

– Arrêtez de tourner autour du pot, s'il vous plaît. Qu'avez-vous découvert ?

Il y eut un silence dans le combiné. Le légiste repris d'un ton professoral :

– À ce jour, quatre formes du sarcome de Kaposi ont été identifiées. Celle qui nous intéresse dans le cas présent a été décrite en 1981 et est une forme épidémique liée au sida. C'est ce que l'on appelle une affection opportuniste, c'est-à-dire qu'elle s'attaque à un organisme affaibli par une autre maladie. En l'occurrence, le VIH.

Blasco comprit tout de suite.

– Sonia Valentin était atteinte du sida.

– Oui, et le sarcome est venu se « greffer » à son système immunitaire déficient.

– Concrètement, qu'est-ce que cela implique ?

– Eh bien… L'examen anatomopathologique est bien souvent limité au cas où aucune cause de décès n'est trouvée à l'issue de l'autopsie médico-légale. Pour Julien Baron, la mort par strangulation était évidente. Mais à l'annonce des résultats de sa petite amie, j'ai voulu vérifier et relancer une batterie de tests. Je viens de recevoir les résultats à l'instant et, ma foi, je ne suis pas déçu.

Le docteur Ronda laissa planer un court silence, le temps que la conclusion s'installe dans les esprits.

– Il était condamné…

– De nos jours, les traitements sont très performants et offrent une espérance de vie comparable à celle d'une personne saine. Mais vous avez raison sur le fond : Julien Baron était atteint d'une maladie incurable.

CHAPITRE 56

La pluie s'invitait une nouvelle fois en cette fin de soirée.

À l'intérieur de l'habitacle, personne ne parlait. Cramponné au volant, Blasco suivait des yeux les reflets de ses phares sur l'asphalte trempé.

Un véhicule composé d'hommes de confiance les suivait. L'appel du légiste était encore ancré dans les mémoires : Julien Baron se savait atteint du VIH. Pour quelqu'un estimant appartenir à une élite, cette race primordiale soi-disant évoquée jusque dans les textes sacrés, la chute du piédestal avait dû être sévère.

Ce n'était sûrement pas tant le fait de la maladie, mais justement parce qu'il croyait à ce mythe de l'espèce dominante, que la soudaine prise de conscience de sa mortalité avait dû le heurter de plein fouet.

L'insoutenable vérité devait lui avoir fait l'effet d'une flèche de feu en plein ventre, bouleversant ses convictions mystiques. Remords, illumination ou repentir, Baron avait choisi ce moment-là pour avouer un secret à Laure, son unique enfant.

Un secret si grand, si lourd, qu'il était resté sous silence depuis 1998 et la mort d'Éloïse en Inde...

Les premières habitations du village d'Orgeval se dévoilèrent à la faveur des phares. Ils contournèrent un site industriel composé de grands hangars en tôle, silhouettes massives que l'on devinait à peine dans la nuit, puis braquèrent ensuite à gauche pour se retrouver sur une route aussi large qu'une épingle à cheveux.

Des champs noirs de part et d'autre et une purée de pois comme seul horizon.

Les véhicules s'engagèrent sur un chemin étroit et coupèrent leur moteur. Extinction des feux. Bonnet vissé sur le crâne, les policiers sortirent dans le froid et s'empressèrent de se rassembler autour du Bélier.

– On va continuer à pied, ce sera plus prudent. Vous restez bien tous derrière, en colonne. Pas de prise de risques tant qu'on n'a rien en visuel.

L'escouade progressa en file indienne dans le silence ouaté de la nuit, guidée par l'œil blanc de la pleine lune. Les hautes herbes prisonnières du givre craquaient sur son passage, et très vite une grange se matérialisa au loin. Un des flics se planqua derrière un fourré et chaussa une paire de jumelles à vision nocturne.

– J'aperçois six véhicules stationnés dans la cour principale, ainsi que quatre caravanes.

Le Bélier fronça les sourcils. Un nuage de vapeur blanche s'échappait de sa bouche, effaçant presque son visage, mais sa voix restait aussi tranchante qu'une lame de couteau.

– Il vit entouré de ses donneurs personnels, ses cygnes noirs… Il va falloir être vigilant.

Le commandant fut soudain assailli par un mauvais pressentiment, comme si la manière dont ils avaient réussi à remonter jusqu'à M'Belé était beaucoup trop facile. La tête de bouc retrouvée dans la crypte du monastère, plantée au centre du pentagramme, en était une preuve criante : lui et ses disciples savaient que les corps enterrés dans la forêt d'Eawy avaient été découverts.

– OK, on avance. Sinon on va finir par geler sur place.

***

Le groupe se déversa telle une vague sombre et silencieuse entre les bâtiments de la ferme.

Les semelles s'enfonçaient dans une boue noirâtre, détrempée. Le froid brûlait la plante des pieds à en pétrifier les os, et cette impression de mort qui se resserrait tel un garrot sur le cou des flics n'arrangeait rien.

On entendait à peine les respirations haletantes des policiers qui progressaient à pas de loup, arme au poing. L'éclat lactescent de la lune accrochait la cime des arbres et drapait la grande cour d'une aura spectrale.

Ne manquait qu'un hurlement bestial au loin pour compléter le tableau.

En quelques secondes, les hommes quadrillèrent le terrain et firent un rapide tour du propriétaire. L'endroit était désert, vidé de ses âmes.

Lucas approcha son visage de la vitre d'une des caravanes et regarda à l'intérieur. Personne. Ça ne sentait pas bon du tout.

Il actionna la poignée de la porte. Ouverte. Il pénétra dans la cabine et braqua le faisceau sur le mobilier. Une odeur de renfermé, brassée par le souffle du vent, piqua ses narines avant de s'envoler au-dehors. La poussière était partout et dansait lentement dans le ruban de la torche.

Lucas s'avança vers la banquette de l'espace cuisine et plissa les yeux. Une zone rectangulaire, défraîchie par manque de lumière, se découpait sur le papier peint. Un cadre avait été retiré, juste à cet endroit.

Il était prêt à parier que chaque caravane avait été débarrassée des effets personnels de leurs occupants. Dans quel but ? Il fouilla les lieux avec minutie, en finissant par le matelas de l'espace couchette. Il était contrarié.

Toujours cette impression d'arriver avec un train de retard.

La tête de Gabriel passa soudain par l'ouverture de la porte.

– Faut que tu rappliques. Tout de suite.

– Vous avez trouvé quelque chose ?

– Les cygnes noirs. Ils sont tous ici.

L'absence d'intonation ne laissait aucun doute quant à l'issue des recherches.

– Que s'est-il passé ?

– Tu as vu le film *Hannibal* ?

CHAPITRE 57

Dévorés par leurs propres cochons.

Une pluie torrentielle criblait le décor de balles translucides, transformant la cour principale en marécage. La frondaison des arbres oscillait dangereusement, malmenée par le grondement sourd du vent. Les véhicules s'étaient embourbés, leurs roues arrière soulevant des gerbes de boue noire à mesure que les moteurs s'emballaient.

Cela faisait presque une heure que les visages creusés de fatigue erraient autour de l'enclos des bêtes. Les techniciens de l'IJ avaient été appelés sur place, ravis d'avoir été arrachés du lit pour venir patauger dans la merde.

Ils dénombraient pour l'instant cinq corps. Cinq malheureux que l'on avait jetés en pâture aux animaux. Les porcs avaient déchiré les ventres, fouaillé les plaies béantes jusqu'à en nettoyer les os – avant d'en manger une partie. Des fragments de chair gisaient encore çà et là dans la boue, tandis que d'autres avaient été disposés sur une bâche à la manière d'un étal de boucherie.

À l'abri sous l'un des barnums installés par les agents, Lucas frissonnait.

La capuche d'un ciré relevé sur sa tête, il écoutait la pluie mitrailler la toile plastifiée. Ses équipiers s'entretenaient avec le chef de la Scientifique, excepté Jérémy qui grillait nerveusement sa clope en contemplant l'immensité noire de la forêt.

S'il n'apprenait pas très vite à barricader ses émotions, le cadet courrait à sa perte. Le lieutenant ne se sentait pas la force de le rejoindre. À quoi bon ?

Lui-même crevait sous le feu de ses propres démons, incapable de trouver le moyen – ou la force, l'envie, au choix – de les combattre. Son aide était aussi vaine qu'inutile.

Il reporta son attention sur les techniciens. Silhouettes ternes, fades, inexpressives, ramassant du mieux qu'elles pouvaient les restes déchiquetés des disciples de M'Belé.

Le roi vampire avait sacrifié ses ouailles, celles et ceux qui avaient eu l'honneur de vivre à ses côtés. Un acte fou, désespéré, guidé par une colère terrifiante. Son Soleil noir avait été profané par des étrangers, des flics venus traquer des secrets enfouis depuis près de trois décennies.

Il avait réclamé vengeance, laissant son désir s'inoculer peu à peu dans ses veines. Avant qu'elle ne finisse par éclater à l'intérieur de son cercle proche. Son règne touchait à sa fin, mais il disposait toujours du droit de vie et de mort sur ses disciples.

Je reste maître de la situation, quoi qu'il advienne.

Lucas serra les poings pour chasser un début de vertige. Il fallait à tout prix retrouver ce salopard, sans quoi il leur serait peut-être impossible de comprendre pourquoi Julien Baron était mort.

Rien que l'idée de se faire baiser en beauté le foutait en rogne.

Pas besoin d'être devin pour comprendre que le gourou avait fait disparaître tout ce qui était susceptible de remonter jusqu'à lui. Où se terrait-il à présent ?

Et ce tueur indien qui courait toujours dans la nature…

Gabriel s'approcha, des cernes aussi lourds que des enclumes sous les yeux.

– L'état des corps ne permet pas de déterminer à quand remonte le drame, même si la décomposition est tout de même bien avancée. Selon le légiste, afin d'éveiller l'appétit des cochons, le tueur a entaillé les chairs de ses victimes pour laisser l'odeur du sang se répandre dans l'enclos.

– Ils étaient encore en vie ?

– Impossible à savoir, j'espère que non. Quelle fin atroce…

Le capitaine enfonça ses mains dans ses poches, frigorifié, avant de poursuivre :

– On peut avancer le scénario suivant : DaMarcus M'Belé est revenu au monastère d'Eawy pour les préparatifs d'une cérémonie, d'un rite. C'est à ce moment précis qu'il a constaté que la crypte avait été fouillée et que le fœtus n'était plus là.

– Je me suis fait la même réflexion, maugréa Lucas. Il savait les conséquences que ça impliquait.

– Il a décimé ses disciples, décapité un bouc avant de clouer sa tête à la place du fœtus. Le contrôle du Temple lui échappe désormais et il ne peut rien faire pour freiner sa chute.

La pluie cognait sans discontinuer de ses petits poings translucides, gorgeait le sol en creusant de larges tranchées aux allures de torrents boueux. Les gouttières ployaient sous les hallebardes et l'on entendait clairement les arbres craquer au loin, comme si un Golem traversait le bois à grandes enjambées pour se diriger droit sur eux.

À la place du fœtus...

Une illumination traversa le crâne du lieutenant. Son esprit s'embrasa, un souffle nouveau envahit ses poumons. Il jaillit du barnum et se précipita vers le Bélier, bousculant son capitaine au passage.

– Éric, j'ai besoin des clés de ta voiture.

Le Bélier obtempéra sans poser de question et Lucas lui arracha presque le trousseau des mains. Le lieutenant s'élança ensuite dans la nuit rugissante.

Gabriel se mit à hurler sous la pluie, le visage cinglé par une eau noire et glacée.

– Qu'est-ce qui te prend ?!

La pluie balayait inlassablement les corps, se resserrait tel un étau liquide contre les cirés. Elle entravait les gestes et pesait sur les mollets, les cuisses, les épaules. Une épreuve de force contre les éléments.

Lucas n'entendait pas. N'entendait plus. Il slalomait entre les arbres, respirait ces effluves organiques qui remontaient du lit de la forêt. La végétation, livrée à elle-même, pliait sous les assauts répétés du vent.

Son esprit carburait à cent à l'heure.

La police rouennaise n'avait retrouvé qu'un seul cadavre éventré. Celui de cette femme enceinte, dont le fœtus avait été arraché pour être cloué au centre d'un pentagramme. Une monstruosité d'un autre âge, à l'acmé d'une hystérie collective.

En constatant que l'enfant avait été emporté par les techniciens de la police scientifique, quelque chose avait cédé chez DaMarcus M'Belé. Pourquoi, au sein d'une secte portée sur les sacrifices, n'y avait-il eu qu'un seul meurtre de ce genre ? Sur quel critère cette femme avait-elle été choisie ?

Une petite voix lui murmura la réponse : *l'enfant qu'elle portait était spécial.*

Lucas déverrouilla la portière de la Megane et s'engouffra à l'intérieur, trempé jusqu'aux os. Il sécha ses mains du mieux qu'il put et s'empara des dossiers posés sur le tableau de bord.

– Tu peux m'expliquer ? s'énerva Gabriel en refermant la portière côté passager.

Les vitres se couvrirent aussitôt de buée comme dans un sauna. À la différence que la température flirtait avec le négatif.

– Le fœtus, Gabi. Le fœtus, la mère… Pourquoi ce sacrifice ?

Gabriel ne répondit pas. Des gouttes perlaient sur ses cils et il darda un regard épuisé sur son collègue.

– Ils ont une importance particulière pour M'Belé ! s'exclama le lieutenant.

– Rien ne dit que ce sont les seuls, Lucas. Les flics de Rouen ont ratissé du mieux qu'ils ont pu, mais la forêt d'Eawy s'étend sur une surface de 6000 hectares. Tu réalises ?

Lucas n'écoutait pas, emporté par son élan. Il compulsait les rapports d'enquête en froissant le papier de ses doigts humides.

Le fœtus avait fait l'objet d'une autopsie complète. Les notes étaient nombreuses, l'écriture manuscrite, élégante, tranchait avec les horreurs décrites. Le bébé, de sexe masculin, mesurait environ vingt-cinq centimètres, ce qui correspondait à un stade déjà bien avancé de la grossesse. Quatre mois et demi, estimait le légiste.

Un prélèvement ADN avait été effectué et comparé avec celui de la femme par le laboratoire d'hématologie médicale de Bordeaux. Le couperet était tombé : le lien génétique était irréfutable et l'inconnue était bien la mère du fœtus. Première victoire.

Mais le travail n'était pas terminé : il restait à identifier le corps.

Le profil ADN n'étant pas connu du FNAEG, cela compliquait la tâche. Mais au cours de l'autopsie, le légiste constatait deux choses : en dépit de son état de décomposition avancée, la femme présentait des traits morphologiques témoignant d'une origine asiatique. Sud-asiatique, précisait-t-il.

Enfin, la « chance » avait souri au praticien puisque la victime portait une prothèse à l'épaule gauche. À partir du numéro de série, récupérer l'identité de la patiente via son dossier médical n'était plus qu'une formalité.

Lucas releva les yeux. Dans la faible clarté du plafonnier, son collègue vit l'effarement se répandre peu à peu dans ses pupilles, à la manière d'une tache d'encre.

– La mère s'appelait Anita Mukherjee. Elle était indienne.

CHAPITRE 58

Trois heures d'un sommeil agité plus tard, Lucas était déjà sur le pont.

Malgré la douche et un petit déjeuner copieux, les miasmes de cette virée à la ferme des horreurs lui collaient à la peau comme une pellicule rance.

La gueule en friche et la mâchoire serrée, armé de son thermos rempli de café, il relut plusieurs fois les rapports de la police rouennaise. Laigneau et sa clique avaient fourni un travail remarquable, jusqu'à se heurter à leurs propres limites.

Le dossier sur Anita Mukherjee était conséquent, preuve qu'eux aussi avaient tout tenté pour creuser cette piste le plus loin possible. Il écarta du bras les affaires posées sur son bureau et étala toutes les pièces devant lui. Rien ne devait échapper à son regard. Rapports d'autopsie et d'analyses toxicologiques, procès-verbaux, enquête de proximité.

Il lui fallait prendre du recul, bénéficier d'une vue d'ensemble.

Une fois son identité connue, les policiers avaient pu interroger son entourage et retracer son parcours pour mieux exploiter ses failles. La jeune femme – elle n'avait que vingt-sept ans au moment de sa mort – avait vécu en région parisienne. Fille d'immigrés indiens, cadette d'une fratrie de quatre, elle assiste bien malgré elle aux premiers pas laborieux de sa famille sur le sol français.

Bringuebalé d'un foyer d'accueil à l'autre, confronté aux affres de l'administration, le clan Mukherjee essuie les galères mais parvient néanmoins à se stabiliser. Le père, Bhuvan, finira par obtenir un contrat d'insertion dans un restaurant solidaire du 8e arrondissement.

Les gamins découvrent la vie en banlieue, le béton, le froid. Pour eux, tout est à refaire, à construire. Pour leurs parents, c'est la chance inespérée d'un nouveau départ. Le rêve occidental.

Anita grandit sous la garde rapprochée de ses frères. D'abord tout heureuse de profiter d'une telle protection, elle étouffe progressivement à mesure que les années passent. Les disputes s'intensifiaient, se rapprochaient. Les gifles et intimidations se mêlaient bientôt aux mots. Même en France, en dépit de ce pays qui n'est pourtant pas le leur, de cette culture qu'ils peinent à s'approprier, l'hindouisme et ses traditions patriarcales demeuraient le pilier de leur existence.

La position sociale de la femme, si fragile, devient dès lors un réel problème pour Anita.

Pour comprendre un peu mieux cette situation explosive, les enquêteurs s'étaient longuement entretenus avec son père. La disparition de sa fille l'avait anéanti, pourtant il avait su donner un début d'explication en citant un passage du *Manusmriti*, texte fondateur de la tradition hindoue.

Dans l'enfance, une femme doit être soumise à son père, dans la jeunesse à son mari et lorsque son maître meurt, à ses fils. Ambiance.

Bhuvan Mukherjee et son épouse n'avaient pas élevé leurs enfants selon ces principes, considérant ces obligations ancestrales comme néfastes à leur intégration. Et surtout archaïques.

Mais leurs garçons, eux, menaient la vie dure à Anita.

Associée à la violence quotidienne de leur résidence, la jeune fille craque, se rebelle. Elle s'émancipe tôt, fuit ce climat délétère. Ses fréquentations deviennent malsaines. Un soir, l'un de ses frères s'embrouille avec certaines de ses « connaissances » et se fait fracasser la gueule sur le trottoir de la cité. Il terminera la bouche en sang, avec deux dents en moins et une fracture du poignet.

Les flics remontent le fil de l'histoire et retrouvent son agresseur, un petit caïd qui n'avait rien connu d'autre de toute sa vie que ces putains de barres HLM. La suite, il la racontera sans percuter un seul instant sur l'ignominie de ses propos.

Après que son frère avait servi de paillasson à des racailles de la cité, Anita quitte pour de bon le giron familial. Elle a seize ans et branche un des maquereaux du coin. Pour emmerder ses parents, ses frères, les traditions.

Le type n'a même pas trente ans mais son business carbure. Rien de tel que la misère pour palper du fric. Anita se découvre une passion dévorante pour le sexe, cumule les parties de jambes en l'air avec une gourmandise insatiable. Son exotisme plait et elle a du talent à revendre, tandis que son petit ami renfloue les caisses à ne plus savoir quoi foutre de ses biftons.

Oui mais voilà, la lassitude gagne la jeune femme. Elle n'a que vingt ans et veut voler de ses propres ailes. Le proxénète s'y oppose, refuse de perdre sa poule aux œufs d'or. Forcée de courber l'échine, Anita prend alors son mal en patience, jusqu'à ce qu'un événement tragique vienne tout chambouler : au cours d'une rixe, son protecteur est assassiné d'une balle dans la nuque par un concurrent.

Recouvrant enfin la liberté – si tant est que ce soit possible –, Anita fuit pour de bon l'environnement qui avait fait d'elle une pute de luxe. Pour aller où ? Frapper à la porte de chez ses parents ? Autant tout de suite se couper un bras…

Une chose est certaine : elle veut rester dans le milieu du sexe ; elle ne sait rien faire d'autre. Elle organise ses recherches seule. Pas question de mettre ses « amis » dans la confidence. De fil en aiguille, la bande à Laigneau recoupe les données et déniche son point de chute.

Une auberge d'un genre bien particulier, à Saint-Léger-en-Yvelines, où les fétichistes de tout bord viennent s'éclater pendant une heure ou deux, le plus souvent une nuit.

Saint-Léger-en-Yvelines. Non loin de la ferme où habitait DaMarcus M'Belé.

Lucas releva les yeux, se massa doucement les tempes pour se reconnecter au réel. Une lumière chatoyante inondait les bureaux du 36. Après plusieurs jours de pluie, le soleil effectuait son grand retour.

L'horloge affichait presque midi. Il inspira et étira ses lombaires au maximum.

Anita Mukherjee s'était mise à son compte et ramenait sa clientèle dans un cloaque de la région parisienne. M'Belé avait très bien pu faire sa connaissance là-bas. Entre les sadomasochistes et les cygnes noirs, il n'y avait qu'un pas. Les plaisirs du sang et du sexe avaient toujours été intimement liés. Rien de neuf à l'horizon.

La police rouennaise s'était rendue sur place début décembre. Le gérant, un certain André Richer, avait répondu favorablement à ses questions. Il se souvenait bien d'une jeune femme d'origine indienne. Cela ne courait pas les rues. De là à savoir avec qui elle tapinait et à quelle fréquence…

Tenir un registre n'était pas le genre de la maison, qui misait avant tout sur une totale et parfaite discrétion.

La piste n'avait pas abouti, malgré toute la bonne volonté de l'aubergiste. Car un élément manquait aux flics pour aller plus loin : le nom du chef des *Rônin*. Voire de l'un de ses sbires.

Il fallait tenter. Les forums du Darknet menaient à une impasse et Laure Baron semblait s'être littéralement évaporée de la surface de la Terre, emboîtant ainsi le pas à son père. Leurs échanges épistolaires, eux, s'étaient révélés vides de sens. Autant dire qu'ils n'avaient pas grand-chose à se mettre sous la dent.

Le lieutenant n'eut aucun mal à convaincre ses collègues, qui avaient tous besoin d'action après les récentes découvertes.

La grande aiguille de l'horloge indiquait tout juste midi lorsque la porte se referma derrière eux.

CHAPITRE 59

Le soleil chauffait à l'intérieur de l'habitacle, cinglant le paysage détrempé de ses flèches aveuglantes. La végétation miroitait telle une mer de diamant, ce qui, après les pluies torrentielles qui s'étaient abattues ces derniers jours, donnait l'occasion d'assister à un spectacle fascinant. Limite enchanteur.

Mais le froid, lui, demeurait mordant.

Le véhicule s'engagea sur un chemin qui serpentait à travers un dôme de verdure. L'auberge – l'endroit ne possédait aucune appellation officielle – se terrait au fond d'une clairière, à quelques minutes de la route principale.

Accessible à tous, mais seulement connue de quelques initiés. À l'image du Soleil noir.

La conviction que DaMarcus M'Belé ait pu rencontrer la jeune femme dans ce bouge paumé en pleine forêt se renforçait un peu plus. Sur le parking, devant l'établissement, était stationnée une ancienne Jaguar XJ de couleur verte.

– Vous êtes bien certain que c'est ouvert ? demanda Noémie en passant la tête entre les sièges avant.

Lucas se contenta de pointer son index devant lui.

– Oui, regarde.

La cheminée de l'auberge crachait une épaisse fumée qui allait se disperser dans le ciel azur. Les policiers s'avancèrent vers la porte d'un pas résolu. La décoration du hall était spartiate, dans les tons que l'on était en droit d'attendre d'un lieu pareil. Moquette rouge et épaisse déroulée jusqu'à l'escalier menant aux chambres, chandeliers garnis de bougies éteintes disposés aux murs.

L'homme qui se tenait derrière le comptoir était avachi sur sa chaise, les jambes croisées sur son plan de travail. Il se curait les dents avec la lame d'un couteau suisse d'une main, tenant un livre de poche aux pages écornées de l'autre. Curieux mélange.

Il releva à peine les yeux de son bouquin et engloba les policiers d'un seul regard. Il prit tout son temps pour reluquer Noémie, un sourire goguenard au coin des lèvres.

– Vous avez de la chance, la suite nuptiale est libre. Les draps ont été changés, les sangles de la balançoire remises à neuf. Si vous souhaitez, je peux même en installer une deuxième, ça ne prendra pas plus de cinq minutes. Tout dépend des plaisirs que vous recherchez.

Les flics se dévisagèrent, mal à l'aise. Gabriel s'avança, la mine sévère, peu enclin à jouer.

– Je pense qu'il y a méprise. Nous venons au sujet d'Anita Mukherjee.

– Qui ça ?

Le capitaine plaqua sur le comptoir un cliché de la jeune femme, que Laigneau avait réussi à récupérer auprès de ses parents. La gamine n'avait alors que seize ans, mais il comptait sur un effort d'imagination du gérant pour combler l'écart.

– Des collègues de Rouen se sont déplacés il y a un mois pour la même requête. Ça vous revient ?

– Vous êtes… ? Je suis confus, j'ai cru que vous étiez des clients. Trois hommes et une femme, vous comprenez, j'ai pensé…

Le teint de l'homme vira au rouge tomate. Il aurait été plus sage pour lui de se taire.

– On se contentera de poser des questions, vous pouvez garder vos accessoires au chaud.

– Bien sûr, comme vous voudrez. Mais j'avoue ne pas comprendre, j'ai déclaré tout ce que je savais à ce sujet. C'est-à-dire pas grand-chose. Vous voulez quoi au juste ?

– Vous avez admis vous souvenir de cette femme, n'est-ce pas ? Bien, passons maintenant à quelqu'un d'autre.

Cette fois, Gabriel sortit de sa pochette une photo de mauvaise qualité, dénichée sur le Web et imprimée au format A4. Celle d'un homme qui se tenait debout, vêtu d'un costume trois-pièces dont la blancheur éclatante contrastait avec le grain café de sa peau. Il était difficile de distinguer les contours de son visage, mais c'était sans importance. Seul son nom en avait une.

– Vous n'avez pas de meilleure résolution ? plaisanta le gérant, qui s'était levé de son siège, les deux mains posées à plat sur le comptoir.

– Il s'appelle DaMarcus M'Belé.

– Quel est le rapport avec l'Indienne ?

– Tout porte à croire que « l'Indienne », comme vous dites, a été massacrée au cours d'un rite païen orchestré par cet individu. Est-ce un client de chez vous ?

L'homme se frotta la barbe, une moue perplexe déformant ses lèvres.

– J'aimerais bien vous aider, mais que voulez-vous que je fasse avec une telle photo ?

– Concentrez-vous. Vous ne recevez pas non plus l'ensemble de la population parisienne dans votre établissement. Anita Mukherjee a matché direct dans votre esprit.

– Ce n'est pas pareil.

– Pourquoi ?

– Il vous faut un dessin ? Je suis pas attiré par les mecs, au cas où vous auriez quelques doutes. Anita était très jolie, avec de beaux cheveux longs et un regard félin à se taper la tête contre un mur. Voilà la vérité. Je m'en souviens car elle était à croquer.

– Vous avez tenté de la séduire ?

– Peut-être une fois ou deux. Mais ces dames savent ce qu'elles veulent. Et moi, clairement, elle ne m'a jamais calculé. Tant pis, il me reste au moins les yeux pour mater.

Gabriel étouffa une grimace. Il ne serait pas étonné que ce pervers ait installé des caméras dans chaque pièce de son baisodrome. Quitte à tenir la chandelle, autant en tirer le maximum de bénéfices.

– Et ses prétendants ? Vous deviez certainement les comparer, à vous demander ce qu'ils avaient de plus que vous.

– Ouais, ouais, ouais… Vous êtes au courant de la boutique que je tiens ? Des canons, j'en croise tous les jours. Des nanas habillées en soubrette, avec des porte-jarretelles, en tenue de Catwoman, c'est pas ce qui manque. Alors une de plus, une de moins…

– En attendant, l'homme que nous recherchons habite à quelques kilomètres de votre auberge. Et vu ses penchants, ça ne serait pas étonnant de le voir se promener dans le coin.

Le gérant commençait à en avoir marre de cet entretien. Il savait que les flics ne partiraient pas sans l'avoir bombardé de questions. Le carillon de la porte d'entrée annonça l'arrivée de visiteurs. Un jeune couple franchit le seuil bras dessus, bras dessous, sourire extatique aux lèvres.

L'aubergiste considéra Gabriel d'un œil résolument mauvais.

– Allez m'attendre dans le salon, première porte sur votre droite. J'en ai pour deux minutes.

***

Noémie et Jérémy entrèrent en premier, suivis de Gabriel et Lucas.

Une douce chaleur les enveloppa aussitôt. Sur leur gauche, au fond de la pièce, des fauteuils en cuir se chauffaient auprès d'un feu de cheminée crépitant.

– Vous avez remarqué comme son comportement a progressivement changé ? demanda Noémie en s'approchant de l'âtre pour se réchauffer les mains.

– Comme s'il avait quelque chose à se reprocher, avança le cadet.

– On se calme sur les déductions hâtives, trancha Gabriel en avisant la collection de tableaux accrochés aux murs.

Il attrapa soudain l'avant-bras de Lucas, une poigne de pierre à broyer les os.

– Lucas… Au-dessus de la cheminée.

L'éclat mordoré des flammes venait lécher la peinture à l'huile, comme si la toile prenait vie sous leurs yeux. Une horde de farfadets à têtes d'animaux hurlant à la lune piétinait un amas de corps démembrés, déchirés par quelque force gigantesque.

Et là, perché tout en haut de sa falaise, un hybride mi-homme mi-loup scrutait ses enfants. Les enfants du diable.

– *Das Tierdrama*… murmura le lieutenant.

– On s'est jetés dans la gueule du loup.

CHAPITRE 60

La porte du salon claqua derrière eux.

– Vous avez fait une grossière erreur en venant jusqu'ici.

André Richer barrait la sortie, le canon d'un pistolet braqué sur les flics. Une bûche craqua dans l'âtre, un bris d'os sec qui se répercuta sur les murs. Lucas et Jérémy avaient tout juste eu le temps de dégainer et visaient à présent l'aubergiste.

Gabriel leva doucement les mains en reculant d'un pas.

– Tout doux, mon gars. Ça ne sert à rien de s'énerver.

– Je suis très calme. J'ai renvoyé les deux jeunes à leurs études, histoire qu'on soit plus tranquilles.

La gueule noire de son flingue voyageait d'un flic à l'autre, comme s'il récitait une comptine dans sa tête. *Plouf, plouf…*

– DaMarcus m'avait prévenu. Il savait que les poulets viendraient m'emmerder. La mort de Julien allait forcément nous retomber dessus un jour ou l'autre.

Lucas raffermit sa prise. Il sentit ses muscles se durcir, son souffle ralentir. Le meurtre de Julien Baron avait déjà fait le tour du microcosme vampirique. Qui avait vendu la mèche ? Arcia ? Corbin ?

Peu importe. Une information d'une telle ampleur ne pouvait pas rester longtemps dans l'ombre.

– Vous regardiez le tableau, hein ? *Das Tierdrama* est une fête satanique célébrée pour la première fois à Munich en 1781, ça signifie « le drame animal ». Un rituel ancien, observé même du temps de la Waffen-SS, dont la finalité est de régresser à un niveau de conscience animale. Vivre dans l'instant. Julien en avait peint sa représentation toute personnelle, bestiale et sanglante. Après tout, nous ne sommes que des monstres à l'apparence humaine, des buveurs de sang, des dévoreurs d'âmes impies.

– Je dirais plutôt des assassins, des fous à qui l'on aurait dû fournir suffisamment de draps pour pouvoir tous vous pendre dans les cellules d'un asile.

Le *Rônin* émit un ricanement nerveux.

– Vingt pour cent… vous connaissez ce chiffre avancé par de célèbres climatologues suite aux annonces liées à l'Accord de Paris, en 2015 ? Il y a vingt pour cent de chances de voir l'espèce humaine s'éteindre avant la fin du siècle. Notre monde est perdu d'avance, consommons-le tant que c'est encore possible.

Derrière ce raisonnement digne d'un enfant de sept ans se cachait une réalité bien plus froide et cynique : face à l'ampleur des dégâts causés aux écosystèmes et la vision court-termiste de notre économie, l'extinction pure et simple de l'espèce humaine était un scénario plausible avancé par de nombreux scientifiques.

Biosphère surexploitée, capacités de renouvellement de la Terre qui s'amenuisent d'année en année, des centaines de millions d'animaux poussés à l'extinction, notamment celle, particulièrement inquiétante, des récifs coralliens, dont environ un milliard de personnes dans le monde dépendent.

Les sonnettes d'alarme se multipliaient sur la surface du globe et nous assistions, impuissants, à cette hécatombe généralisée.

En soi, le discours prophétique de Castellini n'avait rien d'infamant.

– S'il n'y avait pas eu l'histoire de ces deux jeunes dans la forêt d'Eawy, poursuivit Richer, nous n'en serions pas là aujourd'hui.

– Qu'espériez-vous ? L'un de vos chefs a été exterminé chez lui, massacré sans une once de pitié. Vous êtes faibles, aussi faibles que des êtres humains peuvent l'être. Vos rêves grandioses de domination n'existent que dans vos esprits malades.

– Apprenez à modérer vos humeurs, Capitaine. Nous aussi avons toutes les raisons de laisser éclater notre colère.

Gabriel leva un sourcil sans décrocher un mot. L'aubergiste continuait à agiter son pistolet sous leur nez, ses yeux se durcirent.

– Lorsque les flics de Rouen se sont pointés ici, j'ai su que l'heure était grave. J'ai aussitôt contacté DaMarcus après leur départ, il fallait voir de nos propres yeux ce qu'il s'était passé. Et comprendre ce qui nous attendait.

– Vous êtes retournés à votre monastère.

– Bien sûr, que vouliez-vous qu'on fasse d'autre ? Qu'on reste les bras croisés ? Ces salauds avaient mis leurs sales pattes partout, l'air était infesté des odeurs laissées après leur passage. Quand DaMarcus s'est aperçu que son garçon avait été emporté, il est devenu complètement fou.

– Son… (les yeux du capitaine s'agrandirent :) vous voulez dire que… qu'Anita…

Richer partit dans un rire sardonique.

– Difficile de la terminer cette phrase, n'est-ce pas ? Oui, Anita Mukherjee portait l'enfant de DaMarcus.

Gabriel sentit le sol s'ouvrir sous ses pieds. Malgré la chaleur des flammes, juste derrière lui, un frisson glacial le secoua.

– Mais… pourquoi ? s'entendit-il murmurer.

– DaMarcus et Julien étaient tous deux fascinés par l'Inde, présentée comme le véritable berceau de la race aryenne. Ce mot, *arya*, est d'ailleurs d'origine sanskrite et signifie « noble ». Auparavant, d'éminents philosophes avaient constaté que la plupart des langues couramment parlées dans le monde présentaient de fortes similarités avec le sanskrit. Comment une langue si ancienne pouvait-elle avoir un lien quelconque avec autant de cultures différentes ? C'est ce qu'avait entrepris de découvrir le Troisième Reich.

– Avec l'Ahnenerbe ?

– Tout juste. Une délégation composée de cinq scientifiques allemands fut envoyée sur les hauts plateaux du Tibet dans le but de décrypter les origines de la race aryenne.

– Le mythe de l'espèce dominante, pure et ancestrale… C'est ce dogme que vous avez choisi de retenir pour justifier la création du Soleil noir. Le reste n'est que de la littérature.

– Il y a toujours une part de vérité qui sommeille derrière chaque mythe. Les nazis l'avaient parfaitement assimilé et s'en servaient pour nourrir leurs théories raciales.

Gabriel songea à Castellini, à ses croyances lunaires sur une prétendue race vampirique à l'origine du monde. Près d'un siècle après sa disparition, le mysticisme nazi parvenait encore à infecter les esprits les plus crédules. Jusqu'à pouvoir ensuite réécrire à leur propre sauce l'histoire de l'humanité. Quitte à vriller complètement du monde réel.

– Je n'ai pas été très honnête avec vos collègues au sujet d'Anita. En vérité, j'ai rapidement pressenti qu'elle était spéciale. Je ne parle pas uniquement de ses origines, mais surtout de sa curiosité débordante en matière d'expériences nouvelles. Parfois, il m'arrive d'offrir un verre à mes clients. Et Anita, je voulais vraiment l'approcher. Pour DaMarcus.

– Qu'avez-vous appris ?

– Vous allez en rire, j'en suis sûr : son fantasme inavoué était de boire le sang de son partenaire sexuel. De mêler plaisir et douleur pour connaître un orgasme unique, violent. Elle ignorait encore qu'elle ne pouvait pas rêver mieux.

Gabriel n'arrivait toujours pas à réaliser : DaMarcus M'Belé et Anita Mukherjee avaient noué une relation sulfureuse, en dépit de leur différence d'âge significative.

Et la jeune femme était tombée enceinte.

– Féconder cette conne était une volonté de DaMarcus. Même s'il n'était plus tout jeune, il voulait que sa semence soit l'instrument créateur de ce miracle. Et… il a réussi ! Dans les veines de cet enfant coulait le sang le plus pur au monde. Un sang véritablement primitif. Mais il ne devait pas sortir du ventre de sa mère. Pas par la voie… naturelle, j'entends. Il y avait un rite à respecter. Les… les dieux ont un appétit vorace, ils allaient être si fier de nous.

– Et Julien, quelle était sa place sur cet échiquier macabre ?

– Julien ? Il était aux premières loges ce soir-là. C'était le début de l'automne et un froid humide s'était abattu sur la forêt. Nous avions allumé des feux au monastère et attaché Anita sur une croix inversée, au milieu du cloître. Nous étions une dizaine à fouler ce jardin, debout en arc de cercle autour d'elle, prêts à saluer la future offrande à

Satan. C'est DaMarcus qui s'est chargé de l'éventrer avant d'extraire le bébé. Puis nous sommes descendus à la crypte pour tracer le pentagramme. Le fœtus devait rester là, comme un symbole de notre dévouement. Un fragment charnel du pacte que nous avions tous signé.

Les poings du flic le démangeaient. Ses mâchoires se vissèrent l'une sur l'autre.

– Vous avez froidement tué une femme et son enfant, sans compter tous ces innocents sacrifiés pour votre cause débile.

– Nous ne faisons que nettoyer l'humanité de ses scories, à notre échelle. La partie est loin d'être terminée. Pour moi, peut-être, mais jamais vous n'arriverez à tous nous arrêter.

Richer braqua soudain son arme au hasard et verrouilla ses coudes. Gabriel leva son bras pour l'arrêter, mais il était trop tard.

– Non, attendez !

Lucas ouvrit le feu en une fraction de seconde. Le crâne de son assaillant se fendit en deux, le cerveau torpillé par la rotation brûlante de la balle en ogive.

La déflagration tonna à en faire trembler les murs, une odeur de poudre fouetta les narines. Le cadavre de l'aubergiste s'écroula lourdement sur le parquet. Une mare de sang dessina une auréole chaotique autour de ce qu'il restait de sa tête.

Guidé par la peur, Gabriel se précipita sur lui en hurlant sur ses hommes :

– M'Belé est peut-être entre ces murs, magnez-vous !

Lucas jaillit hors du salon, le canon de son arme encore brûlant. En périphérie de sa vision, Gabriel s'aperçut que les deux autres ne bougeaient pas.

– Qu'est-ce que vous foutez ?

Le cadet se tirait les cheveux en arrière des deux mains, comme s'il cherchait à se les arracher. Son visage livide, déformé par une terreur pure, fixait Noémie avec de grands yeux écarquillés.

Le souffle du capitaine s'accéléra. Ses sens, rudoyés par le sifflement à ses tympans, mirent du temps à réagir. Noémie pressait sa main sur son ventre, là où une fleur pourpre venait lentement s'épanouir. Le sang s'écoulait en filets paresseux entre ses doigts et elle sentit sa respiration se saccader sous l'effet de l'angoisse.

Ses jambes vacillèrent, la panique prit le dessus et ses yeux roulèrent dans leurs orbites.

Gabriel hurla à s'en rompre les cordes vocales.

CHAPITRE 61

Il venait de tuer un homme. Cette idée lui comprimait les poumons.

Les tympans encore meurtris par la puissante détonation, Lucas se lança sans réfléchir dans le hall d'accueil. Sa respiration haletante brouillait sa lucidité, ses mains tremblaient. Tous ses signaux étaient au rouge.

Il avisa la volée de chambres qui s'étirait de l'autre côté du couloir et l'escalier menant aux étages. Quelle direction prendre ? Un claquement de porte l'orienta droit devant lui. Un homme venait de sortir d'un des appartements du rez-de-chaussée.

Grand, élancé, un pull à grosses mailles reposant sur des épaules cagneuses. Un visage sculpté dans un bois d'acajou, des cheveux noirs crépus tirant sur un gris cendreux, des rides au coin des yeux, comme pour prolonger le magnétisme de son regard. DaMarcus M'Belé.

Lucas leva une nouvelle fois son arme.

– On ne bouge plus !

Le vieil homme détala en quatrième vitesse dans le sens opposé. Lucas étouffa un juron et bondit dans le couloir. Le sang battait à ses tempes, pulsait si fort dans ses veines qu'il n'entendit pas le cri animal que poussait Gabriel.

Le gourou ouvrit sans ménagement la porte de secours et se mit à traverser le parking. Les pensées se percutaient sous le crâne du flic. Ne pas le laisser s'enfuir. Ne pas le tuer. Ne pas le blesser. Juste l'intercepter.

L'homme s'enfonça dans un trou de verdure et disparut momentanément des radars. Un sentier sinuait sous le treillis épineux des conifères, et Lucas poussa du bras quelques branches encore luisantes de flotte.

Le lieutenant n'eut aucun mal à rattraper son retard. Une trentaine d'années les séparaient, et bientôt la silhouette longiligne du *Rônin* fut dans sa ligne de mire.

– Arrêtez-vous, ou je tire !

Le *Rônin* s'arrêta, le souffle éraillé, mains plaquées sur les cuisses. Mais il ne se retourna pas. Lucas tenait fermement son Sig-Sauer, il pouvait sentir chacun des picots de sa crosse s'enfoncer dans sa paume moite.

– Vous êtes ici pour Anita ? Julien ? demanda M'Belé d'une voix grave, minérale. Peut-être les deux.

– Votre comparse nous a tout raconté avant de mourir. Anita portait votre enfant, votre fils, que vous n'avez pas hésité à sacrifier sur l'autel du diable.

Silence. Avec le frémissement des feuilles comme seul juge de cette confrontation, le vent dansait autour d'eux dans un feulement à peine perceptible.

Lucas eut l'impression que la forêt se réveillait après un long sommeil.

– Je ne voulais pas en arriver là, mais je n'ai fait qu'obéir à mes pulsions. Grâce à Anita, toute la force et la puissance de ses ancêtres indiens coulent à présent dans mes veines. Nous avons partagé nos sangs, nous nous sommes enivrés l'un de l'autre, de nos énergies.

– Gardez vos fadaises pour les simples d'esprit. Julien a été tué par un homme d'origine indienne. Est-ce que vous le saviez ?

– Entre l'Inde et Julien, c'était une très longue et sombre histoire d'amour. J'ignore qui est l'enfant de salaud qui l'a massacré, mais je sais de quoi cela découle. Le décès brutal d'Éloïse a été le drame de sa vie, il n'a jamais vraiment réussi à s'en remettre. Il y a peu, Julien a appris qu'il était malade. Il m'a fait part de ses projets, de son désir de s'éloigner des *Rônin*. Je savais que le moment était venu pour lui de tout avouer à sa fille.

– Avouer quoi ?

– La véritable raison qui avait poussé son couple à se rendre en Inde. Encore une fois, tout réside dans la noblesse et la pureté du sang, cette soif perpétuelle d'excellence. L'Inde est l'un des fleurons de l'humanité, une nation qui a donné naissance à de nombreux fondements sur lesquels repose notre société actuelle. Je ne vous parle pas de croyances en des divinités sanguinaires et abstraites mais bien de science, de médecine, de mathématique, d'astronomie…

Lucas n'était désormais plus qu'à deux mètres du gourou. Quelque chose clochait. Pourquoi lui tournait-il toujours le dos ?

M'Belé se redressa subitement, la main droite au niveau de sa gorge. Il pivota lentement, et le lieutenant aperçut la pointe de la lame plaquée sur sa carotide.

– Ne faites pas ça, je vous en prie.

– Nous récoltons tous un jour ou l'autre ce que nous semons.

Il enfonça sa lame jusqu'à la garde et se trancha la gorge d'un coup sec.

DEUXIÈME PARTIE
Pourvu qu'ils me craignent

CHAPITRE 62

20 heures, salle d'attente de l'hôpital Lariboisière. La journée avait viré au désastre.

Jérémy se rongeait les ongles, les yeux dans le vague, tandis que Lucas se commandait pour la troisième fois un café au distributeur de boissons. Serré, sans sucre, combustible injecté directement dans les veines.

Le Bélier se tenait devant la grande fenêtre, face à l'immensité de la nuit. Il n'avait pas prononcé un mot depuis son arrivée et restait là, à l'écart et abasourdi, figé comme une statue de pierre.

Voilà trois heures que Noémie avait été admise en soins intensifs.

Les médecins l'avaient allongée sur un brancard avant de la transférer en urgence au bloc opératoire. Elle avait perdu beaucoup de sang.

La jeune femme en était ressortie deux heures plus tard. Elle dormait à présent d'un profond sommeil chimique dans une chambre individuelle.

N'y tenant plus, Lucas jeta son gobelet vide à la poubelle et se dirigea vers un long couloir. La lumière crue des néons clignota à son approche. Il posa une main sur la porte de la chambre et abaissa lentement la poignée de l'autre.

Son cœur se serra dans sa poitrine.

Noémie avait les yeux fermés, une couverture tirée jusqu'au menton. Une poche de perfusion était reliée à son bras. Le sillon vert d'un moniteur émettait un bip rassurant. À l'angle opposé, assis dans un fauteuil, Gabriel avait le visage enfoui entre ses mains.

Le capitaine de police avait vu son équipière glisser dans l'inconscience. Elle était tombée à la manière d'un pantin privé de ses fils, son pull-over ensanglanté au niveau de l'abdomen.

André Richer avait réussi à faire feu. Sa balle avait perforé l'aine, frôlant de peu l'artère iliaque. Quelques millimètres plus bas et Noémie serait morte dans ses bras.

Lucas se demanda un instant si son collègue avait fini par s'écrouler de fatigue, lorsque celui-ci releva la tête. Ses yeux gonflés de larmes brillaient dans la pénombre.

Sur le chemin de l'hôpital, Gabriel lui avait tout raconté : la brève aventure entre Noémie et le Bélier début décembre, classée sans suite en à peine deux semaines. « D'un commun accord », comme si le fait de penser à un avenir serein dans ce métier n'était qu'une simple farce.

Gabriel alluma la lampe de chevet. Cheveux en pétard, cravate dénouée. L'épuisement avait creusé des cernes aussi gros que des hématomes. Le policier essuya une larme de la manche de son costume et secoua la tête.

– Son état est stable, dit-il d'une voix d'outre-tombe, puissante et fragile à la fois.

– Je suis désolé.

– Tu n'as rien à te reprocher. C'est moi qui devrais m'excuser. Tu... Tu as tué un homme, Lucas. Tu es parti à Brest pour oublier tes démons et te pardonner la mort d'Alice. Je ne voulais pas que tu souffres en revenant.

Silence. Lèvres verrouillées.

Gabriel se massa les arcades sourcilières et ferma les paupières.

– J'ai compris une chose tout à l'heure.

Le lieutenant vint s'asseoir à ses côtés.

– Dis-moi.

– Sonia Valentin a mis un terme à son existence parce qu'elle ne pouvait plus vivre auprès de l'homme qu'elle aimait.

Lucas devina entre les lignes le message insinué par son ami, mais il préféra se taire.

– J'ai peur de me retrouver seul, souffla Gabriel. Je sais que ce n'est pas à toi que je devrais dire une chose pareille. C'est... c'est égoïste de ma part, mais quelque chose en moi se noue à cette idée.

– Le propre de l'homme est de s'adapter à tout. Même à la douleur.

– Tu verses dans la philo ?

– Avec une pointe de fatalisme. La mort d'Alice pèse sur ma conscience chaque seconde, la culpabilité ne me quitte pas. Il y a tant de colère en moi que j'ai cru qu'elle finirait par m'avoir à l'usure. Puis j'ai réalisé que son souvenir serait toujours dans mon cœur, et aussi là, dans ma tête. Me résigner reviendrait à abîmer ce souvenir, à écorner l'image qu'il me reste d'elle. Je n'ai pas le droit, Gabi. Comme moi, tu t'interdiras de sombrer. Laisse-toi juste du temps. Et n'oublie pas : il te reste ton fils. *Votre* fils.

Gabriel détourna son regard embué de larmes.

– Quand je regarde Noémie sur ce lit d'hôpital, j'ai… (Il se mordit la lèvre inférieure pour ne pas craquer.) Je revois Pauline, et moi à ses côtés qui… qui ne pouvais rien faire d'autre qu'attendre. Attendre qu'elle ne souffre plus. Je n'ai rien pu faire, Lucas. Rien. Et maintenant, elle est partie.

Lucas posa sa main sur celle de son ami.

– Je sais ce que tu ressens, crois-moi.

Ils restèrent plusieurs secondes sans rien dire, dans le silence obscur de la chambre d'hôpital. Le lieutenant observa Noémie, un voile de chagrin comprimant sa glotte. Ses cheveux noir de jais étaient ramenés en arrière et dévoilaient l'ovale parfait de son visage nacré. Elle dormait paisiblement, bercée par le *bip* régulier de l'électrocardiographe.

CHAPITRE 63

Le Bastion se réveilla ce matin-là avec un mal de crâne immense, englué dans une léthargie aussi soudaine que brutale.

La rumeur avait circulé du bout des lèvres dans les couloirs, avant de s'épaissir au point de s'inviter à toutes les tables : l'un des leurs se trouvait entre la vie et la mort. Les membres du groupe Bélier avaient essuyé les regards pleins de compassion sur leur passage, les têtes baissées, les silences aussi durs que fragiles, glacés comme du cristal.

Le groupe 1 de la brigade criminelle avait été entaillé, mutilé, écartelé. Vidé de sa substance. En à peine douze heures, ses hommes paraissaient avoir vieilli de dix ans. Les rides s'accentuaient et la fatigue s'accumulait, martelant les muscles endoloris jusqu'à l'épuisement.

Pourtant, ils étaient tous là. Pour Noémie.

Il fallait tenir. Point barre. Aucune négociation possible.

Éric, la mine sinistre, se leva de son siège avec peine, comme si un poids énorme écrasait ses épaules. La piste des *Rônin* s'était refermée après le suicide de leur gourou. Le chapitre s'était clos avant même d'en connaître la fin.

– On sait maintenant que nos hypothèses étaient bonnes, démarra le Bélier. Le meurtre de Julien Baron a bien un rapport avec ce périple en Inde à la fin des années 1990. Il est arrivé quelque chose de grave là-bas, autre que le meurtre de sa compagne. Julien est ensuite rentré en France avec sa fille, alors trop jeune pour se souvenir. La suite, on la connaît : anéanti, notre homme laisse sa maladie le détruire et écope d'une lourde peine après s'être rendu coupable de meurtre au premier degré et de nécrophagie. Il sort libre en 2011. Sa haine envers l'espèce humaine est intacte. Sa folie, n'en parlons pas. Les milieux nazis et sataniques lui sont toujours familiers, il a l'embarras du choix. Le Temple du Vampire, ramassis de psychopathes adorateurs d'Hitler, l'accueille à bras ouverts.

– Ainsi que sa fille, ajouta sombrement Gabriel. Julien n'a rien trouvé de mieux pour renouer les liens.

Le Bélier acquiesça.

– Cependant, en fin d'année dernière, il apprend qu'il est atteint du virus du sida, contracté au cours de sa relation avec Sonia Valentin. Probablement à la suite de saignées récurrentes effectuées avec du matériel non stérile ou d'actes de morsures. Rien de tel pour les échanges de germes. Cet évènement est l'élément déclencheur de notre enquête. Après ça, Julien décide de tout plaquer : la secte des *Rônin*, sa petite amie. Comme pour se laver de ses péchés. Puis il décide de se confesser auprès de Laure, d'excaver un secret vieux de vingt-deux ans.

– Dément au point qu'elle décide de s'envoler pour l'Inde presque dans la foulée. Malgré tout, je pense qu'on regarde dans la mauvaise direction.

– Que veux-tu dire ?

– Et si ce n'était pas à New Delhi qu'on devait chercher ? Tout ce que nous avons, c'est le lieu de décès de sa mère. C'est la capitale de l'Inde, un carrefour touristique gigantesque. Si cet épisode n'a effectivement rien à voir avec l'assassinat de Julien, alors que nous manque-t-il ?

Le commandant se tourna vers Jérémy, dont le teint cireux trahissait une nuit agitée de cauchemars.

– Les vols pour New Delhi n'ont rien donné, tu confirmes ?

– On a passé des heures à éplucher les listings d'embarquement avec Noémie. À moins qu'elle se soit enregistrée sous un faux nom, ce qui m'étonnerait, Laure n'apparaît nulle part. Tous les vols provenant de Paris transitant par New Delhi, on a donc poussé les recherches en considérant la ville comme simple escale. *Nada*.

– T'es sûr de toi ?

– On a fait confiance aux compagnies sur ce coup.

– Et les compagnies étrangères ? demanda Lucas.

Le cadet conserva le silence, ouvrant une brèche pour le lieutenant :

– L'aéroport de New Delhi est le centre névralgique des compagnies françaises sur le territoire indien, mais rien ne prouve que ce soit le cas pour les autres. Si Laure a emprunté l'une d'elles, alors on passe forcément à côté.

– Je peux toujours vérifier.

– Parfait, dit le Bélier. En parallèle, il faudrait établir pour de bon le profil du tueur. Une gueule cassée, rongée par de l'acide, ça ne passe pas inaperçu. Même avec un foutu masque.

Gabriel intervint en levant la main, comme un élève souhaitant prendre la parole devant sa classe :

– Avec le tombereau de merde qui s'abat sur nous depuis quatre jours, j'ai complètement fait l'impasse dessus. Mais une idée m'est venue à ce sujet.

– Laquelle ?

– Le mec est brûlé au troisième degré. Il porte un masque pour dissimuler ses cicatrices, mais aussi pour les protéger.

– Un masque médical ?

– C'est ce que je crois, oui. La voisine de Baron parlait d'une coque translucide, et Lucas en a fait l'amère expérience. Lorsque nous nous trouvions au domicile de Sonia Valentin, j'ai contacté le centre de traitement des brûlés de l'hôpital Saint-Louis, qui est présenté comme l'une des références dans ce domaine.

Ses équipiers l'écoutaient sans l'interrompre.

– J'ai pu m'entretenir avec le directeur de l'établissement, à qui j'ai fourni de manière succincte le portrait-robot de notre meurtrier : grand, baraqué, entre trente et cinquante ans, probablement originaire d'Asie du Sud. J'ai insisté sur le fait qu'il s'exprimait parfaitement dans notre langue, ce qui laisse penser à une éducation française. Peut-être a-t-il été adopté.

– Je ne suis pas aussi catégorique sur ce dernier point, mais passons. Qu'a-t-il répondu ?

– Sur le coup, le profil ne lui disait rien. Je ne m'attendais pas non plus à me le faire servir sur un plateau. Il a tout de même accepté de transmettre ces informations aux différents centres spécialisés du pays.

– Combien il y en a ?

– Quinze centres, si on ajoute ceux des DOM-TOM. Il faut en compter huit de plus avec les centres pour enfants.

– Admettons que les soins se soient déroulés en France, et donc qu'il réside sur le sol. Qu'est-ce qui l'aurait poussé à tuer Julien Baron ? Comment a-t-il été mis au courant du voyage de Laure en Inde ?

– Un commanditaire, souffla Lucas en s'accoudant sur la table. Lors de notre face-à-face, il me disait protéger les intérêts de son père. On peut très bien imaginer que Laure ait réussi à remonter jusqu'à lui. Et pour une raison qui nous échappe encore, ce dernier a contacté son fils pour qu'il élimine Julien, afin d'effacer le dernier témoin de ce fameux drame survenu il y a vingt-deux ans.

– Et Laure, que devient-elle ?

Lucas se recula dans sa chaise en un grincement de bois.

– Qu'elle soit encore en vie relèverait du miracle. Il suffit de voir dans quel état a été mis son père pour comprendre qu'on a affaire à un – ou des – types qui ne reculeront devant rien.

Le Bélier se frotta les paupières et s'approcha de la fenêtre, bras croisés sur son torse. Son regard triste s'envola quelques secondes dans les hauteurs avant de revenir se poser sur ses hommes.

– On a grillé toutes nos cartouches. Celle du tueur est la dernière en stock, ne la gâchons pas.

CHAPITRE 64

Gabriel relut son bout de papier avant de lever les yeux sur l'enseigne décrépite.

Nehru Antiquités.

Il vérifia une nouvelle fois, de peur d'avoir mal noté l'adresse. Peu après la fin de la réunion, il avait été rapidement convenu de fureter du côté des quartiers indiens de la capitale. Le tueur y avait peut-être ses habitudes.

Peu enclin à se lancer sur ce terrain sans un minimum de préparation, le capitaine – épaulé par Lucas dans cette mission – avait passé près d'une heure, accroché à son téléphone, balloté entre les différents services de police parisiens. La diaspora tamoule de la capitale se concentrait principalement dans les quartiers de la Gare du Nord et de La Chapelle, mais s'étendait bien au-delà vers les banlieues.

Patchwork ethnique aux influences variées, ces territoires représentaient la bagatelle de plusieurs dizaines de milliers d'expatriés.

Un chiffre sous-évalué, tant le flux migratoire restait tendu en permanence.

Raison de plus pour ne pas se noyer dans ce vaste océan culturel et s'appuyer sur ceux qui suivaient en direct l'évolution de ce brassage. Après de longues discussions houleuses au cours desquelles les commissariats s'étaient renvoyés la balle, Gabriel avait fini par obtenir un nom : Ambroise Paulin.

Un militaire français à la retraite, désormais installé rue de l'Échiquier, en plein centre de La Chapelle. Au bout du fil, le brigadier lui avait expliqué que cet homme était les yeux et les oreilles du quartier depuis près de vingt ans. En des termes moins frileux, c'était un indic.

Gabriel n'eut pas l'occasion d'en savoir plus ; l'officier s'assura de son entière discrétion avant de raccrocher.

Les policiers lorgnaient à présent la pancarte en bois patiné par le temps. Il était encore tôt et les rues endormies se drapaient d'un brouillard de givre. De fines gouttelettes glacées vinrent piqueter leurs manteaux et Gabriel poussa la porte de la vieille échoppe.

Une clochette tintinnabula au-dessus de leurs têtes. Odeurs de cire, de poussière, parfum des vieilles choses.

Quelques meubles entreposés avec soin reproduisaient un intérieur hérité du début du XXe siècle. Le tandem circula entre les objets anciens à la manière de chineurs. Avec ses larges épaules, Lucas donnait l'impression d'être un meuble parmi d'autres. Le parquet grinçait sous les semelles, offrant une touche surannée à ce lieu hors du temps.

– Puis-je vous renseigner ?

Un vieil homme à la peau cuivrée leur souriait d'un air affable, debout derrière le comptoir. Ses rares cheveux blancs avaient déserté le sommet de son crâne, tandis que ses yeux couleur noisette encadraient un nez épaté.

– Nous souhaiterions nous entretenir avec Ambroise Paulin.

– Qui le demande ?

Gabriel lui présenta sa carte de police.

– Brigade criminelle.

Le sourire du commerçant se fana aussi sec.

– Celle-là, c'est une première, dit-il en se frottant le menton d'une main calleuse.

– C'est vous ?

– Vous voyez quelqu'un d'autre dans cette boutique ?

Le policier récupéra sa carte et balbutia une excuse :

– C'est juste que je ne m'attendais pas à…

– Mon patronyme réserve bien des surprises.

Paulin éclata d'un rire franc, le regard pétillant de malice.

– Première incursion dans ce que certains français surnomment *Little Jaffna*[5], hein ? Vous venez pour quoi ?

---

5. Surnom du quartier de la diaspora tamoule, dont la majorité vient de Pondichéry.

– Le meurtre d'un homme sur la commune de Bondy, il y a maintenant quatre jours.

– Je ne trempe pas là-dedans, on vous a orienté sur une fausse piste.

– « On », c'est le commissariat du 18e. Vous n'y êtes sûrement pour rien, mais « on » pense que vous pourriez nous aiguiller.

Ambroise Paulin grimaça comme s'il venait d'avaler de travers.

– Ils auraient mieux fait de s'abstenir. Je leur fournis des renseignements parce que j'ai besoin d'argent. Ici, les loyers sont chers et ce commerce appartenait à mon oncle, c'est tout ce qu'il me reste.

– J'ai cru comprendre que vous aviez servi pour la France ?

– Dans l'armée de l'air, c'est exact. J'ai pris le bateau sur la ligne Saigon-Marseille à dix-huit ans pour effectuer mon service militaire. J'ai parcouru les quatre coins du pays, j'ai été missionné en Allemagne, à Baden-Baden, puis en Algérie, pour enfin terminer ma carrière à Metz. Je suis fier d'avoir représenté ce drapeau, ça oui.

Cet élan de patriotisme surprit Gabriel, bien décidé à mieux cerner le personnage. Une lumière clignota soudain dans sa tête : un Indien ayant rejoint les rangs de l'armée française, probablement courant des années 1960…

Un déclic, comme le rouage d'un mécanisme qui se débloque enfin.

– Vous êtes de Pondichéry ?

Un sourire ravi s'étira sur le visage du commerçant.

– Ah, je vois que Monsieur connaît ses classiques. Je suis franco-pondichérien. Mes parents ont vécu les premiers pas de l'indépendance de 1954. Ils ont choisi la nationalité française en 1962 et, plus tard, m'ont poussé à partir pour la France où mon oncle tenait déjà ce vieux magasin. La promesse d'une vie meilleure, pour eux comme pour moi.

L'indépendance de l'Inde, gagnée après une longue lutte pacifique menée par Gandhi, avait inauguré l'ère de la décolonisation et le transfert des comptoirs de commerces – français et britanniques – aux Indiens. Ancienne capitale des comptoirs français en Inde, Pondichéry était à la croisée de ces deux civilisations liées par trois siècles d'histoire commune.

Ambroise Paulin termina son exposé, tout heureux de pouvoir partager ses souvenirs.

– Avant de mettre fin à sa présence politique sur le sol indien, l'État français a proposé alors à tous les résidents de Pondichéry de devenir citoyens français. Un cadeau empoisonné, puisqu'ils renonçaient à leur statut personnel hindou, mais mes parents ont assumé ce choix. En retour, ils ont eu le droit d'adopter un patronyme français. Plus tard, j'ai quitté mon pays pour m'engager dans l'armée et j'envoyais une partie de mon salaire à ma famille restée là-bas. C'était la règle.

– Vous n'y êtes jamais retourné ?

Le vieillard haussa les épaules.

– J'ai oublié un détail : ma pension militaire m'a été sucrée le jour où mes supérieurs ont compris que je trempais dans des transactions illégales quand j'étais basé à Metz. Je rachetais du haschich auprès des dealeurs locaux pour ma consommation personnelle. Avec l'armée, ça ne pardonne pas. J'ai été radié et je suis retourné vivre chez mon oncle qui logeait juste au-dessus. À presque cinquante piges, vous imaginez ? Personne ne m'attendait à Pondichéry. Mes seuls amis sont ici. Et puis, ce magasin d'antiquités occupe mes journées, même si la clientèle se fait rare.

Gabriel comprenait mieux pourquoi les flics du 18e en avaient fait leur informateur. Le quartier de La Chapelle était réputé pour être l'un des plus malfamés de la capitale. Ambroise Paulin, en raison de son métissage social et culturel, faisait office de passerelle de luxe entre les forces de l'ordre et les heurts inhérents à cette zone sensible.

Paulin avait en partie construit sa vie à Paris, tout en conservant les racines de son pays d'origine. Il ne l'avouerait pas, surtout à des flics qu'il n'avait jamais croisés jusqu'alors, mais ses accointances avec des revendeurs de stups ne dataient sûrement pas de son passage en Lorraine.

Et pour qu'un indic reste rentable, la méthode consistait à lui maintenir la tête tout juste hors de l'eau et à le « précariser ». Une carotte qui l'obligeait ensuite à garder un pied dans le monde de la délinquance et à fournir toujours plus d'informations.

Parfois, le renouvellement d'un titre de séjour suffisait à tenir la taupe en laisse.

Dans le cas de Paulin, il devait s'agir de sa boutique. En d'autres circonstances, il aurait probablement mis la clé sous la porte depuis longtemps.

Gabriel posa ses mains à plat sur le comptoir.

– Vos combines ne nous intéressent pas. Nous sommes là pour avoir à éviter de retourner tout le quartier.

– Vous ne savez pas par où commencer ?

– On peut dire ça…

Le vieil homme parut légèrement se détendre.

– Expliquez-moi.

– Comme je vous le disais, un homme a été retrouvé mort dans son appartement il y a quatre jours. La mise en scène était particulièrement… élaborée, et tout laisse à penser que notre suspect est d'origine indienne.

– C'est un peu mince, non ? Si on ramène ça seulement à Paris et sa petite couronne, nous parlons de quinze mille meurtriers potentiels. Quelqu'un l'a vu ?

– Oui, la voisine de palier.

– Elle a su le décrire ?

Gabriel brossa dans les grandes lignes la physionomie du suspect : grand, plutôt immense, une carrure de rugbyman. Et surtout, son masque translucide dissimulant un visage atrocement brûlé.

Ambroise Paulin se rembrunit à mesure qu'il écoutait la description, ce qui n'échappa guère aux policiers.

– Un problème ?

– Non… Non, continuez.

– La façon dont la victime a été tuée, ou devrais-je dire charcutée, repose sur un schéma minutieux.

Gabriel avait tout prévu. Il posa sur le zinc la chemise cartonnée qu'il avait sous le bras et en sortit une photo, celle d'un grand foulard déplié, de couleur safran, entièrement brodé de motifs artisanaux.

– On a retrouvé ceci autour de son cou. C'est avec ce tissu qu'il a été étranglé à mort.

Les épaules du vieillard se crispèrent, aussi Lucas décida-t-il d'enclencher la seconde.

– Le suspect lui a ensuite écrasé les rotules avec un marteau et labouré les membres, avant de jeter son cadavre nu au fond d'une malle. Ce foulard n'est que la touche finale apportée à une boucherie minutieusement orchestrée.

D'une main tremblante, Paulin essuya les gouttes de sueur qui perlaient sur son crâne lisse. Puis il contourna le comptoir et alla retourner l'écriteau sur la porte.

– L'Inde est une nation étrillée par des siècles d'asservissement, confessa-t-il d'une voix éteinte. Notre identité est encore fragile car trop récente, et ce meurtre puise son origine dans le berceau de cette instabilité.

CHAPITRE 65

Le vieil antiquaire conduisit les policiers à son domicile, situé juste au-dessus de sa boutique.

L'appartement était mal isolé, mal décoré, mal agencé. Un standard pour l'immobilier parisien. Au moins, les chiottes ne se trouvaient pas sur le palier. Gabriel frictionna ses paumes pour se réchauffer alors que la porte se refermait tout juste dans leur dos. Paulin passa devant eux et disparut dans la cuisine.

– Je vais préparer du café. Mettez-vous à l'aise.

Ils se dirigèrent vers le salon. Placé sous une fenêtre à simple vitrage, un radiateur en fonte dispensait une chaleur inutile, à moins de venir coller ses jambes devant. Au fond de la pièce, une armoire en bois massif effleurait le plafond, tel un géant qu'on aurait compressé dans un coin.

Leur hôte apporta un plateau jusqu'à la table basse et distribua les tasses fumantes.

– Vous me faites remuer des choses que je croyais enterrées, messieurs. Je ne m'attendais pas à rouvrir un jour ce chapitre de l'histoire indienne.

– Encore moins avec des policiers français.

– Vous n'avez pas tort. Mais les Indiens ont la particularité de ne pas avoir droit à la double nationalité. Je suis donc comme vous ! J'ai tendance à répéter que je suis indien de peau, mais français de cœur. Et de papiers, ajouta-t-il en plaisantant.

– Et ce terme, *franco-pondichérien* ?

– Un abus de langage pour désigner notre passeport unique, vestige d'un monde qui se meurt peu à peu.

Le retraité s'installa sur un fauteuil confortable en soupirant d'aise.

– Vous pouvez me remontrer la photo du foulard ? demanda-t-il en étirant son bras.

Gabriel sortit de nouveau le cliché et s'enfonça sur le canapé deux places, aux côtés de Lucas.

Paulin coula ses yeux cerclés de rides sur le papier glacé et détailla les broderies. Trois cavaliers brandissaient leur épée au-dessus de leur tête, tandis qu'autant d'archers transperçaient de leurs flèches les corps noirs de quatre énormes sangliers. Il fit osciller son crâne d'un air entendu.

– Un *rumāl*, c'est ainsi que ça se nomme.

– Qu'est-ce que c'est ?

– Une simple étoffe traditionnelle en coton, portée en châle ou en écharpe. Les motifs n'ont ici aucune importance.

– Je ne suis pas certain de vous suivre.

L'ancien militaire se leva et partit piocher une lourde encyclopédie sur une étagère.

– Je vous parlais d'instabilité, tout à l'heure. De crise identitaire. Durant plusieurs siècles, l'Inde a prospéré sous l'empire moghol. Son dernier grand empereur, Aurangzeb, a étendu son pouvoir à un point tel que sa dynastie fut l'une des plus riches et des plus puissantes que le monde ait jamais connu.

Il revint à sa place et poussa sa tasse à l'aide du livre. Sa couverture était noire, rigide. Un grimoire.

– Seulement voilà, nul ne peut croître sans fin. Ses innombrables campagnes pour asseoir sa domination sur le sous-continent ont asséché les finances de l'État indien. Après sa mort, en 1707, le pays, exsangue, a entamé un nouveau siècle sous le joug de tous ceux qu'Aurangzeb n'avait pas réussi à soumettre. Les batailles ont fait rage pour savoir qui mettrait la main sur les territoires délaissés par l'empereur. Ces guerres civiles ont plongé le pays dans un chaos profitable aux compagnies des Indes, qu'elles fussent anglaises, françaises ou hollandaises… qui possédaient à cette époque quelques bandes de terre près des ports et une poignée de comptoirs commerciaux isolés à l'intérieur.

Ambroise Paulin porta son café à ses lèvres en arborant un grand sourire.

– Je vous ennuie avec mon cours d'histoire, mais il est nécessaire de comprendre de quelle manière fonctionnait l'Inde à cette période. Les comptoirs se sont établis sur les côtes au XVIIe siècle, suite à un accord signé avec l'empire moghol. Cet accord a permis à ces étrangers de s'approprier les

« indiennes », ces cotonnades uniques qui faisaient fureur en Europe. Ils ont ainsi progressivement appauvri le sol indien de ses ressources naturelles, au profit de riches Européens. Ces inégalités, renforcées par la chute des Moghols et conjuguées à l'expansion soudaine des comptoirs, et donc à une hausse des taxes foncières, ont engendré une recrudescence des vols, des meurtres, des violences en général. Les routes, déjà incertaines, sont devenues des traquenards mortels pour quiconque s'y aventurait.

Gabriel s'appuya contre le dossier du canapé, attentif à ce bref résumé sur l'histoire de l'Inde.

– Les fermes, ravagées et dépeuplées sous la domination britannique, ont forcé ouvriers et paysans à travailler sous la coupe de propriétaires fonciers locaux, les *zamindars*. Les avantages étaient nombreux : protégés par les *zamindars*, ils volaient et pillaient sans vergogne villes et villages. La police était impuissante et les voleurs – les *dacoits* – contribuaient ainsi à redorer l'économie locale de leur propre district. De fait, ils étaient très respectés par leurs communautés respectives.

– Excusez-moi, mais tout ça est un peu indigeste.

– Parce qu'il m'est impossible de résumer l'origine de ce meurtre en quelques secondes. Si vous souhaitez rentrer dans la tête de votre tueur, alors écoutez-moi.

Paulin poursuivit ses explications, nullement perturbé :

– Ces bandes organisées se sont étoffées au cours du XVIIIe siècle, si bien que les *zamindars* ont retrouvé peu à peu une puissance à faire frémir les administrateurs des compagnies. Et bientôt, un nouveau genre d'assassins a émergé à travers le pays, toujours sous le contrôle des propriétaires fonciers. D'une sauvagerie sans précédent, ces bêtes féroces reléguaient les *dacoits* ou les criminels ordinaires à l'état de simples chiots.

Ces derniers mots captèrent l'attention des policiers.

– Les conclusions de l'époque ont amené à penser que cette confrérie tuait en moyenne huit cents personnes par mois. Un général de la compagnie anglaise a même revu l'estimation à la hausse, avec près de quarante mille morts par an. Étalés sur presque deux siècles, je vous laisse calculer l'ampleur vertigineuse de ces chiffres.

Lucas écarquilla les yeux. Sa mâchoire se décrocha, mais aucun son ne sortit de sa bouche.

– Vous semblez perplexe, mais sachez que l'Inde comptait alors environ deux cent cinquante millions d'habitants. Vous n'étiez nulle part en sécurité, et en ces temps incertains, on vous ouvrait le ventre pour quelques roupies.

– Et ces tueurs, qui étaient-ils ?

– C'est maintenant que vous allez comprendre. On les appelait les Thugs : les étrangleurs indiens.

CHAPITRE 66

Les étrangleurs indiens...

Le meurtrier de Julien Baron se serait inspiré des agissements d'une horde de tueurs sans pitié. Une confrérie secrète née trois siècles auparavant dans les ruines encore fumantes d'un pays en déroute. Mais pourquoi ?

Ambroise Paulin ignora leur trouble et ouvrit l'encyclopédie face à lui.

– Les Thugs étaient incroyablement bien organisés. Une hiérarchie exemplaire, triée en fonction de l'expérience de chacun. Étrangler n'est pas facile. En plus d'exiger une force et une coordination remarquables, tuer un homme ainsi impose au meurtrier de s'approcher de sa proie et de l'immobiliser physiquement, de le sentir perdre dans sa lutte pour la vie. Cela demande une volonté impitoyable, froide, que possèdent peu d'hommes.

Gabriel but son café d'une traite et jeta un œil furtif sur la double page du grimoire. De vieilles photographies en noir et blanc encadraient un texte rédigé en anglais.

L'antiquaire appuya son index sur l'une d'elles.

– Tenez, voici un des clichés les plus connus à leur sujet.

Gabriel et Lucas se tordirent le cou pour mieux voir. Accroupis sur un immense tapis oriental, sept hommes enturbannés, barbe grise leur dévorant la moitié du visage, fixaient l'objectif d'un air patibulaire. Deux d'entre eux se fusillaient du regard, tels deux fauves sur le point de s'écharper.

– L'homme que nous recherchons est un Thug ? demanda le capitaine.

– C'est un peu plus compliqué.

– Parce que ce qui précède était facile d'accès ?

– Il est admis que les Thugs étranglaient leurs victimes à l'aide d'un *rumāl*, comme celui que vous avez retrouvé au cou de ce malheureux. Ils n'étaient pas sélectifs : cavaliers, voyageurs, porteurs d'or, Indiens, pauvres ou non, la somme la plus mince en leur possession était une incitation au meurtre. Là où la méthode différait par rapport aux *dacoits*, c'était dans la manière de dissimuler les cadavres.

Gabriel comprit enfin le parallèle.

– Ils les démembraient.

– N'oubliez pas que tous ces événements se déroulaient exclusivement sur les routes. Les Thugs étaient d'ordinaire prévoyants et creusaient des fosses au préalable afin de faire disparaître les corps sans délai. Mais il arrivait parfois que les sols soient trop caillouteux. Deux solutions s'imposaient alors : avec un peu chance, un puits se trouvait à proximité. Il était alors facile de s'en débarrasser. Pour tromper sur l'origine de la puanteur, les Thugs tuaient des animaux errants et les jetaient par-dessus leurs victimes. La seconde option consistait à découper les membres, à les séparer pour éviter qu'ils ne gonflent et attirent les charognards. Il ne restait plus qu'à les enterrer en vitesse et à reprendre le chemin.

– Et ces Thugs, ils existent encore ?

– La compagnie anglaise a fini par exterminer la confrérie vers la fin du XIXe siècle, mais leur mémoire perdure partout en Inde.

– Que voulez-vous dire ?

Paulin s'accouda à son fauteuil, un voile de sueur sur le front.

– Parlez, bon sang ! Comment le souvenir des pires tueurs de l'histoire peut-il être encore d'actualité ?

– Parce que l'Inde n'est qu'une immense fracture qui ne parvient pas à se ressouder. Le système des castes, fondement même de l'hindouisme, crée aujourd'hui toujours plus de dissensions entre les peuples, de violences guidées par les préceptes d'une religion inéquitable. Et comme la révolte des pauvres attise la haine des élites, des milices privées composées de propriétaires terriens ont commencé à se répandre afin de museler les Dalits, les Intouchables. Parmi elles, certaines sont très dangereuses, comme *Ranveer Sena*. Composée de membres de castes supérieures ou d'hommes de main féroces appelés *goondas* et implantée originellement dans l'État du Bihar, dans le Nord-Est de l'Inde, elle combat avec force les paysans qui osent se rebeller et quémander de meilleures conditions de vie.

– Laissez-moi deviner leurs méthodes…

Ambroise Paulin acquiesça gravement.

– Empruntées aux Thugs. Et cela concerne pratiquement toutes les milices. En Inde, la confrérie des étrangleurs est une véritable légende. Tout le monde en a entendu parler, et leur mémoire continuera à se propager tant que ces nationalistes sèmeront la terreur.

Gabriel fit un rapide état des lieux dans sa tête.

Le meurtre de Julien Baron, ou du moins sa mise en scène, était une reproduction brute et imparfaite des exécutions commises par un escadron de tueurs indiens qui avaient sévi aux XVIIIe et XIXe siècles.

Étranglement, éviscération, démembrement, clés de voûte d'une violence hors du commun.

Quarante mille morts par an…

Le chiffre donnait le tournis.

Combien mouraient encore sous les coups de ces milices privées, fiers disciples des Thugs, fléau d'une Inde moderne coupée en deux ?

Quelque chose tracassait le capitaine. Quelque chose en rapport avec ce qu'Ambroise Paulin avait dit au sujet des propriétaires terriens.

Qu'ils traquaient et tuaient les Intouchables…

Il commenta son analyse à voix haute :

– Le tueur s'inspire de méthodes ancestrales, reprises de nos jours par des mercenaires à la botte de puissants propriétaires fonciers. Mais son visage brûlé… Est-il possible que nous soyons sur les traces d'un Intouchable ?

– Je ne vois pas ce qui vous fait penser ça.

Gabriel se pencha en avant et appuya son index sur la table.

– Les mutilations au vitriol sont considérées comme des crimes d'honneur en Asie. Voilà ce qui me perturbe : en Inde, les milices privées agissent sous les ordres de riches propriétaires fonciers et écrasent les actes de révoltes des castes inférieures. Or, notre homme semble calquer le même schéma meurtrier que ces soldats. Pourquoi ? Serait-il possible d'avoir affaire à un Intouchable opérant au sein d'une de ces milices ?

– C'est un peu tiré par les cheveux, si on considère que les Intouchables sont les premières victimes de ces milices.

Le capitaine n'en démordait pas. Les théories fusaient à cent à l'heure sous son crâne. Même si elles bouleversaient potentiellement la donne.

– L'assassin s'exprime en français, pensez-vous qu'il puisse être originaire de Pondichéry ?

– C'est envisageable, même si tous les Indiens de Pondichéry ne le parlent pas. Le tamoul et l'anglais sont les deux langues officielles du territoire. Le français n'a plus qu'une valeur identitaire, même si Paris reste une destination rêvée pour beaucoup de jeunes.

– Où l'aurait-il appris, dans ce cas ?

Ambroise Paulin gratta un mince croissant de lune carbonisé incrusté sur la table.

– Au lycée français international, je ne vois que ça. Ce nom englobe tous les niveaux d'enseignement, de la maternelle à la terminale.

Gabriel se tourna vers Lucas. Il lui fallait à tout prix partager son hypothèse.

– Laure Baron se trouve dans cette zone. New Delhi n'était en effet qu'une simple halte touristique pour ses parents, et le meurtre d'Éloïse n'est qu'un malheureux concours de circonstances. La véritable raison qui a poussé ce meurtrier indien à sortir de sa tanière se trouve à Pondichéry et ses alentours. Il faut prévenir Jérémy, qu'il checke immédiatement les vols en partance pour cette région de l'Inde au cours des deux dernières semaines.

– Je m'en charge.

Lucas se leva et sortit du salon pour passer son appel. Son idée était folle, boiteuse, mais Gabriel l'envisageait sérieusement : la gueule brûlée habitait l'ancien comptoir français. Il avait étudié la langue sur les bancs du lycée international, comme un vieux souvenir gardé de l'époque coloniale.

Là d'où je viens, la justice n'existe pas. C'était mot pour mot ce qu'il avait dit à Lucas avant de disparaître. *Là d'où je viens...* Cela ne pouvait pas être plus explicite, et le sens de cette phrase parut soudain lui sauter aux yeux.

Son visage, il l'avait perdu à cause de sa condition d'Intouchable. Parce qu'il n'était pas né dans la bonne famille. Un paria, élevé au même rang que les chiens. La sonde lancée auprès des centres des grands brûlés ne leur était plus d'aucune utilité. Autant la laisser couler pour de bon.

Gabriel observa la photo en noir et blanc représentant des Thugs. C'était comme si, enfin, le portrait du tueur s'offrait à eux. Les coulées de lave durcie en moins.

Une interrogation subsista : en débarquant à l'aéroport, où avait-il logé ? À l'hôtel ? Compte tenu de son faciès monstrueux et reconnaissable entre mille, réduire ses apparitions au minimum semblait inévitable.

Pas de transport en commun – excepté l'avion, évidemment –, pas de location de véhicule non plus. Il fallait parer au plus pressé. Aucune réservation à l'avance, tout devait se régler en cash une fois sur place.

– Savez-vous qui aurait pu l'héberger en toute confiance à Paris ?

– Je… je ne veux pas d'ennuis.

– Alors répondez.

Ambroise Paulin soupira, en sortant un paquet de cigarettes de sa poche.

– Mani Vijayan, une petite frappe qui loue régulièrement des appartements clandestins aux immigrés indiens et sri-lankais. Si celui que vous recherchez se soucie de sa discrétion, alors le nom de Vijayan a dû lui revenir aux oreilles. (Il s'alluma une clope en un crissement de briquet.) Un véritable agent immobilier, ce type. En plus de devoir rembourser leur passeur durant des années, ses locataires se retrouvent à payer des loyers exorbitants sous peine d'être jetés à la rue et de mourir de faim ou de froid. Voire les deux.

– Vous pouvez nous conduire à lui ?

Paulin se hissa hors de son fauteuil.

– Laissez-moi passer quelques coups de fil auparavant.

CHAPITRE 67

Trois quarts d'heure plus tard, Gabriel et Lucas s'étaient enfoncés dans les rues de *Little Jaffna* et se tenaient à présent face à un vieil immeuble en brique, non loin du jardin Rachmaninov, îlot de verdure esseulé au milieu des colonnes de béton.

L'antiquaire écrasa son mégot sur le couvercle métallique d'une poubelle et se ralluma une cigarette dans la foulée.

– D'après mes renseignements, Vijayan crèche dans une de ces piaules. Ce qui veut dire par là qu'il y gère aussi son business. Je ne voudrais pas jouer l'oiseau de mauvais augure, mais cette ordure ne vous sera d'aucune utilité.

– Pourquoi ? demanda Gabriel.

– Les transactions illégales, le mec en a fait son fonds de commerce. Plus il y a de misère autour de lui, plus il jouit dans son froc. Un mécanisme imparable.

– Provenant d'un indic, c'est plutôt cocasse comme remarque.

Paulin haussa les épaules en recrachant un nuage de fumée.

– Ne comparez pas. Ce minable n'a aucun scrupule, je me demande même s'il possède un cœur. Du moment que la personne allonge la sauce, il se fout de connaître son pedigree.

– C'est ce qu'on va tout de suite savoir.

L'équipe d'un jour traversa le trottoir et entra dans le hall. Une odeur d'épices émanait d'un des appartements, vite supplantée par celle, plus chimique, de la javel. Dans la cage d'escalier, une ampoule dénudée diffusait une faible lumière, si faible qu'elle n'éclairait pas suffisamment la tapisserie d'un marron uniforme, couleur de chiasse.

Lucas posa sa main sur la rampe en bois avant de la retirer aussitôt, collante de poussière.

– Laissez-moi parler en premier, décréta le Franco-Pondichérien. Ça évitera les malentendus.

Ils filèrent au deuxième étage, appartement 23. Paulin frappa à la porte non sans dévisager les policiers. Une jeune femme à la peau mate apparut dans l'embrasure. Ses grands yeux étonnés se posèrent successivement sur chacun des hommes. Prise de panique, elle recula sur le seuil pour refermer la porte mais Lucas, plus vif, entra de force à l'intérieur du logement.

Un bébé hurla, la femme se mit à crier à son tour et un homme ne tarda pas à se mêler à la cohue. Les flics brandirent leurs cartes pour tenter de ramener tout ce petit monde à la raison, mais rien n'y fit. Les cris redoublèrent, se noyèrent dans un dialecte incompréhensible.

Ambroise Paulin se faufila entre les gouttes et agita les bras devant Lucas. Une bien maigre barrière qui suffit cependant à calmer les ardeurs de chacun.

– Bon sang, vous n'avez rien écouté ? Vijayan ne comprend pas le français. Ce n'est pas en beuglant que vous obtiendrez des infos. Faites-moi confiance.

Puis il s'adressa au propriétaire, qui ne décolérait pas. Sa femme s'était déjà précipitée dans la pièce voisine pour rassurer son enfant. Après une brève discussion en tamoul – pendant laquelle les flics ne purent faire autrement qu'attendre en silence –, Paulin se tourna vers eux.

– Que lui avez-vous dit ? demanda Gabriel.

– La stricte vérité : vous recherchez un homme originaire du territoire de Pondichéry, qu'il aurait peut-être accueilli au cours des deux dernières semaines.

– Et alors ?

– Il ne sait rien.

– Mentionnez son visage brûlé à l'acide. La mémoire lui reviendra.

Paulin soupira avant de s'exécuter. La moustache noire du bailleur frémit, comme traversée par une onde électromagnétique. Sa bouche s'ouvrit et les mots glissèrent sur ses lèvres à une vitesse folle, ponctués par les hochements de tête de l'antiquaire.

Gabriel isola un mot qui revenait souvent, sans pour autant être catégorique. *Asseel*.

Le capitaine de police demanda sa signification.

Le Franco-Pondichérien hésita, le regard fuyant. L'homme semblait tiraillé par une menace invisible.

– Je crois bien que vos doutes sont fondés. *Asseel*... Cela veut dire « non domestiqué » en bengali. C'est le surnom que les Dalits, les Intouchables, ont fini par attribuer à ce monstre.

– De qui parlez-vous ?

– Personne ne le sait vraiment. C'est un mercenaire, une bête redoutable qui vit avec le sang de centaines d'innocents sur les mains. Il fait partie d'une milice privée qui terrorise les castes inférieures du Tamil Nadu, un État situé dans le Sud de l'Inde. Son pouvoir est tel qu'il s'étend aux territoires voisins, dont celui de Pondichéry.

Gabriel regarda Vijayan par-dessus son épaule.

– Comment peut-il le connaître ?

– Asseel n'est pas n'importe qui. Une sorte de croque-mitaine, dont l'histoire s'est forgée au rythme des morts laissés dans son sillage. Plus que tout, c'est son destin qui a élevé cet homme au rang de légende.

Les flics échangèrent un regard. Question mythes, ils avaient eu leur dose.

– Vous pourriez être plus clair ? demanda Lucas.

– Ce sont des rumeurs qui circulent depuis une vingtaine d'années. Asseel serait issu d'une des castes les plus méprisées du Sud du pays. Un groupe de Brahmanes, lesquels campent au sommet de la hiérarchie hindouiste, l'aurait défiguré avec de la soude caustique lorsqu'il n'était encore qu'un enfant.

Paulin serra la mâchoire et jeta un regard plein de hargne aux policiers.

– Les traitements réservés aux Dalits sont particulièrement odieux. La pitié n'a pas sa place dans cette société patriarcale et les textes fondateurs de l'hindouisme relèguent les Intouchables au rang d'animaux. Ils sont pourtant faits du même sang que les membres des classes supérieures, mais leurs droits sont bafoués, leur intégrité humiliée, rabaissée. Ils sont censés polluer tout ce qu'ils touchent et doivent l'accepter. Asseel a subi le châtiment de l'acide pour je ne sais quelle raison, mais il y a fort à parier qu'il ait « souillé » l'honneur d'un Brahmane.

– Cela n'explique pas sa cruauté envers les siens.

– Au contraire. Les Intouchables se discriminent entre eux à l'image de leurs oppresseurs. Une hérésie collective, conséquence de lois nourries par la violence et la haine des plus faibles. Confrontés à leur propre impuissance à renverser ce système pyramidal, nombreux sont les Dalits à retourner cette colère vers leurs semblables. Asseel est l'un d'eux, mais lui est allé encore plus loin, en faisant le choix incompréhensible de traquer les Dalits rebelles. Et de les tuer. Vous l'affirmiez vous-même, on ne peut oublier une telle mutilation physique. Cet homme est connu et craint de milliers de villageois pour sa brutalité et son absence totale d'empathie envers les Intouchables. *Asseel* est également le nom indien désignant le gaur, qui est le plus gros bovidé d'Asie du Sud-Est. Une appellation à double sens qui résume bien la dangerosité de cet homme.

Gabriel se gratta le sommet du crâne, incrédule.

Le meurtre de Julien Baron portait le sceau d'une sauvagerie insensée. Étranglement, démembrement… Ce descendant illégitime des Thugs l'avait écrasé tel un vulgaire insecte. Le procédé était comme une carte de visite laissée sur le lieu du crime.

– Quand est-ce qu'il est arrivé en France ?

Une nouvelle conversation se déroulait en tamoul quand le téléphone de Lucas sonna. Il décrocha sans lâcher les deux hommes des yeux. La voix surexcitée du cadet claqua dans le combiné :

– On l'a trouvé ! De son côté, avec l'aide d'Interpol, Éric a contacté le consulat de France à Pondichéry. Vous n'allez jamais le croire. C'est fou !

– Respire, mon gars. Que se passe-t-il ?

– Tu avais vu juste : Laure a embarqué pour l'Inde à bord d'un avion appartenant à une compagnie qatarienne. Elle a décollé le dimanche 5 janvier à 8 h 25, fait escale à Doha après six heures de trajet, avant de reprendre la direction de l'aéroport international de Chennai, son terminus. J'ai vérifié, Chennai est la ville qui dessert le mieux Pondichéry.

– Comment s'y est-elle rendue ?

– Le plus simplement du monde : en louant un véhicule. Il faut compter moins de trois heures de route.

Lucas serra la coque de son portable entre ses doigts. Depuis ce matin, l'enquête connaissait une progression fulgurante.

– Sa date de retour, tu l'as avec toi ?

– Elle était prévue pour samedi dernier…

Un pic de tension raidit la colonne vertébrale du flic. L'adrénaline se propagea dans tous ses membres. Laure n'était pas rentrée au bercail comme prévu.

– Éric s'est tout de suite mis en relation avec le consulat. Et devine quoi ? Pas plus tard qu'il y a deux jours, le corps d'une ressortissante européenne a été retrouvé sur un terrain vague, partiellement démembré et le visage recouvert d'un *rumāl*.

– Ils ont son identité ?

– C'est bien elle… Laure Baron.

Lucas remercia son collègue et raccrocha.

– L'homme que Vijayan a hébergé, demandez-lui où il est.

Le Franco-Pondichérien obtempéra, avant de confirmer le mauvais présage.

– Il est reparti en Inde mercredi dernier.

CHAPITRE 68

Une tension extrême régnait dans l'open space du groupe Bélier.

Visages chauffés à blanc, nerfs contractés, les flics tournaient comme des lions en cage, incapables de rester en place. Les coups de téléphone fusaient depuis près d'une heure, un chaos ambiant ponctué d'ordres brefs.

Cette fois, la messe était dite. Ils n'élucideraient jamais cette affaire en restant en France. Désormais, tous les yeux étaient braqués sur l'Inde, plus précisément sur l'ancienne enclave française de Pondichéry. Laure Baron était morte en terre inconnue, et leur seule chance d'avoir accès au dossier était d'entrer en contact avec les autorités locales.

Pas par mail, ni par voie postale, mais physiquement.

Une partie d'échecs géante, facilitée par les bonnes relations diplomatiques entre les deux pays. Même si cela n'empêchait pas des négociations âpres, parfois musclées.

Lucas se passa une main sur le visage avant de s'écrouler sur son siège. L'Inde. Il ne connaissait rien à ce pays. Tout au plus quelques bribes sur l'histoire de Gandhi et son mouvement de désobéissance civile qui avait mené à l'indépendance de l'Inde britannique en 1947. Pas de quoi fouetter un chat.

Le Bélier raccrocha et chercha l'horloge murale du regard. Déjà 18 heures. Le temps était compté.

– Tout est arrangé, lança-t-il à la cantonade. L'ambassade s'active pour nous dérouler le tapis rouge. L'un de ses commissaires sur place, Chandra Mohan, est en contact direct avec les policiers qui ont découvert le corps. Il sera votre principal interlocuteur, mais aussi votre traducteur.

– Qui a les honneurs de partir en vacances ? s'enquit Lucas.

– Toi et Gabriel. Je reste ici pour éviter que les hauts placés du ministère de l'Intérieur nous pètent une durite. Pantin est monté au créneau, il réclame des résultats rapides et de la discrétion. En clair, on marche sur des braises.

– J'imagine que nos billets sont déjà prêts.

– Vous prenez le premier vol demain matin. Classe économique, désolé. Mais vous embarquerez avec la même compagnie que Laure afin de réduire votre temps d'escale.

– Pas de shopping à Doha, alors…

– À moins que tu veuilles claquer ton salaire pour un jean. Chandra Mohan va être briefé par ses supérieurs, il vous attendra sur le tarmac de l'aéroport. Le rapport d'enquête devrait, quant à lui, vous parvenir sous peu sur vos boîtes mail. Le vol risque d'être long, vous aurez donc le temps d'en prendre connaissance.

***

Trois jours.

C'était le délai accordé par leurs supérieurs pour terminer l'enquête et coincer le tueur indien. De retour à son hôtel, Lucas chargeait son sac de sport avec humeur. Il avait relevé, par curiosité, la distance qui séparait Paris de Chennai. Huit mille trente et un kilomètres…

À cela s'ajoutait le trajet de l'aéroport à Pondichéry, le décalage horaire et un climat tropical qui promettait de lui faire vivre un enfer. Et des types qui passaient leur temps ensevelis sous la paperasse exigeaient d'eux qu'ils résolvent l'équation en deux coups de cuillère à pot.

Déprimé, il referma son ordinateur avant de le fourrer entre deux piles de vêtements. Deux chemises, deux jeans, un sweat. Question anticipation, on avait connu mieux. Il ignorait si la pluie – ou plutôt la mousson – allait leur tomber dessus. Il s'en fichait.

Le départ depuis l'aéroport Charles-de-Gaulle était prévu pour 8 h 25. Il termina sa valise à la hâte et éteignit son portable, puis il sortit de sa chambre.

Il voulait voir Noémie une dernière fois, comme pour trouver le courage et la force de ne pas faiblir.

***

L'avion décolla à l'heure, après les traditionnels contrôles de sécurité et, surtout, une attente interminable. Le stress montait. Non pas à cause du fait de planer en moyenne à dix mille mètres d'altitude durant presque six heures, mais bel et bien à cause de la crainte d'échouer.

Leur seule certitude était qu'un type de l'ambassade allait leur servir de guide tout au long de leur périple. Une fois en Inde, cet homme deviendrait pour eux aussi crucial que l'oxygène. Une véritable assurance-vie.

Quand ils eurent quitté la terre ferme, Lucas sombra dans un sommeil sans rêves. La veille au soir, il avait réussi à gratter quelques minutes auprès de l'infirmière de garde. Il était entré dans la chambre de Noémie avant d'aller s'asseoir sur un des fauteuils, le cœur déchiré.

Là, dans le clair-obscur figé par la fragilité de l'instant, il avait observé la jeune femme avec une tendresse infinie. Il avait remué les souvenirs dans le silence de la nuit, jusqu'à ce que les larmes viennent briller sur ses joues. Comme une libération.

Ses larges épaules avaient tressailli, sa tête, si lourde de chagrin, s'était réfugiée entre ses mains. Il avait craqué. Deux ans après la mort d'Alice.

Un mois à peine après celle de Pauline. Des larmes brûlantes avaient ruisselé sur son visage, inondé son regard de flammes salines. Sa gorge s'était bloquée, nouée par la terreur, transformant sa cage thoracique en une fournaise qui ne demandait qu'à consumer ses os.

Son énergie, craquelée, essorée jusqu'à la dernière goutte, s'était rechargée au rythme de l'activité cardiaque de Noémie. *Bip, bip, bip*...

Prostré dans l'angle de la chambre, paralysé par la peur et la rage, il s'était juré de revenir avec le scalp du tueur.

CHAPITRE 69

Placé devant le hublot, Gabriel contemplait distraitement les nuages opaques, cotonneux, qui les séparaient du reste du monde.

Ce matin, peu après être descendu du taxi sur la zone qui leur était réservée, le capitaine avait reçu un appel du Bélier. Trois autres cadavres de la forêt d'Eawy avaient été formellement identifiés. Deux d'entre eux étaient des sans-abri, mais le dossier s'était perdu dans les méandres de l'administration.

On accordait peu d'importance aux morts de la rue. Alors ceux qui s'évaporaient dans la nature…

La troisième, une toxico de quarante-trois ans, le cerveau et les veines ravagées par la mescaline, avait été aperçue pour la dernière fois six mois plus tôt à la sortie d'un bar, complètement défoncée.

Pas de témoin, pas de famille. Les *Rônin* ratissaient les caniveaux et se rabattaient sur les cancers de la société, des hommes et femmes à la marge, « inutiles » et coûteux. Des idéaux que n'aurait pas renié leur bon vieux Führer.

En ce qui concernait les cygnes noirs donnés en pâture aux cochons, les services médico-légaux s'efforçaient à rassembler du mieux qu'ils le pouvaient les morceaux éparpillés dans l'enclos. Un puzzle organique géant, particulièrement macabre. En point d'orgue, le suicide de leur maître posait question.

Ou plutôt la phrase qu'il avait prononcée avant de se trancher la gorge : *Nous récoltons tous un jour ou l'autre ce que nous semons.* Comme un regret exprimé à demi-mot.

Gabriel se gratta le menton. Si le gourou avait été capable d'éventrer une femme pour récupérer son fœtus – son propre enfant –, à quelle abjection fallait-il s'attendre du côté de Baron ?

Les deux hommes partageaient une fascination malsaine pour l'Inde et la richesse culturelle de son peuple. *La pureté de son sang.*

Il en était convaincu : le chapitre sur le Soleil noir et le mythe de la race suprême n'était pas terminé.

Il détacha son regard des nuages et extirpa l'ordinateur portable de sa housse. Comme le Bélier l'avait préconisé, il comptait mettre à profit les nombreuses heures de vol qu'ils avaient devant eux pour étudier le rapport d'enquête sur Laure Baron.

Sur le siège voisin, Lucas ronflait déjà. Le capitaine se connecta à son compte et vérifia ses mails. L'un d'eux émanait de leur contact au consulat de Pondichéry.

Bonjour,

Vous trouverez ci-joint les dossiers transmis par les autorités d'Ariyankuppam, où le corps de madame Laure Baron a été retrouvé. J'en suis navré, mais les originaux étant en tamoul, j'ai demandé à l'inspecteur principal de me fournir une copie en anglais.

Bien entendu, une fois que vous serez sur place, je répondrai volontiers à toutes vos questions.

Cordialement,

Chandra Mohan

Un rapport en anglais…

Gabriel soupira. Il ne s'était même pas interrogé sur les méthodes de travail de la police locale. Était-elle compétente ? Avait-elle un début de piste ? Si la renommée funeste d'Asseel était bien réelle, comment avait-elle dirigé ses recherches ? Directement sur lui ?

Il prit son inspiration et cliqua sur les pièces jointes.

– C'est une blague…

Trois pages, en tout et pour tout. Trois feuillets d'un jaune crasseux et scannés en mauvaise qualité. Gabriel, les doigts rivés sur le clavier, fut tenté de demander s'il se foutait de sa gueule.

Il se ravisa et ouvrit la première page, s'attendant au pire.

Écriture en pattes de mouche, hésitante, presque enfantine. Facile à traduire. Déjà ça de gagné…

Quarante-huit heures plus tôt, le corps supplicié de Laure avait été aperçu par des randonneurs sur un terrain vague, au sud du village de Ariyankuppam. Contactée dans la foulée, la brigade locale était intervenue et s'était mise au travail. Laure présentait des lésions terrifiantes : jambes arrachées au niveau de l'aine et placées sur sa poitrine, bras sectionnés, pulvérisés à coups de marteau. Gorge tranchée, ventre ouvert sur les fibres de ses entrailles.

Et le *rumāl*, voilant tel un suaire le visage de la morte. Le tueur – Asseel – n'avait pas fait dans la dentelle et puisait son imagination meurtrière dans le passé ultra violent des Thugs.

Combien de temps le cadavre était-il resté cuire au soleil, ses organes offerts aux charognards ? Par quel moyen avait-il été identifié ? La suite du compte rendu demeurait nébuleuse. Portait-elle des habits ? Des bijoux ?

Autre fait surprenant, aucune photo de la scène de crime n'était rattachée au dossier. Une simple carte topographique, agrémentée d'un point rouge pour situer la position, avait suffi. Par contre, quelques clichés de Laure sur sa table d'autopsie gonflaient allègrement cette parodie de rapport.

Les conclusions du légiste ? Mort par strangulation. Très bien, après tout elle ne différait pas de la cause du décès de son géniteur. Mais où étaient passées les annotations, les résultats de l'examen externe/interne ?

On aurait dit que le dossier avait été ficelé à la hâte, bâclé par une brochette d'amateurs.

Ces randonneurs, qui étaient-ils ? Pourquoi aucun procès-verbal n'avait-il été établi, ni même de constatations ?

Gabriel opéra une rapide recherche sur le Web. La commune d'Ariyankuppam se trouvait à quelques encablures de Pondichéry. Un immense territoire sauvage, traversé par une mince langue de terre sillonnant entre les cahutes.

Le tueur disposait d'un réservoir illimité pour faire disparaître le corps à sa guise, et pourtant il avait échoué. Étrange.

Gabriel se rongea les ongles en pensant au commissaire du consulat.

Des questions, ça oui, il en avait des tonnes en réserve.

CHAPITRE 70

Aéroport de Chennai, le lendemain. 6 h 20, heure locale.

Lucas cligna plusieurs fois des paupières, la respiration altérée. Il avait dormi. Beaucoup. Et mal. Sous son crâne vibrait un rouleau compresseur en approche. Il sentait les muscles de son dos se durcir, se réveiller en hurlant de douleur.

Sa chemise trempée de sueur, froissée en accordéon, collait à sa peau à la manière d'un film graisseux. L'escale sous la chaleur de Doha n'avait été qu'une mise en bouche sur ce qui les attendait en Inde.

La porte avant de l'A350 s'ouvrit en libérant sa première poignée de voyageurs, des touristes pour la plupart. Une odeur de sable fin se répandit dans la cabine, portée par le souffle du vent, que Lucas devinait lourd et humide.

Comme convenu, Chandra Mohan patientait en bas de l'appareil. Il portait une chemise flottante en lin et un pantalon en flanelle de couleur crème et se tenait les mains enfoncées dans les poches. Le soleil se levait à peine et le mercure affichait déjà vingt-neuf degrés. Déboussolés par le décalage horaire – il était un peu plus de deux heures du matin à Paris –, les policiers descendirent la passerelle d'une démarche lente, pataude.

Le commissaire s'avança vers eux, un large sourire éclairant son visage mat. L'homme évoluait dans son milieu naturel. Cette chaleur écrasante, il la savourait.

Ils échangèrent une solide poignée de main.

– Enchanté, messieurs. J'espère que vous avez fait bon voyage. Si vous le souhaitez, je vous propose que nous allions prendre un petit déjeuner à l'aéroport. Vous devez être exténués.

– Nous mangerons dans la voiture, si ça ne vous dérange pas, insista Gabriel.

Mohan haussa délicatement les sourcils, sans se départir de son sourire.

– Je comprends. Vous pourrez vous reposer à l'arrière, ce sera toujours plus confortable que l'avion. Je vous accompagnerai dans chacun de vos déplacements et tiens à ce que vous sachiez que toutes les portes du district de Pondichéry vous sont ouvertes.

Un discours de circonstance, accueilli sans effusions. Sans perdre plus de temps, ils embarquèrent dans une berline blanche et quittèrent le tarmac dans un nuage de poussière.

– Mes supérieurs m'ont informé de votre enquête en cours à Paris. C'est du costaud.

Gabriel remarqua pour la première fois son accent, une touche de saveur orientale roulant sur sa langue.

– Vous avez lu le rapport d'enquête transmis par les autorités locales ? attaqua d'emblée le capitaine de police.

– Pourquoi, il y a un problème ?

– Un problème ? Il fait trois pages, à peine de quoi se torcher les fesses avec. Qui est en charge du dossier ?

– L'inspecteur Anju Singh. Vous savez, le poste d'Ariyankuppam n'est pas vraiment habitué à traiter ce genre d'affaire.

– Dans ce cas, pourquoi ne pas l'avoir déléguée à un service plus compétent ?

– Ce n'est pas si facile.

Une réponse laconique, un brin mystérieuse, que Gabriel ne chercha pas à discuter. Mais il garda ce problème dans un coin de sa tête, prêt à le ressortir au moment adéquat.

Affalé sur la banquette arrière, une bouteille d'eau entre les doigts, Lucas essuya la sueur qui ruisselait sur son front.

– Par où démarrons-nous ? demanda-t-il d'une voix essoufflée.

– Nous nous rendons à la morgue de l'hôpital Panchayat, entre Pondichéry et la commune d'Ariyankuppam, fit-il en croisant son regard dans le rétroviseur. C'est là-bas que le corps de la défunte se trouve.

Lucas s'agrippa à l'appuie-tête et s'avança.

– Pouvez-vous nous parler de l'enquête ? Comme vous l'a expliqué mon collègue, trois pages pour un rapport officiel, c'est très léger. Vous avez pris le temps d'y jeter un œil ?

– Je ne vais pas vous mentir ; alors non, je ne l'ai pas lu. Ces derniers temps, le contexte politique de l'Inde est particulièrement délicat. Le parlement a voté une loi visant à accorder la naturalisation aux réfugiés, à condition qu'ils ne soient pas musulmans. Depuis 2014 et l'arrivée au pouvoir de Narendra Modi, une stratégie nationaliste se met progressivement en place dans les différents États.

– Pourquoi les musulmans sont-ils les seuls concernés ?

– L'islam est la seconde religion derrière l'hindouisme, ce qui n'est pas du tout pour plaire à Modi. Avant de devenir premier ministre, Modi était surtout connu pour être l'ancien secrétaire général du RSS, une organisation très ancienne qui élève la race hindoue au rang d'unique modèle.

La race…

À peine une heure de présence sur le sol indien et les deux flics sautaient à pieds joints dans ce qui ressemblait comme deux gouttes d'eau aux rêves d'avenir de Himmler et de toute sa clique.

– Les affrontements se multiplient aux quatre coins du pays, dont la ville de Chennai, poursuivit le commissaire. Les communautés se déchirent entre elles. Les nationalistes hindous, et ceux qui se proclament comme tels, se munissent de barres de fer ou de bâtons de bois et s'en prennent aux musulmans. Les vidéos de tortures et d'humiliations tournent en boucle sur les réseaux sociaux, de violents incendies éclatent un peu partout. Le Cachemire, région à majorité musulmane, a vu son indépendance révoquée en août dernier. Modi cherche à imposer l'hindouisme par la force, quitte à faire crever des centaines de milliers d'innocents.

Une telle franchise sortant de la bouche d'un diplomate en disait long sur la situation explosive du pays. Mohan ouvrit la vitre et alluma une cigarette.

– Vous m'excuserez, je suis un peu à cran. Après tout, il ne fallait pas s'attendre à mieux venant de la part d'un homme issu de la même organisation que l'assassin de *Bapu*.

– *Bapu* ?

Le commissaire tira une taffe et se tourna vers Gabriel, sourire rusé aux lèvres.

– Le surnom du Mahatma Gandhi. Ça veut dire « père ».

CHAPITRE 71

La State Highway 49, l'autoroute reliant Chennai à Pondichéry, se résumait à une immense saignée de sept cents kilomètres de longueur.

À leur gauche, le golfe du Bengale étendait le velours de ses vagues cuivrées par le soleil levant jusqu'aux confins de l'horizon.

Le front collé à la vitre, oubliant ses idées noires et le visage endormi, figé, de Noémie, Lucas s'émerveillait du spectacle. Si beau, si serein, le silence de la mer glissait avec délice sur ses prunelles. Enfin, Pondichéry se révélait à eux. Un cyclone brûlant fait de chair et de bruit, une explosion de couleurs, de senteurs épicées, chaudes et envoûtantes.

Sur les trottoirs, des vendeurs d'étoffes, parfois pas plus âgés que des mômes, se mêlaient aux stands garnis de fruits exotiques, de marmites fumantes. Des vaches déambulaient au milieu des voies encombrées, des deux-roues surgissaient de partout, contournaient les bêtes sacrées avant de poursuivre leur chemin.

Un joyeux tumulte, dynamique et pigmenté.

Mais ce qui fascinait le plus, c'était cette architecture bigarrée, héritée de la période coloniale. Les rues d'abord, rectilignes et larges, se croisant à angle droit : le fameux plan en échiquier.

Ensuite venaient les demeures françaises, aux façades imposantes et percées de fenêtres régulières. Des bougainvilliers en fleur fusaient sur les murs pour venir se prélasser sur les balcons en fer forgé, à l'ombre de grands arbres.

Enfin, dernière surprise de taille, beaucoup de touristes occidentaux se promenaient dans les rues. Des couples se tenant la main, des randonneurs cuits par le soleil…

Un charme suranné se dégageait de cette pépite multicolore. Ça sentait bon le sable chaud et les vacances.

Le commissaire s'improvisa comme guide touristique et pointa son index vers l'ouest.

– Nous sommes ici dans le quartier français, mais si vous vous enfoncez plus loin, vous arriverez dans la partie tamoule de Pondichéry. Le patrimoine de cette ville est unique en Inde, voire au monde ! Une foule de voyageurs s'y presse chaque semaine, et ça ne fait qu'empirer le week-end.

– Et l'hôpital, où est-il ? hasarda Gabriel.

– Perdu dans la cambrousse. Ce n'est plus très loin, nous y serons d'ici une quinzaine de minutes.

Après avoir dépassé deux vaches paisiblement allongées sur la route – « ces animaux ont plus de droits que les musulmans et les Intouchables », commenta Mohan – et roulé sur plusieurs kilomètres, ils laissèrent derrière eux les palpitations urbaines de l'ancien comptoir pour une sève plus primitive, celle d'une nature ancestrale où l'homme ne triompherait jamais.

Des rouleaux de poussière rouge se creusaient, tanguaient, voltigeaient dans l'air sec. Les maisons se raréfiaient, réduites à quelques baraques de terre enduites de chaux. Le circuit touristique était terminé. Place au monde réel, condamné à l'indifférence.

L'hôpital Panchayat se découvrit derrière une muraille végétale. Un bâtiment gris, décrépit, entouré d'arbres croulant sous les lianes.

Ici, pas de parking, encore moins d'ambulances. Une porte étroite, écrasée entre deux colonnes, faisait office d'entrée.

– Ça ne paye pas de mine… murmura Gabriel.

– Cet hôpital n'est qu'à cinq minutes à vol d'oiseau du lieu où le corps de madame Baron a été retrouvé, dans le faubourg de Kombakkam.

– L'inspecteur Singh est censé nous rejoindre ?

– Pas à ma connaissance. Si vous désirez le rencontrer, je passerai un appel au poste de police tout à l'heure.

Le hall d'entrée confirmait l'état d'abandon dans lequel croupissait le bâtiment. Précédés par Mohan, les flics longèrent un couloir ponctué de portes closes, anonymes. Des médecins en blouse blanche discutaient entre eux, d'autres poussaient des chariots de fer. Personne ne semblait les remarquer, comme si la présence de deux Blancs dans ce lieu paumé de la campagne indienne était tout à fait normale.

Nouveau couloir, celui de la morgue. Murs en ciment, canalisations au plafond, plafonniers aux lueurs blafardes.

Ils franchirent la porte à double battant et découvrirent un spectacle désolant. Une vingtaine de cadavres s'alignaient sur des tables en inox, des brancards, certains allongés sur le sol et enveloppés dans un linceul par manque de place. Des blessés par balles, des pommettes fracturées, des crânes défoncés. La mort se présentait sous toutes ses coutures.

Une odeur violente et visqueuse saturait l'air. La putréfaction des tissus avait commencé.

– Qu'est-ce qui s'est passé ? demanda Lucas à voix basse.

Le regard du commissaire trahit un immense désespoir.

– Les affrontements dont je vous parlais tout à l'heure. L'Inde s'embrase de partout à cause de cette réforme controversée.

– Vous voulez dire que ces hommes…

– Oui, ils sont morts au cours de manifestations. Des musulmans pour la plupart. La répression menée par le pouvoir nationaliste est particulièrement brutale, la police étouffant toute résistance avec l'appui du gouvernement et des milices privées.

(Il lorgna un enfant au visage piétiné, tuméfié.) Les morgues et les hôpitaux, déjà peu équipés, sont saturés. Ceux-là peuvent très bien venir de Chennai, voire d'au-delà. Il ne manque plus qu'une épidémie pour que le pays bascule dans le chaos absolu.

– Que faites-vous des cadavres ? demanda Gabriel avec une certaine fébrilité.

– Nous… nous n'avons pas le choix : nous les brûlons, comme le veut la tradition hindoue.

Le capitaine de police sentit son cœur s'accélérer.

– Vous êtes en train de nous dire qu'un grand ménage est fait chaque jour dans vos morgues ?

La panique s'empara du commissaire Mohan.

– Où est le légiste ? hurla presque Gabriel. Où est ce putain de légiste ?

– Juste derrière vous, répondit Mohan d'un signe du menton.

Les policiers se retournèrent. Un homme mince, affublé d'une blouse blanche trop ample, venait de surgir par la porte. Ses sourcils froncés, noirs et broussailleux, exigeaient une explication à ce raffut.

– Demandez-lui où est le corps de Laure Baron.

Mohan joua l'intermédiaire. Son visage se rembrunit à mesure que la réponse franchissait les lèvres du médecin.

– Il… il a fait l'objet d'une crémation, pas plus tard qu'hier soir.

CHAPITRE 72

– Il a fait quoi ? rugit Gabriel.

– S'il vous plaît, calmez-vous.

– Vous êtes sérieux ? Vous croyez qu'on s'est farci ce voyage pour quoi ? Le plaisir ?

Le commissaire Mohan ne répondit pas. Gabriel se détourna et se mit à faire les cent pas, le temps de ravaler sa colère. De rage, il frappa le mur carrelé du plat de la main.

La sueur lui piquait le visage, brûlait ses paupières.

– Le rapport n'indique pas de quelle manière ils ont identifié le corps. Comment ont-ils réussi ?

Mohan traduisit pour le médecin.

– Il dit qu'il ne sait pas.

– Ah oui, vraiment ? Il y a forcément un flic du coin qui s'est ramené ici. Portait-elle des vêtements ? Ou mieux, avait-elle des papiers d'identité ?

– Elle…

– Elle quoi ?

– Il dit qu'elle était nue.

– Dans ce cas, comment est-ce possible ? Comment ont-ils identifié une femme qui n'avait jamais foutu les pieds en Inde ? Quelqu'un les a forcément rencardés.

Le légiste restait en retrait, raide comme une trique. Son air hautain, sa moustache qui lui bouffait la lèvre, ses deux mains jointes dans son dos, tout en lui insupportait Gabriel.

– Il n'y a pas eu d'autopsie, je me trompe ?

– Les services sont débordés, je vous l'ai dit.

– Vous voulez mon avis ? L'enquête a été sabotée, méticuleusement réduite en miettes avant notre arrivée. L'homme que nous recherchons se fait appeler Asseel. Un tueur d'Intouchables qui règne au sein d'une milice privée de la région. Une gueule rongée à la soude caustique. Ça cogite ou non ?

Des vibrations de peur circulaient dans la salle souterraine, crépitaient sous les épidermes à la manière de décharges électriques.

Chandra Mohan coula un regard vers le légiste. Des tics nerveux apparurent sur son visage. S'il ne saisissait pas un traître mot de français, il avait au moins compris l'un d'eux : *Asseel*.

– Allons discuter dans un endroit plus calme, murmura le commissaire.

***

Les trois hommes s'attablèrent à la cafétéria de l'hôpital.

Mohan d'un côté, les flics de la crim de l'autre. Un tribunal, version réduite. Gabriel ne ressentait qu'une seule émotion : la colère.

Sous couvert d'une guerre civile qui ravageait le pays depuis plusieurs semaines, le corps de Laure Baron avait été jeté aux flammes. Un acte délibéré, dans le sens où elle était sûrement la seule femme blanche à avoir séjourné à la morgue ces derniers temps. Le motif religieux, l'urgence de la situation, tout ça n'était que du flan.

Au pire, une opportunité.

Qui avait lancé l'ordre ? Et pourquoi ? Pourquoi supprimer physiquement son cadavre maintenant, après l'avoir exhibé sur un plateau ? Une seule explication : Asseel était venu terminer le boulot.

L'expression terrifiée du légiste semblait confirmer cette hypothèse.

Gabriel s'occupant des commandes, Lucas ouvrit le bal. Il récapitula chaque détail de leur enquête au commissaire du consulat. Le père de Laure, massacré chez lui, étranglé à l'aide d'un *rumāl* et démembré. Il détailla ensuite le parcours du *Rônin*, son appartenance à une secte survivaliste et sataniste dont les membres défendaient l'idée d'une race supérieure.

Enfin, sa curieuse fascination pour l'Inde qui l'avait amené à se rendre à New Delhi avec sa compagne, morte sur place après l'attaque d'un vagabond. L'histoire aurait pu s'arrêter là, en 1998, mais les portes s'étaient finalement rouvertes.

Chandra Mohan croisa les mains et conserva le silence quelques secondes.

– Si je comprends, sa fille est venue à Pondichéry pour trouver une chose restée en sommeil depuis tout ce temps.

– Elle était arrivée au bout de sa quête. Et l'ultime étape dans cette affaire, c'est lui, Asseel. J'ai croisé son chemin en France, il m'a dit ceci : *je protégerai les intérêts de mon père au péril de ma vie.* Sa famille et celle de Baron sont liées à jamais par un terrible secret.

Gabriel revint avec trois gobelets en plastique, dilatés à cause du breuvage noir et fumant qu'ils contenaient. Mohan se passa une main dans le cou et avala une gorgée de café.

– Mes supérieurs se sont bien gardés de me dire quel genre d'homme vous pourchassiez.

– Parce qu'ils ne le savent pas. Nous n'avons appris son existence qu'hier. Qui est-il, bon sang ? Pourquoi le craignez-vous à ce point ?

– Je sais juste qu'il terrorise les villageois du Tamil Nadu depuis plus d'une décennie. Qu'il les tue sans pitié ni remords. Il n'est pourtant pas le seul, mais son visage fondu à l'acide contribue à forger sa sinistre notoriété.

– Sans oublier son statut d'Intouchable, se risqua Gabriel.

Mohan se frotta une joue d'un air absent, avant de se pencher sur la table.

– Ce sont des rumeurs, oui. Un Dalit qui extermine ceux de sa propre espèce. Le sort des Harijans est un sujet très sensible en Inde. Des êtres marqués du sceau de la malédiction, qui ne figurent même pas dans le système des castes. Ce sont des sous-hommes, serviteurs et esclaves des gens des hautes castes. Rien de plus que des fusibles.

– Encore de nos jours ?

Mohan haussa les épaules.

– Les traditions sont tenaces. La Constitution indienne a aboli les discriminations au début des années 1950, mais l'Inde est un immense territoire, le plus peuplé au monde ! En théorie, l'évolution des mentalités est inscrite dans les textes de loi. En pratique, le gouvernement ferme les yeux sur ce qu'il se passe dans les régions rurales du pays. Les Dalits représentent quinze pour cent de la population indienne, soit deux cent quarante millions d'habitants. Les efforts se concentrent dans les grandes villes, où les Intouchables ont des droits, des quotas pour l'université, la fonction publique. Ailleurs, eh bien…

Le commissaire tapait nerveusement du pied, exhalant de l'air comme s'il fumait une cigarette imaginaire.

– Comment expliquez-vous ce pouvoir détenu par Asseel ? C'est lui qui a fait pression pour brûler le corps de Laure Baron, lui qui a soudoyé le légiste, et même…

– La police ?

Un lourd silence en guise de réponse.

– La corruption est une constante de la vie politique en Inde, et de la vie tout court, lâcha Mohan. Les services publics sont particulièrement touchés, on ne compte plus les articles de journaux et les publications d'ONG dénonçant ce fléau.

– Vous ne faites rien pour arranger ça ?

– Ah les Occidentaux ! Si fiers avec vos discours moralisateurs, comme si vous aviez tous le cul bien propre.

– Ce n'est pas ce que je voulais dire, se défendit Gabriel.

– Notre police n'a pas été réformée depuis l'ère coloniale. C'est le gouvernement qui la contrôle. Un tiers des députés du Parlement actuel sont des criminels. Plusieurs ont été accusés de meurtre, de viol. Une fois en place, ils maintiennent leur pouvoir en corrompant les rangs des forces de l'ordre.

Sur ce point, Gabriel dut admettre que la France était loin d'être à la ramasse.

– Les milices privées, dont fait partie Asseel, sont également très proches des membres du parti majoritaire.

– En clair, il a les mains libres pour agir comme il l'entend.

Gabriel recula sur sa chaise pour mieux réfléchir, mais Lucas ne lui en laissa pas le temps.

– Il est au courant. Asseel sait qu'on est ici, lancés à sa poursuite. C'est pour ça qu'il s'est assuré que le corps parte à la crémation. Dans un hôpital perdu dans la cambrousse, c'était un jeu d'enfant. Cet Anju Singh, l'inspecteur principal d'Ariyankuppam, comment le décririez-vous ?

– Je n'ai jamais eu affaire à lui.

Gabriel se leva dans un raclement de chaise et but le reste de son café.

– Alors je ne vois aucune raison de changer.

CHAPITRE 73

Ils reprirent la route. L'hôpital retourna à son anonymat, broyé par la végétation luxuriante.

Gabriel et Lucas étaient piégés, condamnés à s'en remettre à un diplomate indien. L'Inde chatoyante de Pondichéry était déjà à des années-lumière. Elle révélait sa maladie incurable, endémique, aussi violente et imprévisible qu'une instabilité mentale. Un visage gangréné par la corruption, les pots-de-vin, assombri par les guerres et le sang versé de millions d'innocents.

Là où les règles se taisent, la confiance n'existe pas.

Chandra Mohan tirait sur sa clope en un frémissement presque érotique, la vitre baissée à fond.

– C'est quoi la suite du programme ? finit-il par lâcher.

– L'hôtel où est descendue Laure, répondit Gabriel. C'est là qu'on se rend.

– Vous avez l'adresse ?

– Anju Singh nous l’offre noir sur blanc dans son rapport. Lui et ses hommes ont sûrement opéré une razzia dans sa chambre, histoire de ne rien laisser traîner derrière eux.

– J’espère pour vous que ce n’est pas vrai.

Encore une fois, sa franchise le déstabilisa. Comme si derrière son rôle d’officier de liaison se cachait une profonde lassitude, un ras-le-bol généralisé.

Gabriel activa le GPS sur son portable et l’accrocha sur le pare-brise. Ils seraient à la réception d’ici vingt minutes. Le soleil était pratiquement à son zénith. La chaleur, omniprésente, fusionnait avec l’horizon en un sillon vaporeux.

L’hôtel n’était rien de plus qu’un bloc grisâtre planté au milieu de masures en torchis, résumant à lui seul l’extrême pauvreté de la région. Laure avait établi sa base dans la campagne hostile de Pondichéry.

À l’ombre des toits en paille, des visages crasseux observaient la berline frappée d’une plaque vert jaspe, la couleur diplomatique, se garer en silence.

D’un seul mouvement, les trois hommes sortirent de la voiture pour se rendre à l’accueil. Un ventilateur pendait du plafond, le moteur éteint. Les flics transpiraient à grosses gouttes. Un souffle de fournaise leur brûla les sourcils et ils plissèrent les paupières pour se protéger de l’air ardent.

Un petit homme replet apparut derrière le comptoir. Il stoppa net son mouvement et observa les Français d’un air méfiant.

– Laissez-moi faire, fit Mohan en sortant sa carte officielle.

Le commissaire échangea quelques mots en tamoul avec l'hôtelier, qui acquiesça plusieurs fois avant de répliquer.

– Qu'est-ce qu'il raconte ? demanda Gabriel.

– Je lui ai dit qui nous étions, mais il a peur.

– Peur de quoi ?

Mohan leur adressa un mince sourire.

– De la police.

– Dites-lui que nous sommes là uniquement pour parler de Laure. Qu'il n'a rien à craindre et que nous n'avons rien à voir avec la police locale.

– Il dit qu'il ne comprend rien à ce qui se passe. Qu'une Française a loué une chambre il y a deux semaines, et que depuis les choses ne tournent pas rond.

– Comment ça ?

– Vous aviez raison, Singh et ses hommes sont venus « nettoyer » la chambre réservée par madame Baron. Ils ont tout emporté avec eux, ses effets personnels, son ordinateur portable. Tout. Ils sont partis avec un sac plein en expliquant que la touriste était morte assassinée.

Lucas essuya son visage trempé de sueur.

– Fait chier…

Le gérant s'adressa à Mohan. L'intonation fuyante suggérait une question.

– Il demande quoi ?

– Votre totale confiance.

– Notre confiance ?

– Contentez-vous de répondre oui. Ça suffira.

Les policiers obtempérèrent, les nerfs ramollis par cette foutue chaleur. Soulagé, le petit homme disparut derrière une porte avant de revenir quelques secondes plus tard, les bras chargés d'une liasse de documents.

– Qu'est-ce que c'est ?

Mohan écouta attentivement avant de traduire.

– Il possède un coffre-fort dans son bureau. Il y a cinq jours, Laure lui a demandé de conserver ces papiers à l'intérieur. Après ça, il ne l'a plus jamais revue.

– Pourquoi les a-t-il encore en sa possession ?

– L'irruption de la police l'a pris au dépourvu, il a complètement fait l'impasse dessus. Quand il s'en est souvenu, il était trop tard. Les rendre maintenant reviendrait à se faire embarquer au poste pour subir un interrogatoire musclé. Peut-être même des violences physiques.

L'homme étala les documents sur le comptoir. Des billets d'avion jaunis par le poids des ans, une vieille carte IGN, une pochette blanche plastifiée comportant plusieurs fascicules. Lucas ouvrit la pochette et mit quelques instants à comprendre ce qu'il était en train de lire.

La température monta d'un cran supplémentaire, ses entrailles ressemblaient à un nid de braises. Il leva les yeux et resta stupéfait.

– Laure avait une sœur.

CHAPITRE 74

C'était fou. Incroyable.

Compressés dans leur chemise trempée de sueur, les policiers n'en revenaient pas. Laure avait pris ses précautions en remisant ces documents en lieu sûr, comme si elle redoutait l'issue de ses recherches.

Le dossier qu'ils avaient entre les mains retraçait ni plus ni moins que l'itinéraire emprunté par Julien Baron et sa compagne en 1998.

Lucas et Gabriel examinèrent chaque fascicule pour être certains de ne pas se tromper. Des grilles forfaitaires aux montants exorbitants, un contrat paraphé et rédigé en anglais, un certificat médical évoquant l'hystérectomie pratiquée sur Éloïse après la naissance de sa fille.

Nul besoin d'être un génie pour saisir ce que ses parents étaient venus chercher en Inde. *Une mère porteuse.*

Les éléments s'imbriquaient enfin, en une logique imparable.

À la suite des complications liées à la naissance prématurée de Laure, sa mère ne pouvait plus enfanter. Un drame terrible, difficilement surmontable. Pourtant, le couple avait voulu avoir sa chance. Adoption, transplantation d'utérus, les solutions existantes ne se bousculaient pas.

Alors, une idée avait jailli chez les deux tourtereaux : contacter une clinique privée indienne dans l'espoir de recourir à une GPA, une gestation pour autrui. *Tout réside dans la noblesse et la pureté du sang, cette soif perpétuelle d'excellence,* clamait M'Belé.

Julien, aveuglé par ses convictions mystiques, avait convaincu Éloïse de partir à l'autre bout du monde pour mener leur projet à bien. Le traitement proposé était simple : la grossesse s'effectuerait grâce aux ovules d'Éloïse, dont les ovaires avaient été conservés malgré l'hystérectomie.

Pour Julien, c'était la consécration. Un sang pur, « aryen », allait couler dans les veines de son futur enfant par le biais d'une mère porteuse. Un être fécondé à mi-chemin entre amour et folie.

Les policiers demandèrent à ce qu'on leur apporte de l'eau avant de se noyer littéralement dans leur sueur. Les têtes tournaient, entre révélations et gorges asséchées. L'hôtelier revint avec une bouteille dans chaque main, qu'ils vidèrent d'une traite.

Soulagés, ils reprirent leur lecture.

Julien avait tout consigné. Absolument tout. Comme s'il se doutait, qu'un jour, viendrait le moment de se confesser. Leur premier séjour en Inde datait de février 1998. Arrivé à l'aéroport de Chennai en début de matinée, le couple avait été accueilli par un représentant de la clinique.

Il parlait couramment le français, affichait un sourire rayonnant et usait d'un ton badin. Son rôle : évacuer toute tension. Pour faire prendre corps à leur rêve, Julien et Éloïse s'apprêtaient à débourser l'équivalent de quarante mille euros. Autant dire qu'ils avaient été traités avec déférence.

Était arrivé le rendez-vous tant attendu à la clinique. Prises de sang, pour un dépistage en règle de la syphilis, du VIH, des hépatites B et C. Don de sperme pour monsieur, tests hormonaux pour madame. Les entretiens avaient succédé aux consultations, alors même qu'un questionnaire avait été rempli des semaines à l'avance.

On pouvait au moins reconnaître le professionnalisme de l'établissement de santé.

Une rencontre avec la future mère porteuse avait été autorisée, sous étroite surveillance. Elle s'appelait Padmini. Originaire d'un bidonville de Pondichéry, elle avait vingt-huit ans et élevait seule ses trois enfants. Son mari, décédé depuis peu, gagnait la somme de trois dollars par jour.

Si tout se déroulait comme prévu et que la grossesse allait à son terme, Padmini repartirait avec un chèque de sept mille dollars. Une fortune qui lui permettrait de subvenir aux besoins de sa famille.

D'un côté, de riches occidentaux désespérés par leur incapacité à procréer, de l'autre une femme engluée dans la misère. Une alchimie parfaite.

Dans les jours qui avaient suivi, un embryologiste avait fécondé les ovules *in vitro*, puis implanté l'embryon dans le ventre de la jeune femme. Julien et sa compagne étaient repartis pour la France avec le sourire, le directeur de la clinique se frottait les mains, et Padmini était heureuse en pensant à l'argent qu'elle allait toucher.

Une équation magnifique, altruiste. D'un cynisme à faire froid dans le dos.

Durant les neuf mois suivants, le couple avait eu des nouvelles régulières de la mère. Ou plutôt de la clinique. Examens échographiques, tests sanguins pour prévenir toute anomalie génétique. Leur bébé poussait dans le ventre d'une inconnue, qui se révélait pourtant être la « mère » de cet enfant.

Après l'accouchement, son bébé lui serait arraché des mains et remis à des connards égoïstes qui pensaient que la vie s'achetait. Sauf que rien ne s'était passé comme prévu.

Lucas termina sa lecture en secouant la tête.

– Éloïse est décédée en octobre, neuf mois après leur visite initiale. Le bébé était sur le point de naître.

Son collègue tapota le comptoir de ses doigts, comme pour mieux réfléchir.

– Pour fêter l'évènement, ils s'étaient octroyé auparavant un séjour en amoureux à New Delhi, cette fois-ci accompagnés de Laure. C'est là qu'Éloïse s'est fait planter à mort par un clodo. Vraiment pas de bol, ce que réserve parfois l'existence.

– Qu'est-ce qu'a fait Julien, après ça ?

– Il a craqué, perdu toute notion de la réalité. Son âme s'est brisée en un milliard de morceaux. On connaît déjà cette facette de l'histoire. Au dernier moment, il a décidé de tout interrompre. Son deuil était trop lourd à porter, trop brutal. Il ne voulait plus de l'enfant et a quitté prématurément le pays.

Gabriel tourna la tête vers l'extérieur et fixa ce paysage d'ocre, accablé de misère.

– Elle est toujours vivante, Lucas. (Il planta un regard noir dans celui de son collègue.) Cette enfant, lâchement abandonnée par Julien, est là, quelque part. Et Asseel est son protecteur.

CHAPITRE 75

La clinique était un bâtiment moderne, construit sur une butte engazonnée garnie de parterres fleuris. Un édifice complexe et immaculé, érigé à coups de millions de dollars, à quelques kilomètres des principales artères du district de Pondichéry.

À elle seule, cette tour de verre et d'acier cultivait tout le paradoxe d'une Inde à deux vitesses. Si le pays figurait dans les premiers rangs des économies mondiales, si les universités se targuaient de former à chaque génération des ingénieurs que les industriels américains s'arrachaient ensuite à prix d'or, il n'occultait pas son faible taux d'alphabétisation, ni son système de castes qui écrasait les plus faibles sous la botte du nationalisme.

Les flics s'attendaient presque à découvrir l'intérieur d'un palace ; on n'en était pas loin. Avec son espace digne d'un hall d'aéroport et son sol de marbre, l'accueil, ouvert sur un patio lumineux, assumait son style ostentatoire.

Désormais habitués, ils laissèrent Mohan décanter la situation. La réceptionniste, une Indienne à la peau très claire et au rouge à lèvres très rouge, était belle à croquer. Ses yeux de chat cernés de khôl offraient une douce expression à ses interlocuteurs, presque angélique.

Pendant que la jeune femme décrochait son téléphone, le commissaire se tourna vers eux en frappant dans ses mains.

– Laure s'est présentée à cet endroit même la semaine dernière.

– Forcément, murmura Gabriel en jetant un œil autour de lui. Son père lui avait mâché le travail. Heureusement pour nous, d'ailleurs…

La réceptionniste se leva et, dans un anglais limpide, les invita à prendre l'ascenseur.

– Le docteur Patel va nous recevoir dans son bureau, expliqua Mohan. C'est l'un des gynécologues en charge du suivi des mères porteuses.

Trois étages plus haut, le médecin les attendait finalement dans le couloir. Une belle gueule à la peau cuivrée et aux cheveux noirs, gominés en arrière. Sa barbe poivre et sel taillée au cordeau encadrait des lèvres charnues, mais pincées.

Comparé au légiste d'Ariyankuppam qui s'apparentait plus à une branche morte et noueuse, on sentait qu'on évoluait dans un univers à part. Hors sol.

L'homme leur serra la main et s'exprima dans un français nuancé d'un fort accent.

– Une jeune femme originaire de la région parisienne débarque à l'improviste pour m'interroger sur un dossier vieux de vingt ans. Maintenant, c'est la police française qui surgit, toujours à propos de ce fameux dossier. Je mérite quelques explications, vous ne croyez pas ?

Sans attendre de réponse, il pivota et prit le chemin de son bureau.

Gabriel apprécia les murs clairs, le chrome étincelant des meubles. L'air climatisé souffla un vent glacé sur leur peau. D'un coup, ils respirèrent mieux.

Le docteur Patel contourna son bureau mais resta debout devant son siège, bras croisés.

– Qui était cette femme ? Cette Laure Baron ?

L'homme allait droit au but, ce qui n'était pas pour leur déplaire. Gabriel résuma leur enquête en quelques phrases. Le meurtre de Baron père. Le *modus operandi* du tueur, inspiré directement des Thugs, une ancienne confrérie d'étrangleurs. Les recherches de Laure, qui, sans s'en douter une seconde, avait signé son arrêt de mort en atterrissant en Inde.

Le gynécologue s'écroula dans son fauteuil.

– C'est insensé, souffla-t-il en se frottant le menton.

Lucas, dont le cerveau semblait s'aérer grâce à la fraîcheur des lieux, s'avança d'un pas décidé.

– Qu'avez-vous raconté à Laure ?

– La vérité : que les assistances médicales à la procréation sont désormais interdites aux étrangers. Il y a eu trop d'abus par le passé. Beaucoup de cliniques clandestines ont vu le jour au début des années 2000. Des cabinets de consultation cachés dans des immeubles, des centres commerciaux, œuvrant dans des conditions sanitaires épouvantables. Les risques encourus à la fois pour les mères porteuses et les enfants étaient importants.

Mohan apporta sa pierre à l'édifice.

– Il faut souligner que cette pratique n'était soumise à aucun encadrement législatif, contrairement à de nombreux pays où elle est purement interdite. L'Inde est rapidement devenue la Mecque du tourisme procréatif et des milliers de couples à travers le monde ont commencé à affluer. Devant ce phénomène, certains y ont vu une opportunité.

– Du genre ?

– Sous la pression de leur mari, ou d'un maquereau dans le pire des cas, beaucoup de femmes sont devenues mères porteuses. Un trafic doré a vu le jour pour répondre aux arrivées massives d'étrangers. Louer son utérus était alors une chance inestimable, et l'Inde s'est fait prendre à son propre piège. Dorénavant, seuls les couples hétérosexuels indiens possèdent ce droit. Nous parlons de GPA « altruiste », non rémunérée.

Le gynécologue acquiesça d'un hochement de tête.

Lucas avait l'impression qu'avant de rentrer dans le vif du sujet, les deux hommes tentaient de se désolidariser de ce business ignoble. Et par la même occasion, de s'acheter une éthique en revêtant les pratiques actuelles de leurs lettres de noblesse.

Il fallait juste ne pas y regarder de trop près. Comme l'avait dit Mohan, il y avait les grandes villes et ensuite les zones rurales, moins médiatisées…

– En ce qui concerne madame Baron, reprit le gynécologue en s'appuyant sur son bureau, les dossiers de ses parents et de la gestatrice remontent à une autre époque. Ils doivent être entassés quelque part, dans les cartons d'archives de notre clinique.

– Elle n'est pas repartie les mains vides, impossible.

– C'est insensé, répéta-t-il un ton plus bas. Insensé…

– Pourquoi ?

Le docteur Patel se leva, contourna son bureau pour venir s'appuyer sur un des angles.

– J'étais encore un jeune interne lorsque ça s'est produit. Cette femme française fauchée par le destin à New Delhi, alors que l'enfant qu'elle et son conjoint attendaient tant était sur le point de naître. Une véritable tragédie.

– Qu'est-il advenu de ce bébé ?

Patel soupira, le regard voilé par un souvenir douloureux. Il leva la tête en se mordillant l'intérieur d'une joue.

– Durant leur grossesse, les gestatrices sont hébergées dans des résidences situées à proximité de l'hôpital. Ceci afin de faciliter les contrôles journaliers, et donc d'assurer un suivi irréprochable aux couples commanditaires.

– En clair, elles sont placées sous étroite surveillance pendant neuf mois.

Comme du putain de bétail, faillit ajouter Lucas.

Le praticien lui décocha un regard noir, mais ce n'était pas le moment de céder à la colère.

– Une fois la grossesse parvenue à son terme, l'enfant est remis à sa famille et la gestatrice repart, elle, de son côté, avec l'argent en poche. Mais là, nous étions coincés. Nous ne pouvions pas garder l'enfant, et il était hors de question de déclencher l'accouchement sans la présence des futurs parents.

– Qu'avez-vous fait ?

– Eh bien, c'est… c'est le directeur de l'époque qui a pris ses responsabilités, je n'ai rien à voir avec ça.

– Répondez, fit Gabriel en changeant de ton.

– La mère porteuse a été renvoyée dans son village.

– Alors qu'elle était enceinte jusqu'au cou ? s'étrangla le capitaine.

– Nous n'avions pas le choix. Elle ne pouvait pas rester ici.

– Vous auriez pu l'assister, lui prodiguer des soins, des conseils ! s'emporta Lucas. Mais non, tout ce fric dépensé, toute cette opulence qui déborde de votre clinique, tout ça ne sert qu'à flatter l'ego des plus riches. En vérité, vous n'en avez rien à foutre des pauvres. Ils ne servent qu'à vous engraisser à leur insu.

– Je ne vous permets pas. La situation a changé, la GPA et ses dérivés sont de nos jours rigoureusement encadrés.

– Mais vous avez pignon sur rue, vous n'avez rien d'un établissement clandestin ! Que ce soit pour des Indiens ou des étrangers, vous ne faites qu'exploiter la misère humaine.

– C'est votre point de vue.

Gabriel s'était attendu à une réplique offusquée, mais le praticien resta de marbre. Il le relança :

– Vous avez transmis l'information à Laure ?

– Bien entendu, mais il n'y a rien à en retirer.

– Comment ça ?

– Son village a été incendié quelques mois plus tard par les *goondas* d'une milice privée. Il n'y a eu aucun survivant.

CHAPITRE 76

Chandra Mohan leur indiqua un restaurant où il avait ses habitudes, sur le front de mer de Pondichéry. Histoire de terminer la journée sur une note positive.

À la nuit tombante, la chaleur relâchait son étreinte. Se promener dans les rues devenait plus agréable, on profitait avec délice des odeurs sucrées-salées qui s'élevaient des étals de nourriture.

Même la rumeur bourdonnante des véhicules était plus acceptable, comme étouffée par ce sentiment de bien-être. Attablés à la terrasse grouillante de vie, ils écoutaient le roulement feutré des vagues qui venaient s'échouer sur le sable tiède. Et recommençaient, encore et encore, dans une mélopée exquise.

– Il faut réfléchir, attaqua Gabriel en trempant son morceau de poulet dans une sauce brune et épicée. Le docteur Patel affirme que le village entier de Padmini a péri dans les flammes. Que tous ses habitants ont été tués par les membres d'une milice. Vous pensez qu'Asseel était l'un d'eux ?

– Impossible de le savoir, malheureusement. La guerre des castes ensanglante l'Inde depuis deux millénaires. Les basses castes et les Intouchables se font massacrer par les milices privées agissant sous les ordres des hautes castes, qui en retour subissent de violentes représailles. Dans mon pays, tous les hommes naissent inégaux. L'échelle sociale des castes ne change rien : un Dalit riche aura droit au niveau de courbettes lié à son statut, mais restera toujours plus proche du chien qu'un Brahmane pauvre.

– Le serpent qui se mord la queue.

– Voilà. Ce drame n'est que le reflet du clivage mortifère qui règne en Inde. Je suis désolé. La clinique a dû faire le rapprochement avec la gestatrice du couple Baron, mais c'est tout. Ce qui n'est déjà pas si mal.

Lucas but une lampée de son *cola masala*, un soda épicé – gingembre, cumin et coriandre – particulièrement rafraîchissant. Puis il essuya ses mains graisseuses dans sa serviette.

– Vous pensez vraiment qu'ils n'ont épargné personne ?

– Les armées privées ne font pas dans le sentiment. En 2002, plus de deux cents mercenaires ont investi un village du Bihar en pleine nuit, dans le Nord-Est de l'Inde. Ils ont égorgé les hommes, violé les femmes devant leurs enfants, avant de les éventrer jusqu'au dernier. Un carnage absolu, tout ça parce qu'un propriétaire local avait vu ses terres prises de force par des paysans. Il faut maintenir un climat de terreur à tous les étages.

Indifférent à ces descriptions d'horreur, Lucas mordit dans la chair tendre et juteuse du poulet. Son appétit dévorant aiguisait ses réflexions.

– Il y a une chose qui cloche. Si, comme vous le dites, ils ne laissent aucun survivant derrière eux, comment se fait-il que ce genre d'histoire remonte à la surface ? Qui les relaie ?

– De la même manière qu'en France, j'imagine. Un voisin, un proche, un ami qui se rend sur place et contacte les autorités après la macabre découverte. Parfois un témoin qui assiste à la scène par hasard, à l'abri de sa cachette.

Le lieutenant parut mitigé.

– Laure n'a pas pu se satisfaire d'une telle conclusion. Le gynécologue évoquait des cartons d'archives, elle est peut-être partie fouiner par là-bas.

Mohan s'alluma une cigarette et secoua la tête avec vigueur.

– Jamais la clinique ne laisserait un étranger se mêler de ses affaires.

– Écoutez, Laure avait l'intime conviction que sa petite sœur était encore en vie. Elle a traversé la terre entière pour tenter de le prouver, au risque de tout perdre.

– Que voulez-vous que j'y fasse ? demanda le commissaire en recrachant un panache bleuté. Si le village a brûlé avec tous ses habitants, alors il n'y a rien qu'on puisse faire de plus.

– Je rêve où j'ai l'impression que vous ne souhaitez pas nous voir progresser dans cette enquête ?

– Ne le prenez pas sous cet angle. Les milices sont constituées de chasseurs, de prédateurs redoutables. La pitié ne fait pas partie de leur vocabulaire. Cet enfant que Laure recherche est sûrement mort dans les décombres calcinés d'une maison. Vous devez l'accepter.

Gabriel poussa son assiette et planta ses coudes sur la table.

– Et si ce n'était pas le cas ? Et s'il avait survécu et que Laure avait fini par l'apprendre ? Où aurait-elle pu dénicher une information pareille ?

Mohan fixa le capitaine. Il balaya une mèche de cheveux derrière son oreille et haussa les épaules.

– Les centres d'archives, fit Gabriel en posant son index sur la nappe blanche. Pas ceux des hôpitaux, car là, Laure se serait heurtée au secret médical. Je parle de la presse locale et nationale, beaucoup plus facile d'accès. Nous sommes sur un ancien territoire français, avec ses vestiges coloniaux, son lycée international, ses plaques de rue bilingues. Il y a bien un journal quelconque qui perdure encore de nos jours… ?

Le commissaire souffla en direction du ciel et se pencha à son tour sur sa chaise.

– Il y en a un, oui. Le *Trait-d'Union*, un mensuel créé en 1944, et dont la parution est ininterrompue depuis.

– Où se situent les bureaux ?

– Rue Savary Rayalou, en plein centre du district.

– Vous pouvez nous y emmener demain ?

Mohan extirpa de sa poche une petite boîte en fer, dans laquelle il écrasa son mégot.

– Je vous l'ai dit ce matin : toutes les portes de la ville vous sont ouvertes.

CHAPITRE 77

La nuit avait été courte.

Lourde et intense, faussée par le décalage horaire. L'atmosphère, chargée des effluves iodés de l'océan et de ceux des épices qui leur plombaient l'estomac, avaient eu raison de leur sommeil. Les fenêtres grandes ouvertes sur la nuit n'y avaient rien changé.

Au petit matin, le marché avait pris possession des rues de Pondichéry en leur hurlant dessus.

Une douche froide – juste de quoi fouetter les muscles engourdis – et les policiers se rejoignirent dans le hall de l'hôtel. Dehors, l'excitation était à son comble. Ça braillait, dansait, chantait comme lors d'un jour de mariage. Une fanfare répétait ses gammes sur le front de mer, les notes puissantes et cuivrées semblables à des barrissements d'éléphant.

Un vacarme sensoriel captivant, presque contagieux.

Mohan débarqua dans le hall, tout sourire et mains dans les poches. Il portait une nouvelle chemise de lin, les manches retroussées sur ses avant-bras bronzés, assortie d'un pantalon ample et chamarré. On aurait dit un touriste échappé de la faune locale plutôt qu'un officiel de la République.

– J'espère que vous avez bien dormi ? demanda-t-il à la cantonade.

– On a connu mieux, avoua Lucas.

– Il y a toujours de l'animation à Pondichéry, et son marché est un élément incontournable de la région ! Venez, je vous propose d'aller prendre un petit déjeuner en ville avant de commencer.

Les étals de marchandises dégueulaient de partout. Les trottoirs, les rues, les devantures de magasins, tout avait été pris d'assaut par les vendeurs.

Un spectacle grandiose, où de longues guirlandes de jasmin tombaient en cascade devant des stands pleins à craquer. Les ruelles se transformaient en allées colorées, saturées d'odeurs. Des pyramides de fruits, des saladiers remplis d'épices, des étals de poissons exotiques aux marchands de tissus, *Pondi* dévoilait sa jungle urbaine, dantesque et fiévreuse.

Les trois hommes optèrent chacun pour un *chai masala*, un thé au lait épicé – les Indiens avaient un système digestif en béton armé –, et, pour le plus grand bonheur des flics français, des croissants et pains au chocolat croustillants.

Ils en oubliaient presque qu'ils étaient là pour traquer un tueur de la pire espèce. Ils prirent ensuite la direction de la rue Savary Rayalou d'un pas léger, revigorés par la balade.

Les locaux du journal n'avaient pignon sur rue que par une simple boîte aux lettres. Un écriteau bleu et blanc, accroché derrière une porte grillagée, indiquait : *Le Trait-d'Union, organe de l'amitié franco-indienne.*

Chandra Mohan appuya sur la sonnette et se tourna vers les policiers.

– Le *Trait-d'Union* est le dernier journal francophone de la ville. Il se vend encore dans une poignée de librairies, et quelques exemplaires sont expédiés en France. Toute la production est gérée par une équipe de bénévoles.

Une silhouette se découpait à contre-jour derrière la porte. Un verrou sauta et le ventail s'ouvrit dans un grincement. L'homme qui leur faisait face était assez âgé, le visage barré d'une fine moustache. Ses cheveux, noirs aux reflets gris, versaient sur son crâne à la manière d'une aile de corbeau.

Sous ses traits indiens se diluaient une lointaine origine française, visible à travers les courbes de son regard, les contours de sa bouche. Un mélange hérité de ses ancêtres, puisé dans ce passé millénaire et sans pareil.

Ses yeux noirs s'attardèrent sur Gabriel et Lucas. Quand il s'exprima en français, ils surent tout de suite qu'ils avaient frappé à la bonne porte.

– Bonjour messieurs, que puis-je pour vous ?

Gabriel montra son badge tricolore, comme s'il était encore en France.

– Nous sommes de la brigade criminelle de Paris. Monsieur Chandra ici-même appartient au consulat de Pondichéry.

– Paris ? répéta l'homme avec méfiance.

– Vous êtes ?

– Gilbert Pharot, directeur de la rédaction du *Trait-d'Union*. Je parie que vous êtes venus jusqu'ici pour la jeune femme, pas vrai ?

Gabriel acquiesça. Laure leur avait prémâché le travail. Il leur suffisait juste de se pencher pour ramasser les cailloux qu'elle avait semés.

– Venez, entrez donc.

Ils le suivirent jusqu'à une petite pièce, sorte d'antichambre décorée d'un canapé rouge à fleurs de lys et de trois fauteuils en rotin. Le buste miniature d'une Marianne trônait sur une bibliothèque.

Comme la veille à la clinique, les policiers relatèrent leur affaire dans les grandes lignes.

– Cette jeune fille est décédée ? Je suis peiné de l'apprendre.

– Qu'a-t-elle découvert ?

– Pour être honnête, je n'en sais rien, dit-il en s'asseyant sur le canapé. Elle m'a demandé des informations à propos d'un village au nord de *Pondi*, qui aurait été entièrement ravagé après l'attaque d'une milice vers la fin des années 1990. Sa requête n'était pas claire… désordonnée.

– Vous saviez de quoi elle parlait ?

– Elle a évoqué une mère porteuse, renvoyée dans son village au dernier stade de sa grossesse.

La GPA n'a pas apporté que du bon en Inde, loin de là.

– Que savez-vous d'autre à ce sujet ?

– Oh là… j'ai bien peur de ne vous être d'aucun secours. J'ai travaillé dans l'Éducation nationale française pendant des années. Je ne suis retourné à Pondichéry qu'à ma retraite, en 2005.

– Et vos archives, où les conservez-vous ?

Gilbert Pharot se fendit d'un sourire malicieux.

– J'ai l'impression de revivre la même scène. La jeune fille m'a également posé cette question, elle était tenace.

– Et que lui avez-vous répondu ?

– Que les archives dormaient chez moi, bien au chaud. Rangées dans des compartiments séparés, par ordre de parution. Je n'étais pas contre le fait qu'elle y jette un œil.

– Où se trouve votre domicile ?

Le directeur ouvrit grand ses bras et embrassa la pièce du regard.

– Vous y êtes déjà.

CHAPITRE 78

Les appartements de Gilbert Pharot étaient en réalité rattachés aux locaux du journal. Pour y accéder, il suffisait d'ouvrir une porte dérobée située à l'arrière du vestibule. Ils arrivèrent directement dans la cuisine avant de passer dans le salon, avec ses deux statuettes d'éléphants placées de part et d'autre de l'entrée.

La décoration était apaisante, dans les tons crème et beige. Des cadres aux liserés or protégeaient de vieux clichés noir et blanc de la poussière et, signe d'un niveau de vie confortable, un poste de télévision siégeait sur un meuble en bois.

Nouvelle porte, dissimulée par un rideau. Le bureau personnel du directeur. L'antre d'un passionné. Des piles de dossiers entassées dans un coin, de la paperasse partout. Des vieux journaux, des magazines, des livres aux couvertures fatiguées, comme s'ils avaient été lus des milliers de fois chacun avant d'atterrir dans cette pièce.

Une douce lumière pénétrait par la fenêtre, comme une bouffée d'air frais dans ce maëlstrom littéraire. Pharot les gratifia d'un sourire de vieux renard.

– Vous êtes chanceux, même ma femme n'a pas l'autorisation d'entrer ici. Le cœur palpitant du *Trait-d'Union*. J'ai entassé tous mes souvenirs dans ce bureau. Mon trésor national, ajouta-t-il d'un air espiègle.

– Vos archives sont conservées ici ? s'étonna Lucas.

Le Franco-Pondichérien s'esclaffa.

– Dans les rayonnages qui se dressent derrière vous. Fabrication maison garantie. Chaque numéro est ainsi à l'abri, du premier paru en 1944 à celui du mois dernier. Ils sont entreposés dans des cartons classés par année.

Gabriel sourit à la vue de ce rangement artisanal, fait de planches en bois et de clous, bien loin des galeries poussiéreuses de certains centres d'archives qu'il avait pu arpenter.

Il y avait parfois de quoi s'y perdre dans ce genre de labyrinthe administratif. Au moins là, tout était clair et tenait sur une surface minuscule, si l'on s'amusait au jeu des comparaisons. Il y avait à vue d'œil quatre-vingt cartons, chacun étiqueté à la main.

Le capitaine s'approcha des étagères et lut les autocollants.

– Laure s’est certainement attelée aux années 1999 et 2000. Soit celles qui ont suivi le meurtre de sa mère.

– Je crois, oui. Elle a sorti trois cartons et s’est assise sur ce pupitre, dit-il en pointant du doigt une petite table près de son bureau.

– À aucun moment vous n’avez cherché à en savoir davantage ?

– J’étais là en cas de besoin, je me serais fait un plaisir de répondre à ses questions. Mais elle a refusé et s’est plongée dans la lecture.

– Et ensuite ?

– Rien. Elle s’est levée dans un hoquet de stupeur, a tout rangé sans que je le lui demande, puis elle est partie en me remerciant. Une vraie tornade.

Gabriel et Lucas se regardèrent. Laure avait dû déterrer une information capitale dans les vieux papiers du *Trait-d’Union*. Ils remercièrent à leur tour le directeur et, avec son aide, extirpèrent les cartons des rayonnages.

1998, 1999, 2000, 2001. Histoire de ratisser large.

Le format du journal était particulier. Un mensuel de douze pages volantes en noir et blanc, imprimé au format réduit. L’ère de la numérisation pouvait bien attendre.

Lucas parcourut quelques articles édifiants faisant état des traitements atroces réservés aux Intouchables. Comme ce gamin de huit ans, brûlé vif pour avoir volé des bananes sur un étal. Ou encore cette femme, jetée d’un train en marche pour s’être assise au mauvais endroit. Les persécutions à leur encontre étaient d'une violence abjecte, gratuite.

Sauf quand il s'agissait de GPA, où les riches indiens n'éprouvaient alors aucun scrupule à louer le ventre d'une indigente.

Intouchables, oui, mais à conditions variables.

Au bout de dix minutes, un article attira son attention :

UN BÉBÉ SURVIT AUX FLAMMES
DE LA HAINE INTERCASTE

Un authentique miracle. Une fillette de cinq mois a été retrouvée saine et sauve après l'attaque meurtrière perpétrée par des goondas *dans son village de Poothurai, au nord-ouest du district. À l'annonce des premiers coups de feu qui ont éclaté dans la nuit, sa mère s'est précipitée à l'arrière de sa maison avant de cacher le bébé dans une boîte et de l'enterrer au pied d'un arbre.*

Un acte héroïque, désespéré, qui a permis à l'un de ses enfants de réchapper au massacre d'une trentaine d'Intouchables. Au lever du jour, alors que les cendres se dispersaient encore dans le ciel rougi par tout le sang versé, des habitants du village voisin, venus se recueillir, ont entendu des pleurs. Le bébé était là, enfoui dans son fin cocon, déshydraté mais toujours en vie.

Transportée d'urgence à l'hôpital, la petite est restée en soins intensifs pendant plusieurs jours.

Issue d'une gestation pour autrui qui s'était mal déroulée, puisque le couple initial s'était finalement rétracté au dernier instant, l'enfant était né à Poothurai et était élevé par sa mère porteuse.

Un drame terrible, mais qui, fort heureusement, se termine sur une belle note d'humanisme. Ayant eu vent de cette histoire, Hugues Gasdouet, personnalité de premier plan à Pondichéry, a entrepris les démarches administratives en vue d'une adoption. Ce qui ne sera pas une première ! Chapeau bas, Monsieur !

Gabriel pivota et brandit l'article sous le nez du directeur.

– Cet homme, Hugues Gasdouet. Qui est-ce ?

Le vieil homme chaussa ses lunettes et attrapa la feuille dactylographiée. Son visage était fermé à double tour, empreint de gravité. Il parcourut les lignes noircies d'encre en remuant lentement les lèvres, avant de reposer l'article sur son bureau.

Tout à coup, la lumière du soleil se fit plus sombre.

– Hugues… souffla-t-il, pris d'un soudain élan de nostalgie. Alors c'est… c'est pour lui que cette jeune femme a fait le déplacement jusqu'en Inde ?

– Ce couple auxquels l'article fait allusion, ce sont ses parents.

– Ce sont… Vous êtes en train de m'expliquer que ce nourrisson était…

– Sa petite sœur, oui. Née d'une mère porteuse parce que la sienne ne pouvait plus enfanter.

Pharot ôta ses lunettes et se frotta les yeux avec sa paume. Sa tête oscillait de droite à gauche, comme s'il refusait d'y croire.

– Qui est cet homme ? répéta Gabriel.

– Un… un bienfaiteur qui… qui s'est battu toute sa vie pour tenter de faire avancer la cause des Intouchables et celles des basses castes en général. Quelqu'un de vraiment bon. Il est malheureusement décédé dans un accident, ça va bientôt faire dix ans.

– Il était français ?

– Oui, pure souche. Il avait effectué son premier voyage en Inde à Pondichéry vers le milieu des années 1980. C'était alors un tout jeune avocat officiant à la cour pénale de Paris. Défendre les causes des plus misérables était déjà inscrit dans ses gènes. Il ne supportait pas les injustices, les inégalités, et soutenait de tout son poids les laissés-pour-compte. Un esprit brillant, si humble et si… prometteur. Quand il a constaté de ses propres yeux le sort effroyable réservé aux Intouchables, il n'a eu plus qu'une seule idée en tête : s'installer en Inde pour défendre leurs droits bec et ongles. Un défi immense, utopiste… bien qu'un brin naïf. Un Blanc s'intéressait à ces millions d'Indiens qui souffraient au quotidien de ce système de castes complètement… arbitraire. Il était prêt à donner un écho à leur voix. Avait-il seulement conscience de la folie dans laquelle il s'embarquait ?

– Comment a-t-il été accueilli ?

– Avec méfiance, mais aussi une bonne dose d'espoir. De nos jours, quelques ONG agissent en faveur des Intouchables, dont certaines, très puissantes, gagnent régulièrement des actions en justice. Ce qui n'était pas forcément le cas il y a trente ans. Les Intouchables ont maintenant des droits, des rêves et des envies plein la tête, comme vous et moi. Ce terme ne devrait même plus exister.

– C'est pour ça qu'il a adopté cette gamine, comprit Lucas. Pour lui offrir un confort qu'elle n'aurait jamais eu ailleurs.

– Un confort, peut-être. Une identité, un statut d'être humain, certainement.

– L'article suggère que ce n'était pas la première fois qu'il adoptait.

Gilbert Pharot se cramponna à son bureau. Une ombre se noyait dans son regard, délavant l'éclat de ses prunelles.

– En effet. En 1995, Hugues Gasdouet se promenait avec des amis, près de Kombakkam. Ils sont tombés sur… un jeune garçon, dont le corps avait été jeté dans les hautes herbes. Le petit appartenait à la caste des Adi Dravida, l'une des plus méprisées du Tamil Nadu, et vivait au village avec ses parents et ses frères et sœurs.

Les flics tressaillirent. Kombakkam… Là où le cadavre de Laure avait été abandonné.

– Il avait été attaqué quelques heures plus tôt par des Brahmanes, simplement parce qu'il s'était baigné avec un camarade dans un étang privé. Son ami gisait un peu plus loin, battu à mort par ces salauds.

– Mon Dieu…

– Ces gens-là n'éprouvent aucune compassion pour les castes inférieures et les Dalits. Leur vie ne compte pas, d'autant plus que les Harijans ont désormais des avantages sociaux que les autres n'ont pas.

– Les fameux quotas dont je vous ai parlé, fit Mohan. Ça crée des dissensions toujours plus importantes. Au lieu de contribuer à un semblant d'égalité, ces « réservations de droits » aiguisent la colère des castes supérieures, qui ne comprennent pas pourquoi des loqueteux peuvent bénéficier de cette politique.

– Revenons à ce garçon, s'il vous plaît.

– Il avait été épargné par ses bourreaux. Enfin… c'est un bien grand mot. Ces monstres lui avaient laissé une signature indélébile sur le visage avant de s'enfuir.

– Comment ? demanda Gabriel, le souffle bloqué.

– En l'aspergeant de soude caustique.

CHAPITRE 79

Ils avaient raison depuis le début.

Asseel était un Intouchable, un Indien né dans une pauvreté extrême. Abandonné, laissé pour mort après avoir été défiguré par un jet d'acide, le jeune garçon de l'époque avait été recueilli par un avocat français, un expatrié qui s'était donné pour mission de défendre les opprimés.

Plusieurs années après, Hugues Gasdouet avait réitéré en secourant une orpheline de cinq mois, seule survivante d'un massacre intercaste.

Gabriel se mit à trembler, alors que l'évidence s'imposait à son esprit : la fillette était devenue la sœur adoptive d'Asseel…

Une fraternité liée par le sang et l'abandon, rendue possible par l'âme vertueuse d'un homme aujourd'hui décédé.

– Le nom de cet enfant…

– Pardon ?

– Le nom de ce gamin au visage brûlé, le connaissez-vous ?

– Oui… Il… il se prénomme Viresh. Viresh Arora. Elle est… ce n'est pas possible…

L'homme se liquéfiait sur place, pris d'un vertige soudain. Gabriel saisit doucement son poignet et l'aida à s'asseoir sur son fauteuil.

– Cette fille qui est venue me voir. Elle ne m'a rien demandé, mais elle aurait dû. Ça lui aurait évité d'aller au-devant de graves ennuis. Elle a été assassinée, pas vrai ?

– Comment le savez-vous ?

– Simple logique. Avec cet article, elle n'avait accès qu'à une infime partie de la vérité. Et si, comme je le crains, elle s'est rendue chez Hugues Gasdouet pour rencontrer sa sœur, alors il est normal qu'elle ait été tuée.

– Normal ? Mais… que voulez-vous dire ?

Pharot s'humecta les lèvres, aussi sèches et fripées qu'un parchemin.

– Hugues était un homme d'affaires d'une sagesse incroyable. En dépit de toutes les horreurs qui atterrissaient chaque jour sur son bureau, il aimait foncièrement les gens et croyait en la bonté humaine. Mal lui en a pris.

– C'est pour ça qu'il est mort ? Pour avoir défendu les Dalits ?

L'homme secoua tristement la tête.

– Il y a dix ans, un autre village de la région a été rayé de la carte par une milice privée. Cinquante-six Intouchables ont péri sous les balles ou les coups de machette, avant d'être immolés par le feu. Les auteurs ont rapidement été identifiés et incarcérés, en attente du procès. Hugues devait se constituer partie civile…

Pharot s'arrêta, le regard embué de larmes.

– Les meurtriers appartenaient à une caste inférieure et ils s'en sont pris à eux pour passer leurs nerfs. Le sang qui s'écoule sur nos terres n'a pas besoin d'être justifié, et les Indiens s'entretuent à cause de différences sociales dont nos dirigeants, en réalité, se moquent éperdument. Hugues est allé à la rencontre de leurs familles pour discuter. Pour essayer de comprendre, d'expliquer les choses.

– Il n'avait pas peur de s'y rendre ?

– Hugues était un homme très respecté, il n'avait rien à craindre. Sa fille l'accompagnait ce jour-là. Il aimait emmener ses enfants sur le terrain. Une manière de les éduquer, de les sensibiliser. Son angoisse permanente était qu'ils en viennent à banaliser cette violence. Pour Viresh, c'était plus difficile. Les gens l'évitaient, ne lui parlaient pas. Il n'était jamais allé à l'école, c'était son père qui lui avait appris le français, qui s'était occupé de son éducation. Hugues était son… héros. Et sa sœur, sa seule amie. Il n'avait personne d'autre.

Un souffle glacial picota le cœur des policiers. Si Hugues avait perdu la vie dans un accident, alors…

– Racontez-nous cet accident.

– Les… les Intouchables possèdent leurs propres milices. Des hommes pour qui le temps de la servitude est terminé. Les meurtres de masse sont souvent suivis de représailles sanglantes, une loi sauvage régulée par l'odeur de l'argent sale. Hugues discutait avec le père d'un des tueurs lorsque l'attaque a éclaté. Une déferlante de près d'une centaine d'Intouchables armés jusqu'aux dents. Un véritable bain de sang s'est abattu sur le village. Hugues était avec sa fille, mais… mais les *goondas* ont massacré tout le monde sans la moindre pitié.

– Ils sont morts tous les deux… murmura Lucas.

– Depuis ce jour maudit, Viresh voue une haine colossale aux Dalits, alors que lui-même en est un. Les êtres qu'il chérissait le plus au monde ont été tués parce que les Indiens se déchirent au nom d'un modèle qu'ils seraient incapables d'expliquer. Viresh n'est pas un homme qu'il faut approcher. C'est un assassin impitoyable, qui tuera jusqu'au dernier ceux qui tenteront de voler la mémoire de sa famille.

CHAPITRE 80

Viresh Arora habitait toujours dans la demeure familiale située en plein cœur du quartier français de Pondichéry. Cet homme, entre réalité et cauchemar, était un assassin notoire, un tueur d'Intouchables.

Pourtant, il vivait sereinement dans sa magnifique résidence au parfum colonial, légèrement en retrait de la route et dissimulée par d'énormes margousiers. Tout le monde savait, mais personne n'osait lever le petit doigt. Surtout pas une police corrompue jusqu'à la moelle.

Avant de parvenir à l'angle de la rue, Gabriel agrippa l'épaule du commissaire Mohan.

– Vous le saviez, n'est-ce pas ?

– Pardon ?

– L'identité d'Asseel. Vous saviez qui se cachait derrière.

Le ton était calme, dénué de reproche. Mais assez sec pour faire passer le message.

– Pourquoi n'avoir rien dit ?

– On ne bouge pas facilement les mœurs conservatrices de l'Inde. À l'image de son père, Viresh Arora est un homme puissant, qui exerce son influence sur une majeure partie du Tamil Nadu. Mais ses intentions sont mauvaises, dirigées contre les castes inférieures. Les relations entre miliciens, policiers et partis politiques reposent sur un jeu d'équilibre très fragile, où chaque mot peut faire basculer le pays dans une guerre civile. Je devais vous laisser chercher les raisons qui avaient poussé Asseel à tuer madame Baron.

– En clair, vous couvrir en cas de pépin.

– Comprenez-moi. La situation est assez explosive comme ça, et maintenant un des tueurs les plus emblématiques de notre région se retrouve impliqué dans deux homicides commis sur des Français. Il me fallait aussi des explications.

Gabriel relâcha le diplomate.

– L'ambassade sait qui nous traquons ?

– Bien sûr. Lorsque vos supérieurs les ont contactés, mes dirigeants ont tout de suite compris.

– Vous pensez que l'un d'eux a pu le prévenir, voire le mettre à l'abri ?

– Non, chez nous la pomme n'est pas véreuse. Au contraire, une aide extérieure dans ce dossier épineux est un cadeau tombé du ciel. En se rendant coupable des meurtres de deux de vos ressortissants, Asseel a franchi la ligne rouge. Son immunité n'est plus valable et nous pouvons le faire condamner.

– Et si nous crevons en même temps que lui, vous saurez vous en laver les mains.

– Je suis de votre côté. Je suis désolé de ne pas avoir été franc, mais je ne reviendrai pas en arrière.

La discussion était close. Le trio s'avança vers le grand portail en fer forgé protégeant l'entrée. Quelques mètres plus loin, la maison se dressait derrière son bouclier végétal, imposante et fière.

Le portail résista. Fermé à clé. Un interphone était encastré dans un des piliers.

– Merde, pesta Gabriel. On ne peut quand même pas se permettre de s'annoncer.

La rue, sans être noire de monde, s'agitait gaiement sous le flot incessant des promeneurs. Ils pouvaient oublier la séance d'escalade.

– Laissez-moi arranger le coup, fit Mohan.

– Ah oui ? Comment ?

– C'est certainement un majordome qui va venir nous ouvrir. Je n'ai pas besoin de lui révéler que je suis avec deux Blancs, qui plus est deux flics de la criminelle de Paris.

– Qu'allez-vous dire ?

– Je vais improviser.

– Impro… Mais putain, vous croyez que c'est le moment de tenter une expérience ?

– Il me suffit d'expliquer que je détiens des informations sur une présumée attaque de *goondas* Dalits dans les prochains jours. Il ne fera pas la fine bouche.

– Pour ce qui lui en reste, grinça le capitaine. Et s'il refuse ?

– On pourra toujours camper sur le trottoir. Il finira bien par sortir un jour.

Chandra Mohan sonna sans plus attendre. Une voix grave grésilla à travers l'interphone. Le commissaire échangea quelques mots en tamoul, avant de reculer d'un pas.

– Son domestique arrive. On entre tous. Je reste avec lui en arrière et je fais diversion, juste de quoi le ralentir. Vous partez vous occuper d'Arora.

– Il nous faut une arme, objecta Gabriel.

Mohan souleva sa chemise en lin et, d'un geste, déclipsa son holster et fourra son Glock 17 dans la main du flic. Du 9mm, semi-automatique et très maniable. Un beau joujou qui allait remplacer à merveille son Sig-Sauer resté en France.

– Maintenant, à vous de jouer.

La clenche du portail se libéra dans un *clac* sonore, laissant apparaître un homme ventripotent, au front bas et à la moustache saillante, noire comme la nuit. Mohan le remercia – les flics l'interprétèrent ainsi – et fit les présentations. Le majordome n'esquissa aucun geste, aucun signe de la tête. Rien. Ne proféra pas même un mot.

Il s'écarta pourtant pour les laisser entrer.

– Allez-y, souffla Mohan. Je m'en charge.

Sans discuter, ils remontèrent l'allée centrale. Comment allait-il le retenir ? Ils eurent l'impression de s'enfoncer dans la jungle. Les arbres, aux abords du chemin, étaient énormes, des lianes couraient le long des troncs, s'écoulaient des frondaisons à la manière de cordes de pendus.

Soudain, un gémissement de terreur retentit dans leur dos. Le majordome bloquait fermement Mohan par la nuque, le canon d'un pistolet vissé sur sa tempe.

– Courez, vite ! implora le commissaire.

La balle traversa son crâne en un éclair. Dans le vide laissé par la détonation, son cadavre s'effondra de tout son poids sur le sol.

CHAPITRE 81

Les policiers eurent tout juste le temps de courir se mettre à l'abri d'un arbre. Une seconde balle gicla à quelques cheveux de Lucas, pour aller se loger dans le ventre mou d'un palmier.

– C'est quoi ce merdier ?! s'étouffa le lieutenant en plaquant son dos contre l'écorce.

– Je te parie que c'est ce flic véreux qui s'occupe de l'enquête ! Il doit servir de garde du corps à l'occasion.

– Il vient de buter froidement un mec de l'ambassade, nom de Dieu !

– Il ne faut pas qu'Asseel nous échappe, fit Gabriel en vérifiant que le chargeur du Glock était plein.

Dix-sept balles, prêtes à cracher la mort. Il remercia mentalement Mohan puis, avec Lucas, se mirent d'accord d'un seul regard. C'était soit eux, soit lui. Sans qu'il sache trop comment, une image s'était imprimée dans son esprit : le tueur possédait un revolver.

Après chaque tir, le barillet tournait afin d'insérer une nouvelle balle dans le canon. Un millième de seconde de latence, mais un détail capital. Le Glock 17 était, quant à lui, un semi-automatique pouvant balancer la sauce à une vitesse prodigieuse.

Il s'agissait juste de ne pas se rater.

Une porte claqua derrière eux. Une silhouette détalait vers le fond du jardin. C'était lui, Asseel. Sans réfléchir une seconde, Lucas quitta sa planque de fortune pour s'élancer à sa poursuite, guidé par une hargne aveugle.

– Lucas, non !

Une nouvelle balle gicla et rasa l'oreille du lieutenant. Ni une ni deux, Gabriel sortit à son tour et vida son chargeur sur le majordome. Celui-ci tressaillit sous les impacts, comme pris de violentes convulsions, et son corps en lambeaux vint s'écraser aux pieds de celui du commissaire Mohan.

***

Lucas courait, piétinait les parterres fleuris. Ses jambes taillées dans la roche défonçaient tout sur leur passage. Le tueur n'était qu'à quelques mètres. Un colosse sculpté dans un bois noir, gansé de muscles puissants.

Asseel s'arrêta devant l'un des murs qui encerclaient sa propriété : il n'avait aucune échappatoire. Il s'accrocha à la branche la plus solide d'un arbre et commença à se hisser. Sans se poser de questions,

Lucas fonça sur lui à la manière d'un quarterback et le ceintura par la taille.

D'une brusque rotation de la hanche, il le força à lâcher prise et l'envoya au sol sans ménagement. Le tueur tourna alors son visage monstrueux vers le flic, les mains enfoncées dans la terre.

En plein jour, le spectacle était encore plus saisissant. Une gueule atroce, labourée, tailladée par l'acide. Une longue traînée de chair avait glissé du front jusqu'à la pomme d'Adam, emportant le nez et la bouche dans un torrent de lave. Seuls son œil gauche et sa pommette avaient survécu au carnage. Son œil droit, voilé par la cataracte, le fixait sans ciller. Un œil de damné, blanc et froid comme la mort.

Un sourire hideux fendit son visage brûlé. Sa voix, semblable à un souffle rocailleux, s'éleva de sa gorge.

– Tu es tenace.

– C'est ma seule qualité.

– Pourquoi as-tu fait tout ce chemin ? Sais-tu seulement qui étaient ces gens ?

– J'ai appris à les connaître, oui. Des fous qui croyaient fermement en l'existence d'une race supérieure.

Lucas voyait, à travers sa rage, le mépris exsuder par le moindre pore de sa peau.

– Quand cette garce est venue sonner à ma porte, j'ai senti mon cœur se décrocher. Elle m'a tout déballé, sans aucun filtre. Le désir qu'avaient ses parents de concevoir par procréation assistée. Le meurtre de sa mère à New Delhi, qui avait conduit son père à abandonner la mère porteuse et son enfant. Mon visage ne l'effrayait pas. Elle voulait s'entretenir avec Hugues. Plus que tout, elle était là pour sa sœur. *Ma* sœur. Comment osait-elle parler d'eux ? Des étoiles brillaient dans ses yeux, mais des étoiles aussi mortes que son âme.

– Nous savons ce qui leur est arrivé. Mais Laure, si impatiente de te rencontrer, n'a pas eu le temps de l'apprendre.

Asseel se releva en frottant ses mains pleines de terre.

– Une erreur impardonnable. Avant de la tuer, je l'ai torturée des heures durant pour qu'elle me révèle tout ce que je devais savoir. Sur sa vie, celle de son père, comment elle m'avait retrouvé et surtout : pourquoi maintenant ? Pourquoi avoir attendu vingt-deux ans pour se manifester ?

– Son père était malade. Depuis toutes ces années, il avait enfoui ce secret en lui.

– Elle a tenté de m'amadouer en arguant du fait que cet enfant était le fruit d'un mélange parfait. Un sang pur et unique, presque sacré. Quel paquet de conneries… En vérité, elle s'imaginait repartir avec elle en France, cherchant à détruire tout ce que mon père adoptif s'était efforcé de construire. Par son impudence, elle salissait la mémoire de ma famille. Elle ne méritait rien d'autre qu'une mort douloureuse.

– Comme son père quelques jours plus tard.

– Je devais exterminer ces rats et m'assurer que les affaires de la fille disparaissent. Le poste de police de Ariyankuppam m'a grandement aidé, même s'il m'a fallu mettre en scène la découverte du corps pour justifier une descente à son hôtel. J'ai pris les clés de son domicile et celui de son père, avant de sauter dans le premier avion pour Paris. Je n'ai pas hésité une seconde.

Soudain, le géant de glaise éclata de rire.

– Qu'est-ce qu'il y a de si drôle ?

– Je me suis d'abord rendu chez elle. Chez cette Laure Baron. Des lettres étaient entassées sur la table basse du salon. Je les ai toutes lues, sans exception. J'ai compris quel genre de folie les habitait. Son père n'était rien de plus qu'un meurtrier pour qui les idées du Troisième Reich témoignaient d'un certain raffinement.

Il cracha par terre, comme pour se débarrasser du dégoût que lui inspirait cet homme.

– L'Inde est le pays des atrocités. Notre cher Premier ministre a biberonné toute son enfance au sein du RSS, une organisation nationaliste dont le fondateur, Madhavrao Golwalkar, ne cachait pas son admiration pour Hitler et Mussolini. Quitte à copier leurs idées racistes. Quand j'entends que l'Inde est la première démocratie au monde, ça me fait doucement rigoler.

Lucas se souvint du discours du commissaire Mohan, qui parlait du RSS en termes peu élogieux.

De sa volonté d'ériger la race hindoue en modèle unique et de « purifier » l'Inde de ses ennemis intérieurs.

– Il y a quelques années, le gouvernement a mis en place, dans le plus grand secret, un programme de natalité, le *Garbh Vigyan Sanskar*, inspiré des fameux Lebensborn nazis. Le but étant de créer une race indienne supérieure, plus forte et plus intelligente, le rêve de grandeur absolu du RSS. Depuis dix ans, plus de cinq cents enfants seraient nés dans ces pouponnières maudites. Dans le même temps, la politique nationaliste écrase les minorités religieuses et laisse peu à peu le champ libre aux hindouistes au sang pur. Les croyances stupides de Laure Baron et de son père ne sont qu'une insulte à la guerre qui ravage notre pays. Elles n'auront servi qu'à démontrer leur manque de culture et l'indifférence avec laquelle nos peuples se meurent sous les yeux de l'Occident.

Des Lebensborn au pays de Gandhi…

L'homme et sa quête perpétuelle de la perfection autorisaient toutes les dérives et malversations, sur fond assumé de révisionnisme. Le présent et l'avenir n'étaient qu'un long passé, surgi d'une époque où toutes les vies ne se valaient pas…

Derrière eux, des cris retentirent : la police investissait les lieux. Des hommes en uniforme envahissaient la pelouse en beuglant des ordres incompréhensibles. Asseel profita de ce léger flottement pour bondir à la gorge du lieutenant.

Lucas tomba à la renverse, déséquilibré par le poids du colosse. Une dague venait de se matérialiser dans sa main.

– Tu vas comprendre ce que j'endure chaque jour avec ce visage mutilé. Tu vas comprendre ma colère.

Pris de panique, Lucas le roua de coups sur les flancs. Mais Asseel ne bougeait pas, imperturbable. Il plaqua violemment sa main libre sur sa trachée et leva sa lame, prêt à l'abattre sur le policier.

Gabriel arrivait sur lui à grandes enjambées, comme propulsé par cette marée humaine. Il abaissa le marteau de son pistolet et appuya sur la détente. Le mollet du géant éclata comme un fruit trop mûr. La pression se relâcha et il roula sur le côté en se tordant de douleur. Sa jambe pissait le sang.

– Lucas !

Gabriel se précipita et posa sa main sur l'épaule de son collègue, qui se redressait en se massant le cou. Tandis que les policiers indiens se précipitaient sur la bête blessée, un type en uniforme brun et képi rouge vint les saluer. L'homme parlait un français au couteau et expliquait diriger l'unité principale du poste du district.

Il affirmait avoir reconnu les cadavres du commissaire Chandra Mohan, mais aussi celui de l'inspecteur Singh, de la police d'Ariyankuppam. Il invita les policiers à le suivre quand un coup de feu retentit.

Ils n'eurent que le temps d'apercevoir la masse d'Asseel s'effondrer une dernière fois, une balle tirée en pleine tête. Un jeune inspecteur, qui ne devait pas avoir plus de vingt ans, tenait à bout de bras son arme encore fumante. Il tremblait de tous ses membres.

Et ses yeux n'arrêtaient pas de pleurer.

ÉPILOGUE

Le vol retour était prévu en début de matinée.

Lucas vérifia son billet pour la énième fois. Il s'assura ensuite que son passeport était toujours dans la poche intérieure de son sac. Son agitation marquait une certaine nervosité. Trois hommes avaient perdu la vie dans cet ultime affrontement. L'un d'eux avait péri sous les coups de feu de Gabriel.

Une tragédie qui se répandait en lui à la manière d'un poison. Les policiers n'avaient pas échangé un seul mot au cours du trajet les menant à l'aéroport. Peur de craquer, besoin de se réfugier, de digérer ce terrible poids qui pesait sur leur poitrine.

Le jeune inspecteur qui avait exécuté Asseel avait expliqué son geste : ses parents, qui appartenaient à une caste répertoriée – autrement dit des Intouchables –, avaient été tués deux ans plus tôt par les membres d'une milice locale. Asseel était l'un d'eux.

Nous récoltons tous un jour ou l'autre ce que nous semons…

Ils espéraient de tout cœur qu'il bénéficierait de circonstances atténuantes mais ne se faisaient pas d'illusions. Désormais, ils n'avaient qu'une hâte : fuir ce pays en feu. Dormir. Oublier. Pour mieux respirer.

Le chauffeur les déposa devant l'aérogare. Il sortit leurs valises du coffre et disparut dans la foulée, sans un adieu. Le message était clair : les flics étaient priés de quitter le territoire au plus vite.

Les vagues humaines balayaient le terminal dans un fracas de roulettes. Des panneaux géants affichaient leurs destinations exotiques, tandis que les passagers s'agglutinaient en files d'attente interminables aux comptoirs d'enregistrement. Tout ce monde, ce courant agité qui claquait, résonnait à n'en plus finir, créait un effet de vertige.

Déjà au bout du rouleau, ils trouvèrent deux places côte à côte dans le hall. Lucas jeta son sac sur la chaise et repéra un distributeur de boissons. La soif lui brûlait la gorge comme une plaie infectée.

Lorsqu'il revint s'asseoir, Gabriel s'entretenait avec quelqu'un au téléphone. Soudain, son visage meurtri de fatigue se brisa net, comme un vase qui éclate en morceaux. Au moment où il releva ses yeux embués de larmes, le lieutenant comprit.

– C'est Noémie… Elle… elle ne s'en est pas sortie.

REMERCIEMENTS

L'écriture de ce roman a représenté un véritable challenge.

Avant même de démarrer mes premières notes, le souhait de porter mon intrigue sur l'Inde m'est apparu comme une évidence. Envie de découvrir, de voyager, de comprendre le système des castes.

Plusieurs fois, je me suis demandé dans quelle galère je m'étais embarqué. L'Inde est un sujet extrêmement vaste, dense et difficile à cerner. J'ai failli abandonner à de multiples reprises, pestant contre ces tiroirs que j'ouvrais mais que je n'arrivais pas à refermer.

Je fonctionne sans plan, ou presque. Une simple frise chronologique m'accompagne au fil des chapitres, mais avec le temps et les doutes, elle est raturée, annotée, griffonnée et ne ressemble finalement plus à grand-chose. J'avance au gré de mes recherches, c'est-à-dire que rien n'est figé dans l'instant. Je me réserve des surprises à chaque fois que j'ouvre mon fichier Word, même s'il y a des scènes-clés qu'il me faut visualiser bien en amont.

Pour *La caste des ténèbres*, les difficultés étaient telles que je n'aurais peut-être jamais réussi à en voir le bout sans l'aide précieuse de certaines personnes.

Tout d'abord, merci à A. A. de m'avoir ouvert les portes de la région de Chennai, capitale de l'État du Tamil Nadu. Ensuite, je remercie chaleureusement Dominique, qui par ses connaissances aigues sur l'histoire de l'Inde, m'aura permis de peaufiner quelques passages.

S'il subsiste des erreurs, elles sont uniquement de mon fait.

Je souhaiterais également remercier le Dr Renaud Clément, chef du service de médecine légale du CHU de Nantes, ainsi que Me Morgan Loret, avocat spécialisé en droit pénal à Saint-Nazaire, qui, en dépit de leurs agendas chargés, m'ont consacré de leurs temps afin de répondre à mes questions.

Ce roman ne serait peut-être pas non plus terminé si je n'avais croisé la route de Van Gyver, alias Kanar, qui m'a orienté vers les talents de Sophie Ruaud, correctrice hors-pair. Merci à elles, tout particulièrement à Sophie pour sa patience et sa disponibilité.

Merci à l'équipe d'Hugo Thriller, Bertrand Pirel et Sophie Le Flour en tête. Aux blogueurs, lecteurs, libraires pour leur soutien. Désolé de ne pas vous citer un par un, mais j'aurais peur d'en oublier.

Enfin, une fois n'est pas coutume, merci à ma famille et à Mélanie, ma compagne et première lectrice.

COLLECTION HUGO POCHE SUSPENSE

ALEXIS AUBENQUE

La fille de la plage

La fille de l'océan

Halloween Night : Le manoir

ROY BRAVERMAN

Pasakukoo

Manhattan Sunset

MARION CABROL

La lionne rouge

TOM CHATFIELD

Bienvenue à Gomorrhe

KATIA CAMPAGNE

American Witches

COLLECTIF

Storia 2021

Storia 2022

ANGÉLINA DELCROIX

Synopsix

Qui meurt à Noël ?

L'île des damnés

SANDRINE DESTOMBES

La faiseuse d'anges

L'Arlequin

Ainsi sera-t-il

SÉBASTIEN DIDIER

Je ne t'oublie pas

Les yeux bleus

LAURIE ELIZABETH FLYNN

Nous étions les reines

LEE MATTHEW GOLDBERG

Mentor

LOÏC HENRY

Lame sur les lèvres

OLIVIA KIERNAN

Irrespirable

Les liens du sang

LUDOVIC LANCIEN
Le singe d'Harlow
Les oubliés de Dieu

ELLERY LLOYD
Suivie

T.M. LOGAN
Holiday

JOHN MARRS
Les passagers

ROZ NAY
Notre petit secret
La sentinelle

CLAIRE PLANTEVIN
Plus que deux morts et c'est Noël

FRANÇOIS RABES
Les racines des ombres

VINCENT RADUREAU
Le dernier match de River Williams
L'ombre d'un géant
Le sang de Manchester

DENIS ZOTT
La dame blanche